古典文獻研究輯刊

二 四 編

曾 永 義 主編

第 1 冊

〈二四編〉總 目

編 輯 部 編

齊地文化與兩漢文學研究

宮 偉 偉 著

國家圖書館出版品預行編目資料

齊地文化與兩漢文學研究／宮偉偉 著 -- 初版 -- 新北市：花
木蘭文化事業有限公司，2021〔民 110〕
目 4+270 面；19×26 公分
（古典文學研究輯刊 二四編；第 1 冊）
ISBN 978-986-518-563-3（精裝）
1. 中國文學史 2. 漢代文學 3. 文學評論
820.8   110011647

ISBN-978-986-518-563-3

9 789865 185633

古典文學研究輯刊
二四編 第 一 冊   ISBN：978-986-518-563-3

齊地文化與兩漢文學研究

作　　者	宮偉偉
主　　編	曾永義
總 編 輯	杜潔祥
副總編輯	楊嘉樂
編　　輯	許郁翎、張雅淋、潘玟靜　美術編輯　陳逸婷
出　　版	花木蘭文化事業有限公司
發 行 人	高小娟
聯絡地址	235 新北市中和區中安街七二號十三樓
	電話：02-2923-1455 ／傳真：02-2923-1452
網　　址	http://www.huamulan.tw 信箱 service@huamulans.com
印　　刷	普羅文化出版廣告事業
初　　版	2021 年 9 月
全書字數	255466 字
定　　價	二四編 20 冊（精裝）台幣 45,000 元

〈二四編〉總目

編輯部　編

《古典文學研究輯刊》二四編　書目

文學史研究專輯

　第 一 冊　宮偉偉　齊地文化與兩漢文學研究

　第 二 冊　張記忠　北宋老莊之學與詩文研究

古典小說研究專輯

　第 三 冊　何庭毅　《金瓶梅》歲時節令研究

　第 四 冊　李夢瀟　《紅樓夢》重構問題之研究——以說唱、戲曲為例

　第 五 冊　丁如盈　《紅樓夢》婚姻現象之研究

　第 六 冊　柳志傑　「三言」評點教化研究

古代戲曲研究專輯

　第 七 冊　龔重謨　湯學探勝（上）

　第 八 冊　龔重謨　湯學探勝（下）

　第 九 冊　李德生　禁戲（增補本）（上）

　第 十 冊　李德生　禁戲（增補本）（下）

　第十一冊　李德生　血粉戲及其劇本十五種（上）

　第十二冊　李德生　血粉戲及其劇本十五種（中）

　第十三冊　李德生　血粉戲及其劇本十五種（下）

古代散文研究專輯

　第十四冊　黃安琪　劉熙載寓言散文研究

詞學研究專輯

　　第十五冊　薛乃文　夏承燾詞學研究──以日記、書信、論詞絕句為考察
　　　　　　　　　　　中心（上）

　　第十六冊　薛乃文　夏承燾詞學研究──以日記、書信、論詞絕句為考察
　　　　　　　　　　　中心（中）

　　第十七冊　薛乃文　夏承燾詞學研究──以日記、書信、論詞絕句為考察
　　　　　　　　　　　中心（下）

論文集專輯

　　第十八冊　歐陽健　古代文化散論

佛教文學研究專輯

　　第十九冊　簡意娟　《經律異相》故事研究（上）
　　第二十冊　簡意娟　《經律異相》故事研究（下）

《古典文學研究輯刊》二四編
各書作者簡介・提要・目次

第一冊　齊地文化與兩漢文學研究

作者簡介

　　宮偉偉，男，1986 年 11 月出生，山東萊陽人。2016 年 6 月畢業於廈門大學中文系，獲文學博士學位。同年進入滁州學院文學與傳媒學院，主要從事中國古代文學和新聞學的教學與研究工作。先後發表過《徐幹論》《論地域文化對兩漢文學的影響》《漢武帝〈李夫人歌〉成因獻疑》等學術論文十餘篇。

提　要

　　本書主要討論齊地文化與兩漢文學的關係，由引言和正文兩部分組成。引言部分主要探討地域文化與兩漢文學的關係，並對本書的參考資料、選題依據和研究方法進行了說明。正文部分共分為五章。第一章重點考察兩漢齊地文化的形成歷程，並界定了與本書相關的一系列概念。第二章著重考察兩漢齊地社會風習對兩漢文學的影響。兩漢齊地的風習文化主要表現為寬緩闊達、足智善辯、好學尚利、誇奢自我等特徵，並對兩漢文學的藝術水平、創作思維和審美標準產生了深遠影響。第三章探討兩漢齊地文人的籍貫分布情況。受行政、地理、風俗和經濟等因素影響，文人在齊地各郡（國）或同一郡（國）的不同時期，分布並不均衡。這影響到齊地各郡（國）文學的特色或發展水平。第四章旨在揭示兩漢齊地文人的生存方式與兩漢文學的關係。文人的生存方式不同，生活體驗、價值取向、言說方式乃至知識構成也往往

不同，這必然影響其文學創作。齊地文人通過從政、講學、漫遊等生存方式，還為他人的文學創作提供了物質、文化、知識和素材等方面的幫助。第五章論述兩漢齊地文人作品的主題、創作特徵及文學貢獻。齊地文人作品具有鮮明的政治色彩、經學性和理性色彩，主題主要集中在美政之思、憂民之情、忠誠之心、賢與不肖之辨、一己之志五個方面。齊地文人還通過開創新文體，確立多種文學體裁的寫作範式，拓展和豐富作品題材等方式，直接影響了兩漢文學的發展走向。

目 次

引 言 ……………………………………………………………………… 1
第一章 兩漢齊地文化的相關概念與形成歷程 ……………………… 29
　　第一節 「齊地」與「齊地文化」的概念界定 ………………… 29
　　第二節 兩漢時期「文學」的內涵 …………………………… 35
　　第三節 先秦齊地文化的發展 ………………………………… 45
　　第四節 嬴政對齊地文化的吸收和影響 ……………………… 61
第二章 齊地風習與兩漢文學 ………………………………………… 69
　　第一節 兩漢時人對齊地文化所具獨特性的體認 …………… 69
　　第二節 兩漢齊地風習文化形成的地理動因 ………………… 76
　　第三節 兩漢齊地風習文化形成的人文動因及主要表現 …… 87
　　第四節 齊地文人風習與兩漢文學發展 ……………………… 108
第三章 齊地文人的籍貫分布與兩漢文學 …………………………… 129
　　第一節 兩漢齊地文人考 ……………………………………… 129
　　第二節 兩漢齊地文人的籍貫分布研究 ……………………… 144
第四章 齊地文人的謀生方式與兩漢文學 …………………………… 161
　　第一節 兩漢大一統背景下的生存方式抉擇 ………………… 161
　　第二節 齊地文人的謀生方式與其文學創作的關係 ………… 178
　　第三節 齊地文人的謀生方式對他人文學創作的貢獻 ……… 205
第五章 齊地文人創作與兩漢文學 …………………………………… 217
　　第一節 兩漢齊地文人作品的主題取向 ……………………… 217
　　第二節 兩漢齊地文人的創作特徵及文學貢獻 ……………… 238
結 論 …………………………………………………………………… 253
參考文獻 ………………………………………………………………… 259

第二冊　北宋老莊之學與詩文研究

作者簡介

　　張記忠，男，1977 年生於河南中牟縣蘆醫廟鄉蘆醫廟村。1992 年考上榮陽中等師範，後改名為鄭州二師。1995 年畢業後入職中牟縣十八中學為中學老師，也做過小學老師。後來 1998 年到 2001 年在河南大學中文系函授大專，又於 2006 年到 2008 年脫產專升本，再於 2010 到 2013 年碩士研究生畢業，都在河南大學文學院。碩士師從耿紀平師學習先秦文學，興趣點主要在老莊孔孟。2014 年到 2017 年在湖南師範大學跟李生龍師學習中國古代文學與文化。李師已仙逝。畢業後先在玉溪師範學院文學院當老師，現為安陽師範學院學院文學院老師。主要教中國古代文學史等課程。

提　要

　　本文把北宋老莊之學與詩文貫通起來加以研究，梳理、探討了北宋老莊之學形成的背景、特點，重點分析了北宋詩文作家之老莊解悟、隱逸心態及詩文理念、創作特色等同老莊之學的複雜關係。第一章是北宋文化語境轉換視閾下的老莊之學。我們主要關注的是北宋老莊之學的特徵及其在三教或者說三家融合中的作用和地位。第二章是老莊思想對北宋士風、心態及吏隱的浸染。我們主要關注的是士人與老莊思想的如何相互融合、相互生發。第三章是北宋詩文中的老莊思理、情愫。北宋詩文的體裁多樣，我們主要從亭臺樓宇、遊覽、詠物詩文這三類比較有代表性的例證加以探究，以見一斑。如北宋亭臺樓宇詩文或寄託無為而治的理想，或流露老莊適性情愫等，表現出老莊之學對他們的深刻影響，以及生活之中老莊式的感悟對老莊思想發展的推進作用。第四章是北宋詩文理念與老莊審美取向，其中關注的主要是「意趣」。第五到第七章是以個案的形式展示蘇氏兄弟、王氏父子和道學家、道教徒的老莊之學是詩文之間的相互影響。如第五章關注的是蘇軾老莊思想與現實政治人生如何完美融合，其社會生活、文學創作如何老莊化，使之更有意趣，不失為後代之自我精神的楷模。

目　次

序　蔣寅
緒　論 ……………………………………………………………………… 1
第一章　北宋文化語境轉換視閾下的老莊之學 ……………………… 15

第一節　北宋注《老》解《莊》文獻略考 …………………………… 16

第二節　北宋評論《老》《莊》的各種體式 ………………………… 20

第三節　北宋文化語境下老莊之學的核心意涵 …………………… 27

第二章　老莊思想對北宋士風、心態及吏隱的浸染 …………………… 49

第一節　北宋士風的老莊思想要素 ………………………………… 49

第二節　士人心態之老莊理念催化 ………………………………… 57

第三節　士人吏、隱的不同形態 …………………………………… 60

第四節　老莊之學對吏、隱之影響 ………………………………… 64

第三章　北宋詩文中的老莊思理、情愫 ………………………………… 71

第一節　亭臺樓宇詩文中的老莊意蘊 ……………………………… 73

第二節　遊覽詩文之老莊內涵 ……………………………………… 86

第三節　詠物詩文之老莊哲思鴻爪 ………………………………… 99

第四章　北宋詩文理論與老莊審美取向 ………………………………… 107

第一節　詩文創作理論與老莊之「道」…………………………… 108

第二節　詩文風格理論與老莊之「真」…………………………… 113

第三節　詩文批評理論與老莊之「不落言筌」…………………… 129

第五章　蘇氏兄弟的老莊之學與詩文特色 …………………………… 139

第一節　蘇氏兄弟等之老莊旨歸 …………………………………… 139

第二節　蘇氏兄弟心態之老莊絪縕 ………………………………… 156

第三節　蘇軾詩文之老莊精神 ……………………………………… 161

第六章　王氏父子的老莊之學與詩文意趣 …………………………… 171

第一節　王安石之《老子》詮解與異見 …………………………… 171

第二節　王雱之《莊子》新傳與新說 ……………………………… 180

第三節　王安石詩文之老莊底蘊 …………………………………… 183

第七章　北宋理學家、道教徒老莊之學與詩文 ……………………… 193

第一節　理學家之老莊心性取擇 …………………………………… 193

第二節　道教徒之老莊性命融通 …………………………………… 201

結　語 ……………………………………………………………………… 211

參考文獻 …………………………………………………………………… 215

第三冊　《金瓶梅》歲時節令研究

作者簡介

　　何庭毅，臺南人，國立成功大學中國文學系博士生。碩士階段以《金瓶梅》為主要研究對象，從事與民俗學的跨領域論述。博士階段以此為基礎，繼續擴展在古典小說的學術視野。

提　要

　　本文以《金瓶梅》為研究對象，梳理書中提及的重要節令，於中國古代演化的過程，最終至明代呈現的真實樣態。探討作者如何在情節中，擷取重要節令的人文意象，並串聯成特定的時空背景，藉此鋪敘西門府家道由盛轉衰的軌跡。以此為基礎，筆者檢視後世性質相似的家庭小說，如《醒世姻緣傳》、《林蘭香》、《紅樓夢》是否在創作時，繼承、改變《金瓶梅》節令書寫特色。研究發現，《金瓶梅》的重要節令，共有春節、元宵、清明、端午、中秋、重陽、除夕七類。作者依據節令的次序與意象，對應西門府興起、外患、內憂、中衰、頹敗、總結六大階段，繼而衍生三項敘事特色——節令鋪排的敘事結構、生日與節令特意重疊、時空營造的冷熱對比。以此對照《金瓶梅》與其他小說的差別，可以發現《紅樓夢》的節令書寫，最貼近前者的敘事模式；其餘二書則因主旨不同，未能完整沿襲。但同時也可看出，三書在繼承《金瓶梅》之餘，尚能發展出各自的特色。由此可見，《金瓶梅》的節令書寫，為後世家庭小說開創嶄新的敘事技巧，因而具有深厚的影響力。

目　次

誌　謝

第一章　緒　論 …………………………………………………………………1

第二章　《金瓶梅》冬季與春季節令探究——以除夕、春節、元宵、清明
　　　　為例 ……………………………………………………………………21

　第一節　春節節俗的古慶意涵產生 ………………………………………22

　第二節　春節敘事中西門府衰敗跡象 ……………………………………28

　第三節　元宵節俗的狂歡及展望作用 ……………………………………34

　第四節　元宵敘事中西門府榮景建構 ……………………………………40

　第五節　清明節俗的冷熱意象衝突 ………………………………………47

　第六節　清明敘事的對比功能分析 ………………………………………53

第三章　《金瓶梅》夏季節令探究──以端午為例 ···············65

　第一節　端午節俗的避邪功效流變 ····················66

　第二節　端午敘事的外患事變與針砭寓意 ················75

第四章　《金瓶梅》秋季節令探究──以中秋、重陽為例 ··········91

　第一節　中秋節俗的團圓寓意形成 ····················94

　第二節　中秋敘事中家庭衝突和內憂萌生 ················98

　第三節　重陽節俗的袪病療效和娛樂用途 ···············112

　第四節　重陽敘事的中衰意象析論 ···················119

第五章　《金瓶梅》歲時節令書寫之影響析論 ···············131

　第一節　節令鋪排的敘事結構 ·····················132

　第二節　生日與節令特意重疊 ·····················152

　第三節　時空營造的冷熱對比 ·····················165

第六章　結　論 ····························175

參考文獻 ·······························185

第四冊　《紅樓夢》重構問題之研究──以說唱、戲曲為例

作者簡介

　　李夢瀟，1994 年 6 月生，江蘇連雲港人。江南大學法學院法學學士，輔仁大學中國文學系碩士，輔仁大學中國文學系博士候選人，師從蔡孟珍先生，研究方向為戲曲、民間文學、韓非子等。

　　曾獲首屆野聲文學獎新詩組首獎，入選《播種》、《溯》等作品集。另發表期刊論文〈論《儀禮·士昏禮》「經」、「記」、《禮記·昏義》之關係〉、〈《四庫全書總目提要》之曲觀探析〉、〈韓非子治術中的外塑道德解讀〉、〈段注《說文》「瀟」字相關問題研究〉等。

提　要

　　《紅樓夢》作為中國古典小說之最高峰，自問世迄今，已為不刊之典。後世模其為本事之重構作品雖紛然迭出，唯皆難以比肩，亦存在若干問題，是有本論文之撰述。

　　論文架構，首章為緒論，先由歷來《紅樓夢》說唱、戲曲作品回顧，拈

出重構與文本間之寫作瓶頸與改編問題之產生。其次就《紅樓夢》改編為說唱、戲曲兩條脈絡，釐分為五章敘述：

第一、二章敘「《紅樓夢》說唱」之特點。列舉子弟書、蘇州彈詞、廣東木魚書、單弦、岔曲、時調、四川清音、竹琴、河南墜子、山東琴書、大鼓等 58 篇說唱對黛玉形象的改編，指出說唱作品突出主角、偏愛黛玉等創作方式。再由說唱重構作品《露淚緣》之結構、押韻、修辭及雅俗共賞角度，分析經典說唱作品之要素。

第三、四、五章則著墨於「《紅樓夢》戲曲」改編問題之研討。分別以「清代紅樓戲」、「近代以降紅樓戲」、「現當代紅樓戲」為綱，討論戲曲之中較為核心之：腳色制、辭采、格律、唱腔、念白、做表等關鍵，並對現當代「紅樓戲」的越劇版、北崑版創作重構提出商榷，且將各章重點總結於「結論」之中，論文之末另附相關曲譜、唱詞、部分劇本，便於查索參照。

目　次

自　序
緒　論 ………………………………………………………………… 1
第一章　「《紅樓夢》說唱」作品特點 ……………………………… 35
　　第一節　「《紅樓夢》說唱」改編林黛玉作品之概況 ………… 36
　　第二節　「偏愛」林黛玉 …………………………………………… 42
　　第三節　說唱重構之創改特色 …………………………………… 50
第二章　經典「紅樓」說唱重構作品之突破 ……………………… 61
　　第一節　《露淚緣》版本概況 …………………………………… 62
　　第二節　《露淚緣》作品分析 …………………………………… 62
　　第三節　其他舞臺佳作舉隅 ……………………………………… 81
第三章　清代「紅樓戲」之得失 …………………………………… 85
　　第一節　作品概況 ………………………………………………… 86
　　第二節　得失評騭 ………………………………………………… 89
第四章　近代以降「紅樓戲」之異彩 ……………………………… 105
　　第一節　梅蘭芳《黛玉葬花》 …………………………………… 105
　　第二節　荀慧生《紅樓二尤》 …………………………………… 124
　　第三節　粵劇——何非凡《情僧偷到瀟湘館》 ……………… 139
第五章　現當代「紅樓戲」重構之商榷 …………………………… 153

第一節　越劇徐進版《紅樓夢》⋯⋯⋯⋯⋯⋯⋯⋯⋯⋯154

　　第二節　北崑《紅樓夢》⋯⋯⋯⋯⋯⋯⋯⋯⋯⋯⋯172

結　論⋯⋯⋯⋯⋯⋯⋯⋯⋯⋯⋯⋯⋯⋯⋯⋯⋯⋯⋯⋯191

附　錄⋯⋯⋯⋯⋯⋯⋯⋯⋯⋯⋯⋯⋯⋯⋯⋯⋯⋯⋯⋯197

參考與引用文獻⋯⋯⋯⋯⋯⋯⋯⋯⋯⋯⋯⋯⋯⋯⋯⋯265

第五冊　《紅樓夢》婚姻現象之研究

作者簡介

　　丁如盈，在學習的路上兜兜轉轉，大學雖保送中文系卻選擇研讀其他領域，但最後仍因喜歡中文而持續在職進修，以「《紅樓夢》婚姻現象之研究」為題，取得中文博士學位，目前為國小教師和大學兼任助理教授。

　　曾赴北京語言大學進修漢語師資培訓課程，也曾兩度至泰北地區僑校擔任師資培訓工作。近年來，也開始教授華語相關課程。期許自己可以用更圓融、更積極的態度去面對生活與教育工作，和學生一起成長，一同茁壯！

提　要

　　本論文以「《紅樓夢》婚姻現象之研究」為題，先分析《紅樓夢》裡的婚姻內容，再探討《紅樓夢》裡的婚姻觀，以及故事中所反映的清代婚俗法制，接著剖析《紅樓夢》裡婚姻生活的寫作手法，最後綜述各章之研究結果與未來展望。

　　第一章為「緒論」，主要闡述本論文的研究動機與目的，並分析前人的研究文獻與成果，最後說明本論文的研究範圍與研究方法。

　　第二章為「《紅樓夢》的婚姻書寫」。主要梳理出書中四種身分下的婚姻類型，接著探討婚姻裡的妻妾關係與爭寵情形，以及嫡庶血脈的各項糾葛。

　　第三章論述「《紅樓夢》裡的婚姻觀」。主要透過書裡所呈現的婚姻狀況，以及書中人物對於婚姻或愛情的見解，歸納出各種婚姻觀點與婚姻或人生結局。

　　第四章為「《紅樓夢》裡婚俗法制」。分別從《紅樓夢》裡的各項婚俗意義如婚姻的締結方法與條件，與《大清律例》中的重要婚姻法律來加以探討，顯示出書中的婚俗法制部分反映清代現況。

　　第五章探討「《紅樓夢》裡婚姻生活的寫作手法」。主要探討寶玉婚禮與黛玉死亡時，情節悲喜交錯的特意描寫、和「黛玉、寶釵、熙鳳」這三位重

要女性角色的婚姻發展與結局，以及書中所呈現的婚姻生活，處處蘊含人生哲理與教化意義。

第六章為「結論」，乃綜合歸納上述各章之研究成果，並提出未來研究展望，是為全篇論文之總結。

目　次

誌　謝
第一章　緒　論 …………………………………………………… 1
第二章　《紅樓夢》的婚姻書寫 ………………………………… 21
　　第一節　婚姻類型 ……………………………………………… 22
　　第二節　婚姻裡的妻與妾 ……………………………………… 47
　　第三節　婚姻裡的嫡與庶 ……………………………………… 67
第三章　《紅樓夢》裡的婚姻觀 ………………………………… 81
　　第一節　父母之命，媒妁之言 ………………………………… 81
　　第二節　愛情的自我追尋 ……………………………………… 92
　　第三節　婚姻中的無奈 ………………………………………… 95
　　第四節　婚姻之外 ……………………………………………… 101
第四章　《紅樓夢》裡的婚俗法制 ……………………………… 111
　　第一節　《紅樓夢》裡的婚俗意義 …………………………… 111
　　第二節　《紅樓夢》裡的婚姻法律 …………………………… 136
第五章　《紅樓夢》裡婚姻生活的寫作手法 …………………… 147
　　第一節　婚姻結局，死哀悲空 ………………………………… 147
　　第二節　褒貶各陳，以小喻大 ………………………………… 163
　　第三節　婚姻生活，蘊含教化 ………………………………… 176
第六章　結　論 …………………………………………………… 187
徵引文獻 …………………………………………………………… 199

第六冊　「三言」評點教化研究

作者簡介

　　柳志傑，師大國文系畢業，高師大國文碩士，曾任教於臺南聖功女中、北門高中，現為臺南女中教師。興趣是搞笑、除草、打掃，所以小時候的志

願是希望長大可以當小丑、園丁、清潔隊員。教書後，某天猛然意識到，既然我喜歡在校園整理環境，活脫是個清潔隊員，而教學要活潑不就像個小丑？何況教師正是教育的園丁！所以當了老師，人生三個志願一次滿足！

提　要

在馮夢龍廣泛收集、編修宋元以降的話本與擬話本小說，甚至自行創作下，共有一百二十篇白話短篇故事的「三言」，成了明末擬話本小說集的代表作。

帶有評點文字的「三言」，才是馮夢龍時代的讀者所閱讀到的完整文本，然而研究「三言」者多，其評點內容卻往往被忽略。

「三言」評點文字頌揚教化觀念，且在論述時夾入天命說、報應觀、佛道論、和情教說；一方面批判世風低落，一方面建立道德標準；其風格是雅俗共賞的；其特色是以真為上，以妙奇為趣為快，以憐憫為嘆；其作用在評論「三言」小說劇情，提出小說虛構性，並分析小說的筆法。

本論文共分六章。第一章說明本論文的研究動機與目的，繼則解釋研究的方法與範圍，最後作文獻探討，分別羅列以「小說評點」、「小說教化」、「三言」、「馮夢龍」為對象的研究及其成果。第二章探究「三言」通俗性的教化意義。從小說教化觀的演變切入，觀照「三言」序言的教化理論，再論述「三言」評點的教化落實層面。先藉評點反推「三言」的評者為馮夢龍，其次針對評點所提供的生活智慧與所示現的人物道德之正反評價，作出評述。第三章提出「三言」評點的教化準則以及批判、感慨。說明馮夢龍以天命、果報的觀念，以及佛道輔教的方式，協助宣揚道德教化。並且講述他掀發官場弊端，批訴世風墮落，且慨嘆自我的際遇。第四章論及「三言」評點的教化內涵。「三言」既有批判性評論，亦有道德標準的建立。從社會風尚、家庭倫理、朋友交往、英雄豪俠、才能發揮、情愛欲望等六大面向，可看出馮夢龍在「三言」評點裡建構的理想社會、國家。第五章為「三言」評點的美學觀。分別闡明「三言」評點的風格、特色與作用。第六章為結論。指出「三言」評點研究的成果、局限與展望。

目　次

謝　誌
第一章　緒　論 …………………………………………………………………… 1
第二章　「三言」通俗性的教化意義 …………………………………………… 17

第一節　小說教化觀的演變 ……………………………………… 17

第二節　「三言」序言的審美觀：教化的理論 ………………… 19

第三節　「三言」評點的教化落實 ……………………………… 24

第一節　依天命果報 ……………………………………………… 47

第二節　藉宗教輔教 ……………………………………………… 58

第三節　掀官場弊端 ……………………………………………… 72

第四節　批世風墮落 ……………………………………………… 78

第五節　嘆自我際遇 ……………………………………………… 83

第四章　「三言」評點的教化內涵 ……………………………… 89

第一節　社會風尚 ………………………………………………… 89

第二節　家庭倫理 ………………………………………………… 92

第三節　朋友交往 ………………………………………………… 95

第四節　英雄豪俠 ………………………………………………… 99

第五節　才能發揮 ……………………………………………… 101

第六節　情愛欲望 ……………………………………………… 105

第五章　「三言」評點的美學觀 ……………………………… 121

第一節　評點風格：雅俗交融 ………………………………… 122

第二節　「三言」評點的特色 ………………………………… 138

第三節　「三言」評點的作用 ………………………………… 142

第六章　結　論 ………………………………………………… 163

參考書目 ………………………………………………………… 171

第七、八冊　湯學探勝

作者簡介

　　龔重謨，江西黎川人。畢業於中國藝術研究院戲曲史論專業。供職於海南省屬文化單位。海南省作家協會會員。中國戲劇家協會會員。中國國學院大學特邀研究員。撫州湯顯祖國際研究中心學術委員、客座研究員。主要論著有：《湯顯祖大傳》《湯學探勝》《明代湯顯祖之研究》（臺灣版）、《湯顯祖研究與輯佚》《湯顯祖傳》（合著）；參與了上海古籍出版社《湯顯祖集全編》「詩文續補遺」整理工作；撰稿紀錄片《湯顯祖的海南「情」》；主編了國家藝術科研重點項目《中國歌謠集成‧海南卷》（獲文化部編纂成果獎）和《海

南歌謠情歌集》。另撰寫了「撫州湯顯祖紀念館」陳列提綱（1982 年），尋找
到了湯顯祖家傳全集木刻殘版，輯逸到湯顯祖佚文數十篇。其業績入編《世
界華人文學藝術界名人辭典》《中國專家大辭典》和《中國戲劇家大辭典》等
多部辭書。

提　要

　　懷鄉情，寫鄉賢。定位湯顯祖是戲劇家政治家，他用戲劇救世，以情悟
人，並有精深的戲曲理論；提出了「湯學」的定義及其濫觴時間；對湯的「情」
作了專論；考證了湯家是「耕讀世家」；從戲劇中的時間處理研究了「四夢」；
對《紫簫記》寫作時間、地點及其價值有新見；論《牡丹亭》原創地立足考
據去偽存真；尋獲了湯的家族始祖萬四公墓；對湯家的世系、居所玉茗堂、
去世時間、死因及歸葬墓地都有考論；對李贄、利瑪竇、鄧渼等與湯的交遊
關係有一家之言；論述了貶官徐聞（包括遊海南）的心態、講學倡貴生及對
「四夢」創作的影響；介紹了發現與尋找湯顯祖家傳全集殘版的經過與晚明
以來戲寫湯顯祖的形象；對湯顯祖與塞萬提斯作了全方位的比較研究；論析
了湯公肖像的以假亂真。

目　次

上　冊

序　言　沈達人

前　圖

綜觀散論

　　永遠的湯顯祖 …………………………………………………………………… 3

　　湯顯祖是用戲曲救世、以情悟人的戲劇政治家 …………………………… 11

　　「湯學」的興起與發展 ……………………………………………………… 15

　　論湯顯祖的作劇理論 ………………………………………………………… 23

　　也談湯顯祖的「情」 ………………………………………………………… 55

　　作為政治家的湯顯祖 ………………………………………………………… 63

　　湯顯祖在徐聞研究 …………………………………………………………… 69

　　湯顯祖的海南「情」 ………………………………………………………… 87

四夢新探

　　論湯顯祖戲劇中的時間處理 ………………………………………………… 97

《紫簫記》的寫作時間、地點與價值新探 ………………………………105

《牡丹亭》的原創聖地在何處？ …………………………………………115

爭鳴之聲

也談新出《湯顯祖集全編》的收穫與遺憾 ………………………………129

湯顯祖與李贄未曾在臨川相會 ……………………………………………143

正覺寺的《醒泉銘》應是達觀寫的 ………………………………………147

湯顯祖在肇慶遇見的傳教士不是利瑪竇 …………………………………151

湯顯祖從未正式任過徐聞典史 ……………………………………………161

莫為浮雲遮望眼——再談湯顯祖到過海南島 ……………………………163

「湯顯祖死於梅毒」之說大可質疑 ………………………………………179

附：徐朔方《湯顯祖和梅毒》 ……………………………………………183

就湯顯祖履歷幾個問題答萬作義先生 ……………………………………187

附：傑出的戲曲家湯顯祖 …………………………………………………190

下　冊

三翁比較

莎士比亞無法比擬湯顯祖 …………………………………………………195

湯顯祖與塞萬提斯 …………………………………………………………201

湯顯祖、莎士比亞、塞萬提斯肖像芻議 …………………………………217

湯公與莎翁在戲劇中對時間處理的異同 …………………………………229

再談湯顯祖與利瑪竇 ………………………………………………………231

發現考證

再談湯顯祖家傳全集殘版的發現與尋找 …………………………………241

文昌里湯家是耕讀世家 ……………………………………………………251

玉茗堂考 ……………………………………………………………………257

滄桑興毀湯公墓 ……………………………………………………………267

湯墓興毀續新篇 ……………………………………………………………277

再談湯顯祖的世系源流 ……………………………………………………287

湯顯祖家族始祖萬四公墓在撫州雲山清溪湯坊 …………………………293

雨絲風片

湯顯祖與新城鄧渼 …………………………………………………………301

湯顯祖與黎川 ………………………………………………………………307

戲寫湯顯祖概覽與思考 ……………………………………………313

蹭蹬問世的《湯顯祖大傳》 ………………………………………325

我與徐朔方教授在湯顯祖佚文上的糾紛 ……………………………333

2016 年：撫州你將怎樣紀念湯顯祖？ ……………………………339

關於湯顯祖逝世的時間 ……………………………………………345

二仙點化邯鄲夢（故事）……………………………………………349

湯顯祖詩三首注釋 …………………………………………………353

湯顯祖研究交遊紀事 ………………………………………………357

主要參考文獻 ……………………………………………………………377

附　錄

《湯顯祖研究與輯佚》序　李希凡……………………………………383

《湯顯祖大傳》序　周育德……………………………………………387

湯顯祖傳記的一部力作──龔重謨《湯顯祖大傳》讀後　江巨榮………391

後　記 ……………………………………………………………………399

第九、十冊　禁戲（增補本）

作者簡介

　　李德生，1945 年出生，籍貫北京，現旅居加拿大，係加拿大文化更新研究中心研究員，致力於東方民俗文化和中國戲劇之研究。有如下著作出版：《煙畫三百六十行》（臺灣漢聲出版公司出版，2001 年）、《丑角》（中國百花文藝出版社出版，2007 年）、《京劇的搖籃──富連城》（中國山西人民出版社出版，2008 年）、《清宮戲畫》（中國百花文藝出版社出版，2011 年）、《梨花一枝春帶雨──說不完的旗裝戲》（中國人民日報出版社出版，2013 年）、《禁戲圖存》（中國社科出版社出版，2019 年）、《粉戲》（臺灣花木蘭文化事業有限公司出版，2021 年）、《血粉戲》（臺灣花木蘭文化事業有限公司出版，2021 年）、《束胸的歷史與禁革》（臺灣花木蘭文化事業有限公司出版，2021 年）、《血粉戲劇本十五種》（臺灣花木蘭文化事業有限公司出版，2021 年）。

提　要

　　在中國，自「戲劇」誕生之日起，隨之便出現了種種理由的「禁戲」。可以說，戲的歷史有多長，禁戲的歷史就有多長。凡是統治者認為內容「違制、

違德、誨淫、誨盜，或犯上作亂、挾嫌影射」的戲劇，必然會觸動封建皇權、政治與學術文化的敏感神經。所以，要動用手中的權力明令禁止。自清以降，以政府名義施行禁戲的文告層出不窮。筆者將清代、民國、日偽、臺灣和大陸，在不同歷史時期頒布的有關禁戲的公告和劇目進行了梳理，草成此書，於十五年前由大陸出版。面市後逐月售罄，由於種種原因並未再版。現經作者重新梳理，增補了文化大革命前期及中期，政府明令禁演並掀起「全民批判」的重點劇目若干，乃至一齣戲竟釀就舉國動亂和「十年浩劫」之源。從中可以領悟些，中國「戲劇與政治」間匪夷所思的糾葛與干係。

目 次

上 冊

前言　禁戲考 ………………………………………………………………… 1
第一章　清代禁戲：清乾隆五十年～宣統三年（1785～1911）………… 21
　1.《滾樓》………………………………………………………………… 21
　2.《茶坊比武》…………………………………………………………… 23
　3.《葡萄架》……………………………………………………………… 24
　4.《賣胭脂》……………………………………………………………… 25
　5.《烤火》………………………………………………………………… 26
　6.《背娃入府》…………………………………………………………… 27
　7.《大鬧銷金帳》………………………………………………………… 29
　8.《種情受吐》…………………………………………………………… 30
　9.《紅樓夢》……………………………………………………………… 32
　10.《清楓嶺》…………………………………………………………… 34
　11.《打花鼓》…………………………………………………………… 35
　12.《打櫻桃》…………………………………………………………… 36
　13.《牡丹亭》…………………………………………………………… 37
　14.《西廂記》…………………………………………………………… 39
　15.《思凡下山》………………………………………………………… 40
　16.《戲鳳》……………………………………………………………… 41
　17.《白蛇傳》…………………………………………………………… 42
　18.《琴挑》……………………………………………………………… 43
　19.《挑簾裁衣》………………………………………………………… 44

20.《殺嫂》 ·· 45

21.《鴛鴦樓》 ······································ 46

22.《武十回》 ······································ 47

23.《送燈》 ·· 48

24.《賣餑餑》 ······································ 49

25.《送枕》 ·· 50

26.《搖會》 ·· 50

27.《小上墳》 ······································ 51

28.《晉陽宮》 ······································ 53

29.《關王廟》 ······································ 54

30.《玉堂春》 ······································ 55

31.《三上吊》 ······································ 56

32.《三戲白牡丹》 ································ 58

33.《倭袍》 ·· 58

34.《劫獄》 ·· 59

35.《雙釘記》 ······································ 60

36.《三笑》 ·· 61

37.《巧姻緣》 ······································ 62

38.《意中緣》 ······································ 63

39.《殺子報》（1） ······························ 63

40.《梳妝擲戟》 ··································· 64

41.《梵王宮》 ······································ 66

42.《潯陽樓》 ······································ 66

43.《海潮珠》 ······································ 67

44.《珍珠衫》 ······································ 68

45.《琵琶記》 ······································ 69

46.《界牌關》 ······································ 70

47.《盜甲》 ·· 71

48.《秦淮河》 ······································ 73

49.《端午門》 ······································ 74

50.《翠屏山》 ······································ 75

51. 《荊釵記》 ………………………………………………… 76

52. 《蕩湖船》 ………………………………………………… 77

53. 《送灰麵》 ………………………………………………… 78

54. 《醉酒》 …………………………………………………… 79

55. 《風箏誤》 ………………………………………………… 80

56. 《刺嬸》 …………………………………………………… 82

57. 《紅逼宮》 ………………………………………………… 83

58. 《白逼宮》 ………………………………………………… 84

59. 《回斗關》 ………………………………………………… 84

60. 《打齋飯》 ………………………………………………… 85

61. 《打連廂》 ………………………………………………… 86

62. 《玉蜻蜓》 ………………………………………………… 87

63. 《思春》 …………………………………………………… 88

64. 《賣青炭》 ………………………………………………… 89

65. 《扶頭勸嫖》 ……………………………………………… 89

66. 《捉姦》 …………………………………………………… 90

67. 《吃醋》 …………………………………………………… 91

68. 《弔孝》 …………………………………………………… 92

69. 《窺醉》 …………………………………………………… 93

70. 《借茶》 …………………………………………………… 93

71. 《前後誘》 ………………………………………………… 94

72. 《趙家樓》 ………………………………………………… 95

73. 《服藥》 …………………………………………………… 96

74. 《別妻》 …………………………………………………… 98

75. 《亭會》 …………………………………………………… 99

76. 《嫖院》 …………………………………………………… 100

77. 《拾玉鐲》 ………………………………………………… 101

78. 《打麵缸》 ………………………………………………… 102

79. 《鬧花燈》 ………………………………………………… 102

80. 《搜山打車》 ……………………………………………… 103

第二章　民國禁戲：民國元年～民國三十八年（1912～1949） ………… 105

1.《擊鼓罵曹》 …………………………………………105

2.《打櫃子》 ……………………………………………106

3.《小放牛》 ……………………………………………108

4.《賽金花》 ……………………………………………110

5.《愛歟仇歟》 …………………………………………112

6.《桃花庵》 ……………………………………………113

7.《繡鞋記》 ……………………………………………113

8.《夜審周子琴》 ………………………………………115

9.《女店員》 ……………………………………………115

10.《槍斃駝龍》 …………………………………………116

11.《拿蒼蠅》 ……………………………………………118

12.《女蘿村》 ……………………………………………119

13.《馬寡婦開店》 ………………………………………120

14.《漢班超投筆從戎》 …………………………………121

15.《四郎探母》（1） …………………………………122

16.《綠珠墜樓》 …………………………………………124

17.《黑驢告狀》 …………………………………………126

18.《八仙得道》 …………………………………………127

19.《瞎子逛燈》 …………………………………………128

20.《盜魂鈴》 ……………………………………………128

21.《陰陽河》 ……………………………………………130

22.《十八羅漢收大鵬》 …………………………………131

23.《二十八宿歸位》 ……………………………………132

24.《唐明皇遊月宮》 ……………………………………133

25.《劉全進瓜》 …………………………………………134

26.《崑崙劍俠傳》 ………………………………………135

27.《青城十九俠》 ………………………………………135

28.《封神榜》 ……………………………………………137

29.《飛劍斬白龍》 ………………………………………138

30.《反延安》 ……………………………………………139

31.《胭粉計》 ……………………………………………140

32.《紅娘》……………………………………………………141

33.《也是齋》…………………………………………………141

34.《遺翠花》…………………………………………………142

35.《胭脂判》…………………………………………………143

36.《盤絲洞》…………………………………………………144

37.《拾黃金》…………………………………………………145

38.《鐵冠圖》…………………………………………………146

39.《雁門關》…………………………………………………146

40.《雙官誥》…………………………………………………147

41.《紅梅閣》…………………………………………………148

42.《哭祖廟》…………………………………………………149

43.《紡棉花》…………………………………………………150

44.《戲迷小姐》………………………………………………151

45.《戲迷家庭》………………………………………………152

46.《十八扯》…………………………………………………153

47.《雙怕婆》…………………………………………………153

48.《遊六殿》…………………………………………………154

49.《劈山救母》………………………………………………155

50.《花為媒》…………………………………………………156

51.《四郎探母》（2）………………………………………158

附：抗日戰爭時期淪陷區禁戲（1931～1945）………160

1.《掃除日害》………………………………………………160

2.《抗金兵》…………………………………………………161

3.《生死恨》…………………………………………………162

4.《明末遺恨》………………………………………………164

5.《文天祥》…………………………………………………165

6.《徽欽二帝》………………………………………………167

7.《亡蜀鑒》…………………………………………………168

8.《蘇武牧羊》………………………………………………169

9.《岳母刺字》………………………………………………169

下 冊

第三章　臺灣禁戲（1949～1990）……………………………173

　1.《紡棉花》……………………………………………………173

　2.《四郎探母》（3）……………………………………………174

　3.《霸王別姬》…………………………………………………175

　4.《春閨夢》……………………………………………………177

　5.《讓徐州》……………………………………………………178

　6.《走麥城》……………………………………………………179

　7.《文姬歸漢》…………………………………………………180

　8.《昭君出塞》…………………………………………………181

　9.《斬經堂》……………………………………………………183

　10.《無底洞》……………………………………………………184

　11.《大劈棺》（2）………………………………………………185

　12.《赤桑鎮》……………………………………………………186

　13.《壯別》………………………………………………………187

　14.《感天動地竇娥冤》…………………………………………188

　15.《赤忠報國》…………………………………………………190

第四章　中華人民共和國建國初期（1949～1964）……………193

　1.《殺子報》（2）………………………………………………193

　2.《九更天》……………………………………………………194

　3.《滑油山》……………………………………………………195

　4.《奇冤報》……………………………………………………196

　5.《海慧寺》……………………………………………………197

　6.《雙釘記》（2）………………………………………………200

　7.《探陰山》……………………………………………………201

　8.《大香山》……………………………………………………203

　9.《關公顯聖》…………………………………………………203

　10.《雙沙河》……………………………………………………205

　11.《鐵公雞》……………………………………………………206

　12.《活捉三郎》…………………………………………………208

　13.《大劈棺》（2）………………………………………………209

14.《鍾馗》 …………………………………………… 210

15.《黃氏女遊陰》 ………………………………… 212

16.《活捉南三復》 ………………………………… 213

17.《活捉王魁》 …………………………………… 214

18.《陰魂奇案》 …………………………………… 214

19.《因果美報》 …………………………………… 215

20.《僵屍復仇記》 ………………………………… 216

21.《薛禮征東》 …………………………………… 216

22.《八月十五殺韃子》 …………………………… 217

23.《小老媽》 ……………………………………… 218

24.《引狼入室》 …………………………………… 220

25.《蘭英思兒》 …………………………………… 221

26.《鍾馗送妹》 …………………………………… 222

27.《麻瘋女》 ……………………………………… 222

28.《清宮秘史》 …………………………………… 224

29.《武訓傳》 ……………………………………… 225

30.《八大拿》 ……………………………………… 227

31.《鎖麟囊》 ……………………………………… 230

32.《戰宛城》 ……………………………………… 233

33.《桃花扇》 ……………………………………… 235

34.《潘金蓮》 ……………………………………… 236

35.《忠王李秀成》 ………………………………… 239

36.《茶館》 ………………………………………… 240

37.《趙氏孤兒》 …………………………………… 242

38.《關漢卿》 ……………………………………… 244

39.《謝瑤環》 ……………………………………… 246

40.《李慧娘》 ……………………………………… 247

41.《興唐鑒》 ……………………………………… 249

42. 禁演全部古裝戲 ……………………………… 250

第五章　文化大革命期間的禁戲（1965～1976）…… 251

1.《海瑞罷官》 …………………………………… 251

2.《海瑞上疏》 …………………………………………253

3.《孫安動本》 …………………………………………256

4.《三上桃峰》 …………………………………………257

5.《姊妹易嫁》 …………………………………………259

第六章　文化大革命後的禁戲（1976～1980）……………261

第七章　禁戲之殤 ……………………………………263

附錄：歷屆政府有關禁戲劇目的文件 ……………………297

參考文獻 ………………………………………………313

第十一、十二、十三冊　血粉戲及其劇本十五種

作者簡介

　　李德生，籍貫北京，旅居加拿大，係加拿大文化更新研究中心研究員，自由撰稿人。致力於東方民俗文化、中國戲劇研究。近年在國內外出版的著作如下：《煙畫三百六十行》（臺灣漢聲出版公司，2001 年）、《老北京的三百六十行》（中國山西古籍出版社，2005 年）、《丑角》（中國百花文藝出版社，2007 年）、《京劇的搖籃——富連城》（中國山西古藉出版社，2008 年）、《禁戲》（中國百花文藝出版社，2008 年）、《清宮戲畫》（中國百花文藝出版社，2011 年）、《一枝梨花春帶雨——說不完的旗裝戲》（人民日報出版社，2013年）、《禁戲圖存》（中國社科出版社出版，2019 年）、《束胸的歷史與禁革》（臺灣花木蘭文化事業有限公司，2021 年）、《粉戲》（臺灣花木蘭文化事業有限公司，2021 年）。

提　要

　　血粉戲，是劇評家景孤血為「色情兇殺」戲起的一個專用名詞，這類戲也是傳統劇中的一個重要的組成部分。不少戲還是京劇傳統戲的經典之作，如《翠屏山》《烏龍院》《戰宛城》等；還有的是評劇的開山之作，如《槍斃小老媽》《殺子報》等。這類戲劇在清末民初時就已廣為流行，為此，還創造出「潑辣旦」、「刺殺旦」和「性丑」等一系列新的表演行當。

　　歷屆政府對這些「血粉戲」都施行過禁演措施。但是，由於社會混亂、時風難束，屢禁屢泛，禁而難止。解放後，文化部對舊劇進行了全面的整肅，大部分「誨淫誨盜」的「壞戲」被趕下了舞臺，任其消亡，有的連劇本也都

蕩然無存了。儘管有些「血粉戲」確實是戲劇中的糟粕，但在戲劇發展史的長河中，也曾實實在在地存在過，而且紅火一時，不少戲中還保存著精湛的表演技巧和絕活。但因為諸多原因卻為戲曲史學家們視而不見，或罔顧不取，不少珍貴的史料被棄之溝壑，化鶴難覓了。

為了讓戲劇愛好者瞭解「血粉戲」，筆者根據手頭積存的資料，對這類舊劇進行了一次粗淺地梳理，從一些老戲考、老劇評、老劇照、名伶軼事和故人回憶中，集腋成裘，整理出一些文字，並將筆者蒐羅到的劇本附之於後，草成此書，以補近代戲劇史上的一大漏卮。

目　次

序　丁淑梅

上　冊

上　卷 ……………………………………………………………… 1

前　言 ……………………………………………………………… 3

《大劈棺》——從《大劈棺》談到賈璧雲和言慧珠 ………………… 5

《十二紅》——從《十二紅》談到「大破臺」與毛世來 ………… 19

《也是齋》——從《也是齋》談到小桂鳳和楊桂雲 ……………… 31

《戰宛城》——從《戰宛城》談到荀慧生、侯喜瑞 ……………… 43

《遊湖陰配》——《遊湖陰配》與趙燕俠、李淑君 ……………… 59

《雙釘記》——《雙釘記》與《釣金龜》和《白金蓮》 ………… 73

《翠屏山》——從《翠屏山》談到譚鑫培、路三寶 ……………… 87

《武松殺嫂》——從《武松殺嫂》談到楊月樓、歐陽予倩 ……… 99

《烏龍院》——從《烏龍院》談到馬連良、麒麟童 ……………… 111

《貪歡報》——從《貪歡報》談到《大嫖院》《思志誠》 ……… 125

《馬思遠》——《馬思遠》與曹福壽、筱翠花 …………………… 135

《殺子報》——《殺子報》、「彩頭戲」與「農民的歡樂」 …… 153

中　冊

《槍斃閻瑞生》——從《槍斃閻瑞生》談到露蘭春、趙君玉 …… 173

《槍斃小老媽》——《槍斃小老媽》與月明珠、老白玉霜 ……… 189

《槍斃劉漢臣》——從《槍斃劉漢臣》談到褚玉璞和《秋海棠》 … 203

《槍斃女匪駝龍》——從實事新聞戲說到不良編改的現代政治戲 ……… 217

下　卷 ……………………………………………………………… 225

代前言──我所知道的一些有關「血粉戲」及其劇本的事 ……… 227

《大劈棺》（《蝴蝶夢》）………………………………………… 235

《頭本十二紅》…………………………………………………… 255

《也是齋》（皮匠殺妻）………………………………………… 277

《戰宛城》（《張繡刺嬸》）……………………………………… 291

《西湖陰配》……………………………………………………… 307

《頭本雙釘記》（《白金蓮》）…………………………………… 315

《翠屏山》（殺嫂投梁）………………………………………… 323

《武松殺嫂》之《戲叔》………………………………………… 347

下　冊

《下書殺惜》……………………………………………………… 357

《貪歡報》（秦淮河）…………………………………………… 369

《馬思遠‧茶舘》（海慧寺）（雙鈴記）………………………… 379

《全本殺子報》…………………………………………………… 393

《頭本閻瑞生》…………………………………………………… 425

《全本槍斃小老媽》……………………………………………… 481

《槍斃女匪駝龍》………………………………………………… 503

《槍斃劉漢臣》…………………………………………………… 525

參考文獻…………………………………………………………… 527

第十四冊　劉熙載寓言散文研究

作者簡介

　　黃安琪，臺灣師範大學中文所碩士，現為中正大學中文所博士生。

提　要

　　劉熙載（1813～1881），自號寤崖子，一生致力於為學與教人，博學多能，研究領域涵蓋文學藝術、語言聲韻、天文曆算。其寓言散文集《寤崖子》收錄於詩文集《昨非集》（初名《四旬集》），共有四十二篇作品，以「寤崖子」一角穿插於十五篇作品，內容托以史事，雜以議論，推闡儒家哲理和政治思想，融會道家的人生道德修養，無論取材、主題、故事設計在清代寓言中皆

獨樹一格。

　　本論文共分六章：第一章說明研究動機與目的、研究範圍、研究現況，並確立研究方法與步驟。第二章從劉熙載的時代生平著手，再從文學觀與寓言觀兩個作者因素，以及政治、學術、寓言發展背景三個社會因素，探索劉熙載創作《寤崖子》的因緣。第三章歸納《寤崖子》寓言散文的題材，分成「循古」與「自創」兩部分，分別探討素材來源、轉化方式，與題材類型。第四章剖析寓言的靈魂，即《寤崖子》的寓意，了解劉熙載「治經與論學」、「學習與立教」、「修身待人與處世」、「柄政與治國」的思想內容。第五章進行《寤崖子》寓言散文的故事分析，分析劉熙載如何設計人物、情節結構、寓意呈現，為文章增添變化與說服力。第六章概括說明本論文研究成果。

目　次

第一章　緒　論 …………………………………………………………… 1
第二章　劉熙載生平及其寓言散文創作因緣 ………………………… 13
　第一節　劉熙載生平 ………………………………………………… 13
　第二節　劉熙載寓言散文創作因緣 ………………………………… 22
第三章　劉熙載寓言散文的題材 ……………………………………… 35
　第一節　循古作品的題材來源與轉化 ……………………………… 35
　第二節　自創作品的題材類型 ……………………………………… 54
第四章　劉熙載寓言散文的主題思想 ………………………………… 65
　第一節　治經與論學 ………………………………………………… 66
　第二節　學習與立教 ………………………………………………… 76
　第三節　修身待人與處世 …………………………………………… 85
　第四節　柄政與治國 ………………………………………………… 94
第五章　劉熙載寓言散文的故事分析 ………………………………… 103
　第一節　命名與選角 ………………………………………………… 103
　第二節　情節結構 …………………………………………………… 108
　第三節　寓意呈現方式 ……………………………………………… 113
第六章　結　論 ………………………………………………………… 127
　第一節　劉熙載寓言散文的特色 …………………………………… 127
　第二節　劉熙載寓言散文的價值 …………………………………… 128
參考書目 ………………………………………………………………… 133

附錄一：劉熙載年譜 ……………………………………………143
附錄二：《寤崖子》題材分析表 ……………………………155
附錄三：《寤崖子》故事與寓意分析表 ……………………159

第十五、十六、十七冊　夏承燾詞學研究——以日記、書信、論詞絕句為考察中心

作者簡介

薛乃文，女，生於 1983 年，高雄茄萣人。東吳大學中國文學系學士，國立成功大學中國文學系碩士、博士。博士論文《夏承燾詞學研究——以日記、書信、論詞絕句為考察中心》獲得行政院科技部 106 年「獎勵人文與社會科學領域博士候選人撰寫博士論文獎」補助。曾任國立成功大學人文社會科學中心專案行政助理、東方設計大學兼任講師、敏惠醫護管理專科學校兼任講師、兼任助理教授。

提　要

本論文完成的項目與貢獻有三：（一）掌握材料，揭示二十世紀詞學生態與發展趨勢。（二）以時代為經，詞人為緯，呈現夏承燾的批評史觀。（三）以客觀多元之視角重探夏承燾詞學研究。

本論文可總結三點：第一、「夏承燾為民國詞學樹立的典範」。據夏承燾建構的研究體系，可論定他已突破傳統研究的藩籬，走向自覺性、系統性、全面性的堂廡。一方面採用考據的方法治詞，另一方面係採用新的論著形式、新的批評話語，以及科學舉證的方法進行詞學批評。此外，夏承燾將畢生的思想情感付諸於舊體詩詞的創作上。所以夏承燾為民國詞學樹立的典範，在於他不僅是一位「精於詞學研究」的學者，還是一位「工於填詞」的詞人。

第二、「夏承燾的批評精神與侷限」。夏承燾治學領域，由「考據」 轉向「批評」 的轉型過程，即是中國共產黨變革後的反映。夏承燾透過社會批評方法，滿足了當時共產社會的需要，一系列歌詠愛國詞人的作品及文章，正是時代下的反映。夏承燾以政治標準來評論歷代詞人，造成內容第一、形式第二，重視豪放派而忽視婉約派的傾向，正是毛澤東思想與馬列主義的催化結果。這般失衡的批評標準，也是他在論詞上的侷限。

第三、本論文撰寫之際，恰值《夏承燾全集》中《唐宋詞人年譜續編》、

《詞例》、《永嘉詞徵》三書出版，其餘部分將陸續付梓。儘管筆者在材料運用上無法如預期想法，將《夏承燾全集》全面納入；然而在梳理夏承燾的詞體觀及批評史觀時，釐清了夏承燾對歷代詞人的批評見解，也客觀地凸顯夏承燾在時代風雲下的批判風向。

目　次

上　冊

誌　謝

第一章　緒　論 ……………………………………………………… 1

第二章　夏承燾詞學思想之奠定與發展 …………………………… 59

　第一節　從讀書、修身到治詞 …………………………………… 60

　第二節　地域活動及詞社交流 …………………………………… 80

　第三節　學會參與及刊物發表 …………………………………… 110

　第四節　著述構想及成果展現 …………………………………… 124

中　冊

第三章　夏承燾詞體觀之建構 ……………………………………… 153

　第一節　詞的本質 ………………………………………………… 153

　第二節　詞的功能 ………………………………………………… 182

　第三節　詞的樂律 ………………………………………………… 206

　第四節　詞的創作 ………………………………………………… 217

第四章　夏承燾對歷代詞人之批評（一）………………………… 235

　第一節　唐五代詞人 ……………………………………………… 235

　第二節　北宋初期詞人 …………………………………………… 250

　第三節　北宋中晚期詞人 ………………………………………… 258

　第四節　南宋愛國詞人 …………………………………………… 298

　第五節　姜夔及江湖詞人 ………………………………………… 324

下　冊

第五章　夏承燾對歷代詞人之批評（二）………………………… 367

　第一節　金明詞人 ………………………………………………… 367

　第二節　清代詞人（一）………………………………………… 379

　第三節　清代詞人（二）………………………………………… 396

　　第四節　域外詞人 ……………………………………………… 424
　　第五節　夏承燾詞人批評綜論 ………………………………… 465
第六章　夏承燾詞的創作與理論實踐 ……………………………… 473
　　第一節　創作歷程 …………………………………………… 475
　　第二節　精神內涵與藝術風格 ……………………………… 498
第七章　結　論 …………………………………………………… 529
重要參考文獻 ……………………………………………………… 537
附錄：本文述及之民國時期人物一覽表 ……………………… 565

第十八冊　古代文化散論

作者簡介

　　歐陽健，江西玉山人。1979 年 3 月發表第一篇論文《柴進・晁蓋・宋江》，1980 年 5 月發表《重評胡適的〈水滸傳考證〉》，1980 年經中國社會科學院招收研究人員的正式考試，被江蘇省社會科學院錄取為助理研究員。曾任江蘇省社會科學院文學研究所副所長、《明清小說研究》雜誌主編、江蘇省明清小說研究會副會長。1995 年調福建師大中文系，現為福建師範大學文學院教授。專業研究明清小說四十年，主編《中國通俗小說總目提要》、《全清小說》，先後出版《水滸新議》《明清小說新考》《紅樓新辨》《水滸解識》《紅樓新譚》等，曾在臺灣貫雅出版過《明清小說採正》、秀威出版過《晚清新小說史》、昌明文化公司出版過《還原脂硯齋》、萬卷樓出版過《魏子雲歐陽健學術信札》《中國歷史小說史》等。為結兩岸文字緣，《古代文化散論》由花木蘭文化出版社出版。

提　要

　　作者從事明清小說四十年，現將偶有軼出「明清」「小說」樊籬之論述，名以《古代文化散論》結集成冊，內容包括先秦伯夷文化、三國魏晉文化、唐代裴鉶傳奇、宋代散文小說、元代歐陽論範、明代稗說、清代陳廷敬詩歌、晚清民國林紓等。論述體現了作者倡導的「發現眼光」，即努力發現被掩蓋了的事實與努力發現被掩蓋了的價值，深信研究者的任務不是為了破壞，而是為了建樹。我們的側重點決不在於宣判某某作品為糟粕，禁止人們去接觸它；而是在於發掘被埋在歷史垃圾中的珍珠，讓它在新的條件下重放光芒。

目　次

伯夷文化論 …………………………………………………………………… 1

論曹魏的文化建設 …………………………………………………………… 81

諸葛亮的決策、管理及其他 ………………………………………………… 93

「傳奇體」辨正——兼論裴鉶《傳奇》在小說史上的地位 ………………… 97

《三歐文選》歐陽修文的選注詮次 ………………………………………… 107

《全宋文》失收歐陽氏遺文輯補 …………………………………………… 119

《青瑣高議》論考 …………………………………………………………… 127

歐陽起鳴《論範》簡說 ……………………………………………………… 175

野豬林、十字坡與《水滸》 ………………………………………………… 183

關索索考 ……………………………………………………………………… 191

詩人陳廷敬的當代認知 ……………………………………………………… 203

林紓、陳衍的文化堅持與自信 ……………………………………………… 243

林紓——福州近代的文化巨人 ……………………………………………… 263

第十九、二十冊　《經律異相》故事研究

作者簡介

簡意娟，臺灣基隆人，中國文化大學中國文學研究所博士。曾任職於臺北國立故宮博物院圖書文獻處，擔任滿文文獻翻譯與整理工作，現任職於華夏科技大學、中國文化大學。專長，清代通俗文學、滿族文學、清代檔案文獻。

主要研究，古今中外民間敘事文學、並佛經故事、滿族通俗文學、清代檔案文獻（含圖書、奏摺、地圖、條約）。

提　要

佛教類書《經律異相》即南朝僧人釋寶唱，受梁武帝的敕令，蒐羅經、律、論三藏中，闡釋佛教教義的神話、傳說、寓言等故事，按照佛教宇宙觀來分門別類，共五十卷。內容來源於二百七十多種佛經，收錄共七百八十二條記事。最初這些神話、寓言和傳說是流傳於民間的口頭創作，深受百姓的喜愛，內容反應著當時的政治、經濟、社會、文化等各方面價值，因此又稱為故事百科全書。在此，本文以民間故事角度切入，由情節單元與故事類型進行研究觀察，探其意義與價值。

　　本文共分為七章，依次摘述各章大要：第一章為緒論；第二章部分，探討《經律異相》的編輯者、成書過程、入藏情形與現存版本；第三章與第四章部分，以傳統的佛經分類法「十二分教」分類法中的「本生、因緣」為主題，作情節單元分析。第五章部分，則運用國際通行的「AT 分類法」來歸納《經律異相》的故事類型，即運用民間文學中的「情節單元」與「故事類型」的觀念來進行故事的分類與析論；第六章部分透過前文分類與析論《經律異相》的故事後，則進行綜合探討其中所具的政治、社會、經濟、教育、民俗生活、宗教信仰、醫療、藝術等各方面的價值與影響，凸顯此研究的目的與成果；第七章為完整的結論。

目　次

上　冊

第一章　緒　論 ……………………………………………………………… 1
第二章　《經律異相》概述 …………………………………………………… 21
　　第一節　內容體例、編輯者與成書過程 ……………………………… 21
　　第二節　版本概況與歷代經錄定位 …………………………………… 38
第三章　《經律異相》之因緣故事 ………………………………………… 41
　　第一節　因緣的定義與故事內容 ……………………………………… 41
　　第二節　善報因緣 ……………………………………………………… 46
　　第三節　惡報因緣 ……………………………………………………… 69
　　第四節　說法因緣 ……………………………………………………… 82
第四章　《經律異相》之本生故事 ………………………………………… 107
　　第一節　本生的定義與故事內容 ……………………………………… 107
　　第二節　人物本生 ……………………………………………………… 116
　　第三節　動物本生 ……………………………………………………… 133
　　第四節　綜合本生 ……………………………………………………… 157

下　冊

第五章　《經律異相》之類型故事 ………………………………………… 167
　　第一節　故事類型的訂定與分類 ……………………………………… 167
　　第二節　動物故事與幻想故事 ………………………………………… 171
　　第三節　宗教神仙故事 ………………………………………………… 201

  第四節 生活故事、惡地主與笨魔的故事 ……………………208

  第五節 笑話、趣事 …………………………………………224

第六章 《經律異相》故事之價值與影響 ………………………241

  第一節 文學與文獻學的價值及影響 ……………………………241

  第二節 政治與經濟的價值及影響 …………………………………246

  第三節 醫療的價值及影響 …………………………………………250

  第四節 石窟壁畫與藝術的價值及影響 …………………………255

第七章 結 論 ……………………………………………………267

引用文獻 …………………………………………………………………275

附錄：《經律異相》故事情節索引…………………………………………293

齊地文化與兩漢文學研究

宮偉偉　著

作者簡介

宮偉偉，男，1986 年 11 月出生，山東萊陽人。2016 年 6 月畢業於廈門大學中文系，獲文學博士學位。同年進入滁州學院文學與傳媒學院，主要從事中國古代文學和新聞學的教學與研究工作。先後發表過《徐幹論》《論地域文化對兩漢文學的影響》《漢武帝〈李夫人歌〉成因獻疑》等學術論文十餘篇。

提　　要

　　本書主要討論齊地文化與兩漢文學的關係，由引言和正文兩部分組成。引言部分主要探討地域文化與兩漢文學的關係，並對本書的參考資料、選題依據和研究方法進行了說明。正文部分共分為五章。第一章重點考察兩漢齊地文化的形成歷程，並界定了與本書相關的一系列概念。第二章著重考察兩漢齊地社會風習對兩漢文學的影響。兩漢齊地的風習文化主要表現為寬緩闊達、足智善辯、好學尚利、誇奢自我等特徵，並對兩漢文學的藝術水平、創作思維和審美標準產生了深遠影響。第三章探討兩漢齊地文人的籍貫分布情況。受行政、地理、風俗和經濟等因素影響，文人在齊地各郡（國）或同一郡（國）的不同時期，分布並不均衡。這影響到齊地各郡（國）文學的特色或發展水平。第四章旨在揭示兩漢齊地文人的生存方式與兩漢文學的關係。文人的生存方式不同，生活體驗、價值取向、言說方式乃至知識構成也往往不同，這必然影響其文學創作。齊地文人通過從政、講學、漫遊等生存方式，還為他人的文學創作提供了物質、文化、知識和素材等方面的幫助。第五章論述兩漢齊地文人作品的主題、創作特徵及文學貢獻。齊地文人作品具有鮮明的政治色彩、經學性和理性色彩，主題主要集中在美政之思、憂民之情、忠誠之心、賢與不肖之辨、一己之志五個方面。齊地文人還通過開創新文體，確立多種文學體裁的寫作範式，拓展和豐富作品題材等方式，直接影響了兩漢文學的發展走向。

目

次

引　言 …………………………………………………………… 1

　　一、兩漢地域文化的生成條件 ………………………… 3

　　二、兩漢地域文化對文學的影響 ……………………… 8

　　三、兩漢齊地文化研究資料概述 ……………………… 15

　　四、本文的選題依據與採用的理論方法 ……… 23

第一章　兩漢齊地文化的相關概念與形成歷程 …… 29

　第一節　「齊地」與「齊地文化」的概念界定 …… 29

　　一、「齊地」概念的界定 ……………………………… 29

　　二、「齊地文化」的內涵解析 ………………………… 31

　第二節　兩漢時期「文學」的內涵 ………………… 35

　　一、「文學」的定義公式 ……………………………… 36

　　二、兩漢「文學」的獨特內涵 ……………………… 38

　　三、結語 ………………………………………………… 43

　第三節　先秦齊地文化的發展 ……………………… 45

　　一、史前齊地文化 ……………………………………… 46

　　二、夏商時期的齊地文化 …………………………… 48

　　三、西周時期的齊地文化 …………………………… 52

　　四、春秋時期的齊地文化 …………………………… 54

　　五、戰國時期的齊地文化 …………………………… 58

第四節　嬴政對齊地文化的吸收和影響……………61
一、嬴政對齊地文化的片面吸收……………62
二、秦政權與戰國齊地文化的扞格…………65
第二章　齊地風習與兩漢文學………………………69
第一節　兩漢時人對齊地文化所具獨特性的體認…69
一、齊地地理環境的相對獨立性……………69
二、齊地方音的獨特性………………………70
三、齊地風俗的特異性………………………72
四、齊地學術文化的地域性…………………73
第二節　兩漢齊地風習文化形成的地理動因………76
一、兩漢齊地文化發展的地理環境…………77
二、地理環境對兩漢齊地風習文化的影響…79
第三節　兩漢齊地風習文化形成的人文動因及
　　　　主要表現……………………………87
一、兩漢齊地的主要社會風習………………88
二、兩漢齊地風習文化形成的人文動因……98
第四節　齊地文人風習與兩漢文學發展…………108
一、齊人多才與漢初文學的虛誇駁雜……108
二、齊學風行與西漢中後期文學的鋪排板滯 114
三、讖緯興盛與東漢文學的奇偉辭富……121
第三章　齊地文人的籍貫分布與兩漢文學………129
第一節　兩漢齊地文人考……………………129
第二節　兩漢齊地文人的籍貫分布研究………144
一、兩漢齊地文人分布情況及其成因……145
二、兩漢齊地文人地域分布的變遷及其成因 152
三、齊地文人的籍貫分布對兩漢齊地文學的
　　影響…………………………………156
第四章　齊地文人的謀生方式與兩漢文學………161
第一節　兩漢大一統背景下的生存方式抉擇……161
一、兩漢齊地文人出仕的主要途徑………162
二、兩漢齊地文人選擇隱逸的主要原因……169
第二節　齊地文人的謀生方式與其文學創作的
　　　　關係…………………………………178

　　　一、齊地出仕文人及其文學表現⋯⋯⋯⋯⋯　180

　　　二、齊地未仕文人及其文學表現⋯⋯⋯⋯⋯　194

　　　三、餘論⋯⋯⋯⋯⋯⋯⋯⋯⋯⋯⋯⋯⋯⋯　203

　　第三節　齊地文人的謀生方式對他人文學創作的
　　　　　　貢獻⋯⋯⋯⋯⋯⋯⋯⋯⋯⋯⋯⋯⋯　205

　　　一、奠定兩漢文學發展的物質基礎⋯⋯⋯⋯　206

　　　二、夯實兩漢文學發展的文化基礎⋯⋯⋯⋯　208

　　　三、補充兩漢文學創作的知識和素材⋯⋯⋯　213

第五章　齊地文人創作與兩漢文學⋯⋯⋯⋯⋯⋯⋯　217

　　第一節　兩漢齊地文人作品的主題取向⋯⋯⋯　217

　　　一、美政之思⋯⋯⋯⋯⋯⋯⋯⋯⋯⋯⋯⋯　218

　　　二、憂民之情⋯⋯⋯⋯⋯⋯⋯⋯⋯⋯⋯⋯　223

　　　三、忠誠之心⋯⋯⋯⋯⋯⋯⋯⋯⋯⋯⋯⋯　225

　　　四、賢不肖之辨⋯⋯⋯⋯⋯⋯⋯⋯⋯⋯⋯　229

　　　五、一己之志⋯⋯⋯⋯⋯⋯⋯⋯⋯⋯⋯⋯　231

　　第二節　兩漢齊地文人的創作特徵及文學貢獻⋯　238

　　　一、兩漢齊地文人群體的主要創作特徵⋯⋯　239

　　　二、齊地文人創作對兩漢文學的貢獻⋯⋯⋯　246

結　論⋯⋯⋯⋯⋯⋯⋯⋯⋯⋯⋯⋯⋯⋯⋯⋯⋯⋯　253

　　　一、與本文論題相關的概念需要以時代的
　　　　　眼光重新加以界定⋯⋯⋯⋯⋯⋯⋯⋯　253

　　　二、兩漢齊地文化是具有相對獨立性的⋯⋯　254

　　　三、齊地文化對兩漢文學的影響是多元且
　　　　　複雜的⋯⋯⋯⋯⋯⋯⋯⋯⋯⋯⋯⋯⋯　255

參考文獻⋯⋯⋯⋯⋯⋯⋯⋯⋯⋯⋯⋯⋯⋯⋯⋯⋯　259

引　言

　　我國文化發展到兩漢時期，統一性作為其最顯著的特徵就被凸顯出來。統治者對不同地域文化進行整合的意識也更加自覺和明確：宗旨上表現為對大一統中央集權政治體制的迎合；方法上體現為以某種文化為主體而對其他各地域和學派文化進行多元整合；結果則呈現為主流的官方文化與不同學派、地域等支流文化的並存。文學作為該時代的一種社會意識形態，應當是諸多文化構成因素中最豐富多彩且最具吸引力的。而作為其代表的漢賦和史傳散文所擁有的「苞括宇宙，總覽人物」〔註1〕式的創作視野和「體國經野，義尚光大」〔註2〕的創作宗旨，顯示得也正是兩漢文人以大一統帝國為視角來吸收、融合、匯通不同地域、類型文化的自覺意識。

　　但需要指出的是，文化統一性的顯豁並不意味著其地域性特色的消亡。文化是具有多樣性和多層次性的，一個社會的主流文化在擁有為全社會乃至世界各民族所理解或採借的普遍性品格的同時，又會因其成員所處地域、民族和階級的不同，而產生各式各樣的亞文化。〔註3〕誠如李學勤所說：「統一性與地域性是一對矛盾，我國古代文化是居住在中國廣大領土上各個民族共同創造的，不同地區、不同部族的人民，其文化處於不停頓的交融過程之中，

〔註1〕〔漢〕劉歆等撰；王根林校點：《西京雜記（外五種）》，上海古籍出版社2012年版，第19頁。

〔註2〕〔南朝梁〕劉勰著；王運熙，周鋒譯注：《文心雕龍譯注》，上海古籍出版社2010年版，第33頁。

〔註3〕陳華文主編：《文化學概論新編》，首都經濟貿易大學出版社2009年版，第275～287頁。

所以既有顯著的地方特色，又有廣泛的統一基礎。」〔註4〕正視兩漢地域文化的存在，有利於我們加深對漢代文化性質和特色的認識和理解。近年來，隨著學界對地域文化研究的日漸重視，地域文化與文學活動關係的研究也得以廣泛開展，並產生了許多優秀成果。但由於兩漢文化大一統性質的顯豁與其時文學的駁雜性、依附性，學界對該時期地域文化與文學活動關係方面的研究並未予以足夠的重視。其結果給人的印象是，地域文化在兩漢時代並不存在。這當然並非事實。確切的說，兩漢時代的地域文化不僅存在，而且對當時的政治、文學等領域都產生了巨大影響。

　　齊地文化作為兩漢時期的重要區域文化，其基本特點於戰國時期就已經形成。戰國文化對秦漢文化的基奠性影響已為學界公認，故而近年來已有學者在研究先秦齊文化的同時，對齊地文化在秦漢時期的重要地位也予以了關注：

> 大體說來，在統一後的初期，齊文化以其陰陽五行、神仙方術、齊地儒學等鮮明的思想文化特點，為秦所重，獨領風騷，成為秦帝國思想文化建構的基石，在有秦一代影響甚大；後期，秦、齊文化的衝突加劇，「焚書」由齊儒生之議所引發，「坑儒」所殺者多為齊方士，齊文化受到嚴重的打擊和摧殘。但由於秦祚甚短，齊文化以其巨大的生命力仍直接影響了漢初文化的建構，得以在漢初獲得迅速的發展和繁榮。〔註5〕

　　文中的「齊文化」也即本文所謂「齊地文化」的前身，那麼兩漢齊地文化發展的環境如何，出現了哪些重要的文化現象；齊地文化具有哪些特質，這些特質對兩漢文學產生了怎樣的影響；兩漢齊地文人的創作實績如何，對其他區域文人的創作產生了怎樣的影響；齊地文學在兩漢文學體系中的地位如何等等，這些問題是本文寫作的緣起，也是本文力圖加以解決的。但在著手解決上述問題之前，仍有一些問題需要我們必須作出回答：一是齊地文化等地域文化在兩漢時期為何會存在；二是地域文化對兩漢文學是否存在影響；三是我們據以研究上述問題的資料是否充足；四是我們研究上述問題的必要性和理論方法為何。以下即是筆者對這些疑問所作的思考和論述：

〔註4〕李學勤著：《李學勤集——追溯·考據·古文明》，黑龍江教育出版社 1989 年版，第 37 頁。

〔註5〕張光明著：《齊文化的考古發現與研究》，齊魯書社 2004 年版，第 167 頁。

一、兩漢地域文化的生成條件

　　博厄斯認為：「任何一個民族的文化只能理解為歷史的產物，其特性取決於各民族的社會環境與地理環境，也取決於這個民族如何發展自己的文化材料，無論這種文化是外來的還是本民族自己創造的。」〔註6〕兩漢時期的中國幅員遼闊、地形複雜、氣候不一、民族眾多，故而也產生了各式各樣的地域文化。漢統治者為加強對地方社會的控制，一方面「承秦之制」，建立起一系列相關的政治制度，如規定各郡國守、相須於年終時派遣專吏赴京師上報該郡國當年的戶口、租賦、刑獄、選舉等情況的上計制度以及「舉謠言」、「行風俗」等考核地方官政績的制度等，來掌握各地風俗民情；另一方面，又通過實施「罷黜百家，表章六經」〔註7〕這一文化政策，培養起郡國守、相等地方官吏以儒家理論移風易俗的使命感，旨在通過對地方風俗的改造以建立「六合同風，九州共貫」〔註8〕的理想治世。但是，上述措施並未取得使天下風俗齊同的效果，終兩漢之世，地域文化一直存在。

　　這是因為文化是人與自然界互動而產生的巨大系統，這一系統又涵括物質文化系統（如衣食住行）、制度文化系統（如政治）、精神文化系統（如風俗、宗教、藝術）等諸多子系統。它的結構是「系統內部相互聯繫相互作用的諸要素之間，在一定的排列組合後形成的一種相對穩定的、能明顯辨別出其獨特面貌的整體。」因此，當文化系統內部各要素如經濟、政治、風俗等，因自然環境或社會環境的差異而以不同的方式排列組合時，也便由此形成了不同的地域文化。〔註9〕班固《漢書‧地理志》對風俗的內涵有著較為準確的解釋：「凡民函五常之性，而其剛柔緩急，音聲不同，係水土之風氣，故謂之風；好惡取捨，動靜亡常，隨君上之情慾，故謂之俗。」〔註10〕在他看來，風俗的形成一是受「水土之風氣」等自然環境的影響；二是受「君上之情慾」等政治因素的影響，與所在地域的社會環境相關。我們要探討兩漢時代何以形成「百里不同風，千里不同俗」〔註11〕的局面，也應從以上兩個方面尋找原因。

〔註6〕　〔美〕弗朗茲‧博厄斯著；金輝譯：《原始藝術》（前言），貴州人民出版社2004年版，第3頁。

〔註7〕　〔漢〕班固撰：《漢書》，中華書局2012年版，第182頁。

〔註8〕　〔漢〕班固撰：《漢書》，中華書局2012年版，第2648頁。

〔註9〕　李榮善著：《文化學引論》，西北大學出版社1996年版，第247～248頁。

〔註10〕　〔漢〕班固撰：《漢書》，中華書局2012年版，第1466頁。

〔註11〕　〔漢〕班固撰：《漢書》，中華書局2012年版，第2648頁。

（一）自然環境的差異

從自然環境來看，漢帝國疆域遼闊，至漢武帝時已經「南置交阯，北置朔方之州，兼徐、梁、幽、并夏、周之制」〔註12〕。正所謂「水土異齊，風俗不同」〔註13〕，各地域間的地勢、氣候等自然條件的差異，為不同地域文化的生成提供了物質基礎。這是因為，不同的自然條件往往形成不同的自然地理區域和物產資源，如「山西饒材、竹、穀、纑、旄、玉石；山東多魚、鹽、漆、絲、聲色；江南出柟、梓、薑、桂、金、錫、連、丹沙、犀、玳瑁、珠璣、齒革；龍門、碣石北多馬、牛、羊、旃裘、筋角」〔註14〕等，而不同的自然地理區域與物產資源又是形成各地不同文化習俗的重要原因。司馬遷在《史記·貨殖列傳》中說：「楚越之地，地廣人希……果隋蠃蛤，不待賈而足，地埶饒食，無飢饉之患，以故呰窳偷生，無積聚而多貧。是故江、淮以南，無凍餓之人，亦無千金之家。沂、泗水以北，宜五穀桑麻六畜，地小人眾，數被水旱之害，民好畜藏，故秦、夏、梁、魯好農而重民。」〔註15〕所謂「江淮以南」、「沂、泗水以北」，顯示的正是自然地理區域對文化區域形成的影響。在當時的交通條件下，大江大河在使同一流域中的人們更易發生經濟、文化交流的同時，也阻礙了不同區域間人們的往來。漢武帝時，齊人延年即曾上述建議漢帝國以開鑿大河的方式阻絕匈奴對北境的襲擾。〔註16〕虞溥《江表傳》記載曹丕語說：「吳據洪流，且多糧穀，魏雖武騎千隊，無所用之。」〔註17〕也很好地說明了這一點。

至於楚越之民之所以「呰窳偷生，無積聚而多貧」，當與其地「地廣人稀」、「地埶」的自然條件和「不待賈而足」的豐富物產有很大關係，而沂水、泗水以北地區的民眾之所以經營商業或喜好積聚財物，顯然也與該區「地小人眾，數被水旱之害」的自然條件息息相關。《漢書·地理志》記述魯地風俗說：「地陿民眾，頗有桑麻之業，亡林澤之饒。俗儉嗇愛財，趨商賈，好訾毀，多巧偽，喪祭之禮文備實寡，然其好學猶愈於它俗。」〔註18〕魯地「儉嗇愛財，

〔註12〕〔漢〕班固撰：《漢書》，中華書局 2012 年版，第 1387 頁。
〔註13〕〔南朝宋〕范曄撰：《後漢書》，中華書局 2012 年版，第 1694 頁。
〔註14〕〔漢〕司馬遷撰：《史記》，中華書局 2011 年版，第 2820 頁。
〔註15〕〔漢〕司馬遷撰：《史記》，中華書局 2011 年版，第 2833 頁。
〔註16〕〔漢〕班固撰：《漢書》，中華書局 2012 年版，第 1502～1503 頁。
〔註17〕〔唐〕歐陽詢著；汪紹楹校：《藝文類聚》，中華書局 1965 年版，第 243 頁。
〔註18〕〔漢〕班固撰：《漢書》，中華書局 2012 年版，第 1483～1484 頁。

趨商賈」的風俗也應與該地土地狹小、物產寡少的自然條件有關，而其民眾經商謀利的生產方式則顯然又助長了當地「好訾毀，多巧偽」的民風。物質基礎之外，民族因素也值得注意。其時處於兩漢大一統格局下的尚有匈奴、南越、東越、西南夷等兄弟民族。自然條件和民族傳統的不同，也造成這些民族不同於中原地區的文化面貌，如匈奴「歲有三龍祠，常以正月、五月、九月戊日祭天神」〔註19〕，西南夷則有「椎結」、「編髮」〔註20〕等不同於中原民族的裝扮。

（二）統治者政策的助益

從社會環境方面來說，兩漢統治者採取的一系列寬鬆的文化政策，也為地域文化的存在提供了有利條件。自西漢惠帝開始，漢統治者有鑒於秦朝文化政策之弊，著意為各種文化、學說的恢復和發展提供寬鬆的政治環境，風行於戰國晚期的各學派和地域文化因之得以復興。至漢武帝時，雖號稱「罷黜百家，表章六經」〔註21〕，但百家之學並未就此消歇。在《漢書・藝文志・諸子略》著錄的儒、道、陰陽、法、名、墨、縱橫、雜、農、小說十家學派之中，除了墨、名兩家在漢代後繼無人之外，儒、道、陰陽、農、小說諸家在漢武帝之後仍有相關著作出現。任繼愈先生認為，儘管秦漢大一統時期的統治者力圖使思想文化得到統一，但由於封建經濟是自給自足的自然經濟，由於中國幅員遼闊、山水縱橫，再加上各地文化傳統的保守性，「思想文化上的地區差異性仍然長期存在著」。〔註22〕從這種意義上說，兩漢統治者實施的文化政策在客觀上並不阻礙甚至一度有利於地域文化的存在與發展。

此外，兩漢政府實行的一系列行政措施，也在客觀上為地域文化的存在提供了有力支持。漢初統治者推行郡國並行制，地方王國擁有較大的自治權。諸侯王對漢統治者「雖名為臣，實皆有布衣昆弟之心，慮亡不帝制而天子自為者……漢法令非行也」〔註23〕。這種諸侯國儼然各成小王朝的局面，為各色地域文化的存在提供了政治土壤。七國之亂後，漢統治者雖然採取了一系列折損諸侯的改革，使各諸侯國在性質上與郡縣等同，但中央集權的加強並

〔註19〕〔南朝宋〕范曄撰：《後漢書》，中華書局2012年版，第2367頁。
〔註20〕〔漢〕班固撰：《漢書》，中華書局2012年版，第3291頁。
〔註21〕〔漢〕班固撰：《漢書》，中華書局2012年版，第182頁。
〔註22〕任繼愈著：《天人之際》，上海文藝出版社1998年版，第16頁。
〔註23〕吳雲、李春臺校注：《賈誼集校注：增訂版》，天津古籍出版社2010年版，第357～358頁。

未使地域文化消失。這一方面源於地域文化自身有著較強的傳承性；另一方面則源於其時統治者對相當一部分地域文化採取了順其自然的態度，再加上各地施政者的行政舉措不盡相同，遂導致各地文化依然風貌各異。如在漢武帝時，漢帝國打敗西羌，滅亡南越，於番禺至蜀南設十七郡，即「以其故俗治，毋賦稅」〔註24〕，而武威以西四郡「少盜賊，有和氣之應，賢於內郡」，則是因為「政寬厚，吏不苛刻」〔註25〕的緣故。也正是基於上述原因，故至漢宣帝時，社會呈現出的仍是一派「百里不同風，千里不同俗」〔註26〕的景象。

（三）移易風俗的有限效果

「移易風俗」作為兩漢儒者常有的思想和話語體系，意在宣揚官方主流文化對地域文化的主動改造，以期達到「六合同風」的目的。此一主張於西漢中後期逐漸引起統治者的重視。漢宣帝執政後，有意改革各地民俗，並對有效治理地方的循吏予以褒獎。據兩漢史書記載，循吏移易風俗的措施主要有二，一是推行禮儀教化，去除當地不良風氣；二是實施仁政，安定百姓。但上述舉措似乎收效不大。《漢書·王莽傳》記載王莽利用風俗使者偽造政績一事說：「風俗使者八人還，言天下風俗齊同，詐為郡國造歌謠，頌功德，凡三萬言。」〔註27〕可知直至西漢將亡，漢統治者整齊天下風俗的理想圖景仍只存在於少數人別有用心的謊言之中。

周振鶴認為，經過兩漢循吏的不懈努力，各地風俗的差異在東漢後期「顯著地削弱了，尤其是在生產方式與婚姻制度方面，基本上已經是達到六合同風的狀態了」〔註28〕。應該說兩漢循吏的存在確實使「百里不同風，千里不同俗」的社會情況在東漢時有所改觀，但卻並不足以泯滅不同地域文化間的差異，達到「六合同風」的狀態。事實上，兩漢循吏移風易俗的能力是有限的。以潁川郡為例，司馬遷曾認為「潁川敦願」〔註29〕，但到了趙廣漢和韓延壽任郡守時已號稱「難治」，後經黃霸治理，似乎效果顯著，「孝子弟弟貞

〔註24〕〔漢〕司馬遷撰：《史記》，中華書局 2011 年版，第 1329 頁。
〔註25〕〔漢〕班固撰：《漢書》，中華書局 2012 年版，第 1469 頁。
〔註26〕〔漢〕班固撰：《漢書》，中華書局 2012 年版，第 2648 頁。
〔註27〕〔漢〕班固撰：《漢書》，中華書局 2012 年版，第 3486 頁。
〔註28〕周振鶴：《從「九州異俗」到「六合同風」──兩漢風俗區劃的變遷》，《中國文化研究》1997 年冬之卷（總第 18 期）。
〔註29〕〔漢〕司馬遷撰：《史記》，中華書局 2011 年版，第 2832 頁。

婦順孫日以眾多，田者讓畔，道不拾遺……獄或八年亡重罪囚」〔註30〕，而至東漢初年復又「盜賊群起」，民風「剽輕」〔註31〕。又如桂陽郡，經過衛颯、茨充等人的治理，已號稱「郡內清理」，但到許荊遷桂陽太守時，卻依然「風俗脆薄，不識學義」〔註32〕。這說明移易風俗不是一朝一夕之事，單憑循吏短時間的治理很難取得成效。況且與一般官員相比，循吏的數量畢竟極少。循吏劉寵離任會稽太守時，有五六老叟「人齎百錢以送寵」，原因即是如劉寵般勤政愛民的太守極為少見〔註33〕。

（四）地域文化的傳承性

地域文化所具有的超強傳承性，也使其難以在短時間內被改變或泯滅。兩漢各地域文化中有不少承繼自前代的成分，如魯地自《尚書·禹貢》成書時就有「桑土既蠶」〔註34〕的說法，至漢代依然「頗有桑麻之業」〔註35〕；又如本屬殷商王畿之地的河內郡，入漢仍「紂之化猶存」〔註36〕。班固在談及兩漢齊地民俗時說：「太公以齊地負海舄鹵，少五穀而人民寡，乃勸以女工之業，通魚鹽之利……桓公用管仲，設輕重以富國，合諸侯成伯功，身在陪臣而取三歸。故其俗彌侈，織作冰紈綺繡純麗之物，號為冠帶衣履天下。初太公治齊，修道術，尊賢智，賞有功，故至今其土多好經術，矜功名，舒緩闊達而足智。」〔註37〕可見兩漢齊地的民俗文化中仍保留了不少春秋時期的特點。

上述諸多文化承繼現象證明，雖然經濟基礎之於上層建築具有決定性影響，但隸屬於上層建築的文化尤其是精神文化的存在和發展是具有相對獨立性的，兩漢大一統的政治和經濟制度並未泯滅地域文化的存在。時至東晉，伏滔與習鑿齒縱論鄉賢人物，仍大致沿用了齊、楚等戰國時期的國別單位〔註38〕。

〔註30〕〔漢〕班固撰：《漢書》，中華書局 2012 年版，第 3124 頁。
〔註31〕〔南朝宋〕范曄撰：《後漢書》，中華書局 2012 年版，第 489 頁。
〔註32〕〔南朝宋〕范曄撰：《後漢書》，中華書局 2012 年版，第 1975～1985 頁。
〔註33〕〔南朝宋〕范曄撰：《後漢書》，中華書局 2012 年版，第 1989～1990 頁。
〔註34〕〔唐〕孔安國傳；〔唐〕孔穎達正義；黃懷信整理：《尚書正義》，上海古籍出版社 2007 年版，第 45 頁。
〔註35〕〔漢〕班固撰：《漢書》，中華書局 2012 年版，第 1483～1484 頁。
〔註36〕〔漢〕班固撰：《漢書》，中華書局 2012 年版，第 1471 頁。
〔註37〕〔漢〕班固撰：《漢書》，中華書局 2012 年版，第 1481～1482 頁。
〔註38〕〔南朝宋〕劉義慶著；〔南朝梁〕劉孝標注；徐傳武校點：《世說新語》，上海古籍出版社 2013 年版，第 52 頁。

潘聰在勸諫燕王慕容德遷都廣固時，也將齊地單列為一區：「青齊沃壤，號曰東秦，土方二千，戶餘十萬，四塞之固，負海之饒，可謂用武之國。」〔註39〕此足以說明地域文化的穩定存在，而其存在是統治者移風易俗的舉措所難以撼動的。

二、兩漢地域文化對文學的影響

地域文化是在特定地域範圍內形成並為人們所認同的，由歷史、地理、風俗、心理、價值觀等文化要素組成的，具有鮮明特色的文化體系。地域文化對兩漢文學的影響主要通過如下三個方面實現：一是作為創作主體的作者；二是具體的創作環境；三是作為接受主體的讀者。在兩漢文學創作和鑒賞的過程中，上述三方面因素所承載的地域文化信息會相互交匯、碰撞和融合，並最終對文學作品的主題、風格、藝術水準和傳播等方面產生深遠影響。

（一）作者的地域文化認知與兩漢文學創作

「地氣風土異宜，人性亦因而迥異」〔註40〕，不同地域的自然風物、民俗傳統往往會塑成兩漢作者別具特色的地域文化心理。此種心理首先表現為對家鄉的認同和依戀。韋孟《在鄒詩》說：「嗟我小子，豈不懷土……濟濟鄒魯，禮義維恭，誦習絃歌，於異他邦。」〔註41〕便直白表達了自身對故土的戀念與稱美。揚雄《蜀都賦》則通過「蜀都之地……鬱乎青蔥，沃壄千里」〔註42〕之類的內容隱性地發抒了班固口中「矜誇館室，保界河山」〔註43〕的鄉邦自豪感。

時至東漢末年，上述情結更是得到了自覺而深廣地發抒。「建安七子」中的徐幹作有《齊都賦》，劉楨則作有《魯都賦》，各自謳歌了自己熟識的鄉土。《古詩十九首・去者日以疏》也將人生失意與鄉思結合起來，寫得感人至深。王粲《登樓賦》所表現出的萬千愁緒，固然與國家喪亂、壯志難酬有關，但由其「雖信美而非吾土兮，曾何足以少留……人情同於懷土兮，豈窮

〔註39〕〔北魏〕崔鴻撰：《十六國春秋》，中華書局 1985 年版，第 78 頁。

〔註40〕〔清〕王晫著，張潮編纂：《檀几叢書》，上海古籍出版社 1992 年版，第 262 頁。

〔註41〕〔漢〕班固撰：《漢書》，中華書局 2012 年版，第 2683 頁。

〔註42〕林貞愛校注：《揚雄集校注》，四川大學出版社 2001 年版，第 1 頁。

〔註43〕〔漢〕班固著；〔明〕張溥集；白靜生校注：《班蘭臺集校注》，中州古籍出版社 2002 年版，第 21 頁。

達而異心」〔註44〕的表述可知，作者還有著濃郁的鄉邦之思。可以說沒有作者濃郁的戀鄉情結，便不會有上述諸作的真摯動人。有時候，此種情結甚至會成為兩漢文人進行創作的動力來源。東漢《越絕書》得以撰寫的重要原因即是創作者「見夫子作春秋而略吳越」〔註45〕，因而有為鄉邦文化正名之意。當然，創作者戀鄉情結的生成又是因人、因情況而異的。《後漢書‧梁統列傳》記載梁竦被漢明帝詔令歸還原籍一事說：「竦生長京師，不樂本土。」〔註46〕可見在自幼生長於洛陽的情況下，梁竦已將原籍視為異域，更勿論對其眷戀和頌揚了。

　　賈誼《新書‧保傅》說：「習與正人居之，不能無正也，猶生長於齊之不能不齊言也。」〔註47〕兩漢學者已經認識到長期生活於同一區域的人群也往往有著某些相同的價值觀和風習，而這些價值觀與風習一旦被他們在創作中加以利用，便可能對其作品的藝術水準產生影響。《史記》之所以成為不朽經典，一定程度上得益於司馬遷對不同地域民俗的準確把握，從而成功塑造出眾多鮮活的人物形象。以《史記‧陳丞相世家》為例，其開篇說：「陳丞相平者……獨與兄伯居。伯常耕田，縱平使遊學……人或謂陳平曰：『貧何食而肥若是？』其嫂嫉平之不視家生產，曰：『亦食糠核耳。有叔如此，不如無有。』伯聞之，逐其婦而棄之。」〔註48〕陽武屬河南郡，為魏國故地。司馬遷的此段描寫顯然參考了魏地「重厚多君子，好稼穡」的風習〔註49〕。陳平由於背離了當地「好稼穡」的傳統，所以遭到鄉人和嫂子的譏諷，而其兄縱其遊學等行為則反映了當地民眾「重厚多君子」的一面。

　　與之相反，那些未能體察各地風俗民情的作家作品，則往往有著人物形象失真與模式化的問題。廣泛存在於先秦諸子典籍中的愚蠢宋人形象即是時人不認同宋國文化的產物，兩漢部分文人也繼承了「愚宋」這一傳統。《淮南子‧氾論》即以宋人教唆女兒偷竊夫家財物的故事作為思考問題本末倒置的典型。應劭《奏上刪定律令》也引用《闕子》中的典故說：「宋愚夫亦寶燕石……

〔註44〕俞紹初輯校：《建安七子集》，中華書局 2005 年版，第 104 頁。
〔註45〕李步嘉撰：《越絕書校釋》，武漢大學出版社 1992 年版，第 1 頁。
〔註46〕〔南朝宋〕范曄撰：《後漢書》，中華書局 2012 年版，第 927 頁。
〔註47〕〔漢〕賈誼著；王洲明，徐超校注：《賈誼集校注》，人民文學出版社 1996 年版，第 187 頁。
〔註48〕〔漢〕司馬遷撰：《史記》，中華書局 2011 年版，第 1825 頁。
〔註49〕〔漢〕司馬遷撰：《史記》，中華書局 2011 年版，第 2830 頁。

睹之者掩口盧胡而笑。」〔註50〕實則宋地民眾並非真的愚蠢，班固即稱讚他們「猶有先王遺風，重厚多君子」〔註51〕。但由於兩漢部分文人對先秦作品中相關地域文化信息的機械接受和利用，遂使得愚蠢宋人的模式化形象繼續留在了兩漢文學作品之中。

（二）地域環境對兩漢文學創作的影響

地域環境包括特定地域範圍內的自然環境和由人物、風俗、傳統等因素構成的人文環境。它對兩漢文學的影響主要表現在成為作品內容和影響作者兩個方面。當地域環境作為兩漢作者的描寫對象時，其主要作用在於烘托作品的主旨和氛圍，使讀者能夠較輕易地進入特定的情境中，以更好地理解作品的寫作意圖。司馬相如《上林賦》在描述上林苑景色時說：「其南則隆冬生長，湧水躍波……其北則盛夏含凍裂地，涉冰揭河。」〔註52〕就意在通過羅列和誇張上林苑南、北自然環境的不同，來引領讀者感知其宏大規模。班固《兩都賦》則是通過對長安和洛陽兩城不同人文景觀的對比描述，向讀者展示和頌揚東漢統治者的帝德。蔡琰《悲憤詩》說：「邊荒與華異，人俗少義理。處所多霜雪，胡風春夏起。」〔註53〕又是將充滿地域特色的人文景觀與自然景觀結合在一起，渲染自身客居地的惡劣條件與內心的悲苦情調，使讀者很容易領悟到該詩控訴苦難製造者的主旨。

在兩漢作者將地域環境作為描寫對象的過程中，一些景觀便會因其所具有的某種特殊意義而被屢屢提及。例如秦人建立的函谷關，不僅是我國歷史上著名的軍事要塞，還因其特殊的地理位置而被兩漢作者用作為界分秦地與山東六國，關東與關西等歷史文化區域的地標。再如渤海和泰山，自《尚書·禹貢》說「海岱惟青州」〔註54〕，「海、岱之間」便常被包括兩漢作者在內的人們用來指稱齊地。兩漢文學作品通過對上述景觀的吸納，不僅提升了自身的歷史文化厚度，還可借助其蘊含的歷史文化意義來抒發作者的思想情感。

〔註50〕〔清〕嚴可均輯；許振生審訂：《全後漢文》，商務印書館 1999 年版，第 339 頁。

〔註51〕〔漢〕班固撰：《漢書》，中華書局 2012 年版，第 1484 頁。

〔註52〕〔漢〕司馬相如著；朱一清，孫以昭校注：《司馬相如集校注》，人民文學出版社 1996 年版，第 24 頁。

〔註53〕〔南朝宋〕范曄撰：《後漢書》，中華書局 2012 年版，第 2251 頁。

〔註54〕〔唐〕孔安國傳；〔唐〕孔穎達正義；黃懷信整理：《尚書正義》，上海古籍出版社 2007 年版，第 202 頁。

蔡邕的《述行賦》即很好地運用了自己在奔赴洛陽途中所經各地的景觀及其蘊含的歷史文化意義，借古諷今，為該作品斥責統治者昏惡，抒發自身悲憤的宗旨提供了有力支撐。

　　在具體的創作過程中，作者所處的特定地域環境對其創作活動也有著不可忽視的影響。研究者將早期刺激和活動給兒童留下的身心感受和情緒體驗稱為早期經驗，並認為早期經驗對文學家個性的生成和發展具有奠基性的影響，這種影響產生於人的語言與思維已經開始的時候〔註55〕。以此推論，地域環境對兩漢作者的影響也應從其牙牙學語時開始。對此，兩漢時人已有認知。賈誼說：「夫胡粵之人，生而同聲，耆欲不異，及其長而成俗，累數譯而不能通行，有雖死而不相為者，則教習然也。」〔註56〕換句話說，只有當兩漢作者可以能動地感知外部世界時，地域環境才可能對其產生影響。

　　兩漢作者的文學修養首先即得益於故鄉的文化氛圍，不同的地域文化氛圍往往孕育出不同風貌的地域文學。班固《漢書‧地理志》在談及楚辭的發展歷程時說：「始楚賢臣屈原被讒放流，作離騷諸賦以自傷悼。後有宋玉、唐勒之屬慕而述之……漢興，高祖王兄子濞於吳，招致天下之娛遊子弟，枚乘、鄒陽、嚴夫子之徒興於文、景之際。而淮南王安亦都壽春，招賓客著書。而吳有嚴助、朱買臣……文辭併發，故世傳楚辭。」〔註57〕由此可見，楚辭的產生和傳播過程都具有一定的地域性。漢代以前，楚辭的創作和傳播中心在楚地。漢朝建立後，有賴於劉濞、劉安等諸侯王對當地文化環境的刻意營造以及枚乘、莊忌、莊助、朱買臣等吳地文人的榜樣作用，楚辭的創作和傳播中心又轉移到了吳地。班固在總結巴蜀地區文風鼎盛的原因時也說：「緜文翁倡其教，相如為之師。」〔註58〕以此看來，由地域統治者和鄉賢共同營造的地域文化環境對兩漢文學的承繼和發展起著至關重要的作用。

　　地域風俗對兩漢作者創作的影響同樣不可小視，雖然這種影響會因人、因時而異。明人丁養浩說：「生其時，處其地，囿其風氣，習俗之不齊，則文

〔註55〕錢谷融、魯樞元主編：《文學心理學教程》，華東師範大學出版社1987年版，第77～82頁。
〔註56〕〔漢〕賈誼著；王洲明，徐超校注：《賈誼集校注》，人民文學出版社1996年版，第436頁。
〔註57〕〔漢〕班固撰：《漢書》，中華書局2012年版，第1487頁。
〔註58〕〔漢〕班固撰：《漢書》，中華書局2012年版，第1470頁。

章之美惡亦因之。」〔註59〕兩漢文學創作作為一種體現時人審美意識和思想情感的社會行為，自然難以擺脫地域風俗的拘囿。從某種意義上說，司馬遷家鄉「玩巧而事末」〔註60〕的風俗便與《史記》「序貨殖，則輕仁義而羞貧窮；道遊俠，則賤守節而貴俗功」〔註61〕的表現不無關係，它在一定程度上體現了司馬遷追求富貴、崇尚名利的風習性文化意識。齊地文人作為活躍於西漢政壇的一股中堅力量，其文學作品的地域特色也較為鮮明。尤其在西漢宣帝以前，考察鄒陽、東方朔、主父偃等人的文章及其寫作背景，即足見「多辯知」、「詼諧」等齊俗傳統對其文風的深刻影響〔註62〕。

對兩漢作者而言，地域環境的變遷也是經常發生的，這種變遷可分為歷時性和共時性兩種。從歷時性來講，即使是同一地域，其環境也會因自然災害、治亂興衰、社會思潮等方面的變化而產生相應的變化。這種變化對兩漢文學也有著不可小覷的影響。於希賢《地理環境變遷與文學思潮更迭——西周至魏晉南北朝文風演變與地理環境關係》一文即較詳細地探討了各地自然環境變化與兩漢文風更迭的緊密關係〔註63〕，此不贅述。在人文環境方面，地域政治和文化氛圍的變化也足以導致兩漢文學宗尚的新變。據《漢書·地理志》可知，西漢大賦風潮的興起便在很大程度上得益於文翁、司馬相如等人對蜀郡文化氛圍的改造〔註64〕。

從共時性來看，地域環境的變化則主要表現為作者的地域遷移。清人宋琬在評價王追騏詩作時說：「今雪洲則渡錢江，窺禹穴，東臨吳會，問閶闔、季札之遺跡⋯⋯縱目騁懷，當有得於江山之助者。」〔註65〕伴隨著所處地域環境的轉變，作者的心理也往往會因之發生變化，進而影響到自身乃至兩漢的文學創作。賈誼自長安謫居長沙國，「聞長沙卑濕，自以壽不得長⋯⋯及渡

〔註59〕〔清〕唐樹義等編；闕賢柱點校：《黔詩紀略》，貴陽人民出版社1993年版，第63～64頁。

〔註60〕〔漢〕司馬遷撰：《史記》，中華書局2011年版，第2826頁。

〔註61〕〔南朝宋〕范曄撰：《後漢書》，中華書局2012年版，第1047頁。

〔註62〕劉躍進著：《秦漢文學地理與文人分布》，中國社會科學出版社2012年版，第126～128頁。

〔註63〕於希賢：《地理環境變遷與文學思潮更迭——西周至魏晉南北朝文風演變與地理環境關係》，《中國歷史地理論叢》1998年第4期。

〔註64〕〔漢〕班固撰：《漢書》，中華書局2012年版，第1470頁。

〔註65〕〔清〕宋琬著；馬祖熙標校：《安雅堂全集》，上海古籍出版社2007年版，第392頁。

湘水，為賦以弔屈原」〔註66〕。長沙國的自然氣候與賈誼生活的長安、洛陽等北方城市差別較大，而湘水則為屈原自沉之處，上述地域遷移顯然促成了賈誼《弔屈原賦》的創作。劉勰說：「賈生浮湘，發憤弔屈，體同而事核，辭清而理哀，蓋首出之作也……班彪、蔡邕，並敏於致詰。然影附賈氏，難為並驅耳。」〔註67〕由此可見，賈誼在異域環境感召下創作的《弔屈原賦》不僅在文風上與其此前篤實峻拔的散文有所差異，還著實引領了兩漢弔文的寫作潮流。

（三）讀者的地域文化心理與兩漢文學批評

作品的價值和影響力的最終實現，還有賴於讀者的介入。由於兩漢讀者自身也是某種地域文化的承載者，所以他們所具有的地域文化心理和地域文化知識也往往會成為其評價和選擇文學作品的依據。揚雄早年對鄉賢司馬相如的作品十分崇拜，「每作賦，常擬之以為式」。後來發現「屈原文過相如……乃作書，往往摭離騷文而反之，自岷山投諸江流以弔屈原」〔註68〕。可見正是由於揚雄認為「屈原文過相如」，其水平超越了自己家鄉文學所能達到的高度，才轉而接受和學習屈原的《離騷》等作品。而代表揚雄家鄉文學高度的司馬相如賦，在此過程中則自覺充當了揚雄比較和選擇文學作品的標尺。當然，揚雄能否將司馬相如賦視為家鄉文學的代表，也取決於他當時的地域文化知識積累。

一般而言，文學作品攜帶的地域文化因素與兩漢讀者自身所擁有的同質性越高，便越容易被讀者理解和接受。長安人杜篤作《論都賦》盛誇長安形勝，客居洛陽的長安士人讀後「皆動懷土之心，莫不睠然佇立西望」〔註69〕。顯然正是杜篤賦中盛讚的長安風物激發了他們情感上的共鳴，進而喚起了他們的思鄉之情。與東漢其他地域的文人相比，楚人王逸對《楚辭》的理解和接受程度顯然更高。他不僅批評班固、賈逵等人典校的《楚辭》「義多乖異，事不要括」〔註70〕，還注重結合楚地風俗解釋《楚辭》的相關內容，故而他

〔註66〕〔漢〕司馬遷撰：《史記》，中華書局 2011 年版，第 2192 頁。
〔註67〕〔南朝梁〕劉勰著；王運熙，周鋒譯注：《文心雕龍譯注》，上海古籍出版社 2010 年版，第 55 頁。
〔註68〕〔漢〕班固撰：《漢書》，中華書局 2012 年版，第 3025 頁。
〔註69〕〔南朝宋〕范曄撰：《後漢書》，中華書局 2012 年版，第 1980 頁。
〔註70〕〔清〕嚴可均輯；許振生審訂：《全後漢文》，商務印書館 1999 年版，第 584 頁。

的一些立論至今仍受到學界的重視。產生於漢代，以「矜其鄉賢，美其邦族」為宗旨的郡書之所以「施於本國，頗得流行；置於他方，罕聞愛異」〔註71〕，也是兩漢讀者濃重的地域文化情結作祟。有基於此，兩漢讀者還往往容易對鄉賢作品作出偏袒性地闡釋和評價。王逸對《離騷》有諸多附會經學、政治的主觀闡釋，如認為「《離騷》之文，依託五經以立義」〔註72〕等，目的無非在於維護屈原作品於其時的正統地位。

此外，當作品攜帶的地域文化因素對兩漢讀者而言是異質的，新奇的，卻又被作者描述得極富魅力時，也十分容易受到讀者的推崇。《山海經》一書在西漢時之所以被士人「皆讀學以為奇」，便因其有助於士人「考禎祥變怪之物，見遠國異人之謠俗」〔註73〕。兩漢讀者對其他地域文化的好奇和探求，也會反過來影響兩漢文學的創作。正因為有了漢武帝對西域各國情況的探求，方才有了張騫《具言西域地形》《言通大夏宜從蜀》等文的誕生。從東漢楊孚《交州異物志》的現存內容來看，其宗旨即在於介紹交州的「異物」以迎合時人好奇求異的心理〔註74〕。這應當也是異物志類作品在漢末產生的重要原因之一。

綜上所述，地域文化對兩漢文學的影響主要通過作者、地域環境和讀者三方面實現。兩漢作者對自身地域文化情結地發抒以及對地域文化傳統地認知和利用，既推動了相關主題的文學創作，又影響了自身作品的藝術表現力。地域環境作為兩漢作者創作時的外部環境，關係著兩漢文學風貌的發展和新變。在其作為描寫對象被兩漢文學作品吸納後，還起著烘托作品氛圍和主旨的作用。兩漢讀者的地域文化心理和相關知識結構往往成為其接受和評價文學作品的依據，這不僅影響著文學作品在兩漢時代的傳播和接受，還反過來影響了兩漢作者的文學創作。兩漢文學作為大一統封建王朝的精神產物，其內部發展卻是多維度和不平衡的。探析地域文化對兩漢文學的影響，無疑有利於我們加深對兩漢文學產生和發展規律的認識。

〔註71〕〔唐〕劉知幾著；〔清〕浦起龍通釋；王煦華整理：《史通通釋》，上海古籍出版社2009年版，第255～256頁。

〔註72〕〔清〕嚴可均輯；許振生審訂：《全後漢文》，商務印書館1999年版，第584頁。

〔註73〕〔清〕嚴可均輯；任雪芳審訂：《全漢文》，商務印書館1999年版，第410～411頁。

〔註74〕劉緯毅輯：《漢唐方志輯佚》，北京圖書館出版社1997年版，第14～15頁。

三、兩漢齊地文化研究資料概述

（一）古代的相關研究材料

唐代以前，受行政區劃、傳統觀念和文化認知等因素的影響，人們一直將齊地視為一個具有較高獨立性的文化區域。故而這一時段留存至今的、與兩漢齊地文化相關的材料也較為豐富。唐宋時期，行政區劃變動較大，齊、魯兩個地域文化區也在歷經多年的交互影響後有了合二為一的趨勢。與之相呼應，人們對齊、魯從屬同一文化區的認識也日漸明晰。在此種前提下，人們極少將齊地文化作為一個相對獨立的體系加以記述。即或偶而有之，如元人于欽所撰之《齊乘》，也多流於對前代著作的摘抄與轉敘，對本文的參考價值不大。有鑑於此，本文所參照的古代材料，多為宋代之前。具體而言，這些材料又主要包括以下兩個方面：

其一是對齊地範圍的劃分。周代建立之前，人們習慣將天下分為九州，而齊地所在區域主要為青州。《尚書·禹貢》《呂氏春秋·有始覽》《周禮·職方氏》《爾雅·釋地》等材料均對此有所記載，其中尤以《尚書·禹貢》的說法出現最早，也最具權威性。其云：「禹敷土，隨山刊木，奠高山大川……海岱惟青州。」〔註75〕《尚書》以高山大川作為九州分界的行為，大致代表了時人對區域劃分的認識。由於《尚書》在後世文化界的權威地位及其所敘「青州」地界與戰國時期齊國疆域的大致重合，所以《爾雅》《呂氏春秋》等後出之書也極有可能是受其影響而徑直將「青州」等同為齊地。這種以「青州」代指齊地的界分方式影響深遠，不斷為後世沿用，乃至有「青齊」之稱。《周禮·職方氏》雖未明確將齊地等同於青州，所劃青州疆域也與《尚書》有所不同，但仍不難看出其在劃分州界時對《尚書》所用劃分方式的繼承和對戰國時代齊國疆域的參考。〔註76〕

《周禮·職方氏》等材料的出現，表明以戰國時期諸國疆域作為地域劃分依據的做法在漢代之前就已出現。其後，《史記》《漢書》乃至《隋書》等史籍對齊地文化區域的劃分，皆大致採用了上述方式。此外，西晉張華的《博物志》也出於填補前人著述所缺的目的而對戰國時期齊國的疆域作了較為詳

〔註75〕〔唐〕孔安國傳；〔唐〕孔穎達正義；黃懷信整理：《尚書正義》，上海古籍出版社 2007 年版，第 191～202 頁。

〔註76〕〔清〕孫詒讓撰；王文錦，陳玉霞點校：《周禮正義》，中華書局 1987 年版，第 2660～2663 頁。

細地介紹。〔註77〕本文對兩漢齊地文化區的劃分，除了盡可能全面地借鑒上述諸種材料外，實則主要參照了《漢書・地理志》的說法。一則《漢書》乃東漢著名學者班固所撰，本文在界分兩漢齊地文化區域時，自然應著重參考兩漢時人的看法；二則《漢書・地理志》不僅對我國區域劃分的歷史介紹詳備，使之成為一個較為系統的體系，而且在對兩漢文化區域的劃分上也綜合考慮了歷史傳統、自然環境和人文環境等因素，顯得博通且科學。

其二是對齊地文化具體內容的記載和評述。兩漢齊地文化是在前代文化的基礎上生成和發展起來的，具有相對的穩定性，所以筆者對記載戰國時期代齊地文化的文獻資料也較為注意。其中出現較早且最常為研究者所採用的例子當屬《左傳・襄公二十九年》所記吳國公子季札對齊國音樂的評價：「美哉，泱泱乎！大風也哉！表東海者，其大公乎！國未可量也。」〔註78〕季札對齊國音樂的評述，含有對當地文化特徵的揭示，反映了時人對春秋時期齊地文化的認識和評價。此外，《禮記・樂記》也從風化國人的角度對齊國音樂的風格有所評述，認為「齊音敖辟喬志……淫於色而害於德，是以祭祀弗用也」，〔註79〕則從側面反映了先秦齊地文化所具有的迥異於周朝正統文化的地域特徵。《管子・水地》說：「齊之水道躁而復，故其民貪粗而好勇。」〔註80〕是較早將齊地自然環境與齊地民風習俗聯繫起來的材料，而《管子》一書所記先秦時期齊地哲學、天文、地理、經濟和農業等方面的資料，與《詩經・齊風》《戰國策・齊策》《國語・齊語》一起，為我們更全面、深入地瞭解兩漢齊地文化提供了寶貴的參考資料。

《史記》與《漢書》作為兩漢時期產生的經典史學著作，所記載的有關先秦兩漢齊地文化的材料也最為本文重視。《史記・貨殖列傳》在吸納《管子》《戰國策》等文獻材料的基礎上，主要從經濟狀況和風俗民情方面對齊地文化進行了論述：「齊帶山海，膏壤千里，宜桑麻，人民多文采布帛魚鹽。臨菑亦海岱之間一都會也。其俗寬緩闊達，而足智，好議論，地重，難動搖，怯於眾鬥，勇於持刺，故多劫人者，大國之風也。其中具五民。」〔註81〕此文較

〔註77〕〔晉〕張華撰；范寧校證：《博物志校證》，中華書局1980年版，第8頁。

〔註78〕楊伯峻編著：《春秋左傳注》，中華書局1990年版，第1162頁。

〔註79〕〔漢〕鄭玄注；〔唐〕孔穎達正義；呂友仁整理：《禮記正義》，上海古籍出版社2008年版，第1527頁。

〔註80〕〔漢〕劉向編；劉建生主編：《管子精解》，海潮出版社2012年版，第359頁。

〔註81〕〔漢〕司馬遷撰：《史記》，中華書局2011年版，第2829頁。

明確地指出了齊地濱海帶山、膏壤千里的自然環境對其地域文化特色的形成所具有的重要影響，而《史記》其他篇章中所記載的兩漢齊人行跡（如褚少孫補《滑稽列傳》部分對東方朔行為的記載）以及他人對齊地風俗的評述（如《平津侯主父列傳》所記汲黯對公孫弘等齊人的評價），則為《貨殖列傳》的論述提供了鮮活有力的證明。《漢書·地理志》在祖述《左傳》《史記》等書的基礎上，對齊地的具體範圍，齊地風俗民情的形成、發展以及特色都作了更為詳盡的評述，不僅為本文論述兩漢齊地文化提供了較《史記》更多的事例與論據，而且其結合歷史傳統、自然環境、人文環境（政治、經濟等）等因素論述齊地文化形成、演變以及本質的方法也對本文的研究具有寶貴的參考價值。

此外，《後漢書》《三國志》《漢紀》《後漢紀》《晉書》《隋書》等史書所記有關兩漢齊地文化與文人的史料，也是本文寫作所不可或缺的參考材料。除史書之外，凡涉及兩漢齊地文化的經、子、集類書籍也無不在本文的參照之列。尤值得一提的是，唐宋時期產生的幾部廣搜博引的類書，如《藝文類聚》《太平御覽》等，不僅輯錄多種材料，內容十分豐富，而且還對內容分門別類，十分便於讀者尋檢，故而尤為筆者所重視。兩漢魏晉南北朝文人的作品中也有大量與兩漢齊地文化相關的記載，如賈誼的《新書》、揚雄的《方言》《法言》、應劭的《風俗通義》、劉義慶的《世說新語》以及其他兩漢文人的眾多詩文作品等，〔註82〕與類書並可補充史書記載之闕。

綜上所述，在宋代之前的經書、史書、類書以及其他類型的文人作品中，有不少關於兩漢齊地文化的資料。筆者本著審慎、求真的態度，細心勾稽、徵引，力圖還原兩漢齊地文化較為完整的面貌。

（二）今人的研究成果

早在上世紀初，學界已對齊文化展開了真正意義上的學術研究。研究者中不乏梁啟超、王國維、劉師培、郭沫若、錢穆、羅根澤等知名學者，並湧現出一批如羅根澤的《管子探源》、郭沫若的《稷下黃老學派的批判》《管子集校》等高質量的學術成果。但直至上世紀 70 年代末，學界對齊文化的研究仍基本上處於零散的、片段式的狀態，研究對象也僅僅侷限於先秦齊國的某些

〔註82〕出於操作簡便的考慮，本文所徵引之兩漢魏晉南北朝文人作品以經過後世結集、修訂的版本為主，故又打上了後人的印記。其具體情況將於下文論及。

文化現象，並未將齊文化作為一個獨立的地域文化體系進行系統的、專門的研究。此種情況在上世紀 80 年代中後期開始得到改善，特別是近二十年來，學界開展的齊文化研究，不論是文獻資料的整理還是理論方法的建構，也不論是綜合性的論述還是專題性的研究，都取得了令人矚目的成績。

面對浩如煙海的學術成果，我們只有回歸到本文的研究主題，以有助於本文研究工作開展作為選取材料的原則，方能在最大程度上對其進行有效地吸收和利用。本文既以「齊地文化與兩漢文學研究」為題，則於今人研究成果的擇取上，也必然要從以下幾方面入手：一是在內容上與兩漢齊地文化有關，由於兩漢齊地文化有沿承漢前齊文化的一面，所以本文對某些先秦齊文化方面的研究成果也會加以酌情參錄；二是在研究方法上對筆者有所啟發；三是在資料上具有較高的權威性和可利用性，所以筆者在引用與兩漢齊地文化相關的古代典籍時，多選擇經過今人校訂的版本。概括而言，今人的研究成果有以下幾方面可資本文利用：

1. 地域史料的編寫。鄭一鈞等人所著的《齊國史》（山東人民出版社，1992年版），宣兆琦、楊宏偉主編的《齊國史話》（蘭州大學出版社，1997 年版），臨淄區政協文史委、臨淄齊文化研究社編寫的《齊國重要事件》（中國文史出版社，2002 年版），王金鈴著，郭能勇等人所注的《齊賦》（泰山出版社，2005年版），王修德編著的《齊國軼聞》（齊魯書社，2007 年版），李玉潔撰寫的《齊國史》（新華出版社，2007 年版），岳長志主編地《齊文化名言集錦》（中國言實出版社，2008 年版），孟鴻聲編著的《齊地掌故》（齊魯書社，2010 年版）等書，大多收錄了官修史書以外，與齊（地）文化相關的眾多材料。雖然這些書的質量良莠不齊，但無一例外地都對本文的研究具有一定的參考和借鑒價值。

2. 兩漢齊地文化的研究。張立志的《山東文化史研究》（齊魯大學國學研究，1939 年版），楊曉洲的《山東文化》（山東友誼出版社，1991 年版），李新泰主編的《齊文化大觀》（中共中央黨校出版社，1992 年版），王志民主編的《齊文化概論》（山東人民出版社，1993 年版），山東省地方史志編纂委員會編纂的《山東省志：文化志》（山東人民出版社，1995 年版），王志民的《齊文化論稿》（山東大學出版社，1995 年版），王恩田的《齊魯文化志》（上海人民出版社，1998 年版），宣兆琦、李金海主編的《齊文化通論》（新華出版社，1999 年版），安作璋、王志民主編的《齊魯文化通史》（中華書局，2004 年版），

邱文山的《齊文化與中華文明》（齊魯書社，2006 年版），王勇、王全成編著的《齊魯文化》（時事出版社，2008 年版），王志民、徐振宏主編的《中國地域文化通覽·山東卷》（中華書局，2013 年版）等書，皆以通體史式的視角從政治、經濟、軍事、社會、宗教、哲學、文學藝術、科技等方面對齊文化（尤其是秦漢以前的齊國文化）的內容、發展過程及其影響作了深入探索。

其中宣兆琦、李金海主編的《齊文化通論》一書，是較早以新思路、新視角研究先秦至漢代齊地文化的代表作。該書在綜合各家觀點的基礎上，對「齊文化」的概念進行了界定。認為齊文化就是「齊地齊人一組組共同體在社會實踐中創造的，在歷史過程中累積的一切生產、生活樣式，行為方式，禮儀制度、風俗習慣、宗教信仰、倫理道德，賴以創生的思想、情感、觀念、知識、科學、技術等，以及蘊藏著文化信息的人工製品的總和⋯⋯它既是我國傳統文化的一個主要源頭，又是我國傳統文化的重要組成部分。」〔註83〕此外，該書還對齊文化的研究對象、基本內容、模式和特點作出了總結，對本文有著重要的參考價值。但該書認為齊文化與魯文化的融合完成於西漢前期的「獨尊儒術」潮流，為筆者所不能贊同。

也有一些學術著作對先秦齊文化或兩漢齊地文化的某方面因素進行了深入分析，並對其影響和價值作出了探究。這些著作無論在研究方法上還是在其搜集、歸納的資料上，都對本文有著重要的參考價值。如張光明的《齊文化的考古發現與研究》（齊魯書社，2004 年版），韓曉燕的《齊魯士人與兩漢政治》（山東師範大學專門史碩士論文，2005 年），張莉的《兩漢青州官吏研究》（鄭州大學中國古代史碩士論文，2007 年），李功明的《秦漢時期的齊魯博士》（曲阜師範大學中國古代史碩士論文，2009 年），於孔寶的《稷下學宮與齊文化研究》（中國戲劇出版社，2010 年版），程凌雷的《漢代齊國研究》（華中師範大學中國古代史碩士論文，2011 年），張越、張要登的《齊國藝術研究》（齊魯書社，2013 年版），鄧宇的《兩漢齊地人才研究》（湖南大學中國古代史碩士論文，2013 年）等。

隨著研究隊伍的壯大和相關政策的扶持，學術界還逐漸建立起一系列齊文化研究的陣地，如山東理工大學齊文化研究院以「研究《管子》為軸心，向外逐層輻射，至稷下學、齊學，進而至齊文化及整個傳統文化」〔註84〕為目

〔註83〕宣兆琦、李金海主編：《齊文化通論》，新華出版社1999年版，第13頁。
〔註84〕《管子學刊》編輯部：《編者的話》，《管子學刊》1987年第1期，第1頁。

標創辦的季刊《管子學刊》。又如山東師範大學齊魯文化研究中心「以弘揚齊魯文化和中國傳統文化的優良傳統、振奮民族精神、提升學術研究水平、促進當代中國文化建設為辦刊宗旨」〔註85〕創辦於 2002 年的《齊魯文化研究》（現名《海岱學刊》）等，本文在寫作的過程中就參考和借鑒了上述期刊中為數不少的優秀之作。此外，由某單位或個人出版的相關論文集，如臨淄齊文化研究社編輯的《齊文化研究十年論文選編》（淄博中軒印務有限責任公司，1999 年版）和《齊文化與當代社會》（齊魯書社，2008 年版），張華松的《齊文化與齊長城》（中國戲劇出版社，2002 年版）和《齊地歷史與濟南文化》（齊魯書社，2010 年），王志民的《稷下散思——齊魯古代文學簡論》（齊魯書社，2002 年版），賈繼海的《齊風儒韻》（山東人民出版社，2004 年版），郭墨蘭、呂世忠的《齊文化研究》（齊魯書社，2006 年版），徐北文的《海岱居文存》（齊魯書社，2007 年版），逄振鎬的《齊魯文化研究》（齊魯書社，2010 年版）等，對本文亦頗有參考價值。

　　3. 兩漢齊地文學的研究。這主要體現在地域文學史的編寫方面，如喬力、李少群主編的《山東文學通史》（山東教育出版社，2003 年版），李伯齊、王恒展等人主編的《山東分體文學史》（齊魯書社，2005 年版），李伯齊的《山東文學史論》（齊魯書社，2008 年版），李少群、喬力等人合寫的《齊魯文學演變與地域文化》（人民出版社，2009 年版）等書，這些文學史皆以通觀的視角對現今山東省境內的歷代文學發展情況作出了考察，並在地域文學的研究方法上提出了各自的見解。

　　李伯齊的《山東文學史論》一書不僅對兩漢齊地的作家、作品多有論述，而且對山東籍作家的界定標準也作出了較為完整地闡釋，讓筆者深受啟發。該書認為，所謂的山東籍作家，當指籍貫位於現今山東省境內的作家。由於歷史上的「山東」行政區域歷經多次變動，「原屬山東而已劃歸他省的縣市」籍的文人便不應以山東文人視之。對於出生在山東卻長期居住在外地的作家，該書概括為以下三種情況：一是幼年離家，終老未歸，如諸葛亮；二是成年離家，終老未歸，如辛棄疾；三是舉家外遷，其後代再未回過故鄉，如琅琊王氏、顏氏等。並認為文學史在對這些作家進行籍貫劃定時，「仍然按習慣保持原籍是合理的」。對於並非出生於山東，但成長於山東的作家，如范仲淹，該書也將其視為山東作家。但對於籍貫有爭議者，如莊子、羅貫中等，該書則

〔註85〕《海岱學刊》編輯部：《卷首語》，《海岱學刊》2013 年第 1 輯，第 4 頁。

秉持慎重的態度，對其「暫不詳為論述」〔註86〕。

　　喬力、李少群主編的《山東文學通史》一書，則在地域文學史的研究內容上提出了自己獨到的見解。該書認為，地域文學史的研究不應僅僅滯留在追溯文學史的具體操作層面上，還需對其進行「建構程序和深度的理論把握，諸如對於地域文學史的『地域範圍』的選擇、界定，它所應包納的具體內容、取捨準則，有關研究方法的分析比較，等等」〔註87〕。為此，該書提出地域文學史研究的具體脈絡：「首先應確認自身在中國文學整體格局中的位置及相互關係，考察有關的自然人文、社會歷史環境，然後以具載較重要的全局意義的大家名家為主線，聯繫相應相近的流派或準流派，逐步清理出不同歷史時段內的文學主流走向，把握它升降消長的複雜變化及影響，進而辨識潛隱於諸文學流變現象之深層的演進發展規律，給出恰當的價值判斷，以便展示地域文學中『仍然保持生命活力的那部分性質，並試圖發掘出它之所以超越已經被歷史的塵土所埋沒的另一部分的原因所在』。」〔註88〕實則這種研究方法不僅適用於文學史的寫作，還對本文的研究予以了莫大的啟發。

　　4. 兩漢文化與文學關係的研究。一些以專著形式研究兩漢文化（包含齊地文化）諸要素與文學互動關係的作品，如劉松來的《兩漢經學與中國文學》（百花洲文藝出版社，2000 年版），劉厚琴的《儒學與漢代社會》（齊魯書社，2002 年版），邊家珍的《漢代經學與文學》（華齡出版社，2005 年版），昝風華的《漢代風俗文化與漢代文學》（中國社會科學出版社，2009 年版）和《風俗文化視閾下的先秦兩漢文學》（中國社會科學出版社，2015 年版），侯文學的《漢代經學與文學》（人民文學出版社，2010 年版），祁志祥的《歷代文學觀照的經濟維度》（河南人民出版社，2012 年版），張峰屹的《兩漢經學與文學思想》（生活・讀書・新知三聯書店，2014 年版），羅建新的《讖緯與兩漢政治及文學關係研究》（上海古籍出版社，2015 年版）等書，也對本文的寫作思路和理論體系的構建起到了一定的啟發作用。

　　5. 其他相關文獻資料的整理。首先是對兩漢文人作品的搜集、校點和注釋。兩漢時人的著作、文集是筆者獲取兩漢齊地文化信息的第一手資料，這些經由當代學者整理的文獻，如逯欽立輯校的《先秦漢魏晉南北朝詩》（中華

〔註86〕李伯齊著：《山東文學史論》，齊魯書社 2003 年版，第 22〜25 頁。

〔註87〕喬力、李少群主編：《山東文學通史》，山東教育出版社 2003 年版，第 4 頁。

〔註88〕喬力、李少群主編：《山東文學通史》，山東教育出版社 2003 年版，第 13 頁。

書局，2011 年版），嚴可均搜輯的《全漢文》《全後漢文》《全三國文》（商務印書館，2006 年版），郭丹主編的《先秦兩漢文論全編》（上海遠東出版社，2012 年版）等，皆賅備精審、考訂詳實，可資筆者利用。此外，一些由當今學者整理出的齊地文人作品集，如傅春明輯注的《東方朔作品輯注》（齊魯書社，1987 年版），李伯勳箋注的《諸葛亮集箋論》（陝西人民出版社，1997 年版），俞紹初輯校的《建安七子集》（中華書局，2005 年版）等，都在校釋原作的基礎上加入了編者對文人行跡、作品真偽、文本正誤等問題的見解，給本文的研究帶來了極大的便利。

其次是對史志文獻資料的整理。中華書局點校本《史記》（2014 年版）、《漢書》（2013 年版）、《後漢書》（2014 年版）、《三國志》（2011 年版），吳樹平校注的《東觀漢記校注》（中華書局，2011 年版），業師胡旭的《先唐別集敘錄》（中國社會科學出版社，2011 年版）和《先唐文苑傳箋證》（鳳凰出版社，2012 年版）以及經由今人整理的《西漢會要》《東漢會要》、《三國會要》（上海古籍出版社，2012 年版）、《資治通鑒》（中華書局，2014 年版）等書亦為兩漢齊地文化研究者的資料檢閱工作提供了便利。

方志作為綜合記敘一個行政區域內事物的地方文獻，有著極高的歷史地理價值，是亟待有效發掘的資料寶庫。梁啟超即稱之為「史料之淵叢」〔註89〕，其備徵考、糾謬誤、補缺漏之功不可忽略。然因本文研究時段為兩漢，而今存齊地方志至早不過元代，又以明清為多。故其於本文的參考價值不大。筆者著眼之處只在其對歷代行政區沿革及人物籍貫、履歷的記載，以備在界定齊地、齊人等概念時加以參考。在與兩漢齊地相關的方志文獻中，由任乃強校注的《華陽國志校補圖注》（上海古籍出版社，2007 年版）最為本文重視。該書收錄了一些兩漢史書未曾提及的齊地文人，從而為筆者更加全面地瞭解和掌握兩漢齊地文人的生存狀態提供了助益。由劉敦願等人整理的《齊乘校釋》（中華書局，2012 年版本），較原作更為詳實、精審，也在一定程度上為筆者的研究工作提供了參考。

最後是對石刻、簡帛文獻的整理。由中華書局整理出版的《隸釋·隸續》（1985 年版），高文整理的《漢碑集釋》（河南大學出版社，1997 年版），徐玉立編纂的《漢碑全集》（河南美術出版社，2006 年版），賀昌群譯著的《漢

〔註89〕梁啟超著，吳松等點校：《飲冰室文集點校》，雲南教育出版社 2001 年版，第3264 頁。

簡釋文初稿》（北京圖書館出版社，2005 年版），張永強輯錄的《蓬萊金石錄》
（黃河出版社，2007 年版），趙超彙編的《漢魏南北朝墓誌彙編》（天津古籍
出版社，2008 年版），李檔編譯的《秦漢石刻選譯》（文物出版社，2009 年版），
王玉池譯注的《古代碑帖譯注》（文物出版社，2010 年版）等書，都收錄了部
分與兩漢齊地文人、文化相關的資料，有助於筆者更加客觀、全面地瞭解兩
漢時期齊地的經濟、文化、教育等情況。

　　綜上所述，將兩漢齊地文化作為一個獨立的地域文化體系進行系統研究
的著作很少，專門探討兩漢齊地文化與文學關係的著作更少。但在同時，與
本文研究主題相關的材料又是比較豐富的，值得研究者在細加搜集、甄別、
取捨後，進行系統性研究。

四、本文的選題依據與採用的理論方法

　　學界對地域文化與文學關係的研究由來已久。特別是在上世紀 80 年代之
後，以人地關係為切入點，以特定區域空間為觀照範圍，通過揭示古代文學
所具有的地域特色來深入探究其產生和發展規律，逐漸成為中國古代文學領
域的研究熱點。此類研究的開展，不僅有利於推動我國古代文學研究向更廣
泛、更深入的方向發展，還使得我國古代文學的多彩面貌日益凸顯，從而讓
人們進一步認識到其發展的多元性與不平衡性。本文的選題也正是在上述認
識的基礎上作出的，具體到兩漢齊地文化與文學的關係上，又有如下幾個方
面不得不談。

（一）選題依據

　　首先是兩漢齊地文化的崇高地位。兩漢是我國文化在經歷了多元、紛雜
的產生、發展階段後，開始向整合、統一的方向發展的時期。在文化領域，
兩漢文化上承先秦諸子，下啟魏晉玄學，是中國文化不可或缺之重要構成。
李澤厚在言及秦漢思想文化的意義時指出：「正如秦漢在事功、疆域和物質
文明上為統一國家奠定了穩固基礎一樣，秦漢思想在構成中國的文化心理
結構方面起了幾乎同樣的作用」〔註 90〕在文學方面，兩漢又是我國文學在
歷經發生階段之後，逐漸向文學自覺轉變的時期。大部分學者認為，正是有
了兩漢時期的積累和醞釀，中國文學才在三國時期逐漸走上了自覺的道路。

〔註90〕李澤厚著：《中國古代思想史論》，生活・讀書・新知三聯書店 2008 年版，第
　　　　139 頁。

〔註 91〕齊地作為兩漢文化的重要發源地之一，其以齊學為代表的學術文化對兩漢文化的發展產生了巨大且深刻影響。呂思勉《論齊學》開篇便說：「古之言文學必稱鄒、魯，然魯之學非齊敵也。」〔註 92〕而「秦漢以來，山東出相，山西出將。」〔註 93〕此處「山東」雖非專指齊地，但兩漢齊地文人也是「山東」士人中的一股中堅力量。汪春泓在審視漢初思想界的格局演變情況後即指出，齊人的參與性格與齊學的權變特徵使其在漢初即必執思想界之牛耳。〔註 94〕故而我們在此種前提下展開本文的研究，其意義不言自明。

其次是兩漢「文學」觀念的基本同一性。今日所言之「文學」，只是一種時代性的概念，一種試圖將人類文化中的某種成分區分開來的標準，不能以之規制兩漢文學。參照當今學者的研究成果可知，與今日之「文學」相比，兩漢文學有以下兩個鮮明特徵：第一，它主要是非獨立的，時人並未將今日視為「文學」的作品與學術著作嚴格地區分開來。宇文所安在評論東漢文學時指出：「此時的『文學』還沒有變成日後那樣的專門領域，它只是一個更廣大領域的一部分，這個領域包括歷史、儒家經典方面的學問、為滿足社會需要而生產的文本如紀念性碑文等等。」〔註 95〕第二，它是非為藝術而藝術的，不以審美價值作為自身的主要追求。正如鈴木虎雄在《中國詩論史》中指出的那樣：「通觀自孔子以來直至漢末，基本上沒有離開道德論的文學觀，並且在這一段時期內進而形成只以對道德思想的鼓吹為手段來看文學的存在價值的傾向。」〔註 96〕以文

〔註91〕也有學者認為中國文學的自覺當從漢代就已開始。如龔克昌的《漢賦——文學自覺時代的起點》、李炳海的《黃鐘大呂之音——古代辭賦的文本闡釋》等文，即認為漢賦的出現是我國文學獨立和自覺的標誌。張少康的《論文學的獨立和自覺非自魏晉始》、詹福瑞的《從漢代人對屈原的批評看漢代文學的自覺》、趙敏利的《「魏晉文學自覺說」反思》、楊樹增的《漢代文化特色及形成》等著作則從諸如文學觀念的演變、文學體裁的成熟、專業文人隊伍的形成、文學理論批評的發展等角度論證了文學的自覺始於漢代。雖然學界在中國文學自覺的具體時間段上未能達成共識，但無論是「魏晉文學自覺說」，還是「漢代文學自覺說」，都足以顯示兩漢文學於中國文學史上的崇高地位。

〔註92〕呂思勉著；張耕華編：《呂思勉學術文集》，上海人民出版社 2011 年版，第 115 頁。

〔註93〕〔漢〕班固撰：《漢書》，中華書局 2012 年版，第 2593 頁。

〔註94〕汪春泓編著：《齊學影響下的西漢文學》，聖環圖書 1997 年版，第 1～35 頁。

〔註95〕〔美〕孫康宜，〔美〕宇文所安主編；劉倩等譯：《劍橋中國文學史，上卷，1375 年之前》，生活·讀書·新知三聯書店 2013 年版，第 24 頁。

〔註96〕〔日〕鈴木虎雄著；許總譯：《中國詩論史》，廣西人民出版社 1989 年版，第 37 頁。

載道是其時文人對自身著述的自覺追求。早在西漢初年，陸賈就於《新語‧慎微》中強調詩歌「矯以雅僻，砥礪鈍才，雕琢文采，抑定狐疑，通塞理順，分別然否」〔註97〕的道德教化功能。而漢魏之際的文人桓範則於《世要論‧序作》中更加明確地指出：「夫著作書論者，乃欲闡弘大道，述明聖教，推演事義，盡極情類，記是貶非，以為法式，當時可行，後世可修。」〔註98〕可以說，兩漢時代的主流「文學」觀念自始至終都帶有濃重的教化和功利色彩。

　　與此同時，兩漢時代的齊地文人也少為「美麗之文」。這也是筆者之所以將研究範圍限定於兩漢時期（前202～220）的另一個原因。所謂「美麗之文」也即今人所說的「純文學」。筆者發現，雖然漢末建安時期已進入文學史上所謂的「文學自覺」時代，出現了不少體現「人的覺醒」的作品，但出自齊地文人之手的卻極少。即如躋身「建安七子」之列的徐幹，雖然也寫有少量如《室思》般溫婉動人的詩作，卻頗不以此自命，後期更是以「無闡弘大義、敷散道教、上求聖人之中、下救流俗之昏者」為由，「廢詩、賦、頌、銘、贊之文」〔註99〕不作。

　　再次是兩漢齊地文化的獨特面貌。我們要研究某一時段的文化現象，必須進入其時的語境，以時人的觀念為基準，唯有如此，我們對當時文化所作的剖析才有科學性。在兩漢時人看來，「齊地」乃別為一隅，其範圍以《漢書‧地理志》所言最為明確：「齊地，虛、危之分野也。東有菑川、東萊、琅邪、高密、膠東，南有泰山、城陽，北有千乘，清河以南，勃海之高樂、高城、重合、陽信，西有濟南、平原，皆齊分也。」〔註100〕這一觀念大約持續至《隋書‧地理志》產生的唐初，為本文研究工作的開展提供了有力的理論依據。以兩漢齊地文化而言，要證明其相對獨立性，即須辨別它與其他地域文化（尤其是魯地文化）是否存在差別。翻閱相關材料，筆者發現兩漢齊地文化在方言、風俗、觀念、學術等方面均與其他地域文化存在著明顯的差異。

　　最後是學界對兩漢齊地文化研究的不足。目前學界對齊文化的研究儘管取得了豐碩的成果，但大多是宏觀性、基礎性的，並存在如下幾方面不足：

〔註97〕王利器撰：《新語校注》，中華書局1986年版，第97頁。
〔註98〕〔清〕嚴可均輯；馬志偉審訂：《全三國文》，商務印書館1999年版，第389頁。
〔註99〕〔清〕嚴可均輯；馬志偉審訂：《全三國文》，商務印書館1999年版，第568頁。
〔註100〕〔漢〕班固撰：《漢書》，中華書局2012年版，第1481頁。

　　一是對兩漢齊地文化仍缺乏深入和系統的研究。從現有的研究成果來看，學界對齊文化的研究或是作由古至今的整體性把握，缺乏對斷代研究的重視；或是只對兩漢齊地的個別文化現象發論，缺乏綜合、概括性的研究。對兩漢齊地某一觀念或文化現象的專題論述，當然也有必要，它為本文論題的開展提供了重要參考。但也有其不足，畢竟地域文化現象總是各具特色且豐富多彩的，單一的觀念或文化現象並不足以反映其全貌。另一方面，學界對地域文化與作家、作品的關係也缺乏深入地探討。一些研究滿足於對古人相關言論的徵引，缺乏自身理論體系的建構，因而也使其研究成果顯現出想當然的主觀性和非科學性。此外，隨著兩漢時期石刻、竹帛等相關文獻的不斷出土，學界對其關注和利用的程度卻有待進一步提高。

　　二是缺乏對「齊文化」、「齊地文化」等相關概念的釐定和闡明。目前學界取得的一系列研究成果雖然有力地弘揚了兩漢齊地文化，卻往往缺乏對某些重要概念的明確界定。對於一些基礎性問題，如「何為齊地文化」，研究者歧見互出，難以形成共識。又如以往被多數學者視為一體的「齊魯文化」，實則大有商榷餘地。季羨林先生便指出：「專就山東一省的文化而論，過去籠統稱之為齊魯文化，實則齊文化和魯文化並不完全是一碼事。」〔註101〕現有的研究成果偏重於以現今的行政區域（如山東省）為界分文化區的唯一依據，忽略了兩漢時期齊地文化與魯地文化之間的差異，甚至存在以行政區變遷等同文化區變遷的觀點。這裡當然有著研究者在操作可行性上的考量，但從文化研究的角度來說，卻不夠嚴謹、科學。應該看到，兩漢時期的齊地文化和魯地文化由於地緣的關係，存在著諸多共通之處，但兩者又是各具特色的，不應等同視之。

　　三是理論與實踐脫節。儘管某些研究者提出了極有見地的理論，但在具體的研究中卻很少得到運用。早在上世紀 80 年代，金克木就提出應對地域文藝的軌跡和播散加以研究，但時至今日，能很好貫徹其理論觀點的學術成果仍然不多。許多著作對地域文學的研究僅僅停留在作家數目和籍貫分布的整理上，並試圖結合作家出生地的環境探討其作品的地域特色，卻忽略了作家客居地環境對其作品的影響，這便難以正確解釋類似「庾信平生最蕭瑟，暮年詩賦動江關」（杜甫《詠懷古蹟》）等文學史上的常見問題。另有一些研究

〔註101〕季羨林著：《季羨林文集》（第十三卷），江西教育出版社 1996 年版，第 594 頁。

成果著力凸顯和稱美齊文化，以致出現了過度拔高的不良現象。此外，一些學者在論述兩漢齊地文學時，還過於重視俗文學。俗文學當然是地域文學研究不可或缺的研究對象，但相對而言，居於當時正統地位的「雅文學」才更具代表性和影響力。故而我們對「雅文學」地域特色的研究和發掘也必須且更應加以重視，如此，方能更好地顯現出兩漢齊地文學對其時文學整體發展所具有的影響和貢獻。

　　有鑑於此，筆者希望通過自身不懈地努力與探索，全面勾稽、梳理兩漢時期與齊地文化相關的文獻，並對齊地文化與文學的關係進行系統的、科學的研究，以期為推動學界相關研究的發展貢獻自己的一份綿薄之力。

（二）本文所採用的基本理論與研究方法

　　本文主要採用馬克思主義、文化地理學、文藝學、歷史學及文學傳播學的相關理論，對兩漢齊地文化的形成、發展和文學影響等方面展開論述。與任何文化結構所具有的層次性一樣，齊地文化的結構也大略可分為表層與深層兩部分。表層部分主要體現為兩個方面：一是齊地的自然環境和人文環境，即齊地文化形成、發展的條件；二是齊地範圍內人員的流動與文人創作情況。以上兩者多為物質實體和文化事物，人們可以觸知。深層部分則主要體現為齊地文化的特色及齊地文人所具有的文化歸屬感，這類事物多潛藏於各種文化現象背後，需要研究者通過理性思考來加以認識和體悟。本文的研究即主要從這兩個層次展開：前者側重於對相關文獻材料的勾稽、梳理和把握，並盡可能地回歸到歷史語境中對其面貌進行還原；後者則在前者的基礎上，對得到的各種材料、史實進行理論上的抽繹和歸納，力求通過對零散的、個別的材料的聯繫和對比，尋覓出不同文化現象間的內在聯繫。

　　本文在方法上主要採用史料考證、數據分析以及文獻分析等方法。盡可能地掌握第一手材料，將歷史、政治、經濟、風俗、文學等方面的材料結合起來，通過科學地分析和歸納，得出相關結論。本文以地域文化的視角來研究兩漢文學，首先即需瞭解齊地文化的發展歷程，並總結其內在特徵，然後再從兩漢齊地文化系統中截取幾個具有鮮明地域特色且與文學創作相關的因素，如文人、文學以及風習文化等，來深入探討齊地文化對兩漢文學產生的影響。就本文所考察的兩漢齊地風習文化而言，既有對其歷史發展過程的回溯，又有對其所處時空條件的觀照，力圖結合傳統文化、地理環境和人文環境三方面因素探求其最主要、最基本的特色所在。兩漢齊地的主要社會風習

自然也體現在齊地文人身上，齊地文人是兩漢文學的創作群體之一，故而以齊地文人為媒介，來探討齊地風習對兩漢文學的影響，便不失為一個可行的方法。從本文考察的作家情況來看，既包括兩漢齊地的本土作家，又包括其他地域的作家。對於本土作家，筆者著重探討和總結其文學實績、籍貫分布以及生存方式（包括由此反映出來的價值觀念），一來可反映他們的生存狀態和整體文學創作風貌，以便明確齊地文學在兩漢文學體系中的地位和影響；二來可通過對齊地文人生存方式的總結，探討齊地文化對外傳播的主要方式和手段。對於其他地域的作家，筆者則集中對其作品所受齊地文化的影響（如主題內容、風格、觀念等）進行研究，以便更全面地體現齊地文化對兩漢文學產生的影響。

綜上所述，本文主要通過剖析某些具有代表性的齊地文化要素與兩漢文學之間的關係，來探究齊地文化對兩漢文學的影響。

第一章 兩漢齊地文化的相關概念與
形成歷程

第一節 「齊地」與「齊地文化」的概念界定

梁啟超在《歷史統計學》一文中說：「凡做學問，不外兩層工夫，第一層，要知道『如此如此』；第二層，要推求『為什麼如此如此』。論智識之增殖，自然以第二層為最可寶貴，但若把第一層看輕了，怕有很大的危險。」〔註1〕因此，我們在展開討論之前有必要對相關概念加以界說，做到確知其的確「如此如此」。這首先還需從「齊地」和「齊地文化」的概念談起。

一、「齊地」概念的界定

要研究兩漢齊地文化，就不能不明確其存在的區域範圍。「齊地」不等於齊國，兩漢齊國的建制時有時無，範圍也隨著當時的政治風雲不斷發生變化，而「齊地」則屬於文化區界分的範疇。然而文化區本就是種大概的、粗略的地理劃分，有著邊際上的模糊性。在此種情況下，適當參考當時的行政區對「齊地」界線加以明確就變得尤為必要。這是因為「地域或區域的概念，往往和政區的劃分有關。就中國的情況看，區政有歷史的穩定性，地域或區域的概念也有相對的穩定性。」〔註2〕但此間也存在一個前提，即我們對「齊地」

〔註1〕梁啟超著，吳松等點校：《飲冰室文集點校》，雲南教育出版社2001年版，第3262頁。
〔註2〕陳慶元著：《文學：地域的關照》，上海遠東出版社2003年版，第2頁。

的劃分必須是符合歷史實際的，以時人的觀念為準。好在班固的《漢書‧地理志》已對此作出了較為細緻的論述和界分：「齊地，虛、危之分野也。東有齊川、東萊、琅邪、高密、膠東，南有泰山、城陽，北有千乘，清河以南，勃海之高樂、高城、重合、陽信，西有濟南、平原，皆齊分也。」〔註3〕

　　班固的上述判斷是在借鑒劉向、朱贛二人著作的基礎上，綜合考慮當時各地區的自然環境、人文環境以及歷史傳統等因素而作出的，故而尤為值得我們重視。本文對「齊地」的界分，即以此為依據。按照《漢書‧地理志》的記載，「齊地」的具體範圍如下：

　　東萊郡（17縣）：掖、腄、平度、黃、臨朐、曲成、牟平、東牟、㟎、育犁昌陽、不夜、當利、盧鄉、陽樂、陽石、徐鄉。

　　琅邪郡（51縣）：東武、不其、海曲、贛榆、朱虛、諸、梧成、靈門、姑幕、虛水、臨原、琅邪、祓、櫃、缾、邞、雩叚、黔陬、雲、計斤、稻、皋虞、平昌、長廣、橫、東莞、魏其、昌、茲鄉、箕、椑、高廣、高鄉、柔、即來、麗、武鄉、伊鄉、新山、高陽、崑山、參封、折泉、博石、房山、慎鄉、駟望、安丘、高陵、臨安、石山。

　　泰山郡（24縣）：奉高、博、茌、盧、肥成、蛇丘、剛、柴、蓋、梁父、東平陽、南武陽、萊蕪、鉅平、嬴、牟、蒙陰、華、寧陽、乘丘、富陽、桃山、桃鄉、式。

　　千乘郡（15縣）：千乘、東鄒、濕沃、平安、博昌、蓼城、建信、狄、琅槐、樂安、被陽、高昌、繁安、高宛、延鄉。

　　勃海郡（4縣）：高樂、高城、重合、陽信。

　　濟南郡（14縣）：東平陵、鄒平、臺、梁鄒、土鼓、於陵、陽丘、般陽、菅、朝陽、歷城、猇、著、宜成。

　　平原郡（19縣）：平原、鬲、高唐、重丘、平昌、羽、般、樂陵、祝阿、瑗、阿陽、漯陰、朸、富平、安惪、合陽、樓虛、龍頟、安。

　　齊郡（12縣）：臨淄、昌國、利、西安、鉅定、廣、廣饒、昭南、臨朐、北鄉、平廣、臺鄉。

　　北海郡（26縣）：營陵、劇魁、安丘、瓡、淳于、益、平壽、劇、都昌、平望、平的、柳泉、壽光、樂望、饒、斟、桑犢、平城、密鄉、羊石、樂都、石鄉、上鄉、新成、成鄉、膠陽。

〔註3〕〔漢〕班固撰：《漢書》，中華書局2012年版，第1481頁。

　　淄川國（3縣）：劇、東安平、樓鄉。

　　高密國（5縣）：高密、昌安、石泉、夷安、成鄉。

　　膠東國（8縣）：即墨、昌武、下密、壯武、郁秩、挺、觀陽、鄒盧。

　　城陽國（4縣）：莒、陽都、東安、慮。

　　需要說明的是，班固對「齊地」的界分是以西漢宣帝之後的行政區劃為依據的，其後行政區劃仍有變動，如「齊地」內置郡縣的改名、省併、增設以及「齊地」範圍的盈縮（郡縣的劃入與劃出）等，〔註4〕但對齊地的總體區域範圍影響不大。更何況，政區與文化區的變動本就不同步，一個區域的文化不會隨行政區域的改變而立即改變。有鑑於此，本文對「齊地」範圍的界分一以《漢書‧地理志》所載，對後續發生的少許行政區域上的變動（包括郡縣的省併、增設、改名以及劃入與劃出等）則予以忽略。另外，由於兩漢時期的行政區域與今天差別較大，為操作方便，筆者會在後文涉及行政區域之處，先列出史籍所載地名，後附上與之相對應的當今行政區域加以說明。

二、「齊地文化」的內涵解析

　　「文化」是我國固有之詞，至晚在西漢業已出現。劉向《說苑‧指武》說：「聖人之治天下也，先文德而後武力。凡武之興，為不服也，文化不改，然後加誅。」〔註5〕《太平經‧卷六十九》也說：「治者，當象天以文化。」〔註6〕然而細究其意，不外道德教化，與如今的「文化」之意相差殊遠。今日所謂「文化」，乃源出近代翻譯者借用古詞，其含義、體系一本西方。明確「文化」的內涵是本文探討一切問題的理論基礎，但目前學界對「文化」的定義尚難達成共識。1952年，美國文化人類學家克羅伯和克拉克洪在總結前人164條「文化」定義的基礎上，提出了一個受到學界普遍讚譽的定義：「文化，由外顯的和內隱的行為模式構成；這種行為模式通過象徵符號而獲致和傳遞；文化代表了人類群體的顯著成就，包括它們在人造器物中的體現；文化的核心部分是傳統（即歷史地獲得和選擇的）觀念，尤其是它們所帶來的價值；文化的體系一方面可以看作是活動的產物，另一方面則是進一步活動的決定因素。」〔註7〕

〔註4〕李曉傑著：《東漢政區地理》，山東教育出版社1999年版，第50～62頁。

〔註5〕〔漢〕劉向撰；向宗魯校證：《說苑校證》，中華書局1987年版，第380頁。

〔註6〕王明編：《太平經合校》，中華書局1960年版，第262頁。

〔註7〕傅鏗著：《文化：人類的鏡子——西方文化理論導引》，上海人民出版社1990年版，第12頁。

上述定義對筆者有以下幾點提示：一是文化可視為人類的各種行為模式，如生產方式、生活方式等。這些模式有外顯的，易為人們所察覺和總結，如王充《論衡・率性》對各地風俗的總結：「齊舒緩，秦慢易，楚促急，燕戇投」；〔註8〕有內隱的，表現為不同的個體或群體在心理認知等方面的不同，如王象春《寄詠》一詩在表現其時南、北方文人文學審美差異時說：「休唱柳枝與竹枝，柔音不是北方詞。長聲硬字攀松柏，歌向霜天濟水湄。」〔註9〕又如兩漢時人對屈原的評價，揚雄雖對屈原的忠義精神加以揄揚，卻對其自沉不無微詞，班固更視之為「狂狷景行之士」，〔註10〕而屈原的同鄉王逸又對班固等人的觀點一一加以駁斥。這說明對於同一事物，不同的個體或群體也可能會因其所處時代、地域等方面的不同而作出不盡相同的評價。故而我們研究齊地文化也不能忽略對齊地民眾行為模式的觀照。

二是指出了文化以象徵符號作為傳播手段。這種符號可以是文字，可以是音符，也可以是工具，但無一不是人類共同創造的結果。梁啟超說：「文化者，人類心能所開積出來之有價值的共業也。」〔註11〕文化在某種意義上也即人化。故而要研究齊地文化，除卻研究齊地民眾的行為模式外，也要對方言、文學、音樂等文化符號系統進行研究。特別是當我們將研究主題聚焦到地域文化對文學活動的影響上時，此方面的研究便顯得尤為必要。以文學為例，清代學者魯九皋在論及人與地氣的關係時說：「學士大夫有所著述，人自為書，要其聲之本於地氣者，識者猶能辨之……後之論詩者，論其人當亦論其所得之地，而其地氣見，其人亦可見。」〔註12〕此種文學批評言論雖不免陷於環境決定論的泥沼，但不可否認的是，出身同一文化區的文人，其作品也往往會表現出某些共同的意識、觀念和情感。

三是說明了文化的核心是由歷史上獲得並經過選擇的傳統。這告訴我們，研究兩漢齊地文化還需對其承繼的傳統文化進行回溯和探究。因為所謂兩漢齊地文化，不僅是由兩漢齊地民眾創造的，還包含了兩漢之前所有流傳下來

〔註8〕〔漢〕王充著；張宗祥校注；鄭紹昌標點：《論衡校注》，上海古籍出版社2013年版，第39頁。

〔註9〕〔明〕王象春著；張昆河，張健之注：《齊音》，濟南出版社1993年版，第10頁。

〔註10〕〔清〕嚴可均輯；許振生審訂：《全後漢文》，商務印書館2006年版，第250頁。

〔註11〕梁啟超著，吳松等點校：《飲冰室文集點校》，雲南教育出版社2001年版，第3348頁。

〔註12〕〔清〕魯九皋著：《山木居士文集》，道光十四年桐花書屋重刊本，卷1。

並活躍著的齊地傳統文化。傳統文化是如何經過選擇而被留存下來，克羅伯和克拉克洪的概念沒有給出解答，倒是恩格斯的論述頗為形象：「歷史是這樣創造的：最終的結果總是從許多單個的意志的相互衝突中產生出來的，而其中每一個意志，又是由於許多特殊的生活條件，才成為它所成為的那樣。這樣就有無數互相交錯的力量，有無數個力的平行四邊形，由此就產生出一個合力，即歷史結果，而這個結果又可以看作一個作為整體的、不自覺地和不自主地起著作用的力量的產物。」〔註13〕

在恩格斯看來，歷史發展的最終結果是由每個人的發展意志融合在一起，形成一種「合力」，從而最終決定了的。因此，歷史的選擇是自然行進的，也服從於同一規律，但我們卻不能因此而輕視任何人的意志，恩格斯認為「每個意志都對合力有所貢獻」。這便提示我們在研究兩漢齊地傳統文化時要盡可能地觀照齊地民眾整體，把握時代的脈搏。但如果僅僅以此斷章取義，又往往容易走向一個極端，即個人影響無差別論。事實證明，每個時代總有少數天才來自眾人，又超出眾人，對當時及後世都產生重大影響，如趙翼《論詩》所言，「江山代有才人出，各領風騷數百年」。〔註14〕傳播學家也通過大量實證研究指出，在我們的日常生活中，總有人相對具有權威性，他們「經常為他人提供信息、觀點或建議並對他人施加個人影響」，充當著某一領域或群體的「意見領袖」。〔註15〕

英雄和「意見領袖」都對歷史的發展起到了超出眾人的作用，因此我們在研究兩漢齊地文化時，也需對當地的傑出人物進行重點把握。這不僅是因為傑出人物在很大程度上體現著齊地文化所能達到的高度，而且他們的存在還有助於我們更好地瞭解兩漢齊地文化在兩漢文化體系中所佔據的地位。普列漢諾夫說：「偉大人物之所以偉大，不是因為他的個人特點使偉大的歷史事變具有個別的外貌，而是因為他所具備的特點使得他最能為當時在一般原因和特殊原因影響下產生的偉大社會需要服務。」〔註16〕傑出人物出現的根本

〔註13〕 教育部思想政治工作詞組：《馬克思主義思想政治教育經典著作選讀》，高等教育出版社 2011 年版，第 110 頁。

〔註14〕 〔清〕趙翼著；華夫主編：《趙翼詩編年全集》，天津古籍出版社 1996 年版，第 821 頁。

〔註15〕 郭慶光著：《傳播學教程》，中國人民大學 2011 年版，第 189 頁。

〔註16〕 〔俄〕普列漢諾夫著；王蔭庭譯：《論個人在歷史上的作用問題》，商務印書館 2010 年版，第 55 頁。

原因在於其滿足了那個時代的召喚和要求。同樣，我們結合兩漢時代背景來考察齊地傑出人物對推動兩漢文化發展所起到的作用，也是瞭解齊地文化在兩漢文化體系中所處地位的重要方法。以上是克羅伯和克拉克洪的「文化」定義給筆者帶來的啟發。

但正如列寧所說：「過於簡短的定義雖然方便（因為它概括了主要之點），但是要從中分別推導出應當下定義的現象的那些最重要的特點，這樣的定義畢竟是不夠的。」〔註17〕克羅伯和克拉克洪的「文化」定義只是道出了文化的某些重要特點，但對文化的發展模式及其包含的具體事物則語焉不詳。實際上，文化是一個由許多具有特定功能的文化要素按一定結構組合形成的大系統。它由一定時空內的人群創造，而人的本質屬性是相同的，這便決定了它有著普遍性和開放性的一面，所以不同地域間的文化是會通過物質的流通及人的遷移等方式相互影響、交融的。當然，此種交融不以互相取代為結果，而是一個不斷自我否定、更新和建構的過程。許多研究者喜歡借用皮亞傑的建構理論來說明這一過程：

$$S \Leftrightarrow R 或 S \rightarrow (AT) \rightarrow R$$

上述公式中，S 代表刺激，T 代表原有結構，「AT 是同化刺激 S 於結構 T」，〔註18〕R 代表受刺激後作出的反應。我們發現，（S）到（R）是一個回還的過程，而非完全相取代的結果。當代表外來刺激因素的（S）一旦進入系統（T）時，便會有一個同化的過程，進而引發反應（R）。其中（AT）是一個重要的中間環節，它類似一個民族在某一時期的心理定式，決定著其內部成員對外來文化的揚棄。皮亞傑的公式很好說明了文化系統的建構過程：一方面它通過與外來文化的接觸、交融不斷發生變遷，從而呈現出新的面貌；另一方面它自身舊有的結構也不會完全消亡，經過（AT）這一過程的轉換之後，R 之中也包含了舊有系統（T）的一部分。

另一方面，對於文化結構的剖析也十分必要，這使我們能夠比較直觀地瞭解文化所包含的具體對象，從而便於對本文的研究對象進行相應的區劃和歸類。本文對文化結構的剖析參照了李榮善的《文化學引論》一書，將之分

〔註17〕中共中央馬克思 恩格斯 列寧 斯大林著作編譯局編譯：《列寧全集》（第二十七卷），人民出版社 1991 年版，第 401 頁。

〔註18〕左任俠，李其維主編：《皮亞傑發生認識論文選》，華東師範大學出版社 1991年版，第 9 頁。

為外部結構和內部結構兩部分。文化的外部結構指文化與自然環境及社會環境的結構關係，不同地域的自然和社會環境往往不同，故而不同地域的文化也往往各具特色。文化的內部結構通常指文化自身的構成，大致可分為物質文化、制度文化和精神文化三個基本層次：物質文化指由人們的物質活動及其結果反映出來的文化，如農業、建築業、絲織業、冶鐵業等，它是其他形式文化存在的基礎，也是區域文化得以形成的根本所在；制度文化是指連結和規範人們社會關係的組織形式、社會價值觀、規章制度等部分的總和。它是處理人與人之間關係的規範，包括經濟制度、婚姻制度、家族制度、政治法律制度以及家族、民族、國家、宗教、藝術等組織形式；精神文化是以人們的認識活動、思維及其結果——知識、風俗、法律、宗教、藝術、道德等精神價值為載體而表現出來的文化。〔註19〕

綜上所述，文化是一個具有豐富內容與複雜聯繫的構成，要想對其進行面面俱到的分析幾乎是不可能的，兩漢齊地文化自然也是如此。所謂兩漢齊地文化，也即發生、發展於「齊地」這一地域範圍內的文化，它涵括了自齊地人類誕生以來直至兩漢時代結束仍然存在並影響著人們生活的文化總和。筆者將本文的題目定為「齊地文化與兩漢文學研究」，乃意在探究其時齊地文化與文學各自的性狀特質及兩者間的互動關係。故為方便起見，便對與此一時期文學無關的齊地文化要素摒而不論。因此，本文所言之「齊地文化」乃活躍於兩漢齊地，彰顯齊地文化特色，並對當時文學產生影響的文化要素。具體而言，它主要包括人、自然環境、政治、經濟、風俗、學術以及音樂、書畫等其他藝術形式。

第二節　兩漢時期「文學」的內涵

要研究兩漢時期（前202～220）的文學作品，還應對其時「文學」的內涵作出界分。「文學」一詞在我國由來已久，含義也寬泛且常變。然而要等到上世紀初，西方文學理論大量傳入我國，「文學」一詞被用來特指某種文化形態時，我們才有了對之進行討論和辨析的必要。因為弄清「文學」這一文化形態的具體內涵和所指，是我們研究每一時期、地域文學作品的前提和基點。

〔註19〕李榮善著：《文化學引論》，西北大學出版社1996年版，第247～261頁。

一、「文學」的定義公式

多年來，中外學者曾先後為「文學」下過多種定義。章太炎指出：「何以謂之文學？以有文字，著於竹帛，故謂之文。論其法式，謂之文學。」〔註20〕段凌辰認為：「文學者，以美麗之文辭，表達深摯之情感及豐富之想像者也。」〔註21〕童慶炳認為文學是一種人類的文化樣式，是「具有社會的審美意識形態性質的、凝聚著個體體驗的、溝通人際情感的語言藝術」。〔註22〕在外國學者方面，美國文學批評家韓德認為文學是「思想經由想像、感情及趣味的書面的表現，它的形式是非專門的，可為一般人所理解並感興趣」。〔註23〕前蘇聯作家高爾基將文學視為對現實世界的再現，認為文學「就是用語言來創造形象、典型和性格，用語言來反映現實事件、自然景色和思維過程。」〔註24〕美國學者喬納森‧卡勒則意識到文學之於文化的從屬性，指出：「文學就是一個特定的社會認為是文學的任何作品，也就是由文化來裁決，認為可以算作文學作品的任何文本。」〔註25〕由此看來，學界對於「文學」的定義仍在涵蓋範圍或內容等方面存在著不盡相同的看法。

但是，縱觀諸多「文學」定義也不難發現，這些定義即或各執一端，卻也往往存在如下兩個基本共同點：一是指出文學是人為的，是人類智慧的產物；二是認為文學並非毫無章法的字符，而是可供觀驗和解讀的語言形式。以上兩點可視為文學之所以成為文學的基本前提，因而我們可稱之為「文學」源質。簡而言之，「文學」源質是人類創造的可供同類觀驗和解讀的語言形式。至於前文所列定義中提到的「法式」、「美麗之文辭」、「形式是非專門的」等審美標準，對文學而言也必不可少，它從外延上界定著文學的種類和範圍，並評定一部文學作品的價值。但正如《文心雕龍》所說，「夫設文之體有常，變文之數無方」，〔註26〕「蔚映十代，辭采九變」。〔註27〕人們的審美標準卻

〔註20〕章太炎著；楊佩昌整理：《章太炎：國學的精要》，中國畫報出版社 2010 年版，第 213 頁。

〔註21〕段凌辰著：《中國文學概論》，河南大學出版社 2011 年版，第 13 頁。

〔註22〕童慶炳著：《童慶炳談文學觀念》，河南大學出版社 2008 年版，第 36 頁。

〔註23〕李天綱主編：《文學概論》，上海社會科學院出版社 2017 年版，第 30 頁。

〔註24〕〔蘇〕高爾基著；孟昌等譯：《論文學》，人民文學出版社 1978 年版，第 332 頁。

〔註25〕〔美〕卡勒著；李平譯：《文學理論入門》，譯林出版社 2013 年版，第 23 頁。

〔註26〕〔南朝梁〕劉勰著；王運熙，周鋒譯注：《文心雕龍譯注》，上海古籍出版社 2010 年版，第 144 頁。

〔註27〕〔南朝梁〕劉勰著；王運熙，周鋒譯注：《文心雕龍譯注》，上海古籍出版社

不免受到時代的拘囿，並會隨著時代風氣的變遷而發生相應的變化。這導致我們往往會「在某個世紀裏把一部作品當成哲學，在下一代世紀則當成文學——或者反過來」。〔註28〕既然每個時代的人們對「文學」的審美標準不盡相同，則「文學」的定義和內涵也應是不斷變化和發展的，不存在一以貫之、用之四海皆準的終極定義。

王鍾陵說：「我國思想文化體系中的概念、範疇、命題，只有從我國古代特定的種種社會、文化條件中，從我國古代思想論史的繼承發展中，從各個不同歷史階段的具體特點中，才能理解得準確、完整。」〔註29〕倘若我們以當今的「文學」概念來規制全體中國文學，尤其是中國古代文學，顯然並不科學。換句話說，我們今日所言之「文學」，只是一種試圖將人類文化中的某種成分與其他成分區別開來的標準。它的構成，或許可用以下公式表示：

「文學」源質＋時代審美標準＝（某時代）文學

「文學」源質是決定某物能否成為文學的前提；時代審美標準則是在某一時期內，某一社會群體內部通行的「文學」觀念（如「文學是什麼？」「文體有哪些？」等）。鑒於我國古代社會統治階層對文化進行壟斷的情況，則在我國古代的某一時期內，社會統治階層所持有的「文學」觀念，即可視為該時期人們對「文學」的認知和定義。而每個時期統治階層的文學觀念又都從根本上受制於其時的文化，文化是一個不斷變化和發展的龐大系統，它雖然在特定時期內有著相對穩定的狀態，可供研究者加以辨析、總結，並得出相關的理論和標準（如「文學」觀念），可一旦其內部要素（如經濟、政治、哲學、宗教、其他藝術形式等）發生變化，文化便會呈現出新的面貌，人們依據其先前狀態得出的理論和標準（如「文學」觀念），也可能會因為失去了賴以存在的根基而不復準確。也即是說，只有「（某時代）文學」才是在某一時期的特定社會內被視為「文學」的那種東西，不同時期的「文學」內涵往往不盡相同。這便決定了我們以現在的「文學」觀念去規制兩漢「文學」的做法是行不通的。

2010 年版，第 220 頁。

〔註28〕〔英〕苔里·伊格頓著；陳劍暉譯：《文學的定義》，《海南師院學報》1992 年第 3 期。

〔註29〕王鍾陵著：《中國前期文化——心理研究》，上海古籍出版社 2006 年版，第727 頁。

二、兩漢「文學」的獨特內涵

兩漢「文學」首先屬於中國古代文學，對於中國古代文學的獨特性，我國學者早有發現。錢穆《文化學大義》一書在總結了世界文學的共有特點後，即明確指出：「中國文學又獨不然，有特異其趣者。中國文學則早已藝術化，與其他藝術多所同而少所異……其體制與境界，乃與其他民族之文學內容有其大不同。」〔註30〕需要注意的是，錢穆此處所說的「中國文學」乃特指「中國古代文學」。李榮善也在《文化學引論》一書中對中國古代文學的獨特性予以強調：「與西方文學相比，中國古代文學具有特別鮮明的人文色彩和理性精神……無論是敘情文學還是敘事文學，中國古代的作家總是把目光對準人間而不是天國。他們關注的是現實世界中的悲歡離合而不是屬於彼岸的天堂地獄。」〔註31〕上述二人的言論雖因視角和立場的差異不盡相同，卻給予我們以下兩點啟示：一是對我國「文學」的討論和研究要有一個時間斷限，古代文學與現當代文學或即不同；二是我國某一時期「文學」的特質可通過與其他時期或區域「文學」的比較得出。我們探討和辨析兩漢時期「文學」的涵義也可參照上述手段。

在兩漢時期，植根於封建大一統帝國的文化內部諸要素並未發生質變，因而從屬其中的「文學」之涵義自然也基本穩定。兩漢時期的「文學」作品由其時具備一定文化素養和讀寫能力的士人階層成員——兩漢文人創作（至少是二次創作）。受時代侷限，身處社會統治階層的兩漢文人往往身兼官員、學者等多重社會身份。此種身份的多重性致使他們很難專心或鍾情於寫作脫離政教、學問，旨在審美、體物或抒情的文章。司馬遷自稱寫作《史記》的目的是「究天人之際，通古今之變，成一家之言」。〔註32〕他的此種追求顯然導源於「太上立德，其次立功，其次立言」〔註33〕這一合乎其官員身份的士人傳統價值觀。擁有高超寫作才能的蔡邕甚至揚言：「書畫辭賦，才之小者，匡國理政，未有其能。」〔註34〕比之建功立業，著書立說（立言）在其時文人的眼中尚屬次要，更何況是寫作無關功德事業的文章。此外，兩漢文人的文化

〔註30〕錢穆著：《文化學大義》，九州出版社 2012 年版，第 49 頁。
〔註31〕李榮善著：《文化學引論》，西北大學出版社 1996 年版，第 245 頁。
〔註32〕〔漢〕司馬遷撰：《史記》，中華書局 2011 年版，第 2375 頁。
〔註33〕〔晉〕皇甫謐原著；〔清〕任渭長，沙英繪；劉曉藝撰文：《高士傳》，上海古籍出版社 2014 年版，第 182 頁。
〔註34〕〔南朝宋〕范曄撰：《後漢書》，中華書局 2012 年版，第 1600 頁。

素養和讀寫能力主要源於對各種學術著作的研讀和效法，而與現實社會政治緊密聯繫是此一時期學術的鮮明特色，〔註35〕這不免對兩漢文人的寫作產生規制性影響。綜上所述，自身社會身份的複合性和所處時代的學術風尚導致兩漢文人筆下的產物——文學，很難獨立於政教之外，藝術地表現社會、人生，呈現出當今意義上的純文學形態。

當然，要更詳實地探討和辨析兩漢時期「文學」的涵義，我們首先應確定其所涵蓋的範圍。這便要求我們在將「文學」視為一種可供人們觀驗和解讀的語言形式的前提下，進入其時的文化氛圍，對兩漢時人的相關言論進行梳理和總結。在此方面，劉躍進的《〈獨斷〉與秦漢文體研究》一文遵循「不能沒有根據地利用後代材料來推斷前代的文體特徵」〔註36〕這一原則，主要參照《史記》《漢書》《東觀漢記》《獨斷》以及其他秦漢時代單篇文章等資料，共論列策書、治書、詔書、戒書、命、令、政、章、奏、表、駁議、箋、啟、封事、教、令、文、詩、賦、碑、誄、銘、贊、連珠、箴、弔、論、書、頌、記、祝、誥、對問、設論、故、傳、說、記、章句、箋（注疏體）等兩漢文體40種，當可視為兩漢「文學」的主要形態和種類。但在筆者看來，兩漢「文學」的範圍還應涵蓋其時文人研讀或著述的各類學術著作。誠如王充《論衡‧佚文》所說：「五經、六藝為文，諸子傳書為文，造論著說為文，上書奏記為文，文德之操為文。」〔註37〕對兩漢時人而言，今人眼中的學術著作與傳、奏、記等體裁文章實為同類，並無本質上的區別。而在他們有關上述文體的言論中，也鮮明地體現出異於後世文人的審美標準。具體詳述如下：

（一）文學須經世致用。戰國時期「得士者強，失士者亡」〔註38〕的政治環境，導致各國統治者對士人地位和治國言論的重視，進而鑄就了士人群體重視言辭、文章經世作用的傳統。此種傳統仍得以在兩漢時人中延續，這首先表現在兩漢時人對典籍文章的功利性認知上。司馬遷《十二諸侯年表序》說：「周道缺，詩人本之衽席，《關雎》作。仁義陵遲，《鹿鳴》刺焉。」

〔註35〕周桂鈿，李祥俊著：《中國學術通史（秦漢卷）》，人民出版社2004年版，第6頁。

〔註36〕躍進：《〈獨斷〉與秦漢文體研究》，《文學遺產》2002年第5期。

〔註37〕〔漢〕王充著；張宗祥校注；鄭紹昌標點：《論衡校注》，上海古籍出版社2013年版，第411頁。

〔註38〕傅春明輯注：《東方朔作品輯注》，齊魯書社1987年版，第23頁。

〔註 39〕翼奉《因災異應詔上封事》說：「《易》有陰陽，《詩》有五際，《春秋》有災異，皆列終始，推得失，考天心，以言王道之安危。」〔註 40〕匡衡《上疏言治性正家》說：「始乎《國風》，原情性而明人倫也。」〔註 41〕上述言論都是從經世致用的角度解讀《詩》《易》《春秋》等典籍或其中篇章的創作目的。與之相呼應，兩漢時人對其時文體的辨別或論述也多圍繞其功用進行。孔安國《尚書序》說：「《書》序，序所以為作者之意。」〔註 42〕《詩緯・含神霧》論詩的功用則說：「詩者，持也，以手維持……上以風化下，下以風刺上。」〔註 43〕蔡邕的《獨斷》更是從寫法和功用的角度對策書、制書、詔書、戒書、章、奏、表、駁議等文體做了較為細緻的區分。

兩漢時人對文學的功利性追求還表現在對自身或他人作品所抱有的期待上。一方面他們對自身的作品抱以經世致用的期待。在《羽獵賦序》中，揚雄即坦誠其創作宗旨是「聊因校獵賦以風之」。〔註 44〕桓譚也稱自己創作《新論》的目的是「術辨古今，亦欲興治也」。〔註 45〕王充創作《譏俗》、《節義》等文章則是有感於時人「貪進忽退，收成棄敗」的不良風氣，以「冀俗人觀書而自覺」。〔註 46〕另一方面，他們又動輒以經世致用為標準來品評他人的作品。劉向認為《戰國策》一書「雖不可以臨國教化，兵革救急之勢也。皆高才秀士，度時君之所能行，出奇策異智，轉危為安，運亡為存，亦可喜，皆可觀」，〔註 47〕顯然是從功用的角度肯定該書的價值。楊雄批評漢賦為「童子雕蟲篆刻」，理由是「諷則已；不已，吾恐不免於勸也」。〔註 48〕王充也以《新論》「論世間事，辯照然否，虛妄之言，偽飾之辭，莫不證定」

〔註 39〕〔漢〕司馬遷撰：《史記》，中華書局 2011 年版，第 433 頁。
〔註 40〕〔漢〕班固撰：《漢書》，中華書局 2012 年版，第 2739 頁。
〔註 41〕〔漢〕班固撰：《漢書》，中華書局 2012 年版，第 2879 頁。
〔註 42〕〔南朝梁〕蕭統編；〔唐〕李善注：《文選》，中華書局 1977 年版，第 638 頁。
〔註 43〕〔清〕趙在翰輯；鍾肇鵬，蕭文郁點校：《七緯：附論語讖》，中華書局 2012 年版，第 253 頁。
〔註 44〕〔漢〕班固撰：《漢書》，中華書局 2012 年版，第 3049 頁。
〔註 45〕〔漢〕桓譚著；吳則虞輯校：《桓譚〈新論〉》，社會科學文獻出版社 2014 年版，第 123 頁。
〔註 46〕〔漢〕王充著；張宗祥校注；鄭紹昌標點：《論衡校注》，上海古籍出版社 2013 年版，第 577 頁。
〔註 47〕〔漢〕劉向集錄；〔南宋〕姚宏，鮑彪，等注：《戰國策》，上海古籍出版社 2015 年版，第 728 頁。
〔註 48〕汪榮寶撰；陳仲夫點校：《法言義疏》，中華書局 1987 年版，第 45 頁。

〔註 49〕為由，盛讚桓譚的文才。由此可見，經世致用是兩漢時人判斷文學作品所具價值的重要標準。

（二）文學乃不朽之具。《左傳·襄公二十四年》記載叔孫豹概述人生最高價值的言論說：「大上有立德，其次有立功，其次有立言，雖久不廢，此之謂不朽。」〔註50〕其中「立言」的原意雖指樹立有關德教、政教的言辭，卻因古代聖哲的言論多是藉由文章保存，而逐漸演化為與著書作文同義。終軍說：「《詩》頌君德，《樂》舞後功，異經而同指，明盛德之所隆也。」〔註51〕司馬遷也說：「堯舜之盛，《尚書》載之，禮樂作焉。湯武之隆，詩人歌之。《春秋》采善貶惡，推三代之德，褒周室，非獨刺譏而已也。」〔註52〕兩漢時人認為《詩經》等儒家典籍的功用之一便是使古代賢王的功德事業流傳後世。受此種功利文學思想的影響，兩漢時人認為文章著述也應如儒家經典般有使人、事、物不朽的功用。王充在《論衡·須頌》中說：「古之帝王建鴻德者，須鴻筆之臣褒頌紀載，鴻德乃彰，萬世乃聞。」〔註53〕王延壽在《魯靈光殿賦並序》中也說：「物以賦顯，事以頌宣，匪賦匪頌，將何述焉。」〔註55〕在他們看來，即或是言行顯著之人、驚天動地的事物也須憑藉他人的文章才能留名千古。

但正如叔孫豹口中「立言」的目的是使自身不朽一樣，兩漢時人自然也更期冀憑藉自身的文章而名垂千古。司馬遷在向任安說明自己受腐刑後仍堅持著書的原因時說：「所以隱忍苟活，幽於糞土之中而不辭者，恨私心有所不盡，鄙陋沒世，而文采不表於後世也。」〔註 55〕劉向也在《九歎·逢紛》中表明自己創作此文的目的是「垂文揚采，遺將來兮」。〔註 56〕漢明帝《詔班固》說：「司馬遷著書，成一家之言，揚名後世。」〔註 57〕顯見也是對著述可使作

〔註49〕〔漢〕王充著；張宗祥校注；鄭紹昌標點：《論衡校注》，上海古籍出版社 2013年版，第 280 頁。

〔註50〕〔戰國〕左丘明著；〔晉〕杜預注：《左傳》，上海古籍出版社 2016 年版，第602 頁。

〔註51〕〔漢〕班固撰：《漢書》，中華書局 2012 年版，第 2440 頁。

〔註52〕〔漢〕司馬遷撰：《史記》，中華書局 2011 年版，第 2857 頁。

〔註53〕〔漢〕王充著；張宗祥校注；鄭紹昌標點：《論衡校注》，上海古籍出版社 2013年版，第 403 頁。

〔註54〕〔南朝梁〕蕭統編；〔唐〕李善注：《文選》，中華書局 1977 年版，第 168 頁。

〔註55〕〔南朝梁〕蕭統編；〔唐〕李善注：《文選》，中華書局 1977 年版，第 580 頁。

〔註56〕〔漢〕劉向輯；〔漢〕王逸注；〔宋〕洪興祖補注：《楚辭》，上海古籍出版社2015 年版，第 374 頁。

〔註57〕〔南朝梁〕蕭統編；〔唐〕李善注：《文選》，中華書局 1977 年版，第 682 頁。

者揚名後世這一功用的體認。也正是由於兩漢時人對文學此種功用的期待，他們所重視的往往是更易激發他人注意力和保存欲的學術性或實用性文章，而對旨在怡情悅性的詩歌、辭賦等作品則在很大程度上予以忽略。東漢建安時期的著名文人徐幹雖然也寫有少量如《室思》般溫婉動人的詩作，卻頗不以此自命，後期更以「無闡弘大義、敷散道教、上求聖人之中、下救流俗之昏者」為由，「廢詩、賦、頌、銘、贊」等「辭人美麗之文」〔註58〕不作。此足見其時文人對文章功用的取捨和對自身著書立言的期待。

（三）文學以宗經為美。無論是經世致用，還是令人、事、物不朽，兩漢時人認為文學要具備上述功用的前提還在於徵聖、宗經，也即以儒家聖人的言論和經典著述為自身著書作文的典範。這也成為兩漢時人籍以品評他人作品的又一重要標準。司馬遷《史記·屈原賈生列傳》稱讚《離騷》說：「《國風》好色而不淫，《小雅》怨誹而不亂。若《離騷》者，可謂兼之矣。」〔註59〕顯然是以《詩經》作為評判屈原作品《離騷》的參照系。無獨有偶，他在《史記·司馬相如列傳》中評判司馬相如賦時也以之與《詩經》相比：「相如雖多虛辭濫說，然其要歸引之節儉，此與《詩》之風諫何異。」〔註60〕即或如此，班彪在評價《史記》時，仍批評司馬遷「論術學，則崇黃老而薄五經；序貨殖，則輕仁義而羞貧窮；道遊俠，則賤守節面貴俗功」等「大敝傷道」之舉，並認為「誠令遷依五經之法言，同聖人之是非，意亦庶幾矣。」〔註61〕班固則本之於宗經的原則批評屈原的《離騷》「多稱崑崙、冥婚、宓妃虛無之語，皆非法度之政，經義所載」。〔註62〕由此可見，兩漢時人即使對同一篇作品做出不同的評價，其著眼點也往往都在於作品的內容是否符合儒家經義。

除了對文章的內容有所要求外，兩漢時人對各種文體風格的要求也受到了儒家經典的影響。一方面，他們要求呈送統治者的文章須有孔子口中「溫柔敦厚」〔註63〕的風格，以免觸犯統治者的權威。經由漢人整理的《詩大序》

〔註58〕〔清〕嚴可均輯；馬志偉審訂：《全三國文》，商務印書館 1999 年版，第 568 頁。
〔註59〕〔漢〕司馬遷撰：《史記》，中華書局 2011 年版，第 2184 頁。
〔註60〕〔漢〕司馬遷撰：《史記》，中華書局 2011 年版，第 2672 頁。
〔註61〕〔南朝宋〕范曄撰：《後漢書》，中華書局 2012 年版，第 1047 頁。
〔註62〕〔漢〕劉向輯；〔漢〕王逸注；〔宋〕洪興祖補注：《楚辭》，上海古籍出版社 2015 年版，第 59 頁。
〔註63〕〔元〕陳澔注；金曉東校點：《禮記》，上海古籍出版社 2016 年版，第 564 頁。

在論述詩的諷諫功用時即說：「主文而譎諫，言之者無罪，聞之者足以戒。」〔註64〕班固則因屈原「責數懷王，怨惡椒、蘭，愁神苦思，強非其人，忿懟不容，沉江而死」，而在《離騷序》中稱其為「狂狷景行之士」；〔註65〕另一方面，他們又本著文務有用的態度，要求文章在遣詞造句方面須有經書文辭般徵實的態度。揚雄在《法言·吾子》中說：「書惡淫辭之淈法度也……事勝辭則伉，辭勝事則賦，事、辭稱則經，足言足容，德之藻矣。」〔註66〕漢明帝也曾針對「間者章奏頗多浮詞」的現象頒布《獲寶鼎詔》，禁止大臣「過稱虛譽」。〔註67〕王充更是因為擔心典籍中的誇張增飾之語被讀者誤認為事實，而創作《論衡》中的《語增》、《儒增》和《藝增》三文，批評包括《尚書》《詩經》等儒家經典在內的言語誇張之作。〔註68〕可以說，兩漢時人對文章徵實的要求，在王充身上達到了極致。但究其根本，王充的此種文學觀的形成仍源於漢代儒家經學的影響。〔註69〕

三、結語

魯迅先生說：「曹丕的一個時代可說是『文學的自覺時代』，或如近代所說是為藝術而藝術（Art for Art's Sake）的一派。」〔註70〕魯迅先生此處所說的「文學」，顯然是今人所言之文學。此種純文學的概念在西方學界也只不過誕生了200餘年，〔註71〕有著獨立於政教之外，藝術地表現人、事、物的標準。但須看到的是，即使到了曹丕時代，我國文學的「大文學」、「雜文學」特徵依舊明顯。曹丕《典論·論文》一文說：「夫文本同而末異，蓋奏議宜雅，書論宜理，銘誄尚實，詩賦欲麗……蓋文章，經國之大業，不朽

〔註64〕〔漢〕毛公傳；〔漢〕鄭玄箋、〔唐〕孔穎達，等注：《毛詩正義》，上海古籍出版社1990年版，第18頁。

〔註65〕〔漢〕劉向輯；〔漢〕王逸注；〔宋〕洪興祖補注：《楚辭》，上海古籍出版社2015年版，第59頁。

〔註66〕汪榮寶撰；陳仲夫點校：《法言義疏》，中華書局1987年版，第57～60頁。

〔註67〕〔南朝宋〕范曄撰：《後漢書》，中華書局2012年版，第89頁。

〔註68〕〔漢〕王充著；張宗祥校注；鄭紹昌標點：《論衡校注》，上海古籍出版社2013年版，第156～178頁。

〔註69〕吳明明．《論經學對王充文學語言觀的影響》，《紹興文理學院學報（人文社會科學）》2020年第3期。

〔註70〕魯迅著：《漢文學史綱要：外一種》，上海古籍出版社2005年版，第59頁。

〔註71〕〔美〕卡勒著；李平譯：《文學理論入門》，譯林出版社2013年版，第22頁。

之盛事……故西伯幽而演易，周旦顯而制禮，不以隱約而弗務，不以康樂而加思。」〔註72〕可知曹丕觀念中的「文章」，不僅包括了奏、議、銘、誄等實用性文體，還包括了《周易》《周禮》等儒家經典在內。此外，曹丕稱賞徐幹說：「著《中論》二十餘篇，成一家之言，辭義典雅，足傳於後，此子為不朽矣。」又痛惜應瑒說：「德璉常斐然有述作之意，其才學足以著書，美志不遂，良可痛惜！」〔註73〕顯然在具有濃重經學教育背景的曹丕〔註74〕眼中，如《中論》般的學術文章才更具備成為「經國之大業，不朽之盛事」的資格。

當然，兩漢時人並非只把文學視為功利之具，他們對文學的怡情功能也有著較深刻的認識。漢宣帝在與王褒談論辭賦的功能時說：「辭賦大者與古詩同義，小者辯麗可喜。辟如女工有綺縠，音樂有鄭衛，今世俗猶皆以此虞說耳目，辭賦比之，尚有仁義風諭，鳥獸草木多聞之觀，賢於倡優博弈遠矣。」所謂「虞說耳目」，〔註75〕顯然即指辭賦怡情悅性的功能。傅毅《舞賦序》也假借楚襄王與宋玉的對話，表達了自己對其時文藝的看法：「夫《咸池》《六英》，所以陳清廟，協神人也。鄭衛之樂，所以娛密坐，接歡欣也。餘日怡蕩，非以風民也，其何害哉！」〔註76〕傅毅認為，音樂的功能不盡相同。《咸池》《六英》等音樂的功能可用於宗廟祭祀，而鄭衛之音可以用來愉悅人們的情感。有鑒於其時音樂與詩的緊密關係，傅毅之論在一定程度上也可視為對詩作功能的闡釋。但從總體上說，兩漢時人對文學的怡情功能仍十分輕視。漢哀帝《罷樂府詔》即說：「惟世俗奢泰文巧，而鄭衛之聲興……鄭衛之聲興則淫辟之化流。」〔註77〕王充《論衡·譴告篇》也以司馬相如《大人賦》使漢武帝讀完有「凌雲之氣」的愉悅感而批評漢賦勸百諷一的弊病。〔註78〕由此可見，文學的怡情功能在兩漢時人眼中，反倒是一種

〔註72〕〔南朝梁〕蕭統編；〔唐〕李善注：《文選》，中華書局 1977 年版，第 720～721 頁。
〔註73〕〔南朝梁〕蕭統編；〔唐〕李善注：《文選》，中華書局 1977 年版，第 591 頁。
〔註74〕胡根發：《從世子曹丕所受教育看曹操的儒學思想——以建安二十二年之前為中心》，《北京社會科學》2017 年第 4 期。
〔註75〕〔漢〕班固撰：《漢書》，中華書局 2012 年版，第 2451 頁。
〔註76〕〔南朝梁〕蕭統編；〔唐〕李善注：《文選》，中華書局 1977 年版，第 247 頁。
〔註77〕〔漢〕班固撰：《漢書》，中華書局 2012 年版，第 987 頁。
〔註78〕〔漢〕王充著；張宗祥校注；鄭紹昌標點：《論衡校注》，上海古籍出版社 2013 年版，第 297 頁。

助長社會不良風氣的罪過。

綜上可知，兩漢時期的「文學」是其時文人創作的以功利為主幹，怡情為餘流，可供觀驗和解讀的語言表現形式。它除了包含奏、議、書、論、銘、誄、詩、賦等文體之外，更包含《詩經》《史記》《淮南子》《中論》乃至《周易》《春秋》等今人眼中的學術著作，故而其主要特徵也是宗法儒家經典，意在經世致用或彰顯人、物聲名，帶有濃重的政教、功利色彩。在此種意義上，兩漢「文學」可視為兩漢文人展示自身學識的手段，它的內涵源於其時文、史、哲混融發展的現實。也正是因為兩漢「文學」所擁有的此種兼容並包的寬泛內涵，才可合理解釋在當今文學觀念的規制下，許多學者仍試圖從《史記》《淮南子》甚或《楚辭章句》等兩漢時人著就的學術作品中尋覓文學價值這一看似悖反的行為。南帆認為，並不存在一個古今通用的文學定義，我們可以做的只能是進入某個歷史時期的文化氛圍，認定該時期的文學內涵。〔註79〕倘若我們以當今通行的文學標準規制兩漢文學，對其進行割裂式研究，則得出的結論既非全面，又不科學。

第三節　先秦齊地文化的發展

任何文化都是由一定時間和空間內的人群創造並普遍享有的，儘管這一人群的個體間存在著較大的差異，但他們在面對同一事件時所持有的態度和表現出的行為卻有著嚴密的一致性。這種態度、行為若被人們通過學習而長期傳承下去，便形成了文化傳統。任何人的活動，如文學創作，都要受到其成長地文化傳統的浸漬。這表現在成長於同一地域的文人的作品也往往具有諸多共同的特質。當然，文化傳統並非一成不變的，由於文化本身所具有的開放性與普遍性，不同地域的文化總會通過接觸而相互影響、交融，並促使自身的文化傳統緩慢地發生新變。但正如本章第一節所說，原有的文化傳統並不會因此而完全消亡，其文化構成中與時代相適應的部分總會在新的文化體系中得以保存，並繼續對其傳承者的活動施加影響。

齊地作為中華文明的重要發祥地，因其所處的特殊地理區位和相對單一、獨特的民族成分而保存了較為獨立的文化體系。三代以來，齊地文化又在本

〔註79〕南帆，王偉：《文學可以定義嗎？——關於「文學本質論」問題的通信》，《文藝爭鳴》2016年第8期。

土文化的基礎上，先後與夏、商、周等外來文化接觸、交融，產生了較為複雜的文化變遷。回顧齊地文化的發展歷程，探究其與不同地域文化間的交流與影響，不僅有助於我們認清和把握兩漢齊地的文化傳統，還有利於我們進一步瞭解齊地文化的特色及其獨特地位。

一、史前齊地文化

　　齊地遠古文化源遠流長，與黃河中游地區、長江三角洲一樣，皆為我國文明的重要發源地。據考古資料顯示，齊地有人類活動的歷史至少可追溯到四五十萬年以前，且就近年來陸續發現的人類化石及新舊石器時代眾多的古人類活動遺址來看，至晚在一萬年前，人類的活動範圍已遍布齊地，〔註80〕並先後創造出後李文化、北辛文化、大汶口文化、龍山文化、岳石文化等基本上前後相繼的輝煌文明。

　　早期齊地居民的生活與其他地區並無不同。考古資料顯示，他們自後李文化時期（約8500～7500年前）便已定居下來，過著以農業為主，採集、漁獵、蓄養業為輔的生活，受自然環境的影響較大。因而到北辛文化時期（約7300～6300年前），齊地內陸與沿海地區的文化已因自然條件的不同而開始表現出較大的差異，但兩地居民無一例外地都少有剩餘財富。齊地居民的這種艱難生活境況在大汶口文化時期（約6100～4600年前）已有所改變。雖然此一時期的齊地居民仍採用以農業為主，漁獵活動作為重要補充的生產方式，但酒器的大量出現與豬、狗等家畜的普遍飼養，說明當時的農產品已出現剩餘。另外，從此一時期製陶、骨雕等技術所表現出的較高水準來看，社會分工的現象可能已經產生。這一點可從大汶口墓葬的發掘情況上得到有力支持。考古者發現此一時期不僅男、女墓穴的隨葬物品表明各自生前從事著不同的生產領域，而且不同墓穴間的貧富差距也十分明顯，甚至在個別墓穴中還出現了人殉的現象。

　　農業與手工業的發展必然推動精神文化的勃興：從出土的大量形似鳥狀的陶鬹來看，有別於中原地區龍、蛇、魚、龜等圖騰崇拜的鳥圖騰崇拜可能已在其時的齊地各部落間流行。〔註81〕而龜甲器與牙雕筒的出土以及成年人

〔註80〕本文所述考古發現凡不標注者，皆參照樂豐實著：《東夷考古》，山東大學出版社1996年版。
〔註81〕牛繼曾，周昌富主編：《山東文物縱橫談》，中國廣播電視出版社1992年版，第42～51頁。

中普遍存在的拔除側門牙、頭骨枕部人工變形的習俗,則似乎意味著原始宗教儀式已在齊地居民中出現。另外,1979 年在莒縣陵陽河出土的「笛柄杯」,不僅被許多學者認為與原始祭祀活動有關,還被視作是一種具有較好音樂性能且意義非凡的原始吹奏樂器,〔註 82〕反映出當時齊地極高的音樂發展水平。特別是陶器符號的出現,標誌著齊地文明的曙光已經照臨。目前學界對這些陶器符號的看法尚不一致,有學者認為它們是少昊部落文化的產物,其中一些符號反映了時人的鳥崇拜和太陽崇拜。〔註 83〕也有學者認為,其中一些符號在很大程度上反映了齊地居民對天文學的高深認識。〔註 84〕不論上述推斷是否正確,齊地土著居民曾創造過輝煌燦爛文化的事實則是無可質疑的。

龍山文化時期(約 4600～4000 年前),齊地文化在原有的基礎上繼續發展,農業、畜牧業無論在生產種類還是在數量上都比以往豐富,齊地居民對狩獵的依賴程度已有所降低。這一點可由濰坊魯家口遺址出土的動物標本中野生動物所佔比重不高的現象加以證明。有了足夠的物質保障,其時手工業的專業化程度也就大為提高。工藝複雜、器型多樣的「蛋殼陶」開始出現在相當大的地域跨度內,但陶窯卻只集中發現於鄒平丁公城遺址等地,故不排除當時已存在區域性製陶中心的可能。除了堪稱原始社會藝術瑰寶的「蛋殼陶」外,齊地出土的其他一些同時期手工藝品也被認為具有劃時代的意義。1960 年,在濰坊姚官莊龍山文化遺址中出土的一件黑色陶塤,體現了齊地居民於樂器製造技術上的較高水準。一些學者認為,它的出現表明「我國五聲音階和七聲音階在原始社會時期可能已經形成」。〔註 85〕日照等地出土的陶器、玉器上所存在的雲雷紋,則被一些學者認為是商周青銅禮器上雲雷紋的祖型。〔註 86〕與之相呼應的是,冶銅業也於此一時期出現在煙臺、日照、膠州等地,預示著齊地的銅器時代即將到來。

隨著生產方式的日趨先進和財富的不斷集中,齊地各部落的人口得到繁衍,隨之而來的生存壓力與擴張野心使爭奪財富和地盤的部落戰爭在所難免。

〔註 82〕 王樹明:《山東莒縣陵陽河大汶口文化墓葬中發現笛柄杯簡說》,《齊魯藝苑》
　　　　 1986 年第 1 期,第 52～54 頁。
〔註 83〕 郭墨蘭,呂世忠著:《齊文化研究》,齊魯書社 2006 年版,第 83 頁。
〔註 84〕 杜升雲,蘇兆慶:《東夷民族天文學初探》,《北京師範大學學報(自然科學版)》
　　　　 1988 年第 3 期,第 86～90 頁。
〔註 85〕 牛繼曾,周昌富主編:《山東文物縱橫談》,中國廣播電視出版社 1992 年版,
　　　　 第 29 頁。
〔註 86〕 逄振鎬著:《齊魯文化研究》,齊魯書社 2010 年版,第 9 頁。

這一點可從出土的大量形式繁雜的鏃、矛等兵器上得到印證。出於保護部落顯貴成員生命和財產安全的目的，城市作為一種新的聚落形式開始出現。目前齊地出土的龍山城址共有四座，分布於章丘、壽光、鄒平和臨淄四地，其中章丘城子崖城址是目前黃河領域發現的 9 座龍山城址中最大的一座。值得一提的是，章丘、壽光兩地城址的周圍百里之內還分布著數十處原始村落遺址，對其形成拱衛之勢，並且除了壽光城址由於遭到破壞而影響考古發掘外，其餘三城均出土了一批原始村落少有的精美大型器物。同時，城址內大量卜骨和陶龜的出土則表明原始宗教在大汶口文化時期的基礎上又有了新的發展。更具時代意義的是，考古人員還在鄒平丁公城址發現了一片刻有 12 個字形符號的陶片。有學者認為這「是一個完整的文書」，代表著城內已出現腦力勞動階層。〔註 87〕以上種種情況表明，當時出現於齊地的城市除了具有防禦功能外，還具有了集軍事、經濟和文化中心於一體的崇高地位。

綜上所述，史前齊地文化在經濟、宗教、天文、藝術等方面都取得了那個時代所能達到的較高成就，為此後齊地文化的發展奠定了堅實的基礎。史前齊地文化所具有的特色和獨立地位也為研究者所體認。夏鼐認為，「山東地區史前文化的發展自有演化的序列，與中原地區的和長江下游地區的，各不相同」，自成一個文化圈。〔註 88〕當然，根據考古學上的證據，史前齊地文化也並非完全封閉，而是與周邊文化存在著廣泛而密切的交流，〔註 89〕只不過由於年代久遠、文獻闕如，交流的方式已無從考證。但考慮到原始社會的發展狀況，則其交流不外是通過部落間的聯盟、戰爭、通婚以及物品交換等方式進行，並且這些交流方式也和上述成就一樣，最終都催生出與太昊、少昊、蚩尤、后羿、舜等齊地各部落精神領袖人物相關的神話傳說，為中國文學增添了一筆寶貴的財富。

二、夏商時期的齊地文化

齊地文化發展到岳石文化時期（約 3950～3500 年前），夏部落已經崛起。伴隨著連年的征伐，以武力震懾為基礎的全國性政治中心在夏部落統治的核

〔註 87〕王恩田等：《專家筆談丁公遺址出土陶文》，《考古》1993 年第 4 期，第 344～354、375 頁。
〔註 88〕夏鼐著：《中國文明的起源》，文物出版社 1985 年版，第 99 頁。
〔註 89〕欒豐實著：《東夷考古》，山東大學出版社 1996 年版，第 195～202、284～287 頁。

心區域建立起來，夏王朝開始有了「遠方圖物，貢金九牧」〔註90〕等強制支配各地物資的權力。《尚書・禹貢》被許多學者認為保存了此一方面的史料，其中也有涉及齊地的記載：「海岱惟青州：嵎夷既略，濰、淄其道。厥土白墳，海濱廣斥。厥田惟上下，厥賦中上。厥貢鹽絺，海物惟錯。岱畎絲、枲、鉛、松、怪石。萊夷作牧。厥篚檿絲。浮於汶，達於濟。」〔註91〕齊地即屬青州。由上述描述可知，其時齊地各部落已因地制宜地建立起集農業、手工業、畜牧業、漁業於一體的多元化經濟。

夏王朝對於齊地並非沒有統一的野心，並通過一系列軍事上的打擊與征服，一度在齊地腹心區域建立起斟鄩、斟灌兩個同姓諸侯國。但夏朝初年的齊地各部落仍有足夠的力量與夏部落抗衡，當時發生的益干啟位、后羿和寒浞先後代夏、少康復國等歷史事件即無一不與齊地部落有關。從其時齊地部落對夏王朝統治的多次反抗及其領袖人物如后羿、寒浞等「淫於原獸」、〔註92〕屢事征伐的種種表現來看，尚武的風氣已在齊地各部落形成。寒浞代夏後，又命人先後滅掉了斟鄩、斟灌二國，夏王朝於齊地的擴張勢頭就此被遏止。直到少康復國之後，夏王朝才逐漸在軍事上取得了對齊地各部落的優勢，出現了「九夷來御」、「諸夷入舞」〔註93〕的局面。但由於夏王朝的這種統治仍是鬆散的、聯邦式的，故而其文化並未藉由政治上的強勢而在齊地大行其道。

考古學提供的證據表明，其時的齊地文化除了製陶業因某種原因呈現出不可思議的倒退現象外，〔註94〕齊地部落於葬俗、石器製作等方面都基本上沿襲了龍山文化時期的風格，而農業、冶銅業、建築業、占卜等，則在龍山文化時期的基礎上有了更進一步的發展。特別是地域色彩鮮明的冶銅合金技術

〔註90〕 楊伯峻編著：《春秋左傳注》，中華書局1990年版，第669頁。
〔註91〕 〔唐〕孔安國傳；〔唐〕孔穎達正義；黃懷信整理：《尚書正義》，上海古籍出版社2007年版，第202～203頁。
〔註92〕 楊伯峻編著：《春秋左傳注》，中華書局1990年版，第936頁。
〔註93〕 范祥雍編：《古本竹書紀年輯校訂補》，上海人民出版社1957年版，第12、15頁。
〔註94〕 岳石文化時期的陶製品已無了龍山時期「蛋殼陶」的精緻，而是變得古樸、厚重。對於製瓷業的突然「衰落」，目前學者間還有不同的看法。俞偉超《龍山文化與良渚文化衰變的奧秘》（《文物天地》，1992年第3期）一文認為，這種現象的發生當與4000多年前的大洪水摧毀當地的原始文明有關。從《尚書・禹貢》對大禹治水的記載情況來看，此說不無道理。

和石鑻等農具的發明，顯示出齊地文化於創新、進步的同時，也有其自身的特色。目前學界對岳石文化相關遺址的發現和發掘還不夠充分，然卻足以證明它在主要繼承龍山文化的同時，又與周鄰的文化發生著交流。通過比照二里頭文化與岳石文化的出土器物可知，夏朝的建立並沒有打破齊地文化獨立發展的態勢，反倒是其自身文化有明顯受到岳石文化影響的痕跡。〔註95〕當然，這種現象的出現也並不排除部落間進貢、貿易、戰爭掠奪等方面的原因，但至少說明，當時夏文化的先進程度相對於齊地文化而言，並不佔據優勢。

公元前17世紀，商王朝的建立使得各地域文化間相對封閉的狀態開始被打破。一般認為，商部落的祖先出自少昊部落的玄鳥氏，故《詩經·玄鳥》有云：「天命玄鳥，降而生商。」〔註96〕自契受封於商地直至商朝亡國，其活動中心也多在魯西、豫東一帶，因而商文化與齊地土著文化在淵源上是相近的。商湯滅夏後，「自彼氐羌，莫敢不來享，莫敢不來王」，〔註97〕建立起強有力的政治中心，又加之「商邑翼翼，四方之極」，〔註98〕商人所創造的文明也是當時其他部落、方國所難以企及的。在上述因素的綜合作用下，終商一代，商文化對齊地文化的影響是巨大的，並廣泛地深入到各個領域。

自上世紀30年代以來，齊地的濟南、青州、壽光等地就不斷有商文化遺址和青銅器被發現，並逐漸引起學界的重視。一般認為，商文化大約是從商朝中前期開始進入齊地的，目前已發現的商文化遺址也為此提供了有力的證據。從考古學的角度來看，商文化對齊地文化的影響主要表現在陶器和青銅器的式樣上，如上世紀60年代在青州蘇埠屯出土的晚商亞醜族墓，「其青銅禮器、兵器的形制、花紋、銘文以及陶器的器類、器形、紋飾與殷墟出土者幾乎完全相同」。〔註99〕與此同時，商人貴族墓葬盛行的殉人與殉狗習俗也在齊地墓葬中有所發現。〔註100〕2003年3月，濟南大辛莊出土的龜腹甲骨文則被認為是殷墟以外首次發現的商代卜辭。「不論是甲骨修整、鑽鑿形態，還是字形、文法，大辛莊卜辭都應與安陽殷墟卜辭屬於同一系統，只是在個別字形

〔註95〕樂豐實著：《東夷考古》，山東大學出版社1996年版，第327～338頁。

〔註96〕周振甫譯注：《詩經譯注》，中華書局2010年版，第512頁。

〔註97〕周振甫譯注：《詩經譯注》，中華書局2010年版，第517頁。

〔註98〕周振甫譯注：《詩經譯注》，中華書局2010年版，第518頁。

〔註99〕王恩田：《山東商代考古與商史諸問題》，《中原文物》2000年第4期，第12頁。

〔註100〕山東省博物館：《山東益都蘇埠屯第一號奴隸殉葬墓》，《文物》1972年第8期，第17～30頁。

的寫法上存在著自身特點」。〔註 101〕以上種種情況似乎說明，商文化一度在齊地文化體系中佔據了較高的比重和地位。

但考古學者們同時也發現，商文化在齊地的分布和影響是不均衡的。這主要表現在兩個方面：一是商代遺址分布於齊地的位置越靠西，商文化因素就越多；二是遺址的等級越高，商文化因素便越濃厚。〔註 102〕上述現象的形成，一方面源於齊地統治階級對商文化的追崇和模仿，如在其陪葬器物上即出現了融合齊地文化與商文化的「第二類遺存」。第二類遺存以石器和陶器為主，是齊地出土晚商器物的主流，體現了齊地文化與商文化交流、融合的大勢；另一方面，也與商代統治者對齊地政策的改變有關。商朝建立之初，與齊地各方國的關係似乎尚算融洽，雙方安守著盟主與盟國的關係，兵事較少，故商文化也主要分布、活躍在泰山、沂水以西。但齊地各方國尚算雄厚的實力和崇武的風氣又使其每每不安於被統治的地位。故至仲丁時期，雙方關係惡化。《後漢書·東夷傳》即說：「至於仲丁，藍夷作寇。自是或服或畔，三百餘年。」〔註 103〕到武丁時期，商朝中興，商統治者開始大規模向東擴張自身的勢力範圍。甲骨文和青銅器銘文中屢屢出現的「征人方」字眼即很好地說明了這一點。〔註 104〕壽光、青州出土的晚商墓葬大概也即是商統治者東擴並設置統治據點的產物。總的來說，商文化在齊地的傳播經歷了一個由西向東、由上至下，並逐漸與當地文化相融合的過程。

除卻考古發掘出的文物，商文化也必然在其他方面對齊地文化造成影響。限於文獻記載的疏略，我們目前還只能作出如下推測：首先在精神文化方面，商人重巫的風氣，無疑會給齊地原本即存在的宗教觀念帶來新的發展契機。有學者認為，商代統治階級的宗教信仰即本源於大汶口——海岱龍山文化，是商代統治者利用東方文化的宗教中心勢力來支配當時人們精神世界的手段。〔註 105〕文化源頭的相近與強盛國力的有力支撐自然有利於商部落宗教文化在齊地的傳布和滲透。又如春秋以後盛行於齊地的五行學

〔註 101〕 方輝：《濟南大辛莊遺址出土商代甲骨文》，《中國歷史文物》2003 年第 3 期，第 4～5 頁。

〔註 102〕 欒豐實著：《東夷考古》，山東大學出版社 1996 年版，第 344 頁。

〔註 103〕 〔南朝宋〕范曄撰：《後漢書》，中華書局 2012 年版，第 2256 頁。

〔註 104〕 李龍海：《殷商時期東夷文化的變遷》，《華夏考古》2013 年第 2 期，第 54 頁。

〔註 105〕 安作璋、王志民主編：《齊魯文化通史·遠古至西周卷》，中華書局 2004 年版，第 470 頁。

說，許多研究者認為它起源於殷商，〔註106〕是齊文化在吸收商文化後繼續發展的產物；在經濟方面，喜歡「肇牽車牛，遠服賈」〔註107〕的商人也極有可能促進齊地商業的興盛，比如在遠離商文化中心的煙臺珍珠門文化遺址中發現的少量晚商時代的商式陶器，便極有可能是當地人與商人交換而來的。

總之，商文化對齊地文化的影響是明顯的，它打破了齊地文化獨立發展的態勢。但齊地文化並未因商文化的內傳而消亡，它大體以膠萊河為界限，東部保留了較為純粹的土著文化，西部則與商文化融合在一起，形成一種新型文化，為齊地文化的再次興盛積蓄了力量。

三、西周時期的齊地文化

西周時期（前1046～前771）的齊地，方國林立，文化成分複雜。姜太公封齊，又為齊地文化帶來了新的發展契機。王國維說：「殷周間之大變革，自其表言之，不過一姓一家之興亡與都邑之移轉；自其裏言之，則舊制度廢而新制度興，舊文化廢而新文化興。」〔註108〕姜齊所代表的周文化勢力對齊地文化的深遠影響，實在是其他文化所難以比擬的。

言齊文化則必言姜尚，姜氏是商末周初少有的天才人物。他的經歷雖被後世神化，但至少有兩點是可信的：一是他出身微賤。這在許多材料中都有體現，如《戰國策·秦策》即說：「太公望，齊之逐夫，朝歌之廢屠，子良之逐臣，棘津之讎不庸。」〔註109〕二是他擁有超凡的政治和軍事才能。《詩經·大明》說：「維師尚父，時維鷹揚。涼彼武王，肆伐大商，會朝清明。」〔註110〕《史記·齊太公世家》也說：「天下三分，其二歸周者，太公之謀計居多。」〔註111〕姜尚以微賤之東人而能廁身於極重血緣親脈的周人統治集團，亦足見其才能的卓越不凡了。姜尚初封齊，方圓不過百里，其地「負海舄鹵，少五穀

〔註106〕楊向奎：《五行說的起源及其演變》，《文史哲》1955年第11期，第37～44頁。

〔註107〕〔唐〕孔安國傳；〔唐〕孔穎達正義；黃懷信整理：《尚書正義》，上海古籍出版社2007年版，第552頁。

〔註108〕王國維著：《觀堂集林》，中華書局1959年版，第453頁。

〔註109〕〔漢〕劉向編集；賀偉，侯仰軍點校：《戰國策》，齊魯書社2005年版，第87頁。

〔註110〕周振甫譯注：《詩經譯注》，中華書局2010年版，第373頁。

〔註111〕〔漢〕司馬遷撰：《史記》，中華書局2011年版，第1361頁。

而人民寡」，﹝註112﹞又有強大的萊國等齊地土著方國環伺，處境十分艱難。在此種情況下，姜尚本著「因其俗，簡其禮」﹝註113﹞的原則，因地制宜地採取了一系列行之有效的政策，不僅成功緩和了轄地內的民族矛盾，而且為日後齊國的強盛奠定了穩固的根基。

在經濟方面，姜尚保留了齊地舊有的多元化生產方式，並對其加以監管和鼓勵。「通工商之業，便魚鹽之利」，﹝註114﹞最大限度地利用當地的自然資源；在政治方面，姜尚在維護世卿世祿制的同時，又注重吸納各方才能之士共同參與管理齊國，減少了任人唯親所帶來的弊端，從而最大限度地利用起當時的人力資源；在風俗文化方面，姜尚主張在尊重當地民俗的前提下，以周文化和緩地對當地的風俗文化加以改造。這不僅順應了當地民情，使改革迅速取得成效，還形成了多元文化並存的態勢，使齊文化展現出別具一格的健康、包容色彩。

姜尚能有上述舉措，固然與其出身背景有關，實則主要本源於《尚書‧泰誓》中的固盟愛民思想。《史記‧齊太公世家》說周武王「還師，與太公作此《太誓》」。﹝註115﹞《說苑‧政理》則記載周武王問治國之道於姜尚，姜尚說：「治國之道，愛民而已⋯⋯利之而勿害，成之勿敗，生之勿殺，與之勿奪，樂之勿苦，喜之勿怒，此治國之道，使民之誼也，愛之而已矣。民失其所務，則害之也。」﹝註116﹞可知《尚書‧泰誓》中「民之所欲，天必從之」，「天視自我民視，天聽自我民聽」﹝註117﹞的重民思想實為姜尚封國前既定的施政策略。又因姜尚封齊原即有安國定邦、拱衛周王室之責。在「溥天之下，莫非王土。率土之濱，莫非王臣」﹝註118﹞的前提下，姜尚的治國策略也須自覺地體現周朝統治者的意志，以周文化為主要依歸。因此，姜尚所實施的重民愛民、「因其俗，簡其禮」的一系列政策，也並非完全自主的個人意願，而是在安邦定國的責任驅使下作出的機動且高明的施政選擇。

﹝註112﹞〔漢〕班固撰：《漢書》，中華書局 2012 年版，第 1481 頁。
﹝註113﹞〔漢〕司馬遷撰：《史記》，中華書局 2011 年版，第 1362 頁。
﹝註114﹞〔漢〕司馬遷撰：《史記》，中華書局 2011 年版，第 1362 頁。
﹝註115﹞〔漢〕司馬遷撰：《史記》，中華書局 2011 年版，第 1361 頁。
﹝註116﹞〔漢〕劉向撰；向宗魯校證：《說苑校證》，中華書局 1987 年版，第 151 頁。
﹝註117﹞〔唐〕孔安國傳；〔唐〕孔穎達正義；黃懷信整理：《尚書正義》，上海古籍出版社 2007 年版，第 406、412 頁。
﹝註118﹞周振甫譯注：《詩經譯注》，中華書局 2010 年版，第 312 頁。

　　姜尚制定的政策對後世齊國統治者的施政策略產生了基奠性的影響，後世齊文化的發展也無不循其軌跡，顯示出求同存異、兼收並蓄的泱泱大國之風。從考古學提供的證據來看，其時齊國文化對周邊方國的輻射作用尚不明顯，但周文化入齊的痕跡卻較為鮮明。至西周末年，即使是齊地東部地區也深受周文化薰陶，表現出周文化與當地土著文化並存且日趨融合的嶄新文化面貌。〔註119〕《詩經‧齊風》大概即是這一新型文化的產物，無論是《雞鳴》《東方之日》《東方未明》等愛情詩，還是《還》《盧令》《猗嗟》等射獵詩，都在體現齊地奔放、熱烈且別具一格的民俗的同時，又在詩歌形式和韻律上體現出周文化對它的整合與浸潤。此外，姜尚卓越的軍事才能也與齊地民眾尚武的風氣結合在一起，共同促進了齊地乃至周代兵學文化的發展。司馬遷說：「後世之言兵及周之陰權，皆宗太公為本謀。」〔註120〕此足見姜尚在後世兵學發展史中的崇高地位。

四、春秋時期的齊地文化

　　春秋時期（前770～前476），周王室衰微，王官流散各地，禮樂征伐自諸侯出，周朝都城作為政治與文化中心的地位開始下降。遠在東方的齊國在歷經三百餘年內亂與外患的不時衝擊和限制之後，卻隨著齊桓公的即位而進入輝煌時期。司馬遷《史記‧齊太公世家》說：「桓公既得管仲，與鮑叔、隰朋、高傒修齊國政，連五家之兵，設輕重魚鹽之利，以贍貧窮，祿賢能，齊人皆說。」〔註121〕內政既修，復有攻伐結盟、尊王攘夷之舉，「南夷與北夷交，中國不絕若線。桓公救中國而攘夷狄，卒怗荊」，〔註122〕齊國遂成為當時各諸侯國公認的霸主。齊國的稱霸不僅為齊文化的發展、成熟創造了有利環境，而且以其富強的事實使得齊文化開始具有了「國際性」的影響。孔子說：「管仲相桓公，霸諸侯，一匡天下，民到於今受其賜。微管仲，吾其被髮左衽矣。」〔註123〕可見管仲實是齊國霸業的主要設計者。管仲相齊之初，即陸續展開一系列改革措施，他注重繼承自姜尚時代遺留下的齊國政令，「擇其善者而業用

〔註119〕樂豐實著：《東夷考古》，山東大學出版社1996年版，第359～368頁。
〔註120〕〔漢〕司馬遷撰：《史記》，中華書局2011年版，第1360頁。
〔註121〕〔漢〕司馬遷撰：《史記》，中華書局2011年版，第1367頁。
〔註122〕王維提，唐書文撰：《春秋公羊傳譯注》，上海古籍出版社2004年版，第192頁。
〔註123〕楊伯峻譯注：《論語譯注》，中華書局2012年版，第210頁。

之」，〔註 124〕又在此基礎上吸收西周先王的治國策略，從而形成了一套成熟的治國理論。

在經濟方面，管仲鼓勵商賈貿易。「皮幣玩好，使民鬻之四方」，並諫使齊桓公「通齊國之魚鹽於東萊，使關市幾而不徵」，〔註 125〕讓商品在列國間流通，不僅促進了齊國商品經濟的繁榮，而且維護了齊國發展環境的穩定。與此同時，管仲還意識到發展農業的重要性。為此，他採用「參其國而伍其鄙」的治民政策，將國民分為士、農、工、商四種，分而處之。其中處農於田野，通過營造濃厚的社會氛圍和良好的習俗傳承環境使他們「少而習焉，其心安焉，不見異物而遷焉」，〔註 126〕並主張實施「相地而衰徵」、「陸、阜、陵、瑾、井、田、疇均」、「無奪農時」〔註 127〕等措施，為齊國農業的發展創造了有利條件。

在選拔人才方面，管仲制定了鄉長推薦、官長選拔、國君面試的「三選」制度。徵召國內「居處好學、慈孝於父母、聰慧質仁、發聞於鄉里」以及「拳勇股肱之力秀出於眾」〔註 128〕的人才，對埋沒賢能、包庇惡人的官吏予以懲罰，從而使姜尚舉賢尚功的思想得以制度化。不僅如此，管仲還將選才的範圍進一步擴大到其他諸侯國。在他的建議下，齊桓公「為游士八十人，奉之以車馬、衣裘，多其資幣，使周遊於四方，以號召天下之賢士」，〔註 129〕真正做到了不拘一格地選拔人才，從而為齊國的強盛提供了充足的人才儲備。

在施政策略上，管仲主張內修法令而外施禮、德，以確立齊國的霸主地位。他反對國君濫用生殺予奪的權力，主張國君傚仿西周昭王、穆王「設象以為民紀，式權以相應，比綴以度，溥本肇末，勸之以賞賜，糾之以刑罰，班序顛毛，以為民紀統」的舉措。可以看出，管仲的法紀思想與戰國時代嚴苛而少恩的法家思想並不相同，它只限於政令公開、用刑適中、賞罰必明的層面，以功名利

〔註 124〕徐元誥撰；王樹民，沈長雲點校：《國語集解》，中華書局 2002 年版，第 223 頁。

〔註 125〕徐元誥撰；王樹民，沈長雲點校：《國語集解》，中華書局 2002 年版，第 230、240 頁。

〔註 126〕徐元誥撰；王樹民，沈長雲點校：《國語集解》，中華書局 2002 年版，第 220 頁。

〔註 127〕徐元誥撰；王樹民，沈長雲點校：《國語集解》，中華書局 2002 年版，第 227～228 頁。

〔註 128〕徐元誥撰；王樹民，沈長雲點校：《國語集解》，中華書局 2002 年版，第 226 頁。

〔註 129〕徐元誥撰；王樹民，沈長雲點校：《國語集解》，中華書局 2002 年版，第 229～230 頁。

祿誘使人們為善修德。更難能可貴的是，他還注意運用天威對個人的權力加以約束。他說：「畏威如疾，民之上也。從懷如流，民之下也。見懷思威，民之中也。畏威如疾，乃能威民。威在民上，弗畏有刑。從懷如流，去威遠矣，故謂之下。其在辟也，吾從中也。」〔註130〕此語雖重在自我表白，卻反映出天威在管仲心目中至高無上的地位。這一觀點一旦被管仲或其後繼者運用到治國實踐中，便十分有利於對國君、貴族的權力加以約束。在對外關係上，管仲主張「招攜以禮，懷遠以德」，〔註131〕予鄰國以利，結之以信，示之以武，並臣事周王室，在諸侯中樹立起崇高威望，從而確立了齊國的霸主地位。

此外，姜尚的陰權思想在管仲身上也有所繼承和體現，司馬遷在評價管仲為政時即說他「善因禍而為福，轉敗而為功」。〔註132〕這一思想也被管仲很好地運用到了軍事上，如他一方面「作內政而寄軍令」，「春以蒐振旅，秋以獮治兵」，〔註133〕暗自發展齊國軍力；另一方面又利用商業活動監視諸侯國「上下之所好，擇其淫亂者而先征之」，從而使齊國的軍事實力達到了「天下大國之君莫之能禦」〔註134〕的高度。

繼管仲之後，晏嬰是春秋末期齊國最具影響力的政治家和思想家，也是齊景公時維繫姜齊統治和齊國較強國力的關鍵人物。晏嬰對管仲的思想有繼承的一面。《史記‧管晏列傳》說：「管仲卒，齊國遵其政，常強於諸侯。後百餘年而有晏子焉。」〔註135〕但晏嬰所處的時代環境畢竟與管仲不同，其時姜齊霸業已衰，他先後效力的三位君主又都昏亂、平庸，田氏代齊的危機已迫在眉睫，故而其思想也不可避免地體現出鮮明的時代性。

晏嬰相齊的最突出主張是以禮治國，他一方面繼承管仲「四民者勿使雜處」〔註136〕的主張，提出「家施不及國，民不遷，農不移，工賈不變，士不

〔註130〕徐元誥撰；王樹民，沈長雲點校：《國語集解》，中華書局 2002 年版，第 324～325 頁。

〔註131〕楊伯峻編著：《春秋左傳注》，中華書局 1990 年版，第 317 頁。

〔註132〕〔漢〕司馬遷撰：《史記》，中華書局 2011 年版，第 1893 頁。

〔註133〕徐元誥撰；王樹民，沈長雲點校：《國語集解》，中華書局 2002 年版，第 224 頁。

〔註134〕徐元誥撰；王樹民，沈長雲點校：《國語集解》，中華書局 2002 年版，第 230、225 頁。

〔註135〕〔漢〕司馬遷撰：《史記》，中華書局 2011 年版，第 1893 頁。

〔註136〕徐元誥撰；王樹民，沈長雲點校：《國語集解》，中華書局 2002 年版，第 219 頁。

濫，官不滔，大夫不收公利」，以遏制田氏勢力的膨脹；另一方面又頗具思辨性地提出了以禮治國的理想狀態，即「君令而不違，臣共而不貳；父慈而教，子孝而箴；兄愛而友，弟敬而順；夫和而義，妻柔而正；姑慈而從，婦聽而婉」。〔註137〕將在社會倫理關係中相對應的雙方都置於禮的約束當中，力圖使禮制變得平易且符合世態人情。需說明的是，晏嬰對禮的理解與孔子並不相同。《史記·孔子世家》記載晏嬰諫止齊景公重用孔子的話說：「夫儒者滑稽而不可軌法；倨傲自順，不可以為下；崇喪遂哀，破產厚葬，不可以為俗；游說乞貸，不可以為國。自大賢之息，周室既衰，禮樂缺有間。今孔子盛容飾，繁登降之禮，趨詳之節，累世不能殫其學，當年不能究其禮。君欲用之以移齊俗，非所以先細民也。」〔註138〕可知儒家之禮之所以受到晏嬰反對，一是因為過度講究繁文縟節而難以實行，二是因為崇尚厚葬，違背了晏子尚儉自持的一貫作風。從大的方面來說，這也體現出齊國與魯國在文化上的差異。

面對「民參其力，二入於公」的「季世」，〔註139〕晏嬰一方面身體力行，自相齊以來，食不重肉，妾不衣帛，「一狐裘三十年，遣車一乘」，〔註140〕乃至被有若譏為失禮。另一方面，他又多次勸諫齊景公薄斂省刑。他的勸諫繼承並發展了管仲以天威制約君王權力的思想，如利用齊景公崇信鬼神的心理，提出「祝有益也，詛亦有損」，國君無道，民人苦病，就會祝不勝詛，從而間接導致「鬼神不饗其國以禍之」的後果，最終使齊景公實施了「寬政，毀關，去禁，薄斂，已責」〔註141〕的利民政策。又如他利用齊國出現彗星，景公「使禳之」〔註142〕的機會，勸諫景公順應天命、修習德政，顯示出他重民、變通的一面。不惟如此，晏嬰對齊國舉賢而上功的傳統國策也堅持貫行。《史記·管晏列傳》即特別記載了他贖用越石父和舉薦自己車夫為大夫之事，出身「田氏庶孽」〔註143〕的著名軍事家田穰苴也是經晏嬰舉薦，方才得以建功立業。這表明晏嬰在不拘一格地賞拔人才方面與管仲是一脈相承的。

管仲與晏嬰在齊文化中的地位無異於孔孟之於鄒魯。孟子在教誨公孫丑

〔註137〕楊伯峻編著：《春秋左傳注》，中華書局1990年版，第1480頁。
〔註138〕〔漢〕司馬遷撰：《史記》，中華書局2011年版，第1712頁。
〔註139〕楊伯峻編著：《春秋左傳注》，中華書局1990年版，第1234～1235頁。
〔註140〕〔漢〕鄭玄注；〔唐〕孔穎達正義；呂友仁整理：《禮記正義》，上海古籍出版社2008年版，第381頁。
〔註141〕楊伯峻編著：《春秋左傳注》，中華書局1990年版，第1416～1418頁。
〔註142〕楊伯峻編著：《春秋左傳注》，中華書局1990年版，第1479頁。
〔註143〕〔漢〕司馬遷撰：《史記》，中華書局2011年版，第1913頁。

時說：「子誠齊人也，知管仲、晏子而已矣。」〔註144〕足見兩人對後世齊文化的影響之深遠。他們所採取的一系列政策，既使齊國長久地保持了大國地位，又從多方面塑造了齊人尚功利、好經術、重民、難動搖等習俗與思想，為戰國時期齊文化的輝煌拉開了序幕。另外，管仲與晏嬰的思想又是駁雜兼容的，以至於後世齊地流行的多種學說都可從他們身上找到依託，並最終形成了《管子》與《晏子春秋》兩部既有學術價值，又有文學價值的著作，堪稱齊文化寶庫中兩件不可或缺的瑰寶。

五、戰國時期的齊地文化

戰國時代（前476～前221），諸侯攻伐，各懷開疆裂土、席捲天下之心。伴隨著社會的大動盪、大變革，「士」作為一個新興的階層開始活躍於社會，思想界也出現了「百家爭鳴」的局面，而「得士者強，失士者亡」〔註145〕的處境又讓各國統治者對人才格外珍視。在這種政治大氣候下，後來成為「百家爭鳴」中心所在的稷下學宮設立於齊國。一般認為，稷下學宮始設於齊桓公田午時期，以齊亡而終。在這大約一百五十年的時間裏，雖然稷下學宮會隨著齊國國力的興衰而時有廢興，但它對齊文化發展、興盛以及傳播的作用卻極為巨大。稷下學宮之所以出現於齊國，與齊國的國情密切相關。齊國素來工商業發達，鐵器和新耕作方法的普及又極大促進了其農業的發展，這便為稷下學宮的設立奠定了良好的經濟基礎。在現實需求方面，田氏在取代姜氏統治齊國後不能無懼，加之齊國本有舉賢尚功的傳統，故而急需拉攏各方人才，力圖為自身代齊的合法性和統一天下的意圖尋找依據。

稷下學宮設置了優厚的條件吸引各方人才，「自如淳于髡以下，皆命曰『列大夫』，為開第康莊之衢，高門大屋，尊寵之。」〔註146〕有志之士可自行或率領徒眾自由來去於稷下學宮，「不治而議論」，「各著書言治亂之事，以干世主」，〔註147〕這就為各派思想的交流、碰撞、融合與發展提供了絕好的平臺，而齊國統治者也採取開通、寬容的文化政策，允許各學派直抒己見，相互爭鳴，擇其善者而從之。故就性質而言，稷下學宮不僅是統治者的政治諮詢機構，還承擔著學術研究與教育普及的社會功能。齊國統治者給予的優厚條件和當

〔註144〕楊伯峻譯注：《孟子譯注》，中華書局2012年版，第59頁。
〔註145〕傅春明輯注：《東方朔作品輯注》，齊魯書社1987年版，第23頁。
〔註146〕〔漢〕司馬遷撰：《史記》，中華書局2011年版，第2069頁。
〔註147〕〔漢〕司馬遷撰：《史記》，中華書局2011年版，第1698、2068頁。

時士人階層欲平治天下的企圖，使得稷下學宮先後匯聚了淳于髡、彭蒙、宋鈃、尹文、孟軻、田駢、接子、慎到、環淵、鄒衍、荀況、鄒奭等人，〔註 148〕「由他們的派別看來，『稷下』是『兼容並包』的，在那裡戰國各派大小學者都可以參加」，〔註 149〕堪稱當時東周列國的文化中心。

《管子》被認為是稷下學派集大成的文集，它在繼承和發展管仲思想的基礎上產生，內容涵括哲學、政治、經濟、地理、教育等多個方面。它對道、法思想的闡述尤為突出，如《心術》《白心》《內業》諸篇，詮釋道體，被認為是黃老學說的重要源頭之一。又如《法法》《任法》《明法》諸篇，闡述「禁勝於身則令行於民」、「令尊於君」〔註 150〕等法學思想，後經慎到等人發展，遂成為韓非法學思想體系的重要理論淵源。〔註 151〕《晏子春秋》一書也被認為成書於戰國時期，更有學者指出它也是稷下學宮的產物。〔註 152〕該書思想內容駁雜，兼有儒、墨，應當是時人在參照晏嬰生平思想的基礎上寫成，後經劉向整理、修訂的多家傳說、傳記的合體。這足以顯示晏嬰思想在戰國時期的長足發展和巨大影響力。時任稷下先生的淳于髡在諫說方式上即深受晏嬰的影響，其學術所具有的「學無所主」、博採眾長的兼容特色也與晏嬰極為相似。

兵學作為齊國的傳統文化之一，也因時代的需要而於此時得到迅速發展。《史記·司馬穰苴列傳》說：「齊威王使大夫追論古者《司馬兵法》而附穰苴於其中，因號曰《司馬穰苴兵法》。」〔註 153〕此處整理《司馬兵法》的「大夫」便極有可能是稷下學士一類的人物，而齊威王下令整理古代兵法的行為也足見其時統治者對兵學的倚重。田穰苴之後，齊國著名的軍事家還有孫武、

〔註 148〕據王志民、徐振宏主編《中國地域文化通覽·山東卷》一書統計，稷下先生可考者共 29 人，其中齊國 18 人：淳于髡、鄒衍、宋鈃、王斗、顏斶、田駢、尹文、田巴、魯仲連、黔婁子、告子、彭蒙、能意、閭丘印、田過、鄒奭、季真、接子；魯國 2 人：孟子、孔穿；宋國 3 人：兒說、公孫固、徐劫；趙國 3 人：荀況、慎到、列精子高；楚國 1 人：環淵；不詳 2 人：匡倩、唐易。

〔註 149〕侯外廬，趙紀彬，杜國庠著：《中國思想通史》（第一卷），人民出版社 2011 年版，第 42 頁。

〔註 150〕〔漢〕劉向編；劉建生主編：《管子精解》，海潮出版社 2012 年版，第 146、163 頁。

〔註 151〕郭沫若著：《十批判書》，人民出版社 1954 年版，第 431 頁。

〔註 152〕安作璋、王志民主編；楊朝明、於孔寶著：《齊魯文化通史·春秋戰國卷》，中華書局 2004 年版，第 148 頁。

〔註 153〕〔漢〕司馬遷撰：《史記》，中華書局 2011 年版，第 1915 頁。

孫臏等人，並因此產生了《孫子兵法》和《孫臏兵法》兩部重要的軍事著作，形成了我國較為完整的兵法理論體系。

儒學在稷下的發展和興盛先後經歷了孟子和荀子兩個階段。孟子在孔子儒學思想的基礎上自覺吸收稷下道家學派「能去憂樂喜怒欲利，心乃反濟」、「浩然和平，以氣為淵」〔註154〕等思想，使儒家思想得到進一步完善。但由於其德政、民本思想不合於其時「務於合從連衡，以攻伐為賢」的社會現實，故而不被統治者重視。有鑑於此種情況，其後繼者荀子援法入儒，再次對儒家思想進行改造。他提出了性惡論、隆禮重法等主張，並肯定人的主觀能動性，強調「制天命而用之」，〔註155〕從而適應了趨向統一的戰國時代需求。荀子也因此在稷下「三為祭酒」，〔註156〕使儒家的地位大為提升。

儒家學派在齊國傳播、發展的另一個重要成果是催生了對後世影響深遠的陰陽五行學派。該學派的創始人鄒衍即有儒學背景。《鹽鐵論·論儒》說：「鄒子以儒術干世主，不用，即以變化始終之論，卒以顯名。」〔註157〕《史記·孟子荀卿列傳》論述其學說時也說：「要其歸，必止乎仁義節儉，君臣上下六親之施始也濫也。」〔註158〕鄒衍的五德終始學說是在「總結、融合稷下陰陽和五行說的基礎上，又加上齊學道家、儒家以及上古天文學說綜合在一起，將陰陽說、五行說、精氣說融為一爐」〔註159〕而創造出來的，所以既有宏通、兼容的思想特色，又嚴格按照五行相生相剋的邏輯，為大一統王朝的建立提供了理論依據。

此外，稷下學宮也是名辯思潮的發祥地之一。首倡「白馬非馬」的宋國人兒說與「離堅白，合同異」〔註160〕的齊人田巴，都是稷下學士。二人之外，齊人尹文的著作《尹文子》也被班固的《漢書·藝文志》歸入名家。他們與公孫龍、惠施以及後期的墨家學者一起，共同促進了我國古代哲學和邏輯學的發展。

〔註154〕〔漢〕劉向編；劉建生主編：《管子精解》，海潮出版社2012年版，第406、408頁。

〔註155〕〔清〕王先謙撰；沈嘯寰、王星賢點校：《荀子集解》，中華書局1988年版，第375頁。

〔註156〕〔漢〕司馬遷撰：《史記》，中華書局2011年版，第2069頁。

〔註157〕〔漢〕桓寬著；王利器校注：《鹽鐵論校注（增訂本）》，天津古籍出版社1983年版，第149頁。

〔註158〕〔漢〕司馬遷撰：《史記》，中華書局2011年版，第2066頁。

〔註159〕王志民主編：《齊文化概論》，山東人民出版社1993年版，第70頁。

〔註160〕〔宋〕李昉等撰：《太平御覽》，中華書局1960年版，第2133頁。

稷下學宮的建立一方面促進了齊文化的飛速發展，使齊國一躍而成為戰國文化的中心；另一方面，它的影響又不侷限於齊國一隅，而是對其他諸侯國的文化也產生了強烈的輻射和推動作用。錢穆先生說：「扶持戰國學術，使臻昌隆盛遂之境者，初推魏文，繼則齊之稷下。」〔註161〕稷下學宮幾乎涵括了戰國時期的所有學派，這不僅造就了其學說內容的博大精深，更因其學術框架的兼容性而使之能夠更好地適應後世社會的發展，從而為齊文化在西漢時期執思想文化界牛耳奠定了學理基礎。在稷下產生並發展成熟的陰陽五行、黃老等學說，因適應了大一統王朝的需要而影響下及秦漢。特別是稷下學者們遺留下的大批著作，更成為後世諸多思想、學術賴以產生和發展的寶貴精神財富。

綜上所述，齊地文化源遠流長，並在遠古時期就創造出了光輝燦爛的文明，成為中華原生文明的重要組成部分。在經歷夏、商、西周時期與多方文化的融合、發展以及相對沈寂後，春秋戰國時期的齊地文化開始勃興，並逐漸佔據了周王朝文化中心的地位。當然，上述局面的形成是與齊國經濟繁榮、政治清明、文化基礎雄厚、軍事力量強大的國情分不開的。其中文化基礎的雄厚尤為重要，它最終使齊地在遠離政治中心且經濟不佔優勢的秦漢大一統時期，依然在文化領域佔據了重要地位。

第四節　嬴政對齊地文化的吸收和影響

戰國時期「百家爭鳴」，意識形態領域雖有逐漸融合的趨向，但紛雜、並存的局面並未改變。秦始皇嬴政統一六國後，在秦孝公時受到重視的法家思想繼續佔據秦朝官方意識形態的主流。初踐帝位的嬴政急需通過建立君主專制中央集權制度來避免秦王朝出現春秋戰國時代那種因王權衰落而導致的諸侯紛爭之亂象，而法家提倡的重刑治國恰恰具備了這種力量。秦朝建立之初，丞相王綰等人曾建議嬴政效法周代，實行分封制，並得到群臣的響應。這說明周文化在秦朝初年尚有著較大的勢力。但此提議卻遭到法家代表人物李斯的反對，他認為戰國諸侯間的攻伐不休，就是分封制帶來的弊端，設置諸侯只能增加國家的不安定因素。李斯的觀點得到了嬴政的支持，理由是：「天下共苦戰鬥不休，以有侯王。賴宗廟，天下初定，又復立國，是樹兵也，而求其

〔註161〕錢穆著：《先秦諸子繫年考辨》，上海書店 1992 年版，第 215 頁。

寧息，豈不難哉！」〔註162〕有鑑於此，嬴政陸續著手建立郡縣制，收繳天下兵器，遷徙各地豪富於咸陽，統一全國的法律、度量衡、車輛規格以及書寫文字，力圖將咸陽打造成全國的政治、經濟、軍事和文化中心。

實則嬴政在統一文化上的努力，早在統一六國之前就由呂不韋著手進行了。呂不韋鑒於當時的社會現實，一方面「招致賓客游士，欲以併天下」；〔註163〕另一方面又深為秦國粗鄙無文的現狀感到慚愧，於是使「其客人人著所聞……號曰《呂氏春秋》」。〔註164〕元人陳澔評價呂不韋編寫此書的目的說：「呂不韋相秦十餘年，此時已有必得天下之勢，故大集群儒，損益先王之禮而作此書，名曰《春秋》，將欲為一代興王之典禮也。」〔註165〕即明確指出了《呂氏春秋》備用於大一統之世的政治指向。雖然呂不韋的此番努力終未改變秦國文化落後的現實，但由此體現出的文化兼容態度卻預示著秦國統制階級對關東六國文化態度的轉變，這當然也給後繼實施文化政策的嬴政提供了啟發和參照。

一、嬴政對齊地文化的片面吸收

專制的政治體制需要有與之相適應的精神文化來扶持，但與關東六國的文化相比，秦國的本土文化實在處於劣勢，「論秦之德義不如魯衛之暴戾者」。〔註166〕在此種情況下，嬴政要想整合六國思想以為己用，顯然已不能採用「燔詩書而明法令」〔註167〕的手段。於是，處於領先地位且極具綜括性、包容性的齊地文化自然就成為他首選的利用對象。

《史記・封禪書》說：「自齊威、宣之時，騶子之徒論著終始五德之運，及秦帝而齊人奏之，故始皇採用之。」〔註168〕秦朝專制政治的理論基礎即是齊人鄒衍創造的「五德終始」學說。嬴政「推終始五德之傳，以為周得火德，秦代周德，從所不勝。方今水德之始，改年始，朝賀皆自十月朔」，並根據水德的特性制定了一系列具體的制度，如衣服、旌旗、符節都用黑色，凡涉及

〔註162〕〔漢〕司馬遷撰：《史記》，中華書局 2011 年版，第 204 頁。
〔註163〕〔漢〕司馬遷撰：《史記》，中華書局 2011 年版，第 204 頁。
〔註164〕〔漢〕司馬遷撰：《史記》，中華書局 2011 年版，第 2207 頁。
〔註165〕〔元〕陳澔注：《禮記集說》，中國書店 1994 年版，第 148 頁。
〔註166〕〔漢〕司馬遷撰：《史記》，中華書局 2011 年版，第 605 頁。
〔註167〕陳奇猷校注：《韓非子集釋》，上海人民出版社 1974 年版，第 239 頁。
〔註168〕〔漢〕司馬遷撰：《史記》，中華書局 2011 年版，第 1270 頁。

數字的地方皆以六為基數等。王國維在分析秦朝郡縣制時即發現了這一點：「秦以水德王，故數以六為紀。」〔註169〕可見「五德終始」學說對秦朝政治的影響之深。

但需說明的是，嬴政對「五德終始」學說的採納又是片面的，以不違背其專制統治為基本前提。總體而言，嬴政採用「五德終始」學說的目的有二：一是借助「五德終始」學說從理論上解釋秦代周制、一統天下的合理性，進而維護自身統治秩序的穩定。這也是他不避繁瑣地制定一系列與之相關的政治、禮儀制度的重要原因所在。二是為其專制統治的實施提供有力的理論支持。嬴政利用五德運行的原則，以秦朝為水德，故須採用「剛毅戾深，事皆決於法，刻削毋仁恩和義」〔註170〕的施政手段。這當然並非出於對「五德終始」學說的篤信，而是在為自身苛法治國的既定國策尋找理論依據。因為在此過程中，「五德終始」學說歸於「仁義節儉」〔註171〕的初衷卻被嬴政有意忽略了。

齊國曾長期雄踞關東地區軍事、文化首國的地位，又距秦朝統治中心較遠且在秦滅六國的戰爭中受損較少，因而對秦朝統治所構成的潛在威脅也就最大。使齊地百姓安服於秦朝統治，並對其他五國的遺民起到表率作用，成為嬴政關注齊地文化的又一重要原因。嬴政在統一六國後共進行了五次大規模巡行，其中有三次來到齊地，可見他對齊地的重視。與此相呼應，他在齊地進行的多項文化活動也往往帶有「維秦王兼有天下」〔註172〕的政治寓意。

泰山封禪便是嬴政宣揚自身統治之神聖性與歷史必然性的一場政治秀。封禪是我國古代帝王強調自身君權神授的一種宗教政治儀式，有關其較早、較系統的記載出現於《管子·封禪》。《史記·封禪書》說：「自古受命帝王，曷嘗不封禪？」又記敘齊地八神說：「八神將自古而有之，或曰太公以來作之……二曰地主，祠泰山梁父。」〔註173〕由此可知，封禪極有可能發源於齊地祭祀地主的活動，「封禪說」是成型於齊地的學說。〔註174〕據《史記·封禪書》所載，秦

〔註169〕王國維著：《觀堂集林》，中華書局1999年版，第541頁。
〔註170〕〔漢〕司馬遷撰：《史記》，中華書局2011年版，第203頁。
〔註171〕〔漢〕司馬遷撰：《史記》，中華書局2011年版，第2066頁。
〔註172〕〔漢〕司馬遷撰：《史記》，中華書局2011年版，第211頁。
〔註173〕〔漢〕司馬遷撰：《史記》，中華書局2011年版，第1259～1269頁。
〔註174〕楊英：《「封禪」溯源及戰國、漢初封禪說考》，《世界宗教研究》2015年第3期，第56頁。

國的祀神儀式本來自成體系，但嬴政卻在稱帝後的第三年選擇封禪泰山，並舉行典禮祭祀齊地八神，這一方面固然顯示出他對齊地宗教文化的尊重和崇尚，另一方面則未嘗沒有對關東六國遺民進行懷柔和拉攏的意圖。他每到一地，還往往刻石以「垂於後世」，表明自己的勤政愛民、以禮正俗之意。顧炎武在評價其刻石時即說：「其坊民正俗之意，固未始異於三王也。」〔註175〕這似乎意味著興盛於齊魯地區的儒家倫理文化已被嬴政吸納到自己的統治思想中去了。但由他「徵齊魯之儒生博士七十人」〔註176〕論議封禪而最終絀之不用的表現來看，此種吸納也只是表面的，是意在「頌秦德」、「撫東土」，〔註177〕向關東各國遺民宣示自身政權合法性的權宜之計而已。當文化政策的實施一任於政治目的，而非建立在文化向心力的基礎上時，其所具有的形式意義也便遠大於實質。齊魯儒家文化在秦朝難以發揮作用的命運是早就注定了的。

　　嬴政自是具有經天緯地之才的一代雄主，但其性格中也存在殘忍、多欲、忌刻等非理性因素。這些因素一經權力催化，便往往成為左右其專橫政策實施的重要原因。善於識人的尉繚早就指出：「秦王為人……少恩而虎狼心……誠使秦王得志於天下，天下皆為虜矣。」〔註178〕隨著秦朝專制中央集權制度的日益穩固，嬴政性格中的非理性因素也日益滋長，而他所擁有的至高無上權力，又為其奢縱放闊大開方便之門。與之相適應，他對齊地文化的吸收也表現出非理性的一面。嬴政曾直言自己「悉召文學方術士甚眾」的目的在於「興太平」、「求奇藥」，〔註179〕而承繼齊國稷下博士之制，建立博士制度，即是他用以「興太平」的手段之一。金德建在《論稷下學派與秦漢博士的關係》一文中說：「博士官秦時開其端……至於上溯淵源，博士官肇始，應當權輿於古時齊地的稷下學宮。」〔註180〕鍾肇鵬也指出：「秦漢的博士制度，源出於稷下，是信而有徵的。」〔註181〕嬴政既設博士之官七十人，掌通古今之職，但

〔註175〕〔明〕顧炎武撰；張京華校釋：《日知錄校釋》，嶽麓書社2011年版，第555頁。

〔註176〕〔漢〕司馬遷撰：《史記》，中華書局2011年版，第1269頁。

〔註177〕〔漢〕司馬遷撰：《史記》，中華書局2011年版，第209～211頁。

〔註178〕〔漢〕司馬遷撰：《史記》，中華書局2011年版，第197頁。

〔註179〕〔漢〕司馬遷撰：《史記》，中華書局2011年版，第220頁。

〔註180〕金德建：《論稷下學派與秦漢博士的關係》，《管子學刊》1988年第4期，第38頁。

〔註181〕鍾肇鵬：《秦漢博士制度源出稷下考》，《管子學刊》2003年第3期，第17頁。

在政事上卻並不倚重,「天下之事無小大皆決於上」。〔註182〕與戰國時期橫議干國的稷下博士相比,秦朝博士已成為無足輕重的閒職。

與對待稷下博士制度的態度相反,嬴政對產生並興盛於齊地,主張長生不老的方仙道卻言聽計從。《史記‧封禪書》說:「騶衍以陰陽主運顯於諸侯,而燕齊海上之方士傳其術不能通,然則怪迂阿諛苟合之徒自此興,不可勝數也。」〔註183〕可知方仙道不過是鄒學末流,但其荒謬之談卻恰恰迎合了嬴政求取長生不老的願望。嬴政在位期間,曾多次派遣徐市、韓終、候公、盧生等燕、齊方士到海外求取長生不死之藥,甚或親身參與其中,足見齊地方術文化對他的誘惑、欺騙之深。

可以說,嬴政設立博士制度與倚重方仙道並非出於對齊地文化優越性的真正折服,其根本目的還在於「興太平」以潤飾鴻業,「求奇藥」以延長統治而已。齊地文化對於嬴政而言,只不過是求取功利的一大工具,因而當這一目的無法實現時,其骨子裏「貪狼強力,寡義而趨利」〔註184〕的本性便會暴露無遺。

二、秦政權與戰國齊地文化的扞格

嬴政統一六國後,運用法家思想建立起君主專制的中央集權制度。這種政體形式需要士人、意識形態的絕對服從。琅琊石刻對此已有明確說明:「普天之下,摶心揖志。器械一量,同書文字。日月所照,舟輿所載。皆終其命,莫不得意。應時動事,是維皇帝。」〔註185〕這便意味著處於秦朝統治下的士人和文化活動只能服從於嬴政的個人意志。但是,齊地文化顯然不能完全勝任上述要求。這是由其根本性質決定的:一方面,戰國齊地文化首先從屬於周文化體系,服務的政體形式也主要是周朝的分封制度;另一方面,由於地理環境、生產方式等方面的差異,海洋性特徵明顯的齊地文化與內陸農耕型的秦國文化存在著較大的差別和尖銳的對立。這便造成了秦政權與戰國齊地文化間的扞格。

齊地文化與秦政權的第一次正面衝突始於齊人淳于越譏諷周青臣「面諛以重陛下之過」,而其議題正圍繞商、周分封制度的優越性展開:「臣聞殷周

〔註182〕〔漢〕司馬遷撰:《史記》,中華書局 2011 年版,第 220 頁。
〔註183〕〔漢〕司馬遷撰:《史記》,中華書局 2011 年版,第 1270 頁。
〔註184〕〔漢〕高誘注:《淮南子注》,上海書店 1986 年版,第 376 頁。
〔註185〕〔漢〕司馬遷撰:《史記》,中華書局 2011 年版,第 210 頁。

之王千餘歲，封子弟功臣，自為枝輔。今陛下有海內，而子弟為匹夫，卒有田常、六卿之臣，無輔拂，何以相救哉？事不師古而能長久者，非所聞也。」〔註186〕淳于越以商、周制度規制於秦，否定贏政「初併天下」時即已首肯的郡縣制，對秦朝專制政體的不滿可想而知。實則齊地士人與秦政權的貌合神離早在秦始皇二十八年（前219）封禪泰山時就已出現。其時贏政徵召七十名齊、魯儒生討論封禪泰山的儀式，最終卻以他們的議論「各乖異，難施用」為由，自行上山祭祀。儒生們由於不能參與封禪儀式，引為奇恥大辱，「聞始皇遇風雨，則譏之」。〔註187〕儒生們的譏議，表現的正是對秦政權合法性的質疑。究其根本原因，則在於以齊地文化為代表的關東文化與秦政權之間尚存在難以消融的衝突性。

除卻受傳統文化的影響，齊地士人對秦帝國體制的屢屢不滿也與其強烈的自尊和獨立意識有關。在「入楚楚重，出齊齊輕，為趙趙完，畔魏魏傷」〔註188〕的戰國時代，士人的上述意識是由其崇高地位決定的，而齊國舉賢尚功的傳統與田齊統治者禮賢下士的作風無疑又助生和揚厲了此種意識。齊威王即曾鼓勵士人「能面刺寡人之過者，受上賞；上書諫寡人者，受中賞；能謗議於市朝，聞寡人之耳者，受下賞」。齊宣王時，顏斶更是以「士貴耳，王者不貴」的言論，讓齊宣王「願請受為弟子」。〔註189〕淳于越稱賞周制的行為隱含的也正是戰國士人不願違背自身所好來曲意逢迎統治者意志的意識，這自然不能被贏政接受。但從贏政對淳于越事件「下其議」的表現來看，他在表面上尚且保留了容許不同意見出現的氣度。

然而李斯的表態卻徹底觸動了贏政力行專制的心聲：「諸生不師今而學古，以非當世，惑亂黔首……私學而相與非法教，人聞令下，則各以其學議之。入則心非，出則巷議，誇主以為名，異取以為高，率群下以造謗。如此弗禁，則主勢降乎上，黨與成乎下。禁之便。」李斯是秦法家學說堅定不移的支持者，也是秦朝大一統政權體制的參與設計者。他意識到六國士人在意識形態領域對秦朝統治構成的威脅，於是重提商鞅「燔詩書而明法令」的政策：「史官非秦記皆燒之。非博士官所職，天下敢有藏《詩》《書》、百家語者，悉

〔註186〕〔漢〕司馬遷撰：《史記》，中華書局2011年版，第217頁。
〔註187〕〔漢〕司馬遷撰：《史記》，中華書局2011年版，第1269頁。
〔註188〕〔漢〕王充著；張宗祥校注；鄭紹昌標點：《論衡校注》，上海古籍出版社2013年版，第268頁。
〔註189〕〔漢〕高誘注：《戰國策》，上海書店1987年版，第74、94～95頁。

詣守、尉雜燒之。有敢偶語《詩》《書》者棄市。以古非今者族。吏見知不舉者與同罪。令下三十日不燒，黥為城旦。」〔註190〕嬴政原擬以文學方術之士作為其「興太平」、敷贊江山的工具，未曾想換來的卻是士人們「心非」、「異取」的結果。這不能不讓他懷疑自己當初決策的正確性，於是同意了李斯提出的文化專制政策，製造了歷史上臭名昭著的「焚書」事件。

「焚書」事件的發生，是嬴政對朝中博士集團作出的一次嚴正警告，也是他試圖撥正社會文化，使之為己所用的最後嘗試。因而他為博士們保留了「改過自新」的轉圜餘地：不僅保留了他們掌握各學派文化和收藏書籍的權利，而且對民間流傳的「醫藥卜筮種樹」等方士修習之書也完全未加禁止。這其中當然也夾雜了嬴政想要借助方士「求奇藥」以獲長生的私心，但方術本即是閎大不經的陰陽五行學說衍生出來的消極產物。馮友蘭說：「陰陽五行家以齊為根據地……齊人長於為荒誕之談。戰國諸子，談及荒誕之談，每謂為齊人之說……蓋宋人之愚，齊人之誇，皆當時人所熟知者也。」〔註191〕齊地方士文化所具有的誇詐性與秦政權對文化絕對服從性的要求形成了不可調和的矛盾，這一早便注定了其結局的悲慘。故而當「焚書」事件發生時，方士們的恐慌是可想而知的，他們想盡辦法以求自保，卻最終導致了「坑諸生」事件的發生。

「坑諸生」事件的導火索是由齊地文化的承繼者盧生與侯生點燃的。兩人鑒於嬴政「剛戾自用」的為人與自身「不驗輒死」的危險處境，最終選擇逃走。這使得嬴政對諸生離心離德和欺騙、背叛的忍耐達到了極限：「今聞韓眾去不報，徐市等費以鉅萬計，終不得藥，徒奸利相告日聞。盧生等吾尊賜之甚厚，今乃誹謗我，以重吾不德也。諸生在咸陽者，吾使人廉問，或為妖言以亂黔首。」於是他下令將「犯禁者四百六十餘人，皆坑之咸陽」。〔註192〕「坑諸生」事件的發生，標誌著秦帝國文化專制政策的最終確立。自此以後，代表帝王意志的文化開始全面掌控意識形態領域，戰國時代思想界「百家爭鳴」的局面被徹底終結了。這是以齊地文化為代表的關東文化與秦法家文化矛盾激化的結果，也是在秦代中央集權大一統體制下文化政策的必然走向。

「焚書」與「坑諸生」事件的發生既然皆由齊地文化的承繼者們直接引

〔註190〕〔漢〕司馬遷撰：《史記》，中華書局 2011 年版，第 218 頁。
〔註191〕馮友蘭著：《中國哲學史》，重慶出版社 2009 年版，第 139 頁。
〔註192〕〔漢〕司馬遷撰：《史記》，中華書局 2011 年版，第 220 頁。

起，所以其對齊地文化的摧殘和打擊也就可想而知：一方面「焚書」與「坑諸生」直接造成了齊地文化典籍和人才的巨大損失。「秦既得意，燒天下《詩》《書》，諸侯史記尤甚」。〔註193〕《尚書》於漢初得以存世的獨有伏生所藏的二十九篇，「亡數十篇」，〔註194〕而《墨子‧明鬼》中提到的《齊春秋》則蕩然無存。以此推論，齊地文化典籍在此次浩劫中亡佚的當有不少。嬴政坑殺諸生的具體數量及籍貫雖不明確，但從他惱怒的對象主要是燕、齊方士以及「始皇時的博士大多來自齊魯」〔註195〕這兩點來看，受害者當有不少出自齊地。更為重要的是，挾書律的頒布遏制了文化在民間的自由傳播和發展，齊地文化賴以生存和獨立發展的環境也就此消失了。

　　當然，嬴政的嚴刑峻法也最終導致了秦運短祚，這使齊地文化能夠在秦亡後的極短時間內便得到較大程度地恢復；另一方面，齊地文化在嬴政時的遭遇也極有可能引發齊地文人的反思，即在大一統帝國成為現實時，他們該如何調適自身掌握的文化與之相適應，進而實現自己飛黃騰達的目的。這是因為「尚變革」和「崇物利」本即屬於齊地文化固有的特點，〔註196〕所以政權體制的變革也就不能不對其文化走向發生深刻的影響。在上述前提下，宣揚「大一統」、「撥亂世反諸正」〔註197〕等觀點的春秋公羊學在西漢景帝時的齊地出現，似乎便不能簡單地看作是戰國齊文化在新政權中毫無新變的復興了。

〔註193〕〔漢〕司馬遷撰：《史記》，中華書局 2011 年版，第 606 頁。

〔註194〕〔漢〕司馬遷撰：《史記》，中華書局 2011 年版，第 2712 頁。

〔註195〕鍾肇鵬：《秦漢博士制度源出稷下考》，《管子學刊》2003 年第 3 期，第 17 頁。

〔註196〕王志民主編：《齊文化概論》，山東人民出版社 1993 年版，第 90～96 頁。

〔註197〕王維堤，唐書文撰：《春秋公羊傳譯注》，上海古籍出版社 2004 年版，第 1、562 頁。

第二章　齊地風習與兩漢文學

第一節　兩漢時人對齊地文化所具獨特性的體認

　　研究某一時段的文化現象，必須進入其時的歷史語境，以時人的觀念為基準，也只有如此，對當時文化所作的剖析才具有科學性。文化之為物，就時間而言，一代有一代之特色；就空間而言，一地有一地之風貌。文化的創造以自然環境為基礎，自然環境不同，則建立於其上的文化也必然別樣：近水知魚性，近山識鳥音。生居北地者，難詠「雜樹生花，群鶯亂飛」〔註1〕之句；久處南陲者，亦無「瀚海闌干百丈冰，愁雲慘淡萬里凝」〔註2〕之歎。在時代相同的前提下，文化因特定範圍內的地域而異，其道理是不言自明的。

一、齊地地理環境的相對獨立性

　　兩漢時人對於地域的觀感，首先來自地理意象。地理環境是地域文化得以分立的基礎，兩漢時人對此已有較為直觀的認識。司馬遷說：「晉阻三河，齊負東海，楚介江淮，秦因雍州之固，四海迭興，更為伯主，文武所襃大封，皆威而服焉。」〔註3〕司馬遷此語雖然單純就各國地利而言，但將齊地與海洋聯繫在一起，說明他對齊地自然環境的特殊性已有所認識。漢武帝欲封皇子劉閎為齊王，說：「關東之國無大於齊者。齊東負海而城郭大，占時獨臨

〔註1〕〔南朝梁〕蕭統編；〔唐〕李善注：《文選》，中華書局1977年版，第609頁。
〔註2〕〔唐〕岑參撰；廖立箋注：《岑嘉州詩箋注》，中華書局2018年版，第325頁。
〔註3〕〔漢〕司馬遷撰：《史記》，中華書局2011年版，第433頁。

齕中十萬戶，天下膏腴地莫盛於齊者矣。」〔註4〕則是看到了齊地的人文環境之優越，可知其時齊地的富庶與繁榮是關東他國所不能比擬的。獨特的自然與人文環境造就了齊地在兩漢時期舉足輕重的戰略地位。也正因此，田肯才勸諫漢高祖劉邦說：「夫齊，東有琅邪、即墨之饒，南有泰山之固，西有濁河之限，北有勃海之利，地方二千里，持戟百萬，懸隔千里之外，齊得十二焉。」〔註5〕由上可知，齊地於時人的心目中不僅形勢險要，而且是具有相對獨立性的一區。

二、齊地方音的獨特性

賈誼《新書・保傅》說：「習與正人居之，不能無正也，猶生長於齊之不能不齊言也。」〔註6〕從側面指出了「齊言」對齊地文化的標識作用。具體而言，「齊言」作為齊地居民情感交流的工具，既是構成齊地文化的要素之一，又是其重要的表徵和載體。漢高祖六年（前201），劉肥獲封齊國，「諸民能齊言者皆予齊王」。〔註7〕可見「齊言」在當時具有極高的辨識度，與其他方言存在著較大差異，並且這種差異已被漢統治者充分利用。與之相呼應，揚雄於西漢末年「採集先代絕言，異國殊語」〔註8〕作《方言》一書，對我國先秦至西漢多個地區的方言進行了比較研究，齊地方言所具有的獨特性也因而被進一步凸顯出來。〔註9〕

〔註4〕〔漢〕司馬遷撰：《史記》，中華書局2011年版，第1877頁。
〔註5〕〔漢〕司馬遷撰：《史記》，中華書局2011年版，第323頁。
〔註6〕〔漢〕賈誼著；王洲明，徐超校注：《賈誼集校注》，人民文學出版社1996年版，第187頁。
〔註7〕〔漢〕司馬遷撰：《史記》，中華書局2011年版，第1783頁。
〔註8〕〔清〕錢繹撰集；李發舜，黃建中點校：《方言箋疏》，中華書局2013年版，第502頁。
〔註9〕據嚴耕望《揚雄所記先秦方言地理區》（《嚴耕望史學論文選集》，中華書局2006年版，第60～79頁）一文所論，齊國在《方言》一書中被認為是一個方言獨立「強度極高之特強區」。該書以含有「齊」的方位名詞標誌方言區域的地方共有七十處，其中「東齊」三十次，「東齊海岱之間」二十次，「齊」十三次，此足見齊地方言所具有的極高辨識度。然而，嚴氏此文認為揚雄該書的研究對象以春秋末年、戰國時代國別語言為主，卻與林語堂《前漢方音區域考》、劉君惠《揚雄方言研究》以及羅常培、周祖謨《揚雄方言和漢代方言的地理區域》等文的觀點相異。嚴氏此論的依據有二：一是「方言所列國別⋯⋯皆為春秋末年至戰國中葉之國別」；二是「其卷一云⋯⋯初別國不相往來之言也，今或同」。實則按戰國時期國別區劃地域乃兩漢學者經常採用的論述手段，

　　「齊言」作為齊地文化的重要載體，因其所具有的獨特性，也就不能不對齊地文化的保存和傳播產生重要影響。對此，兩漢時人也有所感知。衛宏《詔定古文尚書序》記載晁錯至濟南學習《尚書》一事說：「齊人語多與潁川異，錯所不知者凡十二三，略以其意屬讀而已。」〔註10〕反映出齊言對其他方言區文人學習齊地文化所造成的阻礙。從某種程度上說，這也是齊地文化長期保持獨特性與領先水平的原因之一。身為齊人的鄭玄，在注書時也對齊地方言影響文化傳播的現象加以注意。他在注釋《禮記‧中庸》中「壹戎衣而有天下」一語時說：「衣讀如『殷』，聲之誤也。齊人言『殷』聲如『衣』，虞夏商周，氏者多矣。今姓有衣者，殷之胄與？壹戎殷者，壹用兵伐殷也。」〔註11〕即有意識地運用齊地方言所造成的字誤現象來解釋古書中的疑難問題。

　　不僅是方言，即或是齊地的音樂也被當時儒家學者視為迥異於雅樂的「鄭聲」。西漢戴聖整理的《禮記》一書即說：「齊音敖辟喬志……淫於色而害於德，是以祭祀弗用也。」〔註12〕此語雖號稱來自春秋時期的學者子夏，卻因《禮記》在漢代的經典地位而被其時儒士奉為典則。以子夏為代表的儒者說齊音「敖辟喬志」且「淫於色而害於德」，實則只是站在以周樂為正統的立場上，對以俗樂為主流的齊國音樂〔註13〕加以否定。此舉卻恰恰證明了齊地音樂所具有的獨特性。

　　兩漢大一統時代的到來，並未完全泯滅齊地音樂所具有的特色。《漢書‧藝文志》「詩賦」類作品中收錄有「齊鄭歌詩四篇」，以齊地、鄭地的歌詩同目，並與「吳楚汝南歌詩」、「邯鄲河間歌詩」等目並列，似乎即出自時人對齊

如《史記‧貨殖列傳》《漢書‧地理志》等文皆是如此。而《方言》一書中反映的不同地區間方言古異今同的現象也只是個別的，並不具有普遍性。另據揚雄的《答劉歆書》敘及《方言》的成書過程云：「君平財有千言耳。翁孺梗概之法略有……天下上計孝廉及內郡衛卒會者，雄常把三寸弱翰，齎素油四尺，以問其異語，歸即以鉛摘次之於槧。」可知揚雄除了借鑒時人的研究成果外，又對當時各地孝廉、士卒進行了廣泛調查，故其所研究方言的時代也不應只有春秋、戰國，而理應包含西漢在內。

〔註10〕〔漢〕司馬遷撰：《史記》，中華書局 2011 年版，第 2400 頁。
〔註11〕〔漢〕鄭玄注；〔唐〕孔穎達正義；呂友仁整理：《禮記正義》，上海古籍出版社 2008 年版，第 2007 頁。
〔註12〕〔漢〕鄭玄注；〔唐〕孔穎達正義；呂友仁整理：《禮記正義》，上海古籍出版社 2008 年版，第 1527 頁。
〔註13〕林濟莊著：《齊魯音樂文化源流》，齊魯書社 1995 年版，第 101～111 頁。

地音樂在內容或風格上的歸類。西漢哀帝即位後，下令罷除宮中不合儒家禮樂經典的音樂，結果齊地歌舞演員十九人，吟誦演員六人皆遭撤消，〔註14〕此亦足見當時齊地音樂所具有的迴異於雅樂的鮮明個性。漢魏之際，齊地音樂開始在時人的作品中較多地被提及到，如邊讓即在《章華賦》中影射其時權貴的奢侈生活說：「於是招宓妃，命湘娥，齊倡列，鄭女羅。揚激楚之清宮兮，展新聲而長歌。」〔註15〕曹丕則在《善哉行》中描繪宴遊的場景說：「齊倡發東舞，秦箏奏西音。」〔註16〕曹植也在詩作中幾次提及齊地音樂。他的《箜篌引》一詩說：「秦箏何慷慨，齊瑟和且柔。」《贈丁翼》又說：「秦箏發西氣，齊瑟揚東謳。」〔註17〕上述作品反映了齊地音樂在當時上層社會中的流行，而「新聲」、「和且柔」、「揚東謳」之類的描述又恰恰體現了它在時人眼中的獨特風貌。

三、齊地風俗的特異性

除了地理環境與方音之外，齊地在民俗風情方面的特異之處也常為兩漢典籍所提及。司馬遷《史記·貨殖列傳》以經濟為視角，區分天下各地，便將「齊地」單獨設為一區。他分析齊地文化說：「齊帶山海，膏壤千里，宜桑麻，人民多文采布帛魚鹽……其俗寬緩闊達，而足智，好議論，地重，難動搖，怯於眾鬥，勇於持刺，故多劫人者，大國之風也。」〔註18〕而且還注意到傳統文化對其時齊地文化所起到的基奠性作用：「以太公之聖，建國本，桓公之盛，修善政，以為諸侯會盟，稱伯，不亦宜乎？洋洋哉，固大國之風也！」〔註19〕東漢中葉，班固的《漢書·地理志》又在《史記·貨殖列傳》的基礎上，參照劉向、朱贛等人的研究成果，對全國風俗區域進行了劃分。他說：「凡民函五常之性，而其剛柔緩急，音聲不同，係水土之風氣，故謂之風；好惡取捨，動靜亡常，隨君上之情慾，故謂之俗。」〔註20〕意在指出不同風俗的形成，一是由於地理環境的不同，二是由於政治教化的差異。為此，他將天下區分為

〔註14〕〔漢〕班固撰：《漢書》，中華書局 2012 年版，第 988 頁。
〔註15〕〔南朝宋〕范曄撰：《後漢書》，中華書局 2012 年版，第 2124 頁。
〔註16〕魏宏燦校注：《曹丕集校注》，安徽大學出版社 2009 年版，第 26 頁。
〔註17〕〔魏〕曹植著；趙幼文校注：《曹植集校注》，人民文學出版社 1984 年版，第 141、459 頁。
〔註18〕
〔註19〕〔漢〕司馬遷撰：《史記》，中華書局 2011 年版，第 1387 頁。
〔註20〕〔漢〕班固撰：《漢書》，中華書局 2012 年版，第 1466 頁。

十三個民俗區，十三個民俗區又復分為二十六個民俗亞區，〔註21〕而「齊地」獨列一區。班固對齊地民俗的評價基本上沿襲了司馬遷在《史記‧貨殖列傳》中的結論，但也增加了「長女不嫁」一項：「始桓公兄襄公淫亂。姑姊妹不嫁，於是令國中民家長女不得嫁，名曰『巫兒』，為家主祠，嫁者不利其家，民至今以為俗。」〔註22〕實則齊地「長女不嫁」而「為家主祠」的特殊風俗未必即由齊襄公引起，但至少證明在兩漢尚巫之風盛行的情況下，齊地巫俗所具有的特色已被班固認知。

齊地民俗既不同於他地，故見於史書，「齊人」也被時人視為一個特色鮮明的群體，如：

> 褚先生曰……齊地多變詐，不習於禮義。（《史記‧三王世家》）

> 汲黯庭詰弘曰：「齊人多詐而無情實，始與臣等建此議，今皆倍之，不忠。」（《史記‧平津侯主父列傳》）

> 夫齊魯之間於文學，自古以來，其天性也。（《史記‧儒林列傳》）

> 齊人多變詐，足下雖遣數十萬師，未可以歲月破也。（《漢書‧酈生陸賈列傳》）

> 諸齊人以詩顯貴，皆固之弟子也。（《漢書‧儒林傳》）

> 齊部舒緩養名，博新視事，右曹掾史皆移病臥。（《漢書‧薛宣朱博傳》）

> 齊俗奢侈，好末技，不田作。（《漢書‧循吏傳》）

可知在兩漢時人眼中，齊人之變詐、舒緩、奢侈等特性尤為明顯，並且與相鄰的魯地一樣，齊人中也不乏好學、顯貴之士。

四、齊地學術文化的地域性

漢朝建立後，經學多賴齊、魯之士以傳，故齊、魯並稱的現象也尤為多見。然而在時人看來，兩地的學術宗尚又有著明顯的不同。《漢書‧地理志》言及齊、魯兩地好學之風的形成時說：「初，太公治齊，修道術，尊賢智，賞有功，故至今其上多好經術，矜功名，舒緩闊達而足智……孔子閔王道將廢，

〔註21〕潘明娟：《〈漢書‧地理志〉的風俗區劃層次和風俗區域觀》，《民俗研究》2009年第3期，第100～103頁。
〔註22〕〔漢〕班固撰：《漢書》，中華書局2012年版，第1482頁。

乃修六經，以述唐虞三代之道，弟子受業而通者七十有七人。是以其民好學，上禮義，重廉恥。」〔註23〕在班固看來，齊、魯兩地文人由於在傳統、風俗等方面的差異，在學術的修習上也各有偏重：齊人好經術，魯人尚禮義。

正是認識到了魯地文人在傳習禮義方面所具有的優勢，叔孫通在「採古禮」時才唯獨「徵魯諸生三十餘人」。〔註24〕魯人對漢代禮樂文化傳承所發揮的巨大作用，在《漢書・藝文志》中也有明晰地反映：「漢興，魯高堂生傳《士禮》十七篇……《禮古經》者，出於魯淹中及孔氏。……漢興，制氏以雅樂聲津，世在樂宮，頗能紀其鏗鏘鼓舞，而不能言其義。」〔註25〕結合服虔注可知，奠定漢代禮樂文化的高堂生、制氏等人皆出自魯地。東漢學者蘇林在言及魯地容禮（儒家君子在個人儀容方面的禮儀）所具有的典範性時也說：「天下郡國有容史，皆詣魯學之。」〔註26〕與之不同的是，齊人則對《周易》《尚書》在漢初的復興和傳播貢獻巨大。《漢書・藝文志》說：「及秦燔書，而《易》為筮卜之事，傳者不絕。漢興，田何傳之……秦燔書禁學，濟南伏生獨壁藏之。漢興亡失，求得二十九篇，以教齊魯之間。」〔註27〕田何、伏生皆為齊人，可知《周易》《尚書》皆為齊地顯學。還需指出的是，司馬遷所說齊地文人傳習之「經術」並非純指儒家經學，而是包含了戰國時期以來多家學派的學說。〔註28〕齊地文人在所學內容上也較魯人更為龐雜和多樣。

除卻在學術宗尚上的不同，齊、魯兩地文人在《詩》《論語》《春秋》等經典的傳習方面也存在著明顯差異。《詩》在兩漢時期有齊、魯、韓三家並立於官學，這說明三者在內容或解經風格上不盡相同。應劭說：「申公作魯詩，后蒼作齊詩。」〔註29〕班固在《漢書・儒林傳》中指出，申公傳詩「獨以詩經為訓詁以教，亡傳」。〔註30〕這種以訓詁為主的傳詩風格顯然與翼奉口中可使學者「聞五際之要十月之交篇，知日蝕地震之效昭然可明」〔註31〕

〔註23〕〔漢〕班固撰：《漢書》，中華書局2012年版，第1482～1484頁。
〔註24〕〔漢〕司馬遷撰：《史記》，中華書局2011年版，第2381頁。
〔註25〕〔漢〕班固撰：《漢書》，中華書局2012年版，第1522～1523頁。
〔註26〕楊樹達著：《漢書窺管》，上海古籍出版社2013年版，第699頁。
〔註27〕〔漢〕班固撰：《漢書》，中華書局2012年版，第1519頁。
〔註28〕丁冠之，蔡德貴：《試論秦漢齊學的內容》，《煙臺大學學報（哲學社會科學版）》
　　　　1996年第3期，第80～85頁。
〔註29〕〔漢〕班固撰：《漢書》，中華書局2012年版，第1520頁。
〔註30〕〔漢〕班固撰：《漢書》，中華書局2012年版，第3105頁。
〔註31〕〔漢〕班固撰：《漢書》，中華書局2012年版，第2740頁。

的齊詩截然不同。同樣,《論語》在其時也有《齊論》《魯論》之別。皇侃《論語義疏序》引劉向《別錄》說:「魯人所學,謂之《魯論》;齊人所學,謂之《齊論》。」〔註32〕若非兩者在某些方面存在著一定的差異,則這種區分顯然是不必要的。實際上,兩漢齊、魯二地文人在經學上的分歧更為鮮明地表現在對《春秋》一書的解釋上,乃至有「齊學」與「魯學」之分。《漢書·儒林傳》說:「宣帝即位,聞衛太子好《穀梁春秋》,以問丞相韋賢、長信少府夏侯勝及侍中樂陵侯史高,皆魯人也,言穀梁子本魯學,公羊氏乃齊學也,宜興《穀梁》。」〔註33〕韋賢、夏侯勝等魯地文人推崇魯學而貶斥齊學,雖然存在政治上的企圖,但也著實反映出《公羊》《穀梁》兩傳在解經內容上的分異,並且這種分異已為其時學者所重視和利用。

西漢末年,齊學與魯學之爭轉而為經學的今古文之爭所取代,而同屬今文經學的二者也因同立官學、相互吸收而有了逐漸融合的趨勢。但是,人們對齊地文化所具獨特性的認知卻並未就此消泯。東漢建安時,徐幹作《齊都賦》,劉楨作《魯都賦》,詳記齊、魯二都風物,即可視為對齊、魯兩地各自文化特色的體認。這一點在兩漢時人天地相應的分野學說中也有著直觀地反映。《史記·天官書》記載二十八星宿與地理分野之關係說:「虛、危,青州。」〔註34〕此說為《漢書·天文志》所繼承,《漢書·地理志》又說:「齊地,虛、危之分埜也。」〔註35〕是以「齊地」大體等之於「青州」,而該學說立論的前提顯然是將「齊地」或「青州」視為一個獨立性較高的區域。漢魏之際,諸葛亮仍然沿用上述學說。他在《二十八宿分野》中說:「虛、危,齊,青州。」〔註36〕由上述分野學說在兩漢時期傳承不替的情況可知,齊地在兩漢時人眼中始終是一個相對獨立的文化區域。

綜上所述,雖然中央集權制度在兩漢時代不斷得到強化和穩固,但不同地域間的文化差異依然存在。「齊地」作為當時歷史悠久、形勢險要的一個區域,其居民於方言、文藝、風俗和學術等方面都表現出獨具一格的特色,並

〔註32〕〔魏〕何晏集解;〔南朝梁〕皇侃義疏:《論語集解義疏》(前言),中華書局 1985 年版,第 4 頁。
〔註33〕〔漢〕班固撰:《漢書》,中華書局 2012 年版,第 3113 頁。
〔註34〕〔漢〕司馬遷撰:《史記》,中華書局 2011 年版,第 1238 頁。
〔註35〕〔漢〕班固撰:《漢書》,中華書局 2012 年版,第 1481 頁。
〔註36〕〔三國〕諸葛亮著;段熙仲、聞旭初編校:《諸葛亮集》,中華書局 2012 年版,第 55 頁。

為時人所感知、體認。故而在此基礎上，我們將兩漢齊地文化單獨拿來探討，也是較為合理的。

第二節　兩漢齊地風習文化形成的地理動因

地理環境是文化得以形成和存在的基礎，它通常指環繞在人類社會周圍，並與其相互作用的自然界，包括地理位置、地形、氣候、土壤、河流、礦產資源、生物資源等。馬克思認為，「只有人才給自然界打上自己的印記，因為他們不僅變更了植物和動物的位置，而且也改變了他們所居住的地方的面貌、氣候，他們甚至還改變了植物和動物本身」〔註37〕人類文化創造的一個重要方面正是在特定地理環境下通過對自然物質的加工、改造和控制來實現的。從這種意義上說，地理環境本身即是人類文化創造活動的參與者。因而不同的地理環境也往往會因各自所擁有的自然條件的不同而產生不同的地域文化。

馬克思同時還指出，「人創造環境，同樣環境也創造人」，〔註38〕自然界與人類正是在相互影響和作用中不斷取得發展的。隨著人們「對自然規律的知識的迅速增加，人對自然界施加反作用的手段也增加了」。〔註39〕這說明地理環境又是一個歷史的範疇，它會隨著不同時代人類征服自然能力的變化而產生相應的變化。雖然地理環境的變遷也有純自然的原因，如地震、火山噴發等，但與人類的反作用相比，其影響可謂微不足道。正如恩格斯在分析德國歷史地理環境時所說：「日耳曼民族移入時期的德意志『自然界』，現在只剩下很少很少了。地球的表面、氣候、植物界、動物界以及人類本身都不斷地變化，而且這一切都是由於人的活動，可是德意志自然界在這個時期中沒有人的干預而發生的變化，實在是微乎其微的。」〔註40〕

綜上所述，文化在一定程度上即可視為不同時空內自然的人化。我們也

〔註37〕中共中央馬克思、恩格斯、列寧、斯大林著作編譯局編：《馬克思恩格斯選集》（第三卷），人民出版社1972年版，第457頁。
〔註38〕中共中央馬克思、恩格斯、列寧、斯大林著作編譯局編：《馬克思恩格斯選集》（第一卷），人民出版社1972年版，第43頁。
〔註39〕中共中央馬克思、恩格斯、列寧、斯大林著作編譯局編：《馬克思恩格斯選集》（第三卷），人民出版社1972年版，第457頁。
〔註40〕中共中央馬克思、恩格斯、列寧、斯大林著作編譯局編：《馬克思恩格斯選集》（第三卷），人民出版社1972年版，第51頁。

正是在此一前提下，來探討地理環境對兩漢齊地風習文化所造成的影響。又由於兩漢時代封建大一統中央集權制的確立和完善，齊地作為該政權統治下的一個地理區域，其文化也必然受到國家意識形態的整合。相對於先秦時期的齊文化而言，兩漢齊地文化的獨特性有所減弱，但並不影響其作為一種特色鮮明的地域文化而存在。本文立論的前提也在於此，故所討論的齊地風習文化內容也主要集中在具有鮮明地域特色的部分。

一、兩漢齊地文化發展的地理環境

　　齊地地處華北平原東部，北部和東部臨海，西境有黃河、濟水等大河貫穿其間，南部則自西向東分布著泰山、魯山、沂山等海拔千米以上的高山，在習慣以江河山海劃分地理區域的漢代，齊地因而被視為一個具有較高獨立性的區域。由於依山傍海的自然條件，齊地的地勢也呈現出南高北低的特點。南部是以泰沂山區為主的魯中山地丘陵區，海拔高度在 200～500 米之間，有姑水、淄河、濰河、彌河等多條河流自此發源而北流於海。《管子・水地》說：「齊之水道躁而復。」〔註 41〕可知這些河流具有湍急且流量大的特點。山地丘陵區邊緣則環繞著地勢低窪的廣大平原，海拔高度都在 70 米以下，對山地丘陵區形成半月形包圍態勢並延伸至河、海，其中渤海灣濱海地區的地勢只高出海平面 2～3 米，故於特殊氣候條件下容易遭受海水侵襲。〔註 42〕東部的半島地區則堪稱齊地範圍內獨立性較高的一個區域。其地形以丘陵為主，有許多小盆地散布其間，海拔高度也多在 200～300 米之間，三面環海，海岸線長而曲折，近海處復有許多島嶼環繞，與其他地區共同構成了齊地多樣性的地貌。

　　對於兩漢時期齊地氣候的特點，限於相關資料的匱乏，目前學界對此難以達成共識。其中以氣象學家竺可楨《中國近五千年來氣候變遷的初步研究》一文的研究最具影響力。竺氏根據歷史文獻中所記竹子、漆樹、柑橘等植物的分布情況，認為西漢時氣候較現在溫和，但到東漢時氣溫便逐漸下降，至魏初已經比現在寒冷了。〔註 43〕他的說法也得到學界的廣泛認可，直至今天仍屢被相關的學術著作所引用。但隨著近些年來氣象科學的發展和相關概念

〔註 41〕〔漢〕劉向編；劉建生主編：《管子精解》，海潮出版社 2012 年版，第 359 頁。

〔註 42〕〔漢〕班固撰：《漢書》，中華書局 2012 年版，第 244、1188、1512 頁。

〔註 43〕竺可楨：《中國近五千年來氣候變遷的初步研究》，《考古學報》1972 年第 1 期，第 21 頁。

的不斷更新，也開始有人對此提出質疑。氣象學家牟重行即認為竺可楨的《中國近五千年來氣候變遷的初步研究》一文由於時代條件的限制，在分析、使用歷史文獻材料時存在「對文獻誤解或疏忽」、「所據史料缺乏普遍指示意義」、「推論勉強」等缺陷和問題，故而其結論在大體上也是難以成立的。〔註44〕

　　但牟氏並未在此基礎上進一步提出自己的結論，此後學者在此方面的研究也是眾說紛紜。其中具有代表性的觀點大致可分為兩派：一派認為兩漢氣候較現在暖濕，如馬新《歷史氣候與兩漢農業的發展》一文即在廣泛徵引相關材料的基礎上，指出「兩漢時代正處於大理冰期結束後的第三個溫暖期。這一時期起於公元前 800 年左右，止於公元 200 年左右，高於現代的年平均氣溫 1℃～2℃。」〔註45〕另一派則認為兩漢時期的氣候與今天相差不大，「在冷暖變動方面，兩漢時期的氣溫比其前的春秋氣溫要低；與今天相比較無大差異，僅有的區別在於具體的變動幅度上……在乾濕狀況方面，該期具有若干乾濕相間的顯著特徵。」〔註 46〕綜合上述論斷可知，儘管學界對兩漢時期的氣候狀況難以達成共識，但就其研究結論而言，兩漢時期的氣候實際上與今天並無太顯著的差別。故而我們在討論兩漢齊地氣候時，可適當地以今天的氣候狀況作為參照。據研究，如今齊地的氣候基本上屬於暖溫帶季風氣候類型。年平均氣溫為 11℃～14.2℃，全年無霜期一般為 180～220 天，皆由東北沿海向西南內陸逐漸遞增。年平均降水量在 543.1～915.7 毫米之間，並且呈現出由東南向西北遞減的態勢。由於降水主要集中在夏季，故而容易形成澇災，冬、春及晚秋則容易發生乾旱。〔註47〕

　　土壤是在一定的地形、氣候、生物和母質等自然條件下形成和發展的，在一定的自然條件下分布著一定類型的土壤。齊地地貌複雜，屬暖溫帶季風氣候，植被種類多樣，故而土壤類型較多。〔註 48〕《尚書·禹貢》對齊地早期的土壤狀況有較詳實的記載，根據其對九州的劃分，齊地當包括青州的全部以及兗州和徐州的一部分，而此三州的土壤肥力分居當時九州的第三、第

〔註44〕牟重行：《中國五千年氣候變遷的再考證》，氣象出版社 1996 年版，第 5 頁。

〔註45〕馬新：《歷史氣候與兩漢農業的發展》，《文史哲》2002 年第 5 期，第 128 頁。

〔註46〕陳業新：《兩漢時期氣候狀況的歷史學再考察》，《歷史研究》2002 年第 4 期，第 76 頁。

〔註47〕王有邦主編：《山東地理》，山東地圖出版社 2000 年版，第 3～5 頁。

〔註48〕山東師範學院地理系《山東地理》編寫組：《山東地理》，山東人民出版社 1977 年版，第 55 頁。

六和第二位。〔註 49〕雖然齊地沿海地區分布著大片的鹽鹼地，但總體來說十分適宜農業的開展。齊地農墾的歷史悠久，經過齊地人民對當地自然土壤的長期耕作、灌溉與改良，至司馬遷時，齊地已成為「膏壤二千里」的宜農之區。

齊地瀕臨寒暖流交匯的海區，沿岸多淤泥質海灘，近海大陸架水質優良，溫度適宜，如此優越的自然環境為當地民眾提供了充足的魚鹽資源。自姜太公立國以來，便十分注重對當地漁鹽之利的開發。到兩漢時代，已達到「萊黃之鮐，不可勝食」〔註 50〕的局面。又據《漢書·地理志》所記西漢至王莽時期在全國設置鹽官的情況，有明文記載者凡 37 處，而齊地有 11 處（千乘郡；北海郡的都昌、壽光；東萊郡的曲成、東牟、㡉、昌陽、當利；琅琊郡的海曲、計斤、長廣），幾占全國的 30%，可見齊地鹽業在當時所佔有的重要地位。此外，齊地的鐵礦石資源也比較豐富，據研究者發現，齊地開採鐵礦的歷史至少可追溯到春秋時期。〔註 51〕發展至兩漢時代，據《漢書·地理志》記載，西漢時全國共設鐵官 48 處，其中設在齊地的就有 9 處（千乘郡的千乘；濟南郡的東平陵、歷城；泰山郡的嬴；齊郡的臨淄；東萊郡的東牟；琅邪郡；膠東國的郁秩；城陽國的莒）。東漢時，冶鐵以私營為主，官營較少，但漢政府依然在齊地設置了 4 處鐵官（濟南郡的東平陵、歷城；泰山郡的嬴；琅邪郡的莒縣），這充分說明漢代齊地出產的鐵礦之多。

二、地理環境對兩漢齊地風習文化的影響

早在春秋戰國時期，我國古人就對地理環境在塑成社會風習方面所起到的作用有了一定的認識。《國語·魯語》說：「沃土之民不材，逸也；瘠土之民莫不向義，勞也。」〔註 52〕認為是地理環境決定了各地的民風。《管子·水地》說：「水者何也？萬物之本原也，諸生之宗室也，美惡、賢不肖、愚俊之所產也。」〔註 53〕則認為水質決定著人性的善惡。上述諸說雖不免有偏頗之處，

〔註 49〕〔唐〕孔安國傳；〔唐〕孔穎達正義；黃懷信整理：《尚書正義》，上海古籍出版社 2007 年版，第 200～205 頁。

〔註 50〕〔漢〕桓寬著；王利器校注：《鹽鐵論校注（增訂本）》，天津古籍出版社 1983 年版，第 39 頁。

〔註 51〕侯仁之：《歷史地理學的理論與實踐》，上海人民出版社 1979 年版，第 370 頁。

〔註 52〕徐元誥撰；王樹民，沈長雲點校：《國語集解》，中華書局 2002 年版，第 194 頁。

〔註 53〕〔漢〕劉向編；劉建生主編：《管子精解》，海潮出版社 2012 年版，第 359 頁。

甚至犯了地理環境決定論的錯誤，但至少反映了我國古人對地域風習文化與地理環境關係的自覺體悟。實際上，兩漢齊地特色風習文化的形成也正與齊地的特殊地理環境密切相關。

首先，齊地東、北兩面環海，西北有黃河作為天然屏障，南部則有泰沂山脈橫貫其間，其地理位置是相對閉塞的。這在交通能力低下的上古時代，便起到了文化區隔的作用，從而有利於齊地原生文化的保存和延續，並對兩漢齊地風習文化獨特性的確立產生了重要影響。因此，在交通能力相對發達的兩漢時代，齊地雖然在西、南兩面與燕、趙、宋、魯、楚等地接壤，並有著文化上的交流和融合，但相對而言，其文化所具有的獨特性仍然是鮮明、突出的，並呈現出由西向東逐漸加強的態勢。這在方言的分布方面表現得尤為突出。按照揚雄《方言》一書對戰國、秦、漢方言區的劃分，齊地是一個獨立性極高的方言區，但由於齊地西鄰燕、趙，南鄰楚、魯、宋各地，所以相互之間的方言又存在交融、同化的現象。據後世研究者對秦漢齊地方言區的研究分析可知，代表膠東半島的「東齊」方言區獨立性最高，而與其他區域接壤的齊地西部和南部，則往往與相近方言區存在「一些兩歧的特點，即兩區之間有過渡地帶」，因而其所具有的獨立性也便有所降低。〔註54〕這一現象的形成，顯然與齊地相對封閉的特殊地理環境密不可分。

其次，齊地屬於暖溫帶季風氣候，土壤較為肥沃，加上河流眾多，便於灌溉，故而十分適宜農業活動的開展。早在秦朝時，齊地就已經成全國重要的糧食生產地。秦始皇派遣蒙恬攻打匈奴，即從齊地「黃、腄、琅邪」等郡縣運糧「轉輸北河」。〔註55〕時至漢代，僅琅邪郡稻縣，即由於濰水流經的便利自然條件而「有稻田萬頃，斷水造魚梁，歲收億萬，號曰萬疋梁。」〔註56〕區區一縣而能歲收億萬，雖不免有些誇大，但也在一定程度上反映了其時齊地半島地區良好的農業發展情況。優越的自然條件所帶來的較高糧食產量，不僅滿足了當地人民的基本生活需要，還讓他們有了更多的餘力從事學術、技藝等活動。兩漢齊地頗多經學、方術之士，而士作為一個不事生產，差不多純以政治、學術活動為職業的階層，其存在和發展是與生產力的提高密切相關的。作為生產力要素之一的地理環境，其所提供給人們的生產資料如何，

〔註54〕丁啟陣著：《秦漢方言》，東方出版社 1991 年版，第 28～34 頁。

〔註55〕〔漢〕司馬遷撰：《史記》，中華書局 2011 年版，第 2569 頁。

〔註56〕〔宋〕李昉等撰：《太平御覽》，中華書局 1960 年版，第 877 頁。

直接關係到生產力的高低與社會發展速度的快慢，從而也就間接對齊地士人
階層的存在和發展形成影響。從這個角度上說，正是齊地優越的地理環境為
兩漢齊地士人的繁盛以及學術文化的傳承、發展奠定了堅實的物質基礎。

　　但也應該注意到的是，齊地的地形多樣且土壤肥力不一，並非都適合糧
食作物的生長。因而齊地民眾除種植糧食作物之外，還種植有多種經濟作
物。早在戰國時代，齊地人民即對不同地形、土壤的用途有了較為深刻的認
識。《管子・山國軌》說：「相壤宜……有莞蒲之壤，有竹箭檀柘之壤，有汜
下漸澤之壤，有水潦魚鱉之壤。」〔註57〕《管子・地員》更是對各類土地及
其適宜種植的作物進行了詳細的論述，這便為齊地民眾最大限度地利用土
地資源，發展多種經濟提供了有利的前提條件。此外，齊地四季分明，冬季
漫長而不宜農事，因此手工業便成為齊地民眾自覺選擇的又一生產活動。
據《漢書・地理志》記載，當時全國共設管理官府手工業的工官10處，其
中3處（濟南郡的東平陵；泰山郡及其制下的奉高）設在齊地，可見齊地手
工業的發達。在齊地眾多的手工業部門中，紡織無疑是其中的傳統優勢項
目，《論衡・程材》即說：「齊部世刺繡，恒女無不能……日見之，日為之，
手狎也。」〔註58〕鑑於當時的交通運輸能力，要發展紡織業就必須要靠近
原材料產地，而齊地的自然條件又恰恰滿足了這一要求。司馬遷說：「齊帶
山海，膏壤千里，宜桑麻，人民多文采布帛魚鹽。」又說：「齊、魯千畝桑
麻。」〔註59〕原材料的充足和齊地人民的勤勞，最終造就了齊地作為兩漢
紡織業中心的地位。特別是臨淄，不僅自春秋時即設有主作天子冠服的三
服官，而且到漢元帝時，由於統治階層的尚奢風氣，其規模已達到「作工各
數千人，一歲費數鉅萬」。〔註60〕

　　在手工業發達的同時，齊地豐富的魚、鹽等海洋資源也為當地漁業和鹽
業的發展提供了堅實的物質基礎。《史記・平準書》記載齊相卜式的言論說：
「南越反，臣願父子與齊習船者往死之。」〔註61〕《漢書・食貨志》也說：
「故御史屬徐宮家在東萊，言往年加海租，魚不出。長老皆言武帝時縣官嘗

<hr>

〔註57〕〔漢〕劉向編；劉建生主編：《管子精解》，海潮出版社2012年版，第601頁。
〔註58〕〔漢〕王充著；張宗祥校注；鄭紹昌標點：《論衡校注》，上海古籍出版社2013
　　　　年版，第247頁。
〔註59〕〔漢〕司馬遷撰：《史記》，中華書局2011年版，第2829、2835頁。
〔註60〕〔漢〕班固撰：《漢書》，中華書局2012年版，第2654頁。
〔註61〕〔漢〕司馬遷撰：《史記》，中華書局2011年版，第1328頁。

自漁，海魚不出，後復予民，魚乃出。」〔註62〕這充分說明捕魚業在兩漢齊地沿海居民中的普及。而從上文所列齊地鹽官的設置情況來看，齊地的鹽業在當時無疑也有著舉足輕重的地位。《鹽鐵論·通有》說：「天地之利無不瞻，而山海之貨無不富也，然百姓匱乏，財用不足，多寡不調，而天下財不散也。」〔註63〕正是由於各地物產的不同，才有了相互疏通有無的必要。齊地自姜太公治國時便因地制宜地鼓勵工商業的發展，漢朝建立後，隨著生產力的進一步提高和封建經濟的全面興盛，齊地的商品經濟也在其發達的手工業和豐富的物產資源的推動下走向繁榮。刀閒、東郭咸陽、姓偉等富比王侯的齊地大商人，即無一不是通過追逐漁鹽商賈之利而起家的。當時齊地的中心城市臨淄，更是因此而發展成為「市租千金，人眾殷富，巨於長安」〔註64〕的天下名都。城市商業的繁榮不僅為統治階層的奢侈生活提供了必要的物質支撐，也為社會中下層民眾進行生產、經營以及過度消費提供了充分的外在環境。班固在《漢書·地理志》中特別指出了齊地民風的奢侈。究其原因，齊地統治階層的尚奢風氣固然對此起到了一定的引導作用，但歸根結底還是齊地民眾充分利用當地優越的地理環境來提高自身生活水平後所產生的結果。換言之，優越的地理環境是形成齊地尚奢民俗的前提和間接原因。

再次，交通便利是商業繁榮的必要條件。齊地地形以平原、丘陵為主，地勢較為平緩，境內多水流湍急、宜於行船的大河，加之瀕臨大海，航運條件優良，故而水陸交通十分發達。《鹽鐵論·通有》即說：「齊之臨淄……為天下名都。非有助之耕其野而田其地者也，居五諸之衢，跨街衢之路也。」〔註65〕《史記·貨殖列傳》也說：「夫燕亦勃、碣之間一都會也，南通齊、趙……洛陽東賈齊、魯。」〔註66〕據考證，早在先秦時期，齊地就已有了10餘條貫穿整個齊地並與魯、趙、衛、燕等國相連接的交通要道，從而形成了一張以臨淄為中心的陸路交通網絡。〔註67〕而在春秋戰國時期，齊、吳等國根據當地自然條件興建的一系列內河水利工程，又使得齊地擁有了較為發達

〔註62〕〔漢〕班固撰：《漢書》，中華書局2012年版，第1045頁。
〔註63〕〔漢〕桓寬著；王利器校注：《鹽鐵論校注（增訂本）》，天津古籍出版社1983年版，第39頁。
〔註64〕〔漢〕司馬遷撰：《史記》，中華書局2011年版，第1790頁。
〔註65〕〔漢〕桓寬著；王利器校注：《鹽鐵論校注（增訂本）》，天津古籍出版社1983年版，第38頁。
〔註66〕〔漢〕司馬遷撰：《史記》，中華書局2011年版，第2829頁。
〔註67〕宣兆琦、李金海主編：《齊文化通論》，新華出版社1999年版，第68～69頁。

的內河交通，如齊國則「通菑濟之間」，〔註68〕吳國則「闕為深溝於商、魯之間，北屬之沂，西屬之濟」，〔註69〕從而形成了連接淄水、濟水、泗水、沂水、淮河以及長江的南北水道交通網，便利了齊地物資與中原、南方各國的交流。

在海路交通方面，齊地與遼東半島的海上交通可遠溯到新石器時代，〔註70〕並且從《左傳·哀公九年》所載吳將徐承「帥舟師將自海入齊」〔註71〕一事來看，齊地與吳越地區的海上航線也早在春秋時期就已開通。《管子·揆度》說：「海內玉幣有七策……朝鮮之文皮，一策也。」《管子·輕重甲》也說：「一豹之皮，容金而金也；然後，八千里之發、朝鮮可得而朝也。」〔註72〕這說明齊地至少在戰國時代就已經與朝鮮建立了貿易往來。漢朝建立以後，齊地與遼東半島、朝鮮以及日本等地的聯繫仍以海路為主。漢武帝即曾於元封二年（前109），「遣樓船將軍楊僕從齊浮勃海」〔註73〕進攻衛滿朝鮮。在漢朝滅亡衛滿朝鮮後，日本諸國與漢朝通使，其往來方式也是「循海岸水行」。〔註74〕在天下動亂的東漢末年，管寧、邴原、王烈等人曾渡海避居遼東，而盤踞遼東的公孫度也曾「越海收東萊諸縣，置營州刺史」。〔註75〕由以上記載可知，兩漢時期齊地的海上交通是四通八達的。發達的水陸交通不僅有利於齊地商業的繁榮和發展，也為齊地文化與其他地域文化的交流、溝通奠定了基礎。《史記·貨殖列傳》說臨淄「具五民」，對於「五民」，有士、農、商、工、賈和五方之民的不同解釋，但無一例外地都顯示出齊地文化兼容並包的精神。與此同時，齊地商業的繁榮還有助於強化兩漢齊地民眾勇於參與、冒險的意識。終兩漢之世，不僅以方術、謀略、說辯、治國為職業的士人遍布全國各地，他如趙地的定襄、雲中、五原等郡以及海外的朝鮮也都出現了齊地移民的蹤跡，而這一切都應是以建立在齊地優越地理環境基礎上的發達水陸交通為前提的。

〔註68〕〔漢〕司馬遷撰：《史記》，中華書局2011年版，第1302頁。

〔註69〕徐元誥撰；王樹民，沈長雲點校：《國語集解》，中華書局2002年版，第545頁。

〔註70〕欒豐實著：《東夷考古》，山東大學出版社1996年版，第198～202頁。

〔註71〕楊伯峻編著：《春秋左傳注》，中華書局1990年版，第1656頁。

〔註72〕〔漢〕劉向編；劉建生主編：《管子精解》，海潮出版社2012年版，第646、673頁。

〔註73〕〔漢〕班固撰：《漢書》，中華書局2012年版，第3313頁。

〔註74〕〔晉〕陳壽撰；〔宋〕裴松之注：《三國志》，中華書局2006年版，第509頁。

〔註75〕〔晉〕陳壽撰；〔宋〕裴松之注：《三國志》，中華書局2006年版，第153頁。

　　此外，齊地發達的水陸交通還與季風氣候相結合，共同促進了具有當地特色的宗教、哲學觀念的生成和發展。齊地水陸交通的發達，使得各地的文化都有機會在此匯聚、交流，從而大大開闊了當地人們的視野，使他們知道海外尚有其他非華夏國家的存在。與此同時，兩漢時代正是我國自然災異的群發時期，〔註76〕齊地四季分明且又極易發生旱、澇、蝗、凍等自然災害的季風性氣候，受此大環境影響，就更為陰陽五行學說在當地的產生和風行提供了客觀依據。戰國秦漢時人對自然現象的認識尚不夠理性、深刻，對自然界的依賴性又很大，故而十分渴望把握自然和人事的運行規律，以便為自身的生存和發展創造更好的條件。在此種前提下，結合自然界事物對天道、人事的互動作出種種推測的陰陽五行學說便因而得以產生和風行，如將四季的特點和運行變化與君主政教相聯繫的「四時」學說〔註77〕和「以為儒者所謂中國者，乃天下乃八十一分居其一分耳。中國名曰赤縣神州……如赤縣神州者九，乃所謂九州也。於是有裨海環之，人民禽獸莫能相通者，如一區中者，乃為一州。如此者九，乃有大瀛海環其外，天地之際焉」〔註78〕的「大九州」學說等，它們的形成和發展顯然是以齊地獨特的自然環境和社會環境為基礎的。馮友蘭即認為，籠蓋秦、漢時代的陰陽五行家學說之所以會在齊地產生和發展，與「齊地濱海，其人較多新異見聞，故齊人長於為荒誕之談」〔註79〕有極大關係。從鄒衍既為哲學家又掌握眾多地理知識的事實來看，馮氏這一將地理環境與哲學觀的產生和發展聯繫在一起的說法顯然是很有道理的。

　　與陰陽五行學說類似，盛行於秦漢的燕齊方術也從齊地獨特的地理環境中找到了自身存在和發展的物質依據。燕齊方術本即陰陽五行學說的末流。早在戰國時期，燕、齊兩地的方士便盛言渤海中有蓬萊、方丈、瀛洲三座神山，「此三神山者，其傳在勃海中，去人不遠；患且至，則船風引而去。蓋嘗有至者，諸仙人及不死之藥皆在焉。」至武帝時，國家繁榮昌盛，方術再次成為帝王縱慾的工具和手段。於是有「入海求蓬萊者，言蓬萊不遠，而不能至

〔註76〕宋正海等著：《中國古代自然災異群發期》，安徽教育出版社2002年版，第41～82頁。

〔註77〕〔漢〕劉向編；劉建生主編：《管子精解》，海潮出版社2012年版，第360～367頁。

〔註78〕〔漢〕司馬遷撰：《史記》，中華書局2011年版，第2066頁。

〔註79〕馮友蘭著：《中國哲學史》，重慶出版社2009年版，第139頁。

者，殆不見其氣。」〔註80〕實則方術之士的言論雖然荒謬，但也是有其特殊的自然環境作為客觀依據的。這便是發生在燕、齊海邊的一種自然現象——海市蜃樓。據研究者發現，「海市蜃樓」實際是一種在海邊特定氣象條件下產生的，將遠處景物折射或反射並顯示在海面或空中的大氣光學現象。由於氣象條件的限制，「海市蜃樓」所呈現的景象總是忽隱忽現、變幻莫測，甚至難以確知其反射的原形為何物，並且一旦氣象條件不符合其存在條件（比如風速超過 4 級），「海市蜃樓」便會消失。「海市蜃樓」多發生於大海和沙漠中，但因其對地理位置、氣候、水文等條件的要求，故於齊地沿海一帶出現較多。〔註81〕由此可知，方術學說的產生是方士們結合當地地理環境因素創造和發揮的結果。地理環境因素的參與無疑極大提高了方術學說的可信度，從而為其傳播、盛行創造了有利的條件。清代學者王壘即說：「始皇使徐福入海求神仙，終無有驗。而漢武亦蹈前轍，真不可解。此二君者，皆聰明絕世之人，胡乃為此捕風捉影疑鬼疑神之事耶？後遊山東萊州，見海市，始恍然曰：『秦皇、漢武俱為所惑者，乃此耳。』」〔註82〕所說甚是。

方士們的迂談怪論還對當時文學的發展產生了一定的推動作用。從某種意義上說，兩漢燕、齊方士結合當地自然環境精心編撰的、誆騙統治者的言論首先即可視為一種近似神話傳說的口頭文學。這些口頭文學還催生了後世眾多的神話小說，如舊題東方朔撰，言海內有蓬萊、方丈、瀛洲等十洲，洲上多仙人、不死之草諸物的《海內十洲記》，雖被魯迅等人斷為偽作，〔註83〕但其對兩漢燕齊方士言論的承襲是明顯的，並可看出其間接受到燕、齊地理環境影響的痕跡。除此之外，齊地的地理環境還作為文學作品的描寫對象直接參與到兩漢文人的文學創作之中，充實了兩漢文學作品的內容，並有助於提升作品的藝術感染力。東漢馬第伯的《封禪儀記》，就極細膩、真切的描寫了泰山的自然與人文景色，使人有身臨其境之感。又如徐幹的《齊都賦》，作者以熱情的口吻描述了齊地的自然風光、豐饒物產以及人文景觀等，從而極大地增加了賦作的感染力。實則齊地地理環境對兩漢文學更深層次的影響還是

〔註80〕〔漢〕司馬遷撰：《史記》，中華書局 2011 年版，第 1271、1290 頁。

〔註81〕朱龍：《蓬萊海市蜃樓形成的氣象因素季節分布及徵兆》，《氣象》2007 年第 11 期，第 101～106 頁。

〔註82〕〔清〕錢泳撰；張偉校點：《履園叢話》，中華書局 1979 年版，第 71 頁。

〔註83〕魯迅著：《中國小說史略》，中華書局 2010 年版，第 16～17 頁。

通過對齊地文人風習的薰陶和塑成上來實現的。曹丕說徐幹賦「時有齊氣」，
〔註 84〕即是認識到了齊人風習對其文學創作的影響。由上文的論述可知，齊
地地理環境對齊人風習的形成是起有一定作用的，故而也就必然間接影響到
其文學創作的活動。

最後，齊地以平原、丘陵為主的地形，還造就了齊地民眾的一種特殊心
態，即對高山峻嶺的崇拜。至晚出現在姜太公時代的齊地八神之祠，除兵主
蚩尤外，其他各祠即均與山有著密切的關係。而在眾多對山的崇拜和祭祀中，
又尤以泰山最為典型。據《尚書‧舜典》記載，舜即曾「東巡狩，至於岱宗，
柴。望秩於山川」。〔註 85〕這種儀式後來發展成為帝王封禪的文化現象，漢武
帝與光武帝便都曾在泰山舉行過祭天儀式。對於祭天於泰山的行為，《白虎通‧
封禪》曾解釋說：「必於其上何？因高告高，順其類也。故升封者，增高也。」
〔註 86〕可知最初正是由於泰山所具有的高度，才使得齊地民眾認為它具有上
通天帝的神力，並進而對其產生敬畏與崇拜之情的。

泰山之高，也為戰國秦漢時人所公認。孟子即說：「孔子登東山而小魯，登
泰山而小天下。」〔註 87〕王充《論衡‧說日》也說：「太山之高，參天入雲……
從平地望泰山之巔，鶴如烏，烏如爵者，泰山高遠，物之小大失其實。」〔註 88〕
實則泰山最高海拔不過 1532.7 米，時人之所以對泰山能有高聳入雲的直觀感
受，與齊地的地理環境有直接關係。「泰山北倚燕山、太行山，南到長江，西靠
華山、伏牛山和源遠流長的黃河，東到煙波浩淼的大海。在這個廣袤的土地上，
類似泰山這樣的高山絕無僅有。平坦的華北大平原上，泰山踞高臨下，一柱擎
天，成為萬里原野上的『東方一柱』『中央之山』」。〔註 89〕泰山所處的這種特殊
地理位置，使其自然成為齊地民眾進行高山崇拜的首選目標。這種崇拜之情又
歷經後世演化、發展和傳播，最終隨著齊地文化在兩漢的大放異彩而由一種地
方崇拜轉化成為影響國家社稷的封禪儀式。

〔註 84〕〔南朝梁〕蕭統編；〔唐〕李善等注：《六臣注文選》，中華書局 2012 年版，
　　　　　第 967 頁。
〔註 85〕〔唐〕孔安國傳；〔唐〕孔穎達正義；黃懷信整理：《尚書正義》，上海古籍出
　　　　　版社 2007 年版，第 82 頁。
〔註 86〕〔清〕陳立撰；吳則虞點校：《白虎通疏證》，中華書局 1994 年版，第 278 頁。
〔註 87〕楊伯峻譯注：《孟子譯注》，中華書局 2012 年版，第 343 頁。
〔註 88〕〔漢〕王充著；張宗祥校注；鄭紹昌標點：《論衡校注》，上海古籍出版社 2013
　　　　　年版，第 225、233 頁。
〔註 89〕王書君著：《泰山文化芻談》，黃河出版社 2010 年版，第 10 頁。

綜上所述，兩漢齊地風習文化的發展雖然有著多方面原因，但在當時的條件下，地理環境的優劣無疑對其形成和發展產生了重要的影響。具體而言，正是齊地相對封閉的地理位置、暖溫帶季風氣候、平坦的地形、眾多的河流、肥沃的土壤以及豐富的物產資源等自然條件為兩漢齊地特色風習文化的形成提供了堅實的物質基礎。但正如楊慎在《貴州鄉試錄序》中所說：「人也者，非水土不生，而非水土所能囿也……人之性稟於天，自王畿土中，至於海嵎日出，一也。習也者，則繫乎君之令、師之教，而非水土所函也。」〔註90〕上述可能性能否轉變為現實，還取決於人的選擇。兩漢齊地風習文化正是齊地民眾在積極利用所處地理環境以生產和生活的過程中逐漸形成的。地理環境對齊地風習文化的影響和作用也只有通過齊地人民的物質實踐活動才能實現。從這種意義上說，地理環境只是齊地風習文化產生和發展的條件之一，卻不是起決定作用的條件，起決定作用的是齊地民眾自身。因此，我們在分析兩漢齊地風習文化的獨特性時，還有必要從齊地民眾各種具體的風習表現上去認知和把握。

第三節　兩漢齊地風習文化形成的人文動因及主要表現

秦朝實現統一後，在原屬齊國的土地上先後建立了齊、琅邪、膠東、膠西、濟北、博陽、城陽諸郡。至兩漢時期，齊地行政區劃復又變遷。據《漢書·地理志》所載，時人眼中的齊地範圍大致即包括了如今山東省的大部及河北、河南、安徽、江蘇的部分地區。這一地區的人口，以《漢書·地理志》所載元始二年（公元 2 年）的統計數字計，則戶 1417503，口 6202829，分別占全國戶、口總數的 11.6% 與 10.4% 以上（未計入地域範圍模糊的清河以南地區及勃海郡高樂等 4 縣）。儘管齊地兼有平原、丘陵、山地、盆地、海濱等多樣地理條件，該地域人們的生活方式也絕難整齊劃一，但從司馬遷、班固等兩漢時人在劃分兩漢民俗區域時始終將齊地視為一個獨立區域的情況來看，齊地社會文化可自成一系，其特色也是較為鮮明的。本文也正是在此前提下，對兩漢齊地風習文化的特色表現及其形成的人文動因進行探究。

〔註90〕〔明〕楊慎：《升菴集》，《景印文淵閣四庫全書》（第 1270 冊），臺灣商務印書館股份有限公司 1986 年版，第 32～33 頁。

一、兩漢齊地的主要社會風習

對於兩漢時期齊地風習，歷代文獻皆對之有或詳或略的闡述。茲據前文所論齊地文化之發展情況和相關文獻所敘，列舉其中犖犖大者，略作探討。

（一）寬緩闊達

齊地風習的突出表現之一，即是司馬遷所謂「寬緩闊達」。〔註91〕所謂寬緩，即言行鬆緩，而「闊達」則指齊人思維、胸懷的開闊。《論衡・率性》說：「楚、越之人，處莊、岳之間，經歷歲月，變為舒緩，風俗移也。故曰：齊舒緩，秦慢易，楚促急，燕戇投。」〔註92〕莊、岳皆為齊之地名，王充認為即或是性格剽急的楚、越之人長居齊地，也會受其風俗影響而性格變得舒緩。很顯然，他得出此結論的前提，即是承認齊地風習具有鮮明的寬緩特徵。

《漢書・地理志》在承襲司馬遷觀點的同時，對齊地風習文化影響下的文學、音樂風格有如下記載：「臨菑名營丘，故《齊詩》曰，『子之營兮，遭我虖嶩之間兮。』又曰：『俟我於著乎而。』此亦其舒緩之體也。吳札聞齊之歌，曰：『泱泱乎，大風也哉！其太公乎？國未可量也。』」〔註93〕在班固看來，齊地方言就十分顯著地體現了其風習所具有的舒緩特色，因而他所引用的《齊風》詩句才頗多語氣助詞。由此也可推知，季札之所以評價《詩經・齊風》有「泱泱」之風，除卻讚賞齊詩所反映的風土人情外，也應該與齊地方言紆徐、綿長的特點不無關係。

在行為舉止方面，《漢書・朱博傳》所記朱博遷任琅邪太守一事也常被用來作為表現齊人舒緩的典型例子：「齊郡舒緩養名，博新視事，右曹掾史皆移病臥。博問其故，對言：『惶恐！故事二千石新到，輒遣吏存問致意，乃敢起就職。』……門下掾赣遂耆老大儒，教授數百人，拜起舒遲。博出教主簿：『赣老生不習吏禮，主簿且教拜起，閒習乃止。』又敕功曹：『官屬多襃衣大袑，不中節度，自今掾史衣皆令去地三寸。』」〔註94〕這說明齊地民風的舒緩原因有二：一是出於高自標置的心態，以行為上的遲緩來顯示自身地位的重要，有濃重的表演色彩；二是不拘於禮節，平日作風鬆散。這一點又與齊地

〔註91〕〔漢〕司馬遷撰：《史記》，中華書局 2011 年版，第 2829 頁。
〔註92〕〔漢〕王充著；張宗祥校注；鄭紹昌標點：《論衡校注》，上海古籍出版社 2013 年版，第 39 頁。
〔註93〕〔漢〕班固撰：《漢書》，中華書局 2012 年版，第 1481 頁。
〔註94〕〔漢〕班固撰：《漢書》，中華書局 2012 年版，第 2927 頁。

人闊達的天性有著密切關係。換言之，正是齊地人的闊達造就了他們不拘小節、少有拘泥的作風，而這也正是其舒緩民風得以形成的內因之一。

從史書的記載來看，兩漢齊人的闊達與舒緩即往往是緊密聯繫在一起的。齊人公孫弘上書言事，總是陳述事端而讓武帝自己抉擇，不願與人爭辯。可見他並不恪守儒家倫理中為人臣子的節義。汲黯在朝廷上詰難他奸詐而沒有真情，他卻說：「夫知臣者以臣為忠，不知臣者以臣為不忠。」顯示出自信而闊達的氣度。當然，其中也不乏抑己以邀名的心態。東方朔為人不拘小節，有「率取婦一歲所者即棄去，更取婦」的生活作風，又自認為才幹「海內無雙」，被同僚視為狂人。他對此卻不以為意，認為自己只是因未遇其時而「避世於朝廷間」。〔註95〕後遇到驃騎將軍霍去病的非難，他回答說：「干將、莫邪天下之利劍也……將以補履，曾不如一線之錐。騏驥、綠耳、蜚鴻、驊騮，天下之良馬也，將以撲鼠於深宮之中，曾不如跛貓。」〔註96〕可知他於滑稽、豁達之外，尚有著自信乃至自負的一面。

公孫弘、東方朔二人共同體現出兩漢齊人的舒緩闊達之風。而此種風度的形成，除卻齊人共有的天性，還得益於二人眼光的開闊通透，即認識到了漢代君主專制的既成事實，從而各自採取了與之相順應的處世態度。眼界開闊是兩人學識廣博的結果：公孫弘本是獄吏出身，中年方學《公羊春秋》與諸子雜家之學，以恢奇多聞著稱於世；東方朔則愛好古代史書和經術，並博覽了諸子百家的著作。〔註97〕好學而不專主一家的作風，培養了他們高超的識見和敏銳的洞察力。

實際上，在知識方面所具有的融通意識，也正是兩漢齊人闊達之風的一大表徵。兩漢經學雖然存在著十分注重師法和家法的特色，〔註98〕但兩漢齊人中從不乏博學兼通之士。如西漢琅邪皋虞人王吉即「兼通五經」，〔註99〕東漢琅邪東武人伏無忌也以「博學多識」〔註100〕著稱。高密人鄭玄更是堪稱兩漢博學兼通人物的代表，他不僅兼通五經、天文、算數、讖緯諸學，而且還在古文經學的基礎上，兼採今文經說以遍注群經，鮮明地體現出融會貫

〔註95〕〔漢〕司馬遷撰：《史記》，中華書局 2011 年版，第 2778 頁。

〔註96〕傅春明輯注：《東方朔作品輯注》，齊魯書社 1987 年版，第 14 頁。

〔註97〕〔漢〕司馬遷撰：《史記》，中華書局 2011 年版，第 2565、2778 頁。

〔註98〕熊鐵基著：《漢唐文化史》，湖南人民出版社 2002 年版，第 136～141 頁。

〔註99〕〔漢〕班固撰：《漢書》，中華書局 2012 年版，第 2651 頁。

〔註100〕〔南朝宋〕范曄撰：《後漢書》，中華書局 2012 年版，第 703 頁。

通的闊達氣象。因此，范曄在稱讚他的學術成就時說：「鄭玄括囊大典，網羅眾家，刪裁繁誣，刊改漏失，自是學者略知所歸。」〔註 101〕鄭玄之後，徐幹也被認為是近似鄭玄的通儒式人物。〔註 102〕《中論序》說他「志在總眾言之長，統道德之微，恥一物之不知，愧一藝之不克」。〔註 103〕他的《中論・治學》更是稱呼「務於物名，詳於器械，矜於詁訓，摘其章句而不能統其大義之所極」〔註 104〕的博學之士為鄙儒，可見其對學術上融會貫通之境界的強調與追求。

（二）足智善辯

齊人的寬緩闊達是兩漢時人公認的事實，但寬緩不等於樸鈍，闊達也並非愚戇，兩漢齊人又是以「多匿智」而著稱於世的。所謂「匿智」，即是說齊人往往貌似樸魯實則具有深藏不露的智慧，這是由齊地「舒緩闊達」與「足智」兩種民性有機結合在一起而形成的。此又可為公孫弘的「外寬內深」作出很好的解釋。鄒陽曾總結、比較各地的風氣說：「鄒魯守經學，齊楚多辯知，韓魏時有奇節。」〔註 105〕《淮南子・要略》也說齊地「民多智巧」。〔註 106〕徐幹更是以其自身的言論表現了齊人對智慧的推崇：「夫明哲之為用也，乃能殷民阜利，使萬物無不盡其極者也。聖人之可及，非徒空行也，智也。伏羲作八卦，文王增其辭，斯皆窮神知化，豈徒特行善而已乎？」〔註 107〕他認為與志行純篤相比，明智變通才是士人成就功業更為重要的條件，只實施善行而無智慧、才能的人是很難取得成功的。可見齊人的足智不僅為兩漢時人矚目，更是他們對自身智巧主動培養和追求的結果。

兩漢齊地民眾的足智首先表現在智囊型人物的眾多。春秋至秦漢之間，齊地如管仲、晏嬰、馮諼、淳于髡、魯仲連、茅焦等謀士層出不窮，從而奠定了人們對「齊國多知」的刻板印象。因此，本為趙人而客居齊地的蒯通才會被劉邦、司馬遷等人視為齊人。兩漢時期，齊地民眾依舊保留了「足智，好議

〔註 101〕〔南朝宋〕范曄撰：《後漢書》，中華書局 2012 年版，第 959 頁。

〔註 102〕范旭侖，牟曉朋整理：《譚獻日記》，中華書局 2013 年版，第 85 頁。

〔註 103〕〔清〕嚴可均輯；馬志偉審訂：《全三國文》，商務印書館 1999 年版，第 568 頁。

〔註 104〕俞紹初輯校：《建安七子集》，中華書局 2005 年版，第 263 頁。

〔註 105〕〔漢〕班固撰：《漢書》，中華書局 2012 年版，第 2052 頁。

〔註 106〕〔漢〕高誘注：《淮南子注》，上海書店 1986 年版，第 376 頁。

〔註 107〕俞紹初輯校：《建安七子集》，中華書局 2005 年版，第 287 頁。

論」〔註108〕的傳統，為數眾多的謀士散居在全國各地，出謀劃策，對兩漢社會產生了重大的影響，如向劉邦獻定都關中、和親匈奴、徙六國貴族及豪傑居關中諸策的齊人劉敬，建議漢武帝實行推恩令，徙天下豪傑兼併之家於茂陵，築建朔方城的臨淄人主父偃，輔佐劉備割據一方的琅邪陽都人諸葛亮等，他們的存在對於兩漢政局的平穩或動盪都起著關鍵性的作用。與之相比，在一些相對細微的區域性政治事件中發揮作用的齊人更是不勝枚舉，如幫助劉澤向呂后取得琅邪王之位的齊人田生；為梁孝王劉武謀取漢嗣之位的齊人羊勝和公孫詭；梁王謀取漢嗣之位失敗後，為其獻計解罪的鄒陽和王先生；七王之亂後，為濟北王劉志開脫罪名的齊人公孫獲；建議衛青用金賄賂漢武帝新寵王夫人，以維持衛氏家族地位的齊人東郭先生；為北海太守上言獻策而使其取得升遷的北海人王先生等，兩漢齊地謀士的數量和影響力在當時皆足稱天下第一。

閱讀兩漢史書可發現，似乎自西漢中期後齊地謀士的數量明顯減少了，但這並不意味著齊人「足智」特徵的不復存在。之所以出現此種情況，表面上是因為隨著兩漢中央集權的加強，諸侯王與地方官員自主的權力大為降低，謀士失去了賴以生存的社會環境。實則也與西漢中期以後，史書作者在立傳時對謀士這一群體的有意忽略有關。《漢書》的作者班固就曾批評司馬遷《史記》「是非頗謬於聖人……序遊俠則退處士而進奸雄，述貨殖則崇勢利而羞貧賤」。〔註109〕在儒家思想濃重的班固那裡，多行詭道的奇謀之士自然不易引起他的重視。從東漢末年諸葛亮、孫邵等安邦定國人物相繼出現在齊地的情況來看，「足智」一直是兩漢齊人顯著的群體特徵。

如果說足智是齊地民性的核心與精髓的話，那麼善辯則是齊人足智的外在表現形式。兩漢齊人中不乏能言善辯之士，充足的知識儲備與富於智謀的頭腦為他們敏於應對和縱筆議論提供了必要的前提條件。上文羅列的眾多謀士即多為口舌辯洽之人，而史書中相關的例子還有許多，如濟南人終軍「少好學，以辯博能屬文聞於郡中」；〔註110〕齊人樓護「為人短小精辯，論議常依名節，聽之者皆竦」；〔註111〕北海安丘人牟融「經明才高，善論議，朝廷

〔註108〕〔漢〕司馬遷撰：《史記》，中華書局2011年版，第2829頁。
〔註109〕〔漢〕班固撰：《漢書》，中華書局2012年版，第2377頁。
〔註110〕〔漢〕班固撰：《漢書》，中華書局2012年版，第2439頁。
〔註111〕〔漢〕班固撰：《漢書》，中華書局2012年版，第3185頁。

皆服其能」；〔註112〕平原般人禰衡「飛辯騁辭，溢氣坌湧，解疑釋結，臨敵有餘」〔註113〕等等。兩漢齊人的足智善辯無疑有助於激發他們的創新思維，提高他們的社會地位，並擴大齊地文化在兩漢文化中的影響力。但是，兩漢齊人的足智善辯與時人「木訥拙於文辭，重厚」〔註114〕的幹吏標準並不相符，故而往往容易給人以華而不實之感。褚少孫說：「齊地多變詐，不習於禮義。」〔註115〕班固以「言與行謬，虛詐不情」〔註116〕作為兩漢齊人的缺點。王閎在向齊人張步進言時也認為「齊人多詐」。〔註117〕兩漢文獻中類似的言論還有很多，可知「齊人多詐」也是兩漢時人普遍認同的一種觀點。

齊地民性誇詐的集中表現就是齊地民眾行為的虛詐與叛逆，他們行事往往經過深思熟慮而言論卻又虛誇大膽。西漢中期以怪迂阿諛言論欺惑漢武帝的方士如李少君、少翁、欒大、公孫卿、丁公、公玉帶等人即皆出自齊地。臨淄人李少君「善為巧發奇中」，膠東人欒大則「言多方略，而敢為大言處之不疑」，〔註118〕這些方士顯然有著過人的智慧與膽識，他們為謀取個人私利而精心編造出來的言論虛幻而具有誘惑力，令武帝欲罷不能。武帝在位期間曾多次巡行齊地，大搞祭神封禪儀式，給當地百姓的生活和生產活動造成極大的負面影響。與此同時，兩漢齊地民性的誇詐還表現在言而無信、輕易反覆方面。與西楚「清刻，矜己諾」的風俗不同，齊人則善於隨機應變，以維護自身的利益為目的。故在兩漢時期，齊人又往往容易成為一股影響中央和地方形勢穩定的叛逆勢力。韓信說：「齊偽詐多變，反覆之國也，南邊楚，不為假王以鎮之，其勢不定。」〔註119〕雖然是在為自己作齊王尋找藉口，但其所說又是不可否認的事實，兩漢齊人中多有意圖自立或助力他人另建政權者。漢景帝時諸侯王為保存自身權力而發動的七王之亂，即有四國（濟南國、菑川國、膠西國、膠東國）位於齊地。光武帝時，琅邪人樊崇、逄安、張布也都是先降後叛、反覆無常的一代梟雄。從文獻的記載情況來看，齊人誇詐和無信之風似乎延續到元代，北

〔註112〕〔南朝宋〕范曄撰：《後漢書》，中華書局2012年版，第717頁。
〔註113〕〔南朝宋〕范曄撰：《後漢書》，中華書局2012年版，第2133頁。
〔註114〕〔漢〕司馬遷撰：《史記》，中華書局2011年版，第1808頁。
〔註115〕〔漢〕司馬遷撰：《史記》，中華書局2011年版，第1877頁。
〔註116〕〔漢〕班固撰：《漢書》，中華書局2012年版，第1482頁。
〔註117〕〔南朝宋〕范曄撰：《後漢書》，中華書局2012年版，第387頁。
〔註118〕〔漢〕司馬遷撰：《史記》，中華書局2011年版，第1283、1287頁。
〔註119〕〔漢〕司馬遷撰：《史記》，中華書局2011年版，第2299頁。

魏時人溫子昇即以「齊土之民，風俗淺薄，虛論高談，專在榮利……其向背速於反掌」等言論來解釋孝莊帝言青州「懷磚之俗，世號難治」之意。〔註 120〕至元代于欽的《齊乘》仍說齊地「鄉義疏薄，骨肉之恩，亦虧喪矣」，並把此現象歸咎於兵禍導致的風化不行和民不聊生。〔註 121〕實則誇詐與無信本即是齊地傳統文化中消極的一部分，只是它會隨著齊地社會環境的動亂而呈現出變本加厲的態勢，這是值得引起我們注意的。

（三）好學尚利

齊國自戰國時代就是全國的文化發達之區，這種情況延續到兩漢。司馬遷說：「及今上即位……於是招方正賢良文學之士。自是之後，言《詩》……於齊則轅固生……言《尚書》自濟南伏生……言《易》自菑川田生。言《春秋》於齊魯自胡毋生。」〔註 122〕漢初傳播儒學五經的八位經師有四位出自齊地，佔據全國半數。東漢初設立五經十四家博士，其中多數也是承傳齊人學術而來，可見好學的齊人對兩漢儒學的復興和傳播有著不可磨滅的貢獻。齊地也因此和相鄰的魯地一起，成為兩漢時人公認的文化發達區域。故而班固在盛讚文翁治蜀的功績時會說：「蜀地學於京師者比齊魯焉。」〔註 123〕

齊地文人的好學首先體現在文人學士的繁多。結合劉躍進《秦漢文學地理與文人分布》一書的統計可知，〔註 124〕《漢書・儒林傳》所羅列的 214 位文人中，有籍貫可考者為 199 人（統計數據包括附傳中所提之文人），其中齊地 48 人，約占總數的 24.1%；《後漢書・儒林列傳》及《後漢書・文苑列傳》共列文人 86 人，其中齊地 13 人，約占總人數的 15.1%。以上數據雖未全面反映兩漢文人的整體情況，但據此也可窺見齊地於兩漢時期舉足輕重的文化地位。兩漢眾多的齊地經師中，不乏如伏生、轅固、胡毋生等傳授經義於齊地者，他們的存在進一步推動了齊地好學之風的興盛。特別是東漢，學者開門受徒者不下萬人，這其中自然不乏齊地經學之士。琅邪姑幕人徐子盛「以

〔註 120〕〔魏〕楊衒之撰；周祖謨校釋：《洛陽伽藍記》，中華書局 1963 年版，第 85 ～86 頁。

〔註 121〕〔元〕于欽撰；劉敦願、宋百川、劉伯勤校釋：《齊乘校釋》，中華書局 2012 年版，第 509 頁。

〔註 122〕〔漢〕司馬遷撰：《史記》，中華書局 2011 年版，第 2707 頁。

〔註 123〕〔漢〕班固撰：《漢書》，中華書局 2012 年版，第 3120 頁。

〔註 124〕劉躍進著：《秦漢文學地理與文人分布》，中國社會科學出版社 2012 年版，第 12～38 頁。

春秋經授諸生數百人」。樂安臨濟人牟紆隱居教授《尚書》，有「門生千人」。北海安丘人甄宇及其孫甄承在郡傳《嚴氏春秋》，「教授常數百人」。北海高密人鄭玄客耕東萊，「學徒相隨已數百千人」。〔註125〕由上述這些數目龐大的經學傳習隊伍可知，兩漢齊地習經之風是濃郁的，這也必然有助於齊地文化長期地保持其領先地位。

其次，齊地民眾好學的另一表現還在於研究和傳習學術種類的廣泛。孫家洲在論述齊地文化在漢代學術復興中的貢獻時即指出，摒除儒學經典，齊地學者還在陰陽五行、神仙方術、黃老、讖緯、醫學等方面取得了巨大的成就。由作者的分析也可看出，上述八種學術都有著注重實用的特色。它們要麼由儒學發展而來或被儒學吸收利用，要麼則相對沈寂無聞，甚至最終走向消亡。〔註126〕造成這一現象的原因有多種，而齊地民眾崇尚功利的作風無疑是其中最為重要的。可以說，除卻傳統的習慣勢力，功利是促成齊地好學之風興盛的主要動力。武帝意欲尊崇儒學，齊人公孫弘於是進諫說：「聞三代之道……其勸善也，顯之朝廷；其懲惡也，加之刑罰。」〔註127〕即主張以功名利害來影響人們對儒學經典的研習，並最終得到武帝的贊同。班固在探討漢代儒學寖盛的原因時也說：「蓋祿利之路然也。」〔註128〕當一種學術失去了官方實質性的鼓勵和支持，也就難免走向沒落或消亡，這在有多種學術起源或興盛的齊地表現得尤為鮮明。

《漢書・地理志》說齊人「多好經術，矜功名」，〔註129〕他們對於功利的追求較之其他區域的民眾更為積極，因而學術也就往往成為他們謀取功名富貴的工具。臨淄人主父偃早年學習縱橫之術，與公孫弘一樣，大概是因為政治上的需要才在後來改學《易》《春秋》等儒家經典。他以「丈夫生不五鼎食，死即五鼎烹」〔註130〕來解釋自己政治上的作為，透露出濃厚的功利心。濟南人終軍在入京之初便抱著「大丈夫西遊，終不復傳還」〔註131〕的決心，後來

〔註125〕〔南朝宋〕范曄撰：《後漢書》，中華書局 2012 年版，第 741、2053、2072、955 頁。

〔註126〕孫家洲：《論齊魯文化在漢代學術復興中的貢獻》，《齊魯文化研究》2004 年總第三輯，第 24～34 頁。

〔註127〕〔漢〕司馬遷撰：《史記》，中華書局 2011 年版，第 2708 頁。

〔註128〕〔漢〕班固撰：《漢書》，中華書局 2012 年版，第 3115 頁。

〔註129〕〔漢〕班固撰：《漢書》，中華書局 2012 年版，第 1482 頁。

〔註130〕〔漢〕司馬遷撰：《史記》，中華書局 2011 年版，第 2575 頁。

〔註131〕〔漢〕班固撰：《漢書》，中華書局 2012 年版，第 2444 頁。

更是在出使匈奴和南越諸事上主動請纓，表現出積極進取的雄風。即使是身為一介平民的樂安人趙宣，也未能忘情於政治。他居住父母墓中「行服二十餘年，鄉邑稱孝」，目的就是獲得舉薦孝廉的機會，後來雖被太守陳蕃察知其行乃「寢宿冢藏，而孕育其中」的欺詐行為，〔註132〕但其時齊地民眾汲汲入仕的普遍心態由此也可見一斑了。也正因此，當好學的鄭玄不樂為官的時候，其父才會作出「數怒之」〔註133〕的反應。

兩漢齊人對功利的熱衷還可間接由他們在仕途上的成功來反映。據李泉統計，史書所載西漢秩位二千石以上的官吏共計 302 位，而其中籍貫屬齊地者共 32 位，約占總數量的 10.6%。〔註134〕其數量雖非三輔、魯地之敵，但也屬於眾區域中的佼佼者。進入東漢時代，變化的社會環境限制了齊人仕途的發展。史料所載東漢秩位六百石及以上的官吏共計 1067 位，〔註135〕其中籍貫屬齊地者共 78 位，僅占總數量的 7.3%，但仍屬非政治、經濟中心區域中的人才密集地。

（四）誇奢自我

《漢書・地理志》在評述齊俗時，認為「其俗彌侈」，有「誇奢」之弊。所謂「誇奢」，即於生活奢侈之外，還有競炫財富之舉，有時候甚至為了爭勝而作出超出自身能力所及的事情。王符批評漢末社會的浮侈風氣說：「富者競欲相過，貧者恥不逮及。是故一饗之所費，破終身之本業。」〔註136〕即很好地詮釋了誇奢之意。實則奢侈之風在兩漢中後期的上流社會中都頗為盛行，〔註137〕但在齊地，此種風氣更是廣泛地流行於民間。龔遂為渤海郡太守，「遂見齊俗奢侈，好末技，不田作」。〔註138〕刀閒能使豪奴致富，齊地民間竟有寧

〔註132〕〔南朝宋〕范曄撰：《後漢書》，中華書局 2012 年版，第 1734 頁。

〔註133〕〔南朝宋〕范曄撰：《後漢書》，中華書局 2012 年版，第 954 頁。

〔註134〕李泉：《試論西漢高中級官吏籍貫分布》，《聊城師範學院學報》1999 年專刊，第 118 頁。

〔註135〕李泉：《東漢官吏籍貫分布之研究》，《秦漢史論叢》1992 年第 5 輯，第 228～230 頁。

〔註136〕〔漢〕王符著；〔清〕汪繼培箋；彭鐸校正：《潛夫論箋校正》，中華書局 1985 年版，第 130 頁。

〔註137〕蔡鋒：《西漢奢侈風習滋盛原因及其影響平議》，《青海社會科學》1994 年第 5 期，第 74～81 頁；王永平：《論東漢中後期的奢侈風氣》，《南都學壇》1992 年第 4 期，第 1～9 頁。

〔註138〕〔漢〕班固撰：《漢書》，中華書局 2012 年版，第 3130 頁。

願捨棄官爵也要為刀閒作豪奴的「寧爵毋刀」〔註139〕之風。齊地民眾「多文采布帛魚鹽」的富裕生活和不拘禮節的闊達作風，在儒家學者那裡又是逾規越制的。故而在兩漢時人眼中，齊地乃物慾橫流之域。

　　不積餘財，似乎是齊人誇奢的共同表現。東方朔為郎官時，曾多次得到武帝的賞賜。然而他卻將「所賜錢財盡索之於女子」。〔註140〕琅邪人王吉祖孫三代雖然「世名清廉」，但「皆好車馬衣服，其自奉養極為鮮明，而亡金銀錦繡之物。」東方朔、王吉等人這種有錢則放縱、鋪張的生活作風，堪稱兩漢齊人誇奢風俗的典型代表。漢初遷徙各地豪傑強族於長陵，而來自齊地的田氏最先發展起來，「關中富商大賈，大抵盡諸田」。〔註141〕田氏在關中地區逐漸發展興盛的同時，顯然也將齊地誇奢的風俗帶到了此地，從而與其他豪族一起共同改變了當地「好稼穡，務本業」的風俗。班固在《漢書‧地理志》記載三輔地區的風俗變化時說：「民去本就末，列侯貴人車服僭上，眾庶放效，羞不相及，嫁娶尤崇侈奢，送死過度。」〔註142〕這其中自然不乏齊地誇奢風俗的影響。

　　與三輔地區相同，齊地的誇奢風俗也表現在嫁娶、喪葬等儀式上的過度奢侈。琅邪皋虞人王吉說：「聘妻送女亡節，則貧人不及，故不舉子。」〔註143〕認為百姓嫁娶儀式沒有節制，致使貧窮之人無錢結婚以繁衍後代。秦永洲認為，兩漢齊地婚俗也存在過度追求場面奢華鋪張、喧嘩熱鬧的問題，甚至導致了「養閨女是累贅的觀念及拋棄女嬰的習俗開始產生」。〔註144〕喪葬方面，經專家研究發現，厚葬現象也普遍存在於齊地。如西漢時期齊地（魯北及膠東半島地區）社會中下層民眾的墓葬，不僅相比於魯地（魯南地區）存在著破壞和變通傳統喪葬式禮儀的現象，而且「流行於戰國、漢代貴族階層的隨葬舞樂、馬等陶俑習俗，在齊地一般民眾墓內也常見」，這顯示了兩漢齊地葬俗的逾禮和奢侈。到了東漢時期，齊地的墓葬更是無論何種階層都出現了具有規模較大的畫像石和墓上有祠堂建築等厚葬之風。〔註145〕

〔註139〕〔漢〕司馬遷撰：《史記》，中華書局 2011 年版，第 2841 頁。
〔註140〕〔漢〕司馬遷撰：《史記》，中華書局 2011 年版，第 2777 頁。
〔註141〕〔漢〕司馬遷撰：《史記》，中華書局 2011 年版，第 2843 頁。
〔註142〕〔漢〕班固撰：《漢書》，中華書局 2012 年版，第 1467 頁。
〔註143〕〔漢〕班固撰：《漢書》，中華書局 2012 年版，第 2649 頁。
〔註144〕秦永洲著：《山東社會風俗史》，山東人民出版社 2011 年版，第 112～113 頁。
〔註145〕燕生東：《從儒家喪葬禮俗的接受過程看山東漢代墓葬》，《齊魯文化研究》
　　　　2011 年第 10 輯，第 302～310 頁。

除此之外，齊地民眾於祭祀風俗方面也存在誇奢的情況，如兩漢時期盛行於齊地的城陽景王祠，即因奢侈過度而先後遭到樂安太守陳蕃、濟南相曹操以及營陵令應劭的禁斷或抑制。《三國志・武帝紀》注引《魏書》曰：「初，城陽景王劉章以有功於漢，故其國為立祠，青州諸郡轉相仿傚，濟南尤盛，至六百餘祠。賈人或假二千石輿服導從作倡樂，奢侈日甚，民作貧窮，歷世長吏無敢禁絕者。」〔註146〕可知除經濟條件外，齊地祭祀的誇奢更多的是出於對城陽景王安邦定國行為的崇拜和自我財富的炫耀、鋪張，而其實質則彰顯出齊地民眾對自我獨立人格的推崇和追求。

司馬遷說齊人「怯於眾鬥，勇於持刺，故多劫人者，大國之風也」，〔註147〕體現的便是兩漢齊人強烈的個人意識。他們更崇尚個人的勇武與功利，少有公而忘私、團結一致的群體意識。公孫弘、主父偃、東方朔、終軍、嚴安等同為齊人並同朝為官，但彼此之間似乎相交不深，並且公孫弘正是諫殺主父偃之人。公孫弘作丞相後，所得俸祿全部用以接濟親戚、朋友，東方朔也曾向他借過車馬，〔註148〕但貌似對其聲名和威信並無多大幫助。《西京雜記》的一則材料就頗值得玩味：「公孫弘起家徒步，為丞相，故人高賀從之。弘食以脫粟飯，覆以布被。賀怨曰：『何用故人富貴為？脫粟布被，我自有之。』弘大慚。賀告人曰：『公孫弘內服貂蟬，外衣麻枲，內廚五鼎，外膳一肴，豈可以示天下！』於是朝廷疑其矯焉。」〔註149〕由高賀對公孫弘的污衊，可以看出其時齊人以個人利益為重、缺乏人情味的風習。

西漢琅邪皋虞人王吉在因昌邑王一事獲罪後，使「戒子孫毋為王國吏」。〔註150〕這其中固然有其對中央與諸侯間敵對關係的深刻洞察，但他的根本目的仍在於保存一己家族的繁衍、生存，而非對國家利益的維護。琅邪人王陽為益州刺史，「行部至邛郲九折阪，歎曰：『奉先人遺體，奈何數乘此險！』後以病去。」等到涿郡高陽人王尊為益州刺史，「至其阪，問吏曰：『此非王陽所畏道耶？』吏對曰：『是。』尊叱其馭曰：『驅之！王陽為孝子，王尊為

〔註146〕〔晉〕陳壽撰；〔南朝宋〕裴松之注：《三國志》，中華書局 2006 年版，第 3 頁。
〔註147〕〔漢〕司馬遷撰：《史記》，中華書局 2011 年版，第 2829 頁。
〔註148〕傅春明輯注：《東方朔作品輯注》，齊魯書社 1987 年版，第 12～13 頁。
〔註149〕〔漢〕劉歆等撰；王根林校點：《西京雜記（外五種）》，上海古籍出版社 2012 年版，第 16～17 頁。
〔註150〕〔漢〕班固撰：《漢書》，中華書局 2012 年版，第 2651 頁。

忠臣。』」〔註151〕王陽為齊人，王尊屬趙人，由兩人行為的對比，也可顯示出齊人重私利、虛詐的風格品質。

　　至於班固《漢書‧地理志》說兩漢齊人有善結「朋黨」之弊，也並非認為他們具有善於團結的天性，而是站在儒家的立場上，對兩漢齊人為達成個人私利而往往結成利益集團的行為作出的批評。正如荀子所說：「朋黨比周，以環主圖私為務，是篡臣者也。」〔註152〕另外，兩漢新朝時期齊地屢屢爆發的赤眉、黃巾等大規模的農民起義也可作為齊地民眾具有獨立人格和「朋黨」精神的有力寫照。它們都是由天災和統治階級的剝削壓迫所造成的生存威脅引發，缺乏遠大的政治目標，但卻無一不對統治階級的政權造成巨大的威脅和打擊。這在班固等維護統治階級利益的儒家學者眼中，不啻於洪水猛獸。

二、兩漢齊地風習文化形成的人文動因

　　班固說：「凡民函五常之性，而其剛柔緩急，音聲不同，係水土之風氣。故謂之風；好惡取捨，動靜亡常，隨君上之情慾，故謂之俗。」〔註153〕將「風」與「俗」截然分開，認為「風」是人們受地理環境影響而形成的性情和方言，而「俗」則是人們在統治階級的政策和教化影響下形成的社會風習和心理。儘管此論有其不足之處，但由於在討論區域民俗成因時兼顧了地理環境和社會歷史環境兩個方面，故而值得我們借鑒。又由於筆者於上節文中已就地理環境對齊地風習文化的影響作出了闡述，因此，本文主要從社會歷史環境的角度對兩漢齊地風習文化形成的動因作出探討。

（一）傳統文化的影響

　　每個時代區域文化的形成，都是對前代民俗文化繼承和發展的結果。因此，我們探討兩漢齊地社會風習形成的動因也就必須從漢前時代的齊地社會文化中尋找線索。《淮南子‧覽冥》說：「晚世之時，七國異族，諸侯制法，各殊習俗。」〔註154〕由班固等人對齊地文化區域的劃分情況來看，兩漢齊地風俗文化區就與戰國時代業已形成的歷史文化區域有明顯的繼承關係。關於傳

〔註151〕〔漢〕班固撰：《漢書》，中華書局2012年版，第2785頁。

〔註152〕〔清〕王先謙撰；沈嘯寰、王星賢點校：《荀子集解》，中華書局1988年版，第247頁。

〔註153〕〔漢〕班固撰：《漢書》，中華書局2012年版，第1466頁。

〔註154〕〔漢〕高誘注：《淮南子注》，上海書店1986年版，第96～97頁。

統習俗對兩漢齊地社會文化的影響，《漢書・地理志》主要以太公治齊、管仲治國以及襄公淫亂等一系列戰國歷史上的政治事件來加以說明，可知兩漢齊地風習也多是承傳前代的傳統習俗而來。

　　齊地民眾舒緩闊達的風習既與東夷文化有著一脈相承的關係。姜太公治齊，對東夷文化採取「因其俗，簡其禮」的態度，很大程度上保留了東夷的傳統和習俗。應劭說：「東方曰夷者，東方仁，好生，萬物觝觸地而出。」〔註155〕《白虎通・禮樂》說：「夷者，僔夷無禮義。」〔註156〕說明東夷族風俗淳樸、仁厚，有以舒緩養生的天性，但相對於周民族的文化又有落後、疏闊的一面。《左傳・僖公二十七年》載：「二十七年春，杞桓公來朝。用夷禮，故曰子。公卑杞，杞不恭也。」〔註157〕杞國用夷禮而被魯僖公認為不恭敬，可見以周文化正統自居的魯國對夷族禮節的鄙視與排擠。故而同時繼承了周文化和東夷文化的齊地民眾與恪守儒家禮制、謹小慎微的魯地民眾相比，更多了份不拘小節的闊達氣度。

　　此外，春秋戰國時期齊國統治者實行的一系列從民所欲的寬政，也是齊地民眾舒緩闊達風習得以保存的必要條件之一。《論衡・率性》說：「凡含血氣者，教之所以異化也……楚、越之人，處莊、岳之間，經歷歲月，變為舒緩，風俗移也。」〔註158〕齊地民眾的舒緩之習正是民眾在寬鬆的政治環境下怡然、鬆散的表現，而自太公時便確立起來的發展工商業的傳統，更為齊人與各諸侯國民眾間的文化交流提供了有利的條件。一方面，齊國統治者實施的「來天下之財，致天下之民」〔註159〕的政策，使得齊國臨淄等城市彙集了來自各國的百姓，與齊人雜居共處；另一方面，齊國商人也「負、任、擔、荷，服牛、軺馬，以周四方」，〔註160〕足跡遍布各個諸侯國。正是與各國文化

〔註155〕〔漢〕應劭撰；王利器校注：《風俗通義校注》，中華書局1981年版，第487頁。

〔註156〕〔清〕陳立撰；吳則虞點校：《白虎通疏證》，中華書局1994年版，第114頁。

〔註157〕楊伯峻編著：《春秋左傳注》，中華書局1990年版，第443頁。

〔註158〕〔漢〕王充著；張宗祥校注；鄭紹昌標點：《論衡校注》，上海古籍出版社2013年版，第39頁。

〔註159〕〔漢〕劉向編；劉建生主編：《管子精解》，海潮出版社2012年版，第655頁。

〔註160〕徐元誥撰；王樹民，沈長雲點評：《國語集解》，中華書局2002年版，第220頁。

的長期接觸和交流，才逐漸培養和強化了齊人見多識廣、開放包容的豁達心態。

　　兩漢齊人的足智善辯風習也早在戰國時期就已形成。秦昭王說：「吾患齊之難知。一從一衡，其說何也？」〔註161〕秦王嬴政也認為「齊多知」，〔註162〕可見先秦時人已對齊人的「足智」有了深刻的印象。齊國民眾的主體是東夷人，東夷族曾創造出輝煌燦爛的原始文化，是一支文明發展程度較高的民族，這便為齊人的「足智」創造了堅實的基礎。太公以尊賢尚功作為立國政策，並為歷代齊國統治者所繼承，因而齊國的社會環境是刺激民眾競智鬥勇的。齊桓公田午設立稷下學宮，招攬各方人才，讓他們不治而議論，自由地辯論與競爭，又對齊人足智善辯的風格起到了鞏固與強化的作用。而由齊國人創建或發展的部分學術流派如重奇計詭詐的兵家、多奇談怪論的方術等，則加深了人們對「齊人變詐」的印象，如《韓非子・內儲說上》就記載了齊人設「壇場大水之上」〔註163〕為齊王請河伯，最後指大魚為河伯的故事，這顯然是在諷刺齊國方士之類的人物。與此同時，發達工商業所帶來的頻繁交易和激烈競爭，也為齊人足智善辯風格的形成提供了磨練和發展的機會。《呂氏春秋・上農》即說：「民捨本而事末則好智，好智則多詐，多詐則巧法令，以是為非，以非為是。」〔註164〕這也是兩漢時人形成「齊人多詐」印象的原因之一。

　　兩漢齊人的誇奢尚利也是齊國發達工商業所衍生的產物。齊國從民所欲的政策與工商業的發達形成了國強民富的局面，民眾生活的富裕又因其輕視禮制的闊達風氣而必然在消費活動中得到充分反映，這是齊人誇奢之風的成因之一。另一成因則在於齊國統治者奢靡生活所產生的引導作用。齊國統治者鮮有提倡節儉者，即使是屬行節儉的晏子，也終未能扭轉齊人「侈靡而不顧其行」〔註165〕的風氣。實際上，春秋以後的齊國歷代政令基本上沿襲了齊桓公時的模式，而以侈靡消費促進生產就業，正是其制定的經濟政策之一。蘇秦在形容齊都臨淄的繁華和民俗時說：「臨淄甚富而實，其民無不吹竽、鼓

〔註161〕〔漢〕司馬遷撰：《史記》，中華書局 2011 年版，第 1702 頁。
〔註162〕〔漢〕劉向編集；賀偉，侯仰軍點校：《戰國策》，齊魯書社 2005 年版，第143 頁。
〔註163〕陳奇猷校注：《韓非子集釋》，上海人民出版社 1974 年版，第 530 頁。
〔註164〕陳奇猷校釋：《呂氏春秋校釋》，學林出版社 1984 年版，第 1710 頁。
〔註165〕湯化譯注：《晏子春秋》，中華書局 2011 年版，第 439 頁。

瑟、擊筑、彈琴、鬥雞、走犬、六博、蹋鞠者；臨淄之途，車轂擊，人肩摩，連袵成帷，舉袂成幕，揮汗成雨；家敦而富，志高而揚。」〔註166〕《韓非子·內儲說上》也說：「齊國好厚葬，布帛盡於衣衾，材木盡於棺槨。」〔註167〕如此誇富騁侈的社會環境，自然會助長齊人重視個人能力而勇於幹利的行事作風。《管子·水地篇》說齊人「貪粗而好勇」。〔註168〕《呂氏春秋》也說：「齊未亡而莊公冢抇。」〔註169〕追名逐利的野心使齊人本就淡薄的宗法觀念變得更加淡化，在人際關係上則形成了重私利而輕公益的特徵，這也是齊人「怯於眾鬥，勇於持刺」的原因所在。孫臏說：「齊號為怯。」〔註170〕荀況也說：「齊人隆技擊……事大敵堅則渙焉離耳！」〔註171〕相對殷實的生活使齊人不願冒生命危險去為國殺敵，卻又能為個人的私利去鋌而走險。因此，齊人之怯不是膽小，而是由工商業經濟衍生出的人性自私。

（二）周邊地域文化的影響

班固所謂魯地民俗「儉嗇」，燕地民俗「愚悍少慮，輕薄無威」以及趙地「民俗懁急，好氣為奸，不事農商」〔註172〕等，都體現了與齊地舒緩誇奢、足智善辯之民風不同的特徵。但也應該看到，齊地鄰近魯、燕、衛等地的地區，又有明顯受到它們文化影響的跡象。兩漢文獻中常將齊魯、燕齊並稱，原因之一即是看到了相鄰地域間彼此文化相近的一面。

司馬遷說：「儒術既絀焉，然齊魯之間學者獨不廢也。」又說：「夫齊魯之閒於文學，自古以來，其天性也。」〔註173〕齊地與魯地的學術文化交流主要體現在儒學方面。齊地的儒學源自魯地，孔門弟子中國籍可確知者52人，齊國有5人。〔註174〕入漢以後，雖有齊學、魯學之分，但自西漢後期開始，

〔註166〕〔漢〕劉向編集；賀偉，侯仰軍點校：《戰國策》，齊魯書社2005年版，第100頁。
〔註167〕陳奇猷校注：《韓非子集釋》，上海人民出版社1974年版，第548頁。
〔註168〕〔漢〕劉向編；劉建生主編：《管子精解》，海潮出版社2012年版，第359頁。
〔註169〕陳奇猷校釋：《呂氏春秋校釋》，學林出版社1984年版，第537頁。
〔註170〕〔漢〕司馬遷撰：《史記》，中華書局2011年版，第1920頁。
〔註171〕〔清〕王先謙撰；沈嘯寰、王星賢點校：《荀子集解》，中華書局1988年版，第320～321頁。
〔註172〕〔漢〕班固撰：《漢書》，中華書局2012年版，第1484頁。
〔註173〕〔漢〕司馬遷撰：《史記》，中華書局2011年版，第2707頁。
〔註174〕嚴耕望著：《嚴耕望史學論文選集》，中華書局2006年版，第30頁。

齊、魯兩地的儒學已出現逐漸交融的狀態，有為數不少的齊地學者也兼習魯學，如漢宣帝時人庸生即治魯人孔安國所傳之《古文尚書》，琅邪不其人房鳳則對《穀梁春秋》頗有研究，平原般人高嘉也以魯詩教授漢元帝。及至東漢，齊學、魯學的界分被進一步打破，齊地學者中往往出現如鄭玄、邴原、任嘏般的博學兼通之士。漢初儒家學派除了產生於齊、魯二地之外，韓詩出於漢初燕地，毛詩的傳播則有賴於西漢趙地人毛萇。從東漢膠東人公沙穆學韓詩，琅邪陽都人諸葛瑾學毛詩等情況來看，影響兩漢齊地學者的外來區域文化又不僅限於魯地文化一種。

興盛於漢初的齊地黃老之學，其源頭與傳播皆與齊地周邊地域有著密切的關係。戰國末年，齊國稷下學宮即聚集了一批黃老學者。《史記‧孟子荀卿列傳》稱「慎到，趙人。田駢、接子，齊人。環淵，楚人。皆學黃老道德之術，因發明序其指意。故慎到著十二論，環淵著上下篇，而田駢、接子皆有所論焉。」〔註 175〕如此看來，齊地黃老學說的成熟和理論化也有趙人和楚人的功勞。黃老之學發軔於西漢的關鍵人物是膠西人蓋公，而蓋公的老師樂臣公，據司馬遷所說，乃是「趙且為秦所滅，亡之齊高密」〔註 176〕的，可知齊地黃老之學的傳播也有賴於樂臣公等趙人。與此相類似的還有興盛於齊地的方術之學。方術之學起源於燕、齊濱海之地，在戰國末年已初見端倪。秦始皇時，燕、齊方士在朝廷的影響力相當，引發始皇北擊匈奴和坑諸生事件的盧生即是燕人。雖然司馬遷認為方術之學是鄒衍學說的變種，但從其「宋毋忌、正伯僑、充尚、羨門高，最後皆燕人，為方道，形解銷化，依於鬼神之事」〔註 177〕的記載來看，燕人對方術之學的發展也作出了很大貢獻。故而西漢時代的方術之學雖興盛於齊地，但其起源當是燕、齊文化相互影響、交融的結果。

周邊地域學術文化在齊地的傳播，豐富了齊地文化的內涵，提升了齊地文化的總體水平，為兩漢齊地學者在學術上形成「博通五經」的闊達氣象提供了前提。由此引發的多種學術派別間的競爭與融合，不僅有利於齊地學者在選擇和辯爭中提高自身的學識和思辨能力，還有利於其足智善辯風習的形成和鞏固。

〔註175〕〔漢〕司馬遷撰：《史記》，中華書局 2011 年版，第 2068～2069 頁。
〔註176〕〔漢〕司馬遷撰：《史記》，中華書局 2011 年版，第 2145 頁。
〔註177〕〔漢〕司馬遷撰：《史記》，中華書局 2011 年版，第 1270 頁。

兩漢時期，齊地又是農民起義爆發次數較多的區域。面對天災、苛政於自身生存造成的威脅，齊地民眾以反抗、鬥爭的方式體現了自身鮮明的人格獨立性。除此之外，來自周邊地域風習的影響也不容忽視。據史書記載，兩漢時期爆發於齊地的較大規模起義共有三次：一次是武帝天漢二年（前 99 年）爆發於泰山、琅邪郡的徐勃起義；一次是新朝年間泰山式人劉盆子及琅邪人樊崇、逢安等人領導的赤眉起義；一次是桓帝永興二年（154 年）爆發於泰山、琅邪郡的公孫舉、東郭竇起義。農民起義屢屢爆發於齊地西南邊境的泰山和琅邪二郡，當與周邊風習的影響不無關係。泰山、琅邪二郡與齊地之外的東郡、東平郡、魯國、山陽郡、東海郡等地接壤。東郡屬衛地，《漢書·地理志》認為，衛地民俗「剛武，上氣力」。〔註 178〕魯國屬地有薛縣，司馬遷曾指出薛縣「其俗閭里率多暴桀子弟，與鄒魯殊」。〔註 179〕東海郡雖被班固劃為魯地，但舊屬東楚，司馬遷認為其俗類似西楚的徐城和僮縣，既「剽輕，易發怒」又「清刻，矜己諾」。這些地區彪悍、剽急的風習影響到原本即有鮮明獨立人格的齊地民眾，無疑有助於其反抗意識的提升。司馬遷還指出，「朐、繒以北，俗則齊」，〔註 180〕可見東海郡正是齊地與楚地的風俗文化過渡區，雙方一剽輕一舒緩，一易怒一闊達，一矜諾一虛詐，在這裡衝突、融匯。

考古學的研究也為此提供了有力佐證。燕生東即指出，分布於魯中南和魯南地區（也即泰山、琅邪、東海等郡以及魯國、城陽國等地）的西漢社會中下層墓葬「保留著濃厚的楚式風格」，而分布於魯東南沿海地區（琅邪、東海等郡境）的西漢中、晚期社會中下層墓葬，其埋葬形式和陪葬品都表現出濃厚的越人風格。〔註 181〕琅邪、泰山等郡廣泛分布有明顯楚、越風格的社會中下層墓葬，說明了該地區與楚、越民間交往的普遍性和風俗的相似性。司馬遷說：「夫荊楚僄勇輕悍，好作亂，乃自古記之矣。」〔註 182〕故而該地區頻繁爆發的農民起義便不能排除受到楚、越剽輕、易怒等風習的影響，如琅邪人樊崇領導的農民起義一經發起，就立即得到東海郡徐宣、謝祿、楊音等人的起兵響應，可見兩地民眾的齊心同氣。盧雲先生在劃分兩漢學術文化區域時，

〔註 178〕〔漢〕班固撰：《漢書》，中華書局 2012 年版，第 1485 頁。
〔註 179〕〔漢〕司馬遷撰：《史記》，中華書局 2011 年版，第 2083 頁。
〔註 180〕〔漢〕司馬遷撰：《史記》，中華書局 2011 年版，第 2831 頁。
〔註 181〕燕生東：《從儒家喪葬禮俗的接受過程看山東漢代墓葬》，《齊魯文化研究》2011 年第 10 輯，第 305～308 頁。
〔註 182〕〔漢〕司馬遷撰：《史記》，中華書局 2011 年版，第 2691 頁。

就將魯國、東海、琅邪、泰山、沛、山陽、東平等郡國劃為一區，〔註183〕顯然也是看到了這些地區在風俗上所具有的相似之處。

（三）兩漢統治者政策的影響

在兩漢齊地社會文化對傳統文化的傳承和發展過程中，兩漢統治者實行的政策也起到了至關重要的作用。漢初，原屬戰國時期齊國的領土被封予高祖庶長子劉肥，諸侯王對封國擁有較高的自治權。曹參為齊相，主要以主張清靜無為、道法並用的黃老思想治理齊國，從而使得剛脫離秦朝苛政的齊地百姓得到了休養生息。曹參拜相後，又將此政策在全國加以實施。後經過惠帝、高后、文帝、景帝的勵精圖治，至武帝時，「國家無事，非遇水旱之災，民則人給家足，都鄙廩庾皆滿，而府庫餘貨財」。〔註184〕特別是武帝在承襲前朝政策的基礎上，任用商人出身的桑弘羊、東郭咸陽、孔僅等大商人掌管天下鹽鐵事務，使商人的地位大為提高。在此種契機下，齊地具有傳統優勢的工商業也迅猛發展起來。據丁福保《古錢大辭典》所載，目前尚能見到的漢初郡國私鑄錢幣有「高柳四朱」、「臨菑四銖」、「陽丘四銖」、「驪四銖」、「東阿四銖」、「宜陽四銖」、「臨朐四銖」、「姑幕四銖」、「下蔡四銖」和「平陽四朱」十種，〔註185〕其中「臨菑四銖」、「陽丘四銖」、「驪四銖」、「臨朐四銖」、「姑幕四銖」出自齊地，占到了總數量的一半。大量私鑄貨幣的生產反映了齊地商品經濟的發達，而這也正是滋長齊地奢侈風氣的溫床。

與此同時，兩漢統治者對奢侈之風的倡導也對齊地誇奢民風的形成具有不可忽視的作用。兩漢初期，由於社會經濟的凋敝，統治者尚能身體力行地提倡節儉。但隨著社會經濟的發展和繁榮，統治階級的腐朽本性和奢侈欲望日漸暴露，衣食住行、婚喪嫁娶皆極盡奢華。〔註186〕加之兩漢社會封建禮制的不完善，上行下效，奢侈之俗遂風靡全國。西漢自武帝時期起，上有公卿大夫「爭於奢侈，室廬輿服僭於上，無限度」，下有豪強地主「武斷於鄉曲」。〔註187〕漢宣帝於地節四年（前66年），下詔官府不給有祖父母、父母去世的百姓安排徭役，鼓勵百姓盡心安排殯殮，恪守孝道。五鳳二年（前56年），

〔註183〕盧雲著：《漢晉文化地理》，陝西人民出版社1991年版，第1～98頁。
〔註184〕〔漢〕司馬遷撰：《史記》，中華書局2011年版，第1313頁。
〔註185〕丁福保編：《古錢大辭典》，中華書局1982年版，第2204～2205頁。
〔註186〕仝晰綱：《漢代的奢侈之風》，《民俗研究》1991年第2期，第15～20頁。
〔註187〕〔漢〕司馬遷撰：《史記》，中華書局2011年版，第1313頁。

又下詔准許民間自行操辦婚禮宴席，官府不得干預。儘管其出發點是整飭風俗，卻也在一定程度上鼓勵了民間在婚喪嫁娶方面的過度花費。東漢的情況與此類似，前期的幾代統治者尚能根據社會經濟條件來倡導節儉，但至和帝時期，「天下承平日久，自王侯以下，莫不逾侈」。〔註188〕面對此種不良的社會風氣，封建統治者也不無憂慮。漢成帝即曾下詔申斥時俗的「奢僭罔極，靡有厭足」，並命令有司「以漸禁之」。但成帝本身也是「湛於酒色」之人，故而其法令也往往浮於表面，如他自己所說：「公卿列侯親屬近臣……車服嫁娶葬埋過制。吏民慕傚，浸以成俗，而欲望百姓儉節，家給人足，豈不難哉！」〔註189〕「上無去奢之儉，下有縱慾之敝」〔註190〕的時代大環境為齊地誇奢尚利之風的興起營造了氛圍，而在國家政策刺激下發展起來的齊地工商業又為其民眾的消費創造了條件。這使得齊地自戰國時代以來即形成的誇奢之風得以在漢代延續，並逐漸培養起齊地民眾誇富賤貧、追名逐利的心態。

漢王朝建立後，統治者吸取秦王朝敗亡的教訓，在思想文化領域採取了較為寬鬆的政策。漢惠帝時廢除了秦朝的挾書令，允許民間藏書。呂后臨朝稱制後，廢除了妖言令，允許百姓議論政事。漢文帝二年（前178年）又進一步廢除了誹謗妖言之罪。上述舉措消除了秦代以來統治者對思想文化領域的諸多限制，使得戰國時期的諸子百家學派得以復興，這無疑為齊地民眾好學之風的興起提供了有利的社會環境。武帝以前，諸子學派尚處於積極迎合政治需要、自由競爭與發展的階段。至武帝時，更具包容性和實踐性的儒家學說從眾多學說中脫穎而出，得到武帝的支持。武帝還接受公孫弘的建議，徵選天下博學廉潔之士，由太常負責傳道授業，成績優異者授予官職，使儒學真正地與國家政治聯繫起來，成為名副其實的官學。武帝的此項政策也為漢代後繼的統治者所繼承和發展，「自此以來，則公卿大夫士吏斌斌多文學之士矣」。〔註191〕漢朝統治者的此項政策對齊地民眾的好學之風影響是巨大的：它一方面以利祿為誘餌刺激了齊地好學風氣的高揚，另一方面又因儒學與功利的緊密關聯而改變了齊地文化的發展走向。武帝以後，儒學迅速成為齊地文化的主體，齊地民眾的好學風習，也由好經術轉而成為好儒學。

〔註188〕〔南朝宋〕范曄撰：《後漢書》，中華書局2012年版，第1517頁。
〔註189〕〔漢〕班固撰：《漢書》，中華書局2012年版，第278頁。
〔註190〕〔南朝宋〕范曄撰：《後漢書》，中華書局2012年版，第2031頁。
〔註191〕〔漢〕司馬遷撰：《史記》，中華書局2011年版，第2709頁。

　　武帝推崇儒學，確立上述以經學取士、孝廉為內容的察舉制度，並非事出無因。漢初分封諸侯，諸侯皆有治國之權。諸侯中的有識之士，如梁孝王劉武、淮南王劉安、河間獻王劉德等，多以個人喜好和目的招攬天下之士。與此同時，一些權臣如魏其候竇嬰、武安侯田蚡也以「喜賓客」〔註192〕著稱。盛行於諸侯貴族中的養士之風，在客觀上擴大了齊地足智善辯之士的用武之地，也因此引起漢朝最高統治者的警惕。特別是「七國之亂」和淮南、衡山之亂的發生，更加堅定了漢朝統治者打擊諸侯權貴養士行為的決心。《漢書·諸侯王表》載：「景遭七國之難，抑損諸侯，減黜其官。武有衡山、淮南之謀，作左官之律，設附益之法，諸侯惟得衣食稅租，不與政事。」〔註193〕武帝打擊諸侯養士的措施也波及到權臣，衛青即說：「自魏其、武安之厚賓客，天子常切齒。」〔註194〕因此，自公孫弘以後，武帝時期的丞相皆不養士，「自蔡至慶，丞相府客館丘虛而已，至賀、屈氂時壞以為馬廐車庫奴婢室矣」。〔註195〕武帝在打擊諸侯、權貴勢力的同時，又注意開放權力體系，吸收各方人才進入權力體系，察舉、徵辟制度正是此種情況下的產物。

　　察舉制度如上文所說，即漢統治者通過邑、縣、郡、太常等自下而上、逐級選拔優秀人才以為國用的制度。徵辟制度則是指皇帝與中央、地方高官具有直接聘請人才任職的制度。除此之外，保舉二千石以上高官的子弟到京師充任郎官等官職的任子制度也是兩漢選舉人才的重要途徑。漢朝政府採取的上述制度，顯然有利於國家優秀人才的選拔和任用，但也不可避免地存在一些缺點和弊端。一是以儒家經學內容和道德準則作為選舉人才標準的察舉制度促使儒學成為一種珍貴資源。那些精通一門或數門經學的家族，便往往會憑藉家學而成為數代顯貴的世家望族。士人若想投身政治，就必須拜師求學，故而兩漢的經學大師如馬融、鄭玄皆有相當大的號召力。圍繞在他們身邊的門生弟子出於維護自身利益的需要便往往結成團體，與異己勢力抗衡。兩漢學術界的齊學與魯學、今文與古文之爭便是在此基礎上形成的政治利益之爭。二是察舉、徵辟、任子等用人制度皆與中央、地方的高官有關，這就方便了他們利用手中的權力培植個人勢力。擔任北海相的任城人景氏死後，為

〔註192〕〔漢〕司馬遷撰：《史記》，中華書局 2011 年版，第 2475 頁。
〔註193〕〔漢〕班固撰：《漢書》，中華書局 2012 年版，第 337 頁。
〔註194〕〔漢〕司馬遷撰：《史記》，中華書局 2011 年版，第 2563 頁。
〔註195〕〔漢〕班固撰：《漢書》，中華書局 2012 年版，第 2281 頁。

其「行三年服」的門生故吏竟達 87 人。即使是號稱「無偏無黨」的河東太守孔彪去世後，為其立碑的故吏也有 13 人。〔註196〕可見在這些高官的周圍都聚集著一個或大或小的宗派集團，在某種程度上即可視為朋黨。

與之相呼應，漢初實施的一系列政策，如軍功爵位制度、鼓勵工商業發展、自由買賣土地等，又促使了豪族地主的產生。這些豪族地主利用手中的經濟勢力和社會關係積極與政治權力結合，一些地方大吏如朱博，出於地方治安的考慮也多任用當地豪族為官。因此，許多地方豪族在西漢中期以後，便逐漸成為「集地主、官僚、士人和宗族等於一體」〔註197〕的龐大勢力階層，而其所衍生的結果便是朋黨、養客之風的熾盛。豪族地主多豢養賓客，如涿郡大姓西高氏與東高氏「自郡吏以下皆畏避之，莫敢與忤……賓客放為盜賊」。〔註198〕昌城豪族劉植於新朝末年，「與弟喜、從兄歆率宗族賓客，聚兵千人據昌城」。〔註199〕出身真定豪族之家的郭況，「以後弟貴重，賓客輻湊」。〔註200〕另一方面，豪族地主為鞏固和發展自身勢力又多有結黨之習。如《鹽鐵論·復古》即說：「豪強大家……成姦偽之業，遂朋黨之權。」〔註201〕《漢書·趙廣漢傳》也說：「潁川豪桀大姓相與為婚姻，吏俗朋黨。」〔註202〕豪強大族的結黨恣肆、養客為姦嚴重威脅到漢朝中央的集權統治，但卻與漢朝的用人制度一起為齊地民眾風習的延續和發展創造了有利條件。齊地作為工商業發達、儒學鼎盛之區，自身便是豪強地主的集中區域。崔向東在分析兩漢豪族的地域分布情況後指出，一些地區「如關東的冀州、兗州、青州和北海、東郡、南陽、潁川、汝南等郡豪族大姓多，勢力強大」。〔註203〕豪族大姓在齊地的廣泛分布，一方面與齊人尚利的風習相結合，使得齊地結黨之風尤為鮮明；另一方面又與其他地域的豪族一起，為士人提供了更多的生存空間和政治出路，從而彌補了諸侯失權所造成的游說無門。一些齊地士人如樓護為個人前途而遊走於豪強貴族之間，鼓動唇

〔註196〕高文著：《漢碑集釋》，河南大學出版社 1997 年版，第 64、366～369 頁。
〔註197〕崔向東著：《漢代豪族地域性研究》，中華書局 2012 年版，第 79 頁。
〔註198〕〔漢〕班固撰：《漢書》，中華書局 2012 年版，第 3153 頁。
〔註199〕〔南朝宋〕范曄撰：《後漢書》，中華書局 2012 年版，第 596 頁。
〔註200〕〔南朝宋〕范曄撰：《後漢書》，中華書局 2012 年版，第 312 頁。
〔註201〕〔漢〕桓寬；王利器校注：《鹽鐵論校注（增訂本）》，天津古籍出版社 1983 年版，第 74 頁。
〔註202〕〔漢〕班固撰：《漢書》，中華書局 2012 年版，第 2762 頁。
〔註203〕崔向東著：《漢代豪族地域性研究》，中華書局 2012 年版，第 83 頁。

舌、出賣智力，也在客觀上保存和延續了齊人足智和善辯之風。

綜上所述，受傳統文化、統治者政策以及周邊地域社會風習的影響，兩漢齊地民眾形成了寬緩闊達、足智善辯、好學尚利、誇奢自我的風習。這些風習一方面與相鄰地域乃至全國的風習具有相切合的一面；另一方面又體現出鮮明的地域特色。當然，以上風習並不能涵括兩漢齊地民眾風習的全部，但卻是其中存在範圍最廣、持續時間最長、影響力最大的。與此同時，兩漢齊地風習又具有發展、變化的一面。這是由國家政策、地方官吏的教化、經濟、戰爭以及文化交流等多方面原因共同促成的結果。齊地名城臨淄在秦漢時期還基本延續著戰國時期的繁榮，但已呈現出逐漸衰敗的趨勢。魏晉以後，隨著齊地工商業的衰敗，臨淄城區的面積已大幅縮減。〔註204〕與之相呼應，齊地民眾的風習也發生了變化。據《隋書‧地理志》記載，隋代齊地風俗在大抵「與古不殊」的同時，其誇奢的風俗卻因為當地民眾多務農桑和崇尚學業的緣故而「歸於儉約」。〔註205〕

第四節　齊地文人風習與兩漢文學發展

兩漢文學的發展，歸根結底要取決於兩漢文人，因為兩漢文學首先是由一個個鮮活而具體的人物創作出來的。任繼愈先生指出：「秦漢以後，全國政治上統一，統治者也在努力使思想文化得到統一，車同軌，書同文，行同倫，但由於封建經濟是自給自足的自然經濟，由於中國地域遼闊廣大，有千山萬水相阻隔，加上各地文化傳統具有保守性，思想文化上的地區差異性仍然長期存在著。」〔註206〕既然文人來自不同的地域，那麼文學研究也應該關注不同地域的文人在文化上所具有的差異。兩漢時期，齊地文人始終是一個十分活躍的群體，在黃老治國、儒學興起、讖緯風行等一系列重大事件中均發揮了關鍵性作用。因此，作為此一時期思想文化和士人風貌之體現的兩漢文學，也就必然與齊地文人的風習有著極為密切的聯繫，現試敘如下。

一、齊人多才與漢初文學的虛誇駁雜

按《史記》與《漢書》所記載的眾多漢初齊地人物，學術派別並不十分

〔註204〕群力：《臨淄齊國故城勘探紀要》，《文物》1972年第5期，第52頁。
〔註205〕〔唐〕魏徵、令狐德棻撰：《隋書》，中華書局1973年版，第862頁。
〔註206〕任繼愈主編：《中國哲學發展史》，人民出版社1983年版，第24～25頁。

清晰。此輩人物積極投身於百廢待興之世，正體現了漢初士人奮發昂揚、不懈進取的風尚。然而齊地人物見載史書的數量之所以如此之多，除了齊地學人於戰國秦漢之際不廢文學的原因外，更重要的原因還在於齊人重參與、好議論的地域風習。

司馬遷年輕時曾遊覽、講學於齊地，親歷當地風情民俗，以一卓越史家的眼光客觀評價齊地文化的特質，故其結論尤為精切。他說：「其俗寬緩闊達，而足智，好議論。」〔註 207〕所謂「足智，好議論」，也即喜歡參與政事，為人出謀劃策。然而在漢初時期，朝廷中占絕對優勢的是於西漢政權建立過程中立下汗馬功勞的功臣集團，如手握重權的丞相之位即皆由蕭何、曹參、陳平、樊噲、王陵、周勃、灌嬰、申屠嘉、陶青、周亞夫等功臣或功臣後裔擔任。這些人自陳平以下多屬質木無文、自矜功名之輩，文、景時更為了守住自身權勢而對賈誼、晁錯等新進文臣實施無情地排斥與打擊，從而牢牢佔據著政界的絕對主流地位。功臣集團人物的大權獨攬，造成了臣強君弱的局面，也阻塞了齊地文人憑藉才智進入朝廷的道路。即使是在漢初屢建奇功的齊人婁敬，也因非戎武出身而蒙「以口舌得官」之譏。

在君主中央集權的時代，朝廷的用人風尚和人才選取標準往往決定著地方所出人才數量的多寡。但是，漢初中央政權並不十分穩固，與其同時存在的還有為數眾多的諸侯國，這些諸侯國「大者或五六郡，連城數十，置百官宮觀，僭於天子」，〔註 208〕為了維護自身的利益或滿足自身的政治野心而競相豢養賓客。景帝時，養士之風又由地方蔓延到中央，一些朝臣如竇嬰、田蚡等人也為了助長自身威勢、打擊政敵而交接遊俠、門客，這無疑為齊地士人求取名利提供了更多的門路。現略述其時盛行的游士現象，即可明瞭齊地文化與此種歷史境遇的因緣。

其時，以養士聞名的權貴有田橫、陳豨、劉濞、劉志等人。田橫門客多為齊地賢士；劉濞有門客鄒陽為齊人；劉志的門客中除了去吳歸梁的鄒陽外，又有羊勝、公孫詭等齊人。其餘見於史載的游士，如曹參任齊相時的座上賓蓋公、東郭先生和梁石君，營陵侯劉澤所交接之田生，齊哀王劉襄數次請教的王仲，解救濟北王於危難之中的公孫玃等，皆為齊人。據此可知，漢初有名望之游士，實以齊人為多。加上在民間或朝中傳播經學的浮丘伯、田何、

〔註 207〕〔漢〕司馬遷撰：《史記》，中華書局 2011 年版，第 2829 頁。
〔註 208〕〔漢〕司馬遷撰：《史記》，中華書局 2011 年版，第 752 頁。

伏生、轅固、胡毋生等人，齊人幾乎佔據了漢初文化界的半壁江山。

再看這些人平日的作為：劉敬是漢初為數不多的，僅以游說建功之人。他在定都長安、和親匈奴、遷徙豪族於關中的重大歷史事件中，都發揮了關鍵性的作用。司馬遷稱讚他說：「夫高祖起微細，定海內，謀計用兵，可謂盡之矣。然而劉敬脫輓輅一說，建萬世之安，智豈可專邪！」〔註209〕《漢書·鄒陽傳》說鄒陽「有智略」。他不僅成功預見了吳王謀反的失敗，還曾極力諫阻梁孝王奪取漢嗣之位。同傳還記有齊人王先生，「年八十餘，多奇計」。他在梁孝王奪取漢嗣之位事敗而眾人無法使之脫罪的情況下為鄒陽獻計，終於使梁孝王得以全身。班固以「鄒陽行月餘，莫能為謀」〔註210〕作為王先生出謀劃策的前提，正顯示出他的智謀之高。《史記·梁孝王世家》說梁孝王招攬天下豪傑游士，其中以齊人公孫詭最為著名。「公孫詭多奇邪計，初見王，賜千金，官至中尉，梁號之曰『公孫將軍』。」〔註211〕足見其傑出的游說才能。《後漢書·王景列傳》載王景八世祖王仲，「諸呂作亂，齊哀王襄謀發兵，而數問於仲」。〔註212〕等到濟北王劉興居謀反，齊哀王又想將軍隊交給王仲統率，可知王仲也是善長奇計謀略之人。

上述齊人積極參政、游說，以求取名利、解人危難為目的，乃齊地風習使然。較之魯地文人所表現出的保守、崇古，他們的行為、學術風格更加功利與現實。魯地文人可在項羽敗亡後仍堅守楚臣身份，卻不能在項羽危亡之際獻智獻力、力挽狂瀾。惟獨齊地多有鼓動唇舌、出賣智力之人物。所謂的「誇詐」之風，除楚地文人外，幾可視為齊地人物獨有之品質。在大一統政權已然建立的情況下，他們遊走於朝廷與諸侯之間。無論是對君主的忠言勸諫，還是對諸侯權貴的傾囊相助，他們自始至終表現出忠貞而不迂腐的精神，故而又不可與朝秦暮楚的蘇秦、張儀等人同日而語。又由於他們對於大一統政權的向心力已有所強化，所以每每遇到諸侯王謀反便輒加諫阻或遠走避禍。

在漢初政壇，此類人物鼓動朝野，自然也會對能夠表現個人才華和思想的文學作品產生重大影響。鄒陽說：「齊楚多辯知。」〔註213〕劉勰說戰國之

〔註209〕〔漢〕司馬遷撰：《史記》，中華書局 2011 年版，第 2384 頁。
〔註210〕〔漢〕班固撰：《漢書》，中華書局 2012 年版，第 2051～2052 頁。
〔註211〕〔漢〕司馬遷撰：《史記》，中華書局 2011 年版，第 1851 頁。
〔註212〕〔南朝宋〕范曄撰：《後漢書》，中華書局 2012 年版，第 1978 頁。
〔註213〕〔漢〕班固撰：《漢書》，中華書局 2012 年版，第 2052 頁。

時，「唯齊楚兩國，頗有文學」。〔註214〕此二者之間的切合即不可視為偶然。
這是因為，士人要使自身的諫說被統治者採納，就必須注意自己談話的藝術
性和技巧性。荀子即說：「夫談說之術，齊莊以立之，端誠以處之，堅強以
持之，譬稱以諭之，分別以明之，歡欣憤滿以送之，寶之，珍之，貴之，神
之。如是，則說常無不行矣。」〔註215〕如齊學傳人蘇秦、張儀一樣，齊地
游士的話語一方面需繪聲繪色，讓受諫之人有身臨其境之感；另一方面又往
往憑藉聳動誇張乃至詐諉的氣勢，以增加其言論的重要性和影響力。戰國時
期，齊國已多此種善辯之士，如鄒衍、鄒奭、淳于髡等人，有「談天衍，雕
龍奭，炙轂過髡」〔註216〕之稱。漢初齊人顯然也繼承了這一傳統，羊勝與
公孫詭的言論雖不見載史冊，但各有殘賦一首存世。兩賦皆借體物以頌梁孝
王之德，如羊勝《屏風賦》說：「屏風鞈匝，蔽我君王。重葩累繡，沓璧連
璋。飾以文錦，映以流黃。畫以古烈，顯顯昂昂。藩後宜之，壽考無疆。」
〔註217〕不僅細緻生動地描述了屏風的樣貌，而且頗具浮誇聳動之風，顯示
出極高的語言功力。

　　但與戰國時期不同的是，漢初之天下已基本上歸屬劉姓一家，士人們所
具有的人格獨立性也更加削弱，故而他們的游說和諷諫也必須在不觸動君
臣、主客關係的情況下才能發揮效力，這導致其文學作品又呈現出紆徐委婉
的一面。實則早在戰國時代，多辯知的齊人和楚人就已經採用了「意在微諷」
〔註218〕的諧辭和隱語兩種文學體裁來規諫統治者。諧辭淺顯幽默，隱語用
婉轉的比喻來暗示事情，都有利於增加規諫的說服力。這兩種諫說形式在漢
代又經齊人東方朔等人發展、傳播，從而對當時及後世的同類文學都產生了
較大影響。但從諫說的角度來看，兩漢時代的此類文體卻已淪為調笑之具，
其規勸補正的政治作用幾乎已被人們忽略了。

　　漢初游士諫說文的紆徐委婉，更多地體現在文章的寫作形式上。班固認
為鄒陽《上書吳王》一文，即「惡指斥言，故先引秦為論，因道胡、越、齊、

〔註214〕〔南朝梁〕劉勰著；王運熙，周鋒譯注：《文心雕龍譯注》，上海古籍出版社
　　　　2010年版，第211頁。
〔註215〕〔漢〕劉向撰；向宗魯校證，《說苑校證》，中華書局1987年版，第266頁。
〔註216〕〔漢〕司馬遷撰：《史記》，中華書局2011年版，第2069頁。
〔註217〕〔清〕嚴可均輯；任雪芳審訂：《全漢文》，商務印書館1999年版，第197
　　　　頁。
〔註218〕〔南朝梁〕劉勰著；王運熙，周鋒譯注：《文心雕龍譯注》，上海古籍出版社
　　　　2010年版，第64頁。

趙、淮南之難，然後乃致其意。」〔註219〕當然，班固將此種風格的成因歸於吳王謀反之跡尚未彰顯，實際上是不準確的。同傳所載的枚乘《上書諫吳王》一文，雖然在語言風格上與鄒陽之文有一定差別，但兩者在先廣徵博引，然後才切入正題的文章寫作形式上，如出一轍。司馬遷說鄒陽「遊於梁，與故吳人莊忌夫子、淮陰枚生之徒交」，〔註220〕則鄒陽與這些人在文學上的切磋交流也是可以想見的。司馬遷即認為，司馬相如之所以在客居梁國時能寫出前文侈靡虛誇而「卒章歸之於節儉，因以諷諫」〔註221〕的《子虛賦》，就在一定程度上得益於他和鄒陽、枚乘等人長達數年的密切交流。由此可知，漢初游士的諫說要想被受諫人採納，其展開就必須採取先廣徵博引，然後委婉諷諫的形式。這基本構成了漢代文人的進諫話語系統，而齊地文人則對此話語系統的形成和鞏固作出了不可磨滅的貢獻。

在游士們奔走求利的同時，以簡法寬政來醫治秦朝暴政所造成的社會沉疴，也成為當時士民的共同呼聲。面對此種機遇，齊地士人恰以其廣博的文化基礎迅速佔據了漢初社會文化的主流。一般認為，正是肇興於齊地的黃老思想居於漢初思想界的統治地位。司馬談稱讚黃老道家說：「其為術也，因陰陽之大順，採儒墨之善，撮名法之要，與時遷徙，應物變化，立俗施事，無所不宜，指約而易操，事少而功多。」〔註222〕黃老思想實際上是一種以虛無、順應自然規律的道家思想為核心，融合了陰陽家天道、儒家禮儀、墨家節用、法家尊卑以及名家名實等多種學說的思想體系，而如此廣博、兼容的學術內涵也使得黃老之學對其他學派的發展採取了放任的態度，於政治上則表現為對諸侯國控制的寬鬆。故而黃老思想在漢初廣泛傳播的一大後果便是助成了多種學術並存共進的社會環境，並進而導致了當時士人學術思想的駁雜。縱覽漢初文化界，許多諸侯國在文化上具有較高的獨立性，如梁孝王對漢賦的發展，河間獻王對儒學的推崇，均與當時朝廷尊崇黃老、盛行楚聲的文化保存和傳播理念有著明顯的差異。這是由黃老之學未在意識形態領域強力規範人們思想所造成的結果，但在客觀上有利於改善秦代以來的文化衰敝狀況。以個體文人而論，陸賈、賈誼、晁錯、司馬相如等漢初著名文人的學術思想

〔註219〕〔漢〕班固撰：《漢書》，中華書局 2012 年版，第 2038 頁。
〔註220〕〔漢〕司馬遷撰：《史記》，中華書局 2011 年版，第 2173 頁。
〔註221〕〔漢〕司馬遷撰：《史記》，中華書局 2011 年版，第 2609 頁。
〔註222〕〔漢〕班固撰：《漢書》，中華書局 2012 年版，第 2354 頁。

也並不純粹地歸屬一家，反映到作品上，則表現為中心思想的混合兼容。僅以兼通儒法之術的賈誼為例，其名作《陳政事疏》表現的是儒術和名法參伍錯綜的思想意識，而其《鵩鳥賦》則更多地體現了齊生死、等禍福的道家思想。

漢初黃老思想的盛行還對漢初文人的創作方法和思維模式產生了深刻影響。尤其是黃老道家自戰國陰陽家處繼承、發展而來的天道觀，對於漢代文學恢弘氣度的形成起到了重要的理論支撐作用。司馬遷評述齊地陰陽家鄒衍的《終始》《大聖》等文說：「其語閎大不經，必先驗小物，推而大之，至於無垠。先序今以上至黃帝，學者所共術，大並世盛衰，因載其禨祥度制，推而遠之，至天地未生，窈冥不可考而原也。先列中國名山大川，通谷禽獸，水土所殖，物類所珍，因而推之，及海外人之所不能睹。稱引天地剖判以來，五德轉移，治各有宜，而符應若茲。」〔註223〕鄒衍以由小到大、由今及古、由實轉虛的推衍方法來探究天地萬物變化、發展的規律，並建立起以天命對應人事的思維模式。其學說在漢初為黃老道家所吸收和發揚，並進而影響到了漢代文人的世界觀和價值觀。這一點在文學作品中也有所體現：一方面，鄒衍這種羅列、推衍的思維方法被漢大賦等文學體裁所繼承，如司馬相如作《子虛賦》即「控引天地，錯綜古今」，由齊到楚，按由小到大的形式，逐層對眾事物進行鋪張渲染。其多虛辭濫說的內容與「苞括宇宙，總覽人物」〔註224〕的無限時空觀皆與黃老道家如出一轍，這也正是典型漢大賦所擁有的共同特徵；另一方面，以天命對應人事的思維模式也被眾多文人在創作時自覺地加以遵循。反映在他們的文學作品中，即會出現彼此相類似的主旨描述，如司馬遷在論及自己寫作《史記》的目的時即說：「欲以究天人之際，通古今之變，成一家之言。」〔註225〕劉安也在《淮南子·要略》中不無自豪地稱讚自己主編的這部書「觀天地之象，通古今之事」，「天地之理究矣，人間之事接矣，帝王之道備矣」。〔註226〕這些相類似的主旨描述隨著天人感應理論的風行，日漸在漢代士人的作品中普及，並引領了兩漢時代文人著書立說的宗旨風尚。

〔註223〕〔漢〕司馬遷撰：《史記》，中華書局 2011 年版，第 2066 頁。
〔註224〕〔漢〕劉歆等撰；王根林等校點：《西京雜記（外五種）》，上海古籍出版社 2012 年版，第 19 頁。
〔註225〕〔漢〕班固撰：《漢書》，中華書局 2012 年版，第 2375 頁。
〔註226〕〔漢〕高誘注：《淮南子注》，上海書店 1986 年版，第 373～376 頁。

二、齊學風行與西漢中後期文學的鋪排板滯

漢初的文景之治，為西漢文化的強盛奠定了雄厚的物質基礎。又加之武帝為雄才大略之主，他重用風頭正勁的齊學人物，自然有其必然的原因：一則武帝自膠東王起家，為人好功多欲，其性情喜好與齊地文化沒有太大的隔閡；二則其時的漢政權也急需有利於自身統治的齊學之士參與進來。齊學發展至武帝時，雖以儒學為主體，但也在此基礎上自覺吸收了齊地原有的道家、法家以及陰陽五行家等多派思想，有著極高的靈活性與適應性。這與漢家王霸道雜之的統治政策極為吻合，從而為其盛行創造了必要的前提。司馬遷說：「及竇太后崩，武安君田蚡為丞相，黜黃老、刑名百家之言，延文學儒者以百數，而公孫弘以治春秋為丞相封侯，天下學士靡然鄉風矣。」〔註227〕武帝重用儒學之士，也有不少儒學之士自動請纓。若從地域的角度來看，武帝一朝頗多齊地人物。他們在許多重大決策中發揮了自己的影響力，而這恰與漢初齊地士人為幹取名利而遊走天下的風氣相銜接，也是由齊地士人的風習與學術宗旨所決定的。

齊地為漢代學術的重要發源地，從武帝「生子當置之齊魯禮義之鄉」〔註228〕的話語可以看出，他對齊地文化極為認可。這種認可在政治上則表現為對齊地士人的青睞有加。武帝謀劃治國之策，多採納公孫弘、主父偃、終軍等齊人的建議；在御用文人中也不乏東方朔、嚴安等齊地士人。公孫弘因「行慎厚，辯論有餘，習文法吏事，緣飾以儒術」〔註229〕而深得武帝重用，他每次上朝議事，只是把意見講個大概，讓武帝自己做出選擇。主父偃「上書闕下。朝奏，暮召入見」，與他一起上書言世務的還有徐樂和嚴安二人，武帝在召見他們時說：「何相見之晚也！」〔註230〕對上述記載細加體味就可明瞭，武帝之所以重用齊地士人，乃因齊地士人儒法兼用、順應時宜的多元性學術特點投合了他在政治上的需要。且如喜愛「修武帝故事」的宣帝教訓太子時所說：「漢家自有制度，本以霸王道雜之，奈何純任德教，用周政乎！」〔註231〕純粹的儒學是不受當時統治者重視的。

除卻齊地士人所具有的真才實學，更主要的是，他們變通、柔順的精神

〔註227〕〔漢〕班固撰：《漢書》，中華書局2012年版，第3093頁。
〔註228〕〔漢〕司馬遷撰：《史記》，中華書局2011年版，第1879～1880頁。
〔註229〕〔漢〕班固撰：《漢書》，中華書局2012年版，第2277～2278頁。
〔註230〕〔漢〕班固撰：《漢書》，中華書局2012年版，第2426～2429頁。
〔註231〕〔漢〕班固撰：《漢書》，中華書局2012年版，第239頁。

風貌符合了統治者的用人理念，即對君尊臣卑原則的遵守與維護。儒學有維護君臣尊卑秩序的功效，司馬談對儒學雖有「博而寡要，勞而少功」之譏，但對其「敘君臣父子之禮，列夫婦長幼之別」〔註232〕的功用卻極為認可。田蚡任丞相後，也認為「諸侯王多長，上初即位，富於春秋，蚡以肺腑為相，非痛折節以禮屈之，天下不肅。」〔註233〕武帝尊崇儒學的一個重要原因便在於此，如公孫弘、兒寬等齊人即皆以溫良恭順、善於緣飾而蒙受重用。可知武帝對儒學的推崇乃純是功利性的，當與其個人的學術宗尚無關。既然以功利為目的，便斷不能對儒學無選擇地加以實踐和運用。武帝於元光元年（前134）的《策賢良制》中便說：「今子大夫待詔百有餘人，或道世務而未濟，稽諸上古之不同，考之於今而難行」，〔註234〕可知他對迂闊陳腐或不利於自身統治的儒家學說絕不加以採納，而經公孫弘、董仲舒先後推薦的齊學則是他在反覆權衡後，最終作出的選擇。

在黃老道學思想的指導下，漢初的社會經濟、文化已逐漸得到恢復和發展。但中央朝廷在黃老道學的影響下，對諸侯權貴採取的放任態度，也給自身的統治帶來了極大的負面影響。特別是在七國之亂和淮南、衡山諸王反叛事件相繼發生後，漢統治者開始認識到統一意識形態的重要性。法家思想既為統治者所諱，則有利於思想統一和移風易俗的儒家學說便自然受到他們的重視，並在此基礎上發展成為有別於原始儒家的今文經學。被統治階級所認可的今文經學，是在吸收法家、陰陽五行等諸家學說基礎上形成的新的學術思想體系。其與黃老道家的最大不同在於將處於黃老思想核心地位的老學置換為強調尊卑有序、天下一統的變質儒學，實則是假借儒學的名義行法家之實，皇權是不受此理論限制的。

今文經學復有齊學和魯學之分，但其中風頭最健者當屬發源於齊地的《春秋公羊》學。《春秋公羊傳》開篇即說：「何言乎王正月？大一統也。」結末又強調：「撥亂反諸正，莫近諸《春秋》。」〔註235〕這些觀點為漢儒所利用和發揮，如董仲舒便一方面從齊學中汲取天人思想，認為是上天授予君主地位，所以君主要「視天如父，事天以孝道」，「上奉天施，而下正人」。

〔註232〕〔漢〕班固撰：《漢書》，中華書局2012年版，第2355頁。
〔註233〕〔漢〕班固撰：《漢書》，中華書局2012年版，第2075頁。
〔註234〕〔漢〕班固撰：《漢書》，中華書局2012年版，第2181頁。
〔註235〕王維堤，唐書文撰：《春秋公羊傳譯注》，上海古籍出版社2004年版，第1、562頁。

〔註236〕各地諸侯則要謹慎地侍奉天授神權的君主，大夫要踐行忠信，教化人民，而士人和百姓則需恪守自身本分，服從統治者的命令。如果人們對上述要求有所違背，就會天降災禍，甚至亡國；另一方面，他又宣揚中央集權的大一統主張，認為「春秋大一統者，天地之常經，古今之通誼也」，〔註237〕要改變當時思想界百家殊方的局面，實現思想界的統一，就要對不屬於儒家六經和孔子學說的言論、學問一概摒棄不用，從而使全國民眾統一在經學理論的指導之下。董仲舒的本意原是要建立一個以天約束君權，以君主統治天下的思想體系，但最終被統治階級扭曲為證明自身統治合法性與神聖性的學說。

當以《春秋公羊》學為代表的今文經學思想佔據了思想界的統治地位，也就必然對政治、經濟、文化等領域產生深刻的影響。清人皮錫瑞在言及今文經學對漢代社會所起到的重要作用時即說：「以《禹貢》治河，以《洪範》察變，以《春秋》決獄，以三百五篇當諫書，治一經得一經之益也。」〔註238〕經學既然被時人作為行為、價值觀的參照標準和幹取名利的手段，所以作為文化重要組成部分的文學，也就難以規避經學思想的影響與拘囿。畢竟，一切文學都是由人寫就的。

今文經學與文學發生聯繫，當於文人的初級教育階段已經開始，並在最能代表漢代文學的漢大賦中表現得尤為明顯。王國維說：「小學諸書者，漢小學之科目……漢時教初學……其書用《倉頡》《凡將》《急就》《元尚》諸篇，其旨在使學童識字、習字。」〔註239〕漢代的初級教育以培養人的讀寫能力為主，這也是當時學子學習經學的必經階段。《倉頡》傳為李斯所作，其本意當非為學習儒學而設。「蒼頡多古字，俗師失其讀，宣帝時徵齊人能正讀者，張敞從受之，傳至外孫之子杜林，為作訓故」，〔註240〕可知字書的流傳和發展又多賴於深諳經術的齊人。漢代字書與文學的關係無疑是十分密切的。以今存史游所撰之《急就篇》為例，其書即按照「分別部居不雜廁」〔註241〕的原則將社會日常生活中的各種事物加以羅列，這與漢大賦中鋪排、陳述風物的

〔註236〕張世亮，鍾肇鵬，周桂鈿譯注：《春秋繁露》，中華書局2012年版，第62頁。
〔註237〕〔漢〕班固撰：《漢書》，中華書局2012年版，第2194頁。
〔註238〕〔清〕皮錫瑞著；周予同注釋：《經學歷史》，中華書局2004年版，第56頁。
〔註239〕王國維著：《觀堂集林》，中華書局1959年版，第179頁。
〔註240〕〔漢〕班固撰：《漢書》，中華書局2012年版，第1530頁。
〔註241〕〔漢〕史游撰：《急就篇》，嶽麓書社1989年版，第1頁。

句子如出一轍。劉勰在《文心雕龍》中即明確指出，如司馬相如、揚雄等漢代「鴻筆之徒」，無不洞曉文字學，「且多賦京苑，假借形聲；是以前漢小學，率多瑋字，非獨制異，乃共曉難也。暨乎後漢，小學轉疏」。〔註242〕漢大賦在揚雄之後頹勢日顯，今文經學的獨尊地位也於西漢末年遭遇到古文經學的強力挑戰，文字學與大賦、今文經學的興衰幾乎同步，而司馬相如、揚雄等漢大賦的主要作家又同時熟諳文字學與經學。由此可見，漢代今文經學與文學（特別是漢大賦）以文字學為紐帶，實有著同本共榮的關係。

以《春秋公羊傳》為代表的今文經學將維護皇權和國家大一統作為理論宗旨，影響到時人，使其時的文學宗旨也發生了明顯的轉變。這一點在司馬相如身上表現得尤為明顯。他於遊梁時寫成的《子虛賦》，對齊、楚二王的奢華極盡鋪敘。然而在入仕武帝後，卻認為「此乃諸侯之事，未足觀」。於是又作《上林賦》，〔註243〕以更加恢弘的氣勢來描述上林苑的風物與天子遊獵、歡宴的場面，其主旨也由娛人耳目轉變為「明君臣之義，正諸侯之禮」。〔註244〕由於此時的文學創作者多為士大夫身份，所以漢初文學作品中那種紆徐委婉的進諫宗旨在此時的文學作品中得以延續。但與此前不同的是，其進諫內容所體現的思想卻由博納多派學說轉而為一尊儒家。又因今文經學在西漢中後期始終處於官方哲學的地位，所以此時作者所尊崇的儒家思想也主要來源於今文經學。以司馬相如「遊於六藝之囿，馳騖乎仁義之塗，覽觀春秋之林」的《上林賦》為風向標，越到西漢後期，作者賦作中的這種以儒家是非觀為是非標準的諷諫意識也就越明顯。西漢末年的大賦作家揚雄，即是此方面的代表。他所作的《河東賦》《校獵賦》《長楊賦》皆有以儒家學說規

〔註242〕〔南朝梁〕劉勰著；王運熙，周鋒譯注：《文心雕龍譯注》，上海古籍出版社 2010 年版，第 185 頁。

〔註243〕對於《上林賦》的作年，學界多有爭議。本文採納劉躍進《秦漢文學編年史》所持「元光元年（前 134）」的說法，而在此前的建元五年（前 136），武帝就已將《春秋》公羊學等今文經學設立於學官。更何況，《春秋》公羊學等今文經學對當時文人產生重大影響，並非從武帝設立五經博士之後才開始。五經博士的設立恰恰是漢統治者對今文經學之重大影響力的承認。又加之三國時人秦宓有「又翁遣相如東受七經，還教史民」（《三國志·秦宓傳》）的說法，雖不確切，但至少可以作為司馬相如具有一定的經學知識的旁證。考慮到當時經學的傳播情況，他所接觸到的經學也只有可能是今文經學。故而在上述前提下，我們說司馬相如創作《上林賦》受到《春秋》公羊學等今文經學的影響，並非無稽之談。

〔註244〕〔漢〕班固撰：《漢書》，中華書局 2012 年版，第 2202、2215 頁。

諫統治者的明顯動機，如《河東賦》勸勉漢成帝「軼五帝之遐跡兮，躡三皇之高蹤」；《校獵賦》則諷諫漢成帝「祗莊雍穆之徒，立君臣之節，崇賢聖之業，未皇苑囿之麗」〔註245〕。不獨大賦如此，在漢初就頗為興盛的詠物賦至西漢中後期也由單純的體物言志或敷贊諸侯變化為承載儒家思想主張的工具，如王褒的《洞簫賦》在形容洞簫樂聲效果時，即用到了「若慈父之畜子也」、「若孝子之事父」、「貪饕者聽之而廉隅兮，狼戾者聞之而不懟，剛毅強虣反仁恩兮」諸語，這明顯是出於對「化風俗之倫」〔註246〕的儒家樂論觀的自覺宣揚。由上可知，西漢賦作中的理想治世多是以儒家經學理念為藍圖的，所反映的治國主張也一本儒家學說。這是今文經學思想左右辭賦作者世界觀與價值觀的結果。

今文經學在浸潤漢代文學創作者世界觀和價值觀的同時，也在一定程度上改變了他們的思維模式。如皮錫瑞《經學歷史》所敘，自西漢初年到東漢中期，兩漢時人對經學的崇信有一個逐步加深的過程。在此過程中，經學思想日漸被當成放之四海皆準的真理。經學思想不可違拗，長此以往，便極大地壓抑了漢代文人的創造性思維。又加之今文經學在傳授過程中注重師承的傳統和兩漢統治者對經學學者恪守師法的提倡和要求，〔註247〕最終形成了漢代文化思想界保守、趨同的特徵。這一特徵在文學上則體現為好古、模擬之風的盛行。漢代文人既對五經充滿敬畏之情，又本著經世致用的態度對其加以運用，故而在寫作的過程中也就免不了以其行文風格為典範而自覺地加以模擬。兩漢統治者在此方面也起到了引領風氣的作用。劉勰《文心雕龍·詔策》說：「武帝崇儒，選言弘奧。策封三王，文同訓典；勸誡淵雅，垂範後代。」〔註248〕武帝作為獨尊經術的發起者，其詔策對《尚書》中訓、典的模仿自然會對士人的擬經之風產生極大的推動作用。愛屋及烏，那些深為統治者喜愛的作家和作品也多會藉由統治者的權威而成為眾人模仿的對象。

仿製前人作品的風氣，正是在武帝之後才蔚然興起的。揚雄是這方面的

〔註245〕〔漢〕班固撰：《漢書》，中華書局 2012 年版，第 3048、3060 頁。

〔註246〕〔清〕嚴可均輯；任雪芳審訂：《全漢文》，商務印書館 1999 年版，第 425 頁。

〔註247〕如《漢書·儒林傳》即記載孟喜因「改師法」而不被漢昭帝任用；光武帝時，顏氏春秋博士從缺，張玄因試策第一而得以補任，但由於他「兼說嚴氏、冥氏」，遂被光武帝撤換。

〔註248〕〔南朝梁〕劉勰著；王運熙，周鋒譯注：《文心雕龍譯注》，上海古籍出版社 2010 年版，第 93 頁。

集大成者，他早年喜愛司馬相如的大賦和屈原的作品，於是以之為式，作《甘泉賦》《羽獵賦》《廣騷》《反離騷》諸文，後來更是以「文似相如」而被漢成帝任用。思想發生轉變後，他又摒棄詩賦，一心鑽研經學，復又仿照《周易》而作《太玄》，模擬《論語》而作《法言》，仿古已經成為他進行創作活動的思維定勢。東方朔的《答客難》也是兩漢時人競相模仿的對象，揚雄即仿之以作《解嘲》，東漢時又有班固作《賓戲》，崔駰作《達旨》、張衡作《應間》等。這些模擬之作雖然在風格上與原作或有不同，但在藝術成就上卻呈現出後不如前的趨勢。正如洪邁所說：「東方朔《答客難》，自是文中傑出。揚雄擬之為《解嘲》，尚有馳騁自得之妙。至於崔駰《達旨》、班固《賓戲》、張衡《應間》，皆屋下架屋，章摹句寫，其病與《七林》同。」〔註249〕東漢諸作家對《答客難》一文的章摹句寫，反映了其時仿古之風的愈發盛行。這是以齊學為代表的今文經學對漢代文學發展所造成的消極影響。

　　如果說今文經學對漢代文學作品的宗旨以及作者思維模式的影響尚且是隱性與深層次的，那麼它對文學作品的風格和形式的影響卻是明顯且易為人們所感知的。在漢代今文經學中享有顯貴地位的《春秋公羊傳》，在解釋「京師」一詞時說：「京師者何？天子之居也。京者何？大也。師者何？眾也。天子之居，必以眾大之辭言之。」〔註250〕另一方面，又著力解釋《春秋》一書的微言大義之處，宣揚自身尊君、尚賢、親親、賤不肖諸義，說：「大夫不敵君也。」又說：「《春秋》為賢者諱」〔註251〕等，這顯然為漢大賦奢誇帝王、神化君權提供了理論依據，從而進一步鞏固和揚厲了漢大賦自漢初以來形成的浮誇虛美之風。司馬相如的《上林賦》以及揚雄的《甘泉賦》《羽獵賦》等作品，就極力美化和歌頌帝王的生活和統治，堪稱以「眾大之辭」鋪敘京師風土的代表作。但它們對於統治者舉措的失當卻一本儒家主文譎諫的精神，為尊者諱，因而也就難以達到規誡帝王的預期效果。正如揚雄晚年在論及漢賦的諷諫作用時所說：「諷乎！諷則已，不已，吾恐不免於勸也。」〔註252〕今文經學對漢大賦的這種影響一直延續到東漢，班固的《兩都賦》、張衡的《二

〔註249〕〔宋〕洪邁著；沙文點校：《容齋隨筆》，鳳凰出版社2009年版，第56頁。

〔註250〕王維堤，唐書文撰：《春秋公羊傳譯注》，上海古籍出版社2004年版，第72頁。

〔註251〕王維堤，唐書文撰：《春秋公羊傳譯注》，上海古籍出版社2004年版，第106、241頁。

〔註252〕汪榮寶撰；陳仲夫點校：《法言義疏》，中華書局1987年版，第45頁。

京賦》等京都題材的大賦在寫法上仍然採用了這種於盛美、誇飾之中寓以微諷的套路。

與對兩漢文學形式的影響相比，今文經學與文學的聯繫更直接地反映在文學作品對經學內容的直接徵引和化用上。如劉勰所說，漢代文人在寫作文章時，無不對經學「任力耕耨，縱意漁獵」，〔註253〕他們的作品中也並不缺少如「詩曰」、「書云」之類直接引用儒家經典之處。統治者對臣下的策問也往往明確要求其以經學作答，如武帝賜書嚴助，即要求他「具以春秋對」。〔註254〕成帝於白虎殿策問群臣治國之道，也要求「各以經對」。〔註255〕經學氛圍的濃厚與統治者的大力提倡，自然會使得此種引經據典的風氣影響到文人作品的風格。以奏議為例，自西漢中後期開始，奏議依經立義、託經以諷的現象就日漸增多，典型如匡衡的《上疏言政治得失》《上疏言治性正家》、劉向的《條災異封事》《諫營昌陵疏》、谷永的《上疏災異》等。奏議引經據典風氣顯示了時人依靠儒家經典解決現實問題的思維定勢，也使部分奏議顯示出典雅醇正的文風。但總體而言，這種附庸經典的做法不僅不利於作者情感的表達和創造力的發揮，而且使奏議顯得板滯、晦澀，甚至最終導致了政論散文藝術的僵化。

隨著兩漢文人受今文經學影響的日益加深，他們對文學作品的評判也一本經學觀念而日趨功利化和政治化。司馬遷是較早以儒家觀點作為文學價值評判尺度的漢代學者。他徵引劉安《離騷傳》中的話來高度評價屈原的《離騷》，認為「《國風》好色而不淫，《小雅》怨誹而不亂，若《離騷》者，可謂兼之矣……其文約，其辭微，其志潔，其行廉，其稱文小而其指極大，舉類邇而見義遠。」〔註256〕可知其時文人已將《詩經》視為衡量文學作品優劣的一個標杆。司馬遷曾師從董仲舒，他同意劉安稱讚《離騷》文約而指大，極有可能是受到了《春秋公羊傳》所發揚之微言大義精神的影響，也即看重文學作品「作辭以諷諫」〔註257〕的政治功能。因而他雖不滿於司馬相如賦作的靡麗多誇，卻又讚賞其用以諷諫、歸於無為的創作宗旨。與司馬遷相比，揚雄文

〔註253〕〔南朝梁〕劉勰著；王運熙，周鋒譯注：《文心雕龍譯注》，上海古籍出版社2010年版，第182頁。

〔註254〕〔漢〕班固撰：《漢書》，中華書局2012年版，第2419頁。

〔註255〕〔漢〕班固撰：《漢書》，中華書局2012年版，第2324頁。

〔註256〕〔漢〕司馬遷撰：《史記》，中華書局2011年版，第2184頁。

〔註257〕〔漢〕司馬遷撰：《史記》，中華書局2011年版，第2870頁。

論的經學色彩更為純粹。他不僅自覺將諷諫帝王作為自己創作漢大賦的宗旨，而且對司馬遷的《史記》也頗有不滿。他認為《史記》「不與聖人同，是非頗謬於經」，〔註258〕可知他對以儒家是非觀念作為文學評價標準的自覺性，顯然又高於更偏重於黃老道學的司馬遷。

以上只是對以齊學為代表的今文經學與西漢中後期文學之間關係的簡單梳理，遠不能涵蓋經學對兩漢文學所具有的影響。還需說明的是，以齊學為代表的今文經學對漢代文學發生影響也絕不僅僅侷限於西漢中後期。自武帝以迄東漢後期，今文經學一直處於官學的地位，故而它對漢代文學的影響和制約也應是保持到西漢之後的。只不過在時代環境、自身發展和古文經學興起等因素的綜合作用下，齊派今文經學對東漢文學的影響已主要藉由其所衍生出的讖緯之學來實現。

三、讖緯興盛與東漢文學的奇偉辭富

恩格斯說：「真理和謬誤，正如一切在兩極對立中運動的邏輯範疇一樣，只是在非常有限的領域內才具有絕對的意義……如果我們企圖在這一領域之外把這種對立當作絕對有效的東西來運用，那我們就會完全遭到失敗；對立的兩極都向自己的對立面轉化，真理變成謬誤，謬誤變成真理」。〔註259〕西漢末年，日趨惡劣的社會環境是主流意識形態的破壞者，這導致由今文經學所構建起的皇家權威受到人們的質疑，並激發了王莽等權臣的別出心裁，跨略陳規，從而使經學中原本屬於附庸、糟粕的東西，轉而成為他們企圖改變現狀的強大思想武器。元始五年（5），謝囂上奏武功長孟通濬井所得白石，白石上有丹書云：「告安漢公莽為皇帝。」〔註260〕王莽借機上位，暫代皇帝行使權力。這一事件所體現出的當時思想文化領域最本質的變化，即是「天人感應」學說開始從對儒家經義的依附中掙脫出來，並逐漸成為左右社會思潮的中堅力量。

讖緯作為以讖語解經，或以儒經中隻言片語附會成讖語的手段，即是在上述環境中產生並流行的。讖與緯原本互相獨立，讖語早出，多以圖記或隱語的形式出現，對重大的社會、政治事件作出預測；緯書在漢時方有，乃相

〔註258〕〔漢〕班固撰：《漢書》，中華書局2012年版，第3082頁。

〔註259〕中共中央馬克思、恩格斯、列寧、斯大林著作編譯局編：《馬克思恩格斯選集》（第三卷），人民出版社1972年版，第130頁。

〔註260〕〔漢〕班固撰：《漢書》，中華書局2012年版，第3488頁。

對於儒經而言，多指以神學理論附會、解釋儒家經典而成的各種著作。由於齊學本就是以儒學為主幹，輔之以陰陽、道、法諸學派學說而構成的學術體系，所以推演陰陽五行，預測禎祥災異的讖緯學說在很大程度上可視為齊學在新的歷史條件下發生流變的結果，其學說的實質也並未溢出齊學的範圍。光武帝認為不信讖緯之說的桓譚「非聖無法」，〔註261〕由此事件，可以尋繹今文經學在新的歷史條件下發生的變異及其對文學新變所產生的影響。

沛人桓譚，《東觀漢記》說他「少好學，徧治五經。能文，有絕才，而喜非毀俗儒，由是多見排詆。」〔註262〕《後漢書·桓譚列傳》也強調桓譚於「博學多通，遍習五經」之外，又「尤好古學，數從劉歆、揚雄辨析疑異」。〔註263〕由於讖緯與齊派今文經學淵源頗深，〔註264〕西漢末年的經學新變、讖緯盛行，當以齊學傳人為中堅力量。而此種學術風氣上的變遷，又存在著學派間的差異。以文字詁訓、名物制度為治學重點的古文學派，認為六經皆史，這自然與關注現實政治且靈活權變的齊學破有不同。古文學派的代表人物賈逵即說：「左氏義深於君父，公羊多任於權變，其相殊絕，固以甚遠，而冤抑積久，莫肯分明。」〔註265〕這說明此時學人的心目中，今、古兩派經學是涇渭分明的。范曄《後漢書》所列反對讖緯的人物，如桓譚、鄭興、尹敏、張衡等，皆為傾向於古文學派的博學多識之士。而齊學人物，如楊震、蘇竟、任安、楊由、景鸞、謝夷吾、何休等，則無不以善緯名世。

《後漢書·鄭興列傳》說：「興術言政事，依經守義，文章溫雅，然以不善讖故不能任。」〔註266〕《後漢書·賈逵列傳》也說：「桓譚以不善讖流亡，鄭興以遜辭僅免，賈逵能附會文致，最差貴顯。」〔註267〕鄭興的「不能任」與賈逵的「貴顯」都表明，讖緯是得到東漢統治者大力支持和重視的。由張衡奏疏中「賈逵摘讖互異三十餘事，諸言讖者皆不能說」〔註268〕的敘述可知，賈逵實際上並不迷信讖緯。然而他卻因善於附會讖語進言而得高位，這顯示出讖緯緣飾政治的實用性，並使我們明白，兩漢之際思想文化變革的實質不

〔註261〕〔南朝宋〕范曄撰：《後漢書》，中華書局2012年版，第754頁。
〔註262〕〔漢〕班固等撰：《東觀漢記》，中華書局1985年，第137頁。
〔註263〕〔南朝宋〕范曄撰：《後漢書》，中華書局2012年版，第749頁。
〔註264〕鍾肇鵬：《讖緯與齊文化》，《管子學刊》1993年第3期，第32～40頁。
〔註265〕〔南朝宋〕范曄撰：《後漢書》，中華書局2012年版，第978頁。
〔註266〕〔南朝宋〕范曄撰：《後漢書》，中華書局2012年版，第968頁。
〔註267〕〔南朝宋〕范曄撰：《後漢書》，中華書局2012年版，第982頁。
〔註268〕〔南朝宋〕范曄撰：《後漢書》，中華書局2012年版，第1530頁。

過是以讖緯之學替代今文經學來作為統治者在新的歷史條件下用來緣飾政治的工具。桓譚之類的博學多識之士，秉持舊的學術宗旨入仕新朝，也就注定了其在政途上的失意。與之相關的是，這些人的文學作品也較少受到讖緯神學的影響，而表現出徵實、雅正的經學色彩，成為東漢文壇中游離於主流文學之外的「非主流」。

以西漢經學興盛時期的文學為參照，來探討讖緯給東漢文學帶來的新變無疑極具操作性。劉勰《文心雕龍‧正緯》對讖緯的文學價值總結說：「事豐奇偉，辭富膏腴，無益經典，而有助文章。是以後來辭人，採摭英華。」〔註 269〕認為讖緯對於文學的主要貢獻在於華美的辭藻和典故。對此，學界已多有論述，比如孫蓉蓉《劉勰論讖緯之『有助文章』》就從「事豐」和「辭富」兩個角度出發，來尋求結論。她認為，讖緯本身即具有較高的文學性，並在思想傾向、成語句式、題材內容等方面對漢魏六朝時期的文學創作產生了深刻的影響。〔註 270〕作者認識到漢魏六朝文學與讖緯間的密切關係是十分有見地的，但漢代的經學與讖緯、儒家與天人學說之間，並非處於完全隔絕的狀態，為何漢代文學宣揚的陰陽五行、天人感應、符瑞災異等思想是受讖緯而非經學影響，該文還是難以作出圓滿的解釋。筆者認為，要探究西漢末年以來文學的發展，就必須對其時的經學發展情況予以高度重視。東漢文學的發展是在經學新變的影響下產生的，讖緯即是經學新變的產物。學界在探討讖緯對文學的影響時，一般好從其時文學作品中反映的「天人感應」、「符瑞災異」等思想方面立論。然而，此類思想在讖緯盛行之前的文學作品中也有出現，它們並非讖緯為文學帶來的獨特變化。唯一不同的是，在讖緯流行後，反映此類思想的文學作品在數量和內容比重上都較此前有了顯著的增加。以漢賦為例，據學者統計，在西漢末年至東漢中期這一讖緯流行的時段內，涉及「君權神授」、「祥瑞」等讖緯題材的賦作「在漢賦中所佔的比重遠高於西漢時期」，而其作家也包括了班彪、杜篤、傅毅、崔駰、班固和黃香六人，占到了此一時期賦家總數的「百分之三十二」。〔註 271〕

〔註 269〕〔南朝梁〕劉勰著；王運熙，周鋒譯注：《文心雕龍譯注》，上海古籍出版社 2010 年版，第 15 頁。

〔註 270〕孫蓉蓉：《劉勰論讖緯之『有助文章』》，《南京師大學報（社會科學版）》，2004 年第 3 期，第 116～122 頁。

〔註 271〕馮維林：《論讖緯與漢賦創作的關係》，《蘭州學刊》，2008 年第 6 期，第 154 頁。

劉勰《文心雕龍‧時序》在談及東漢文學新變時說：「中興之後，群才稍改前轍，華實所附，斟酌經辭，蓋歷政講聚，故漸靡儒風者也。」〔註272〕此處為文學所資取的「經辭」自然是指附會經學的讖緯之辭。在那個「儒者爭學圖緯」的年代，經學一如章帝時體現統治者意志的《白虎通義》，「徵引六經傳記而外涉及緯讖」，〔註273〕且於徵引經典時又往往先讖緯而後六經，反映出讖緯在東漢經學體系中的崇高地位。讖緯對漢代文學影響的最明顯之處，乃在於通過其自身的「事豐」和「辭富」為東漢作家提供「採其雕蔚」的資源，從而增加了文學作品的奇麗色彩。以班固的《典引》為例，該文便參酌緯書，暢言祥瑞之事：「是以來儀集羽族於觀魏，肉角馴毛宗於外囿，擾緇文皓質於郊，升黃輝採鱗於沼，甘露宵零於豐草，三足軒翥於茂樹。若乃嘉穀靈草，奇獸神禽，應圖合諜，窮祥極瑞者，朝夕坰牧，日月邦畿，卓犖乎方州，洋溢乎要荒。昔姬有素雉、朱烏、玄秬、黃麰之事耳。」〔註274〕上述內容既非作者真實所見，也與體物無關，但卻給人以色彩濃麗、意象新奇之感。又如王延壽的《魯靈光殿》描述殿內的奇異景色說：「據坤靈之寶勢，承蒼昊之純殷；包陰陽之變化，含元氣之煙熅。玄醴騰湧於陰溝，甘露被宇而下臻。朱桂黝儵於南北，蘭芝阿那於東西。祥風翕習以颯灑，激芳香而常芬。」〔註275〕作者將各種日常生活中少見的祥瑞之象井然有序地鋪敘羅列，不僅使該賦呈現出色彩濃郁的華麗之美，更以其生動的意象和物象讓人有身臨其境之感。通過李善所作的注釋可知，該賦所敘「玄醴」、「甘露」、「蘭芝」、「祥風」等意象無不與緯書有著莫大的關聯。可以說，正是讖緯所蘊含的豐富辭藻、典故，為時人的文學創作提供了更多可供引用和描寫的事物，並有利於激發和豐富人們的想像力，使文學進一步擺脫典雅、徵實等經學準則的束縛，呈現出華麗奇詭的嶄新文風。

但也必須看到，讖緯影響下的文學並沒有摒棄對現實的關注，而是表現出極強的政治功利性。《後漢書‧曹褒列傳》記載漢章帝準備制定禮樂，於是

〔註272〕〔南朝梁〕劉勰著；王運熙，周鋒譯注：《文心雕龍譯注》，上海古籍出版社2010年版，第215頁。

〔註273〕〔清〕永瑢等撰：《四庫全書總目》，中華書局1965年版，第1015頁。

〔註274〕〔漢〕班固著；〔明〕張溥輯；白靜生校注：《班蘭臺集校注》，中州古籍出版社2002年版，第78頁。

〔註275〕〔南朝梁〕蕭統編；〔唐〕李善等注：《六臣注文選》，中華書局2012年版，第221頁。

在元和二年（807）下詔說：「《河圖》稱『赤九會昌，十世以光，十一以興』。《尚書琁機鈴》曰：『述堯理世，平制禮樂，放唐之文。』予末小子，託於數終，曷以纘興，崇弘祖宗，仁濟元元？《帝命驗》曰：『順堯考德，題期立象。』且三五步驟，優劣殊軌，況予頑陋，無以克堪，雖欲從之，末由也已。每見圖書，中心惡焉。」〔註276〕由此詔書的內容可知其時讖緯於統治者心目中的功用，即期許它能如經學一般，發揮官方意識形態的作用，成為維持漢代統治秩序的中堅力量。與政治聯繫緊密的詔書雖不可能代表所有體裁文學的發展狀況，但在以文學作為鴻業點綴的時代，文學受到政治影響甚至擺佈的情況是可以想見的，其主要的創作宗旨仍如經學影響下的西漢中後期文學一樣，重在維持統治者的統治秩序和無上權威。

讖緯可資文學利用的材料，除上文所言的祥瑞之兆外，還主要包括君王受命、災異、神話以及陰陽五行、天文地理等學術知識。杜篤《論都賦》敘述漢高祖滅秦一事說：「天命有聖，託之大漢。大漢開基，高祖有勳，斬白蛇，屯黑雲，聚五星於東井，提干將而呵暴秦。」〔註277〕班固《兩都賦》在言及光武帝建國一事時則說：「下人號而上訴，上帝懷而降監，乃致命乎聖皇。於是聖皇乃握乾符，闡坤珍，披皇圖，稽帝文，赫然發憤，應若興雲，霆擊昆陽，憑怒雷震。」〔註278〕便是將天人感應思想、君王受命神話、符瑞災異之說一併納入賦中，稱頌漢有天下乃天經地義。即或是極力反對讖緯學說的張衡，也不能完全擺脫讖緯的影響。其《東京賦》說：「高祖膺籙受圖，順天行誅，杖朱旗而建大號。」李善注曰：「膺籙，謂當五勝之籙。受圖，卯金刀之語。順天，謂順天命而起。又悟神姥之言，舉朱旗而大呼，天下之英雄與其定事也。」〔註279〕可知在涉及王朝正統性等重大政治問題上，張衡雖然明知讖緯虛妄，卻仍援引以證劉漢政權的正統性和神聖性。究其原因，固然與讖緯粉飾政治的本質有關，但也緣於京都大賦誇頌帝德的職能。因此，讖緯學說中代表不祥之兆的災異現象便絕難出現在大賦之中，而是多為公文系統所利用，以作君主撫民自省或臣下勸行善政的理論依據。典型如蔡邕的《對詔問

〔註276〕〔南朝宋〕范曄撰：《後漢書》，中華書局2012年版，第951頁。
〔註277〕〔南朝宋〕范曄撰：《後漢書》，中華書局2012年版，第2088頁。
〔註278〕〔漢〕班固著；〔明〕張溥輯；白靜生校注：《班蘭臺集校注》，中州古籍出版社2002年版，第22頁。
〔註279〕〔南朝梁〕蕭統編；〔唐〕李善等注：《六臣注文選》，中華書局2012年版，第64頁。

災異八事》，即充分利用讖緯學說和眾多災異現象來勸諫漢靈帝尚賢任能、警惕外戚、省刑減賦。其他如李郃的《因日蝕地震上安帝書》、楊賜的《虹蜺對》、郎顗的《對狀尚書條便宜七事》等，也都是借災異現象以言政事的作品。由上述文人作品中徵引讖緯的情況可知，讖緯不僅是東漢文人神化開國君主、誇頌帝德的絕佳材料，更為該時期文學關注社會民生提供了理論上的支持。

東漢文學敘事模式的形成和發展，同樣與讖緯有著不解之緣。從讖緯的內容來看，它是在依附經學典籍的基礎上，有選擇地吸收前代神話傳說、學術理論而形成的一種學說。由於其所擷取的先代知識和材料多具有相似的性質，且又常被文學創作者視為神聖而不可質疑的記載加以引用，這便決定了讖緯在形成我國古代文學敘事傳統方面所具有的重要地位。具體而言，讖緯對發展我國古代文學敘事模式的貢獻有二：一是對聖人和帝王的神化敘述。在讖緯中，凡是偉大人物的出生、相貌或用世必然是異於常人且神秘震撼的。《春秋握誠圖》在敘述劉邦的家世時即說：「劉媼夢赤鳥如龍，戲己，生執嘉……執嘉妻含始遊雒池，赤珠出，刻曰：玉英吞此者為王客。以其年生劉季，為漢皇。」〔註280〕《孝經鉤命決》則以「斗唇」、「虎掌」、「龜背」、「輔喉」、「駢齒」、「海口」〔註281〕來形容孔子的相貌。又如《尚書中候》言及姜尚為文王所用的場景時說：「王即田雒水畔，至磻溪之水，呂尚釣於厓。王下拜曰：切望公七年，乃今見光景於斯。尚立變名答曰：望釣得玉璜，刻曰：姬受命，呂佐旌，德合昌，來提撰，爾雒鈐，報在齊。」〔註282〕上述諸例皆源於作者對先代神話傳說的繼承和改造，其目的在於為封建權威的合法性提供神理依據，進而起到穩固政權的作用。讖緯的這種敘事模式，也就自然會被懷有同樣目的的文學作品所吸收和利用。

二是鞏固和強化了文學在敘述自然、人事變動上的天人合一模式。讖緯學者依據天人感應和五德剋生的理念，將自然與人事、今古和未來附會牽合於一起，形成一種經天緯地、跨越時空的宏大敘事模式，並以此演繹出一個個具體而生動的故事。其中天人感應理論多用以解釋、附會日常人事的狀態。

〔註280〕〔日〕安居香山，中村璋八輯：《緯書集成》，河北人民出版社 1994 年版，第 826 頁。

〔註281〕〔日〕安居香山，中村璋八輯：《緯書集成》，河北人民出版社 1994 年版，第 1011 頁。

〔註282〕〔日〕安居香山，中村璋八輯：《緯書集成》，河北人民出版社 1994 年版，第 411 頁。

學者們認為，一件奇異或重大事情的發生必然有其深刻的寓意，也必然與其他事件之間存在著神秘而複雜的聯繫，如《禮稽命徵》說：「天子祭天地、宗廟、六宗、五嶽，得其宜，則五穀豐，雷雨時至，四夷貢物，青白黃馬，黃龍翔，黃雀集。」〔註283〕《易緯通卦驗》也說：「不順天地，君臣職廢，則乾坤應變。天為不放，地為不化，終而不改，則地動而五穀傷死。上及君位，不敬宗廟社稷，則震巽應變，飄風發屋折木，水浮梁，雷電殺人，此或出人暴應之也。」〔註284〕因此，人們對於未來將要發生的事件是可以藉由過去和現在出現的徵兆、符瑞而作出相應的預測或防範的，這便形成了漢代公文借祥瑞、災異以言政事得失的固定寫作思維和模式。五德相剋相生的理論則多被運用到朝代更替的敘述中去，以神化政權統治的正義性。《禮稽命徵》說：「其天命以黑，故夏有玄珪。天命以白，故殷有白狼銜鉤。天命以赤，故周有赤雀銜書。」〔註285〕《春秋演孔圖》則以「卯金刀、名為劉。中國東南出荊州，赤帝後次代周」〔註286〕來為光武帝復興漢政權服務，而所謂「赤帝後次代周」，也即表明漢為五德中之火德，當替代具有木德的周朝而立。此種對王朝興替所採用的敘述方式也為東漢京都大賦等體裁的文學作品所吸收，並逐漸流行和固定下來，為後來同類題材的文學作品敘事提供了重要參考，如產生於魏晉南北朝時期的《博物志》《搜神記》《拾遺記》《漢武故事》等志怪小說，即被認為在敘事手法和題材內容上都對讖緯有著明顯的繼承。〔註287〕

　　除卻在藝術形式、風格以及辭藻典故等方面對東漢文學形成較大的影響外，讖緯自身內容所具有的文學價值也很值得我們探究。讖緯中不乏有關山川異物、神話傳說、天文地理的記載，如果與《山海經》《淮南子》《史記》等書的同題材內容加以比較即可看出，緯書無論在內容的詳實程度，還是在敘事手法的運用方面都顯得更為高明。同樣是對大人國的記載，《山海經‧海外

〔註283〕〔日〕安居香山，中村璋八輯：《緯書集成》，河北人民出版社1994年版，第509頁。

〔註284〕〔日〕安居香山，中村璋八輯：《緯書集成》，河北人民出版社1994年版，第217～218頁。

〔註285〕〔日〕安居香山，中村璋八輯：《緯書集成》，河北人民出版社1994年版，第507～508頁。

〔註286〕〔日〕安居香山，中村璋八輯：《緯書集成》，河北人民出版社1994年版，第581頁。

〔註287〕孫蓉蓉：《讖緯與漢魏六朝的志怪小說》，《中國文化研究》2011年夏之卷，第47～58頁。

西經》說：「大人國在其北，為人大，坐而削船。」〔註288〕而《河圖括地象》的記載卻更加詳實、生動：「大人國，其民孕三十六年而生兒。生兒長大，能乘雲，蓋龍類。去會稽四萬六千里。」〔註289〕此外如《河圖括地象》對崑崙山、穿胸國、猩猩、奇肱之民等事物的記載，《龍魚河圖》對皇帝戰蚩尤的描述等，都顯示出了較高的藝術水平。這是由讖緯自身的性質所決定的，它一方面對西漢經學文本的敘事和思想有著繼承的一面，因而其寫作主旨仍是干預現實社會的；另一方面，其對奇詭怪誕之事的著力追求，又使其較少受到如史學和經學般對文本真實性、正統性要求的束縛，故能比較自由地發揮創意和想像，展現出更多的文學性。從這種意義上說，讖緯中的許多情節敘事實為後世志怪小說在形成和發展過程中十分重要的一環。

綜上所述，假如承認兩漢時期文學的不斷變化發展，那就應該看到，體現齊地文人思維方式的黃老道學、經學、讖緯等學術文化，不僅在當時的學術體系中佔有舉足輕重的地位，而且對兩漢及後世文學的發展也作出了我們所不能忽略和抹殺的貢獻。

〔註288〕陳成撰：《山海經譯注》，上海古籍出版社 2012 年版，第 228 頁。
〔註289〕〔日〕安居香山，中村璋八輯：《緯書集成》，河北人民出版社 1994 年版，第 1103 頁。

第三章　齊地文人的籍貫分布與
　　　　　兩漢文學

第一節　兩漢齊地文人考

　　由文人入手研究兩漢齊地文學的創作情況，首先即需明瞭兩漢時代的齊地有哪些文人，茲作《兩漢齊地文人表》。關於此表，有以下幾點需要說明：

　　其一，本文所謂「兩漢」，乃上起公元前 206 年（西漢高祖元年），下止 220 年（東漢獻帝建安二十五年），一併包含王莽新朝時期（公元 8 年～公元 23 年）在內的一個時段。本文斷定文人的朝代歸屬，不以生卒年為據，而是以其活躍或主要作品創作的時間為準。試舉例：

　　齊人浮丘伯，於秦時即曾以《詩經》授申公和楚元王劉交，錢穆、蒙文通等人甚至認為他就是秦朝博士鮑白令之。〔註 1〕但他在呂后執政時依然活躍，且影響比秦時更大，故本文以西漢人視之而予以表錄。

　　東萊曲城人王基，出生於初平元年（190），但他的主要活動和影響卻在曹魏時代，故本表不予收錄。與王基相比，諸葛亮的情況較為特殊。諸葛亮的主要作品的創作和最高社會地位的取得雖都在漢亡之後，但他在效力劉備後，即以「興復漢室，還於舊都」〔註 2〕為畢生之奮鬥目標。有鑑於此，本文

〔註 1〕錢穆著：《兩漢經學今古文平議》，商務印書館 2005 年版，第 193 頁。
〔註 2〕〔三國〕諸葛亮著；段熙仲，聞旭初編校：《諸葛亮集》，中華書局 2012 年版，
　　　　第 6 頁。

仍視其為漢代文人。此外，諸葛亮的兄弟諸葛瑾與諸葛均雖同樣生於東漢滅亡之前，但因不具備上述條件而不予表錄。

其二，本文對「文人」身份的界定，參考上文對兩漢「文學」所作之定義，以讀書能文者為文人。凡符合下列情況者一概予以收錄：

1. 有著述存世者；

2. 未有著述存世而史、志言其能文者；

3. 未有著述存世而能通學術者。

之所以作如此界定，一是因為兩漢「文」的概念十分寬泛，沒有一個約定俗成的涵義，所以本文採用廣義上的「文學」觀念，將「文」視為兩漢時代的一切著述；二是因為兩漢時代似乎也不存在現代意義上的純粹文學家。即使是被視為我國現存第一部文學總集的《昭明文選》和被認為是我國古代最系統的文學理論巨著《文心雕龍》，也都收錄或論及了如孔安國、馬融等在今天被視為經學家的人物。

其三，表格內容一般包括文人生卒年、籍貫、身份、主要著作、學術成就等五方面，以梳理齊地文人的籍貫為重點。

其四，本表遴選兩漢文人所據之材料，共分四類：

1. 前四史及兩漢其他相關史籍、碑刻和文物材料；

2. 相關文學作品彙編所收作者，如《昭明文選》《玉臺新詠》、逯欽立《先秦漢魏晉南北朝詩》、嚴可均《全上古三代秦漢三國六朝文》、費振剛等人的《全漢賦》等；

3. 相關文學批評著作所論諸人，如劉勰《文心雕龍》、鍾嶸《詩品》等書所論及之人；

4. 後世藝文志及其他相關文學作品目錄材料所收諸人，如《隋書·經籍志》、補正史藝文志（姚振宗《漢書藝文志拾補》《後漢書藝文志》《三國藝文志》；顧櫰三、錢大昕、曾樸三家《補後漢書藝文志》）以及程章燦《先唐賦存目考》、胡旭《先唐別集敘錄》《先唐文苑傳箋證》等材料所錄諸人。

以上四項中以前四史記載為主要依據，凡據前四史以外資料錄入者均注以說明。對於前四史中只錄其姓名而無詳實事蹟可考者，結合其家世，酌情以其名位重者加以選錄。具體而言，則以職位較高（刺史、太守及以上）或大夫、議郎、謁者等與文學關聯性較強的文官為主。如據《史記》記載，東方朔

之子為侍謁者。謁者的職責是掌管來賓的贊禮、接待等朝中事務，對任者自身的文化素養要求較高，故雖其職位較低，但本文予以收錄；又如《後漢書·任光傳》說泰山肥城人劉詡在更始帝時曾拜濟南太守。太守雖是漢代的高級文官，但由劉詡「寇掠河、濟間」，「行大將軍事」〔註3〕的行跡來看，其當係武人出身，故本表不予收錄。他如臧霸、孫觀等人亦復如是。另，世襲勳爵者，如無世傳經學的家世或其他與文學相關活動之記載，雖位高而不錄。

其五，文人生卒年一概以公元紀年。生卒年份不能確定而大致可考者，則於疑不能定處加「？」；全無線索可考者，以其活躍之大致時代標注。如婁敬，其生卒年不可考，則標為「高祖時人」；生活年代不能明者，則標「不明何時」。

其六，文人的籍貫和著作情況據正史而定，籍貫地以《漢書·地理志》所敘齊地郡國的行政區劃情況為準。東漢時期齊地發生的少許行政區域變動，不在本表考慮之內。對籍貫記載不明者，予以考證；無從考證者，以「齊」標注。

其七，本表對作者的著述擇要入錄，史書對其著作有明確記載者，一般錄入史載別集的名稱或相關著作情況。如《漢書·藝文志》錄有「東方朔二十篇」，則東方朔的著述情況即以此錄入。又如齊人薛方，史書藝文志雖未收錄他的作品，但《漢書·薛方傳》卻說他「喜屬文，著詩賦數十篇」。故其著述情況也以「詩賦數十篇」錄入。

史書無確載，又無別集而僅存散帙零篇者，除特別說明出處者之外，一律按照《全上古三代秦漢三國六朝文》《先秦漢魏晉南北朝詩》等書的作品著錄情況予以說明。

鑒於漢代文體的駁雜，略將其分為詩、賦（包括七體）、文三類，以便直觀。

其八，本表以郡、國為單位，對兩漢齊地各郡、國人物分別加以統計。每郡、國文人內部則略以時代、生年先後次之。又為方便直觀和比較，將此表分為西漢和東漢兩部分。西漢齊地文人表始於漢高祖劉邦元年（前206年），終於更始帝劉玄更始三年（25年）；東漢齊地文人表，始於光武帝劉秀建武元年（25年），終於漢獻帝劉協建安二十五年（220年）。

〔註3〕〔南朝宋〕范曄撰：《後漢書》，中華書局2012年版，第590頁。

表 3.1　西漢齊地文人表（前 206～25 年）

姓　名	生卒年	籍　貫	主要身份	主要著作	學術成就
浮丘伯	秦末漢初	齊郡臨淄〔註4〕	儒生		詩經
劉襄	？～前179	齊郡臨淄	齊王	文1篇	
劉章	前200～前176	齊郡臨淄	城陽王	詩1篇	
淳于意	文帝時人	齊郡臨淄	醫家	《診籍》	醫術
淳于緹縈	文帝時人	齊郡臨淄	列女	文1篇	
劉偃	前188？～前113	齊郡臨淄	宗室	賦19篇	
主父偃	武帝時人	齊郡臨淄	謀士、官吏	《主父偃》二十八篇	縱橫術
嚴安	武帝時人	齊郡臨淄	文士、官吏	文1篇	
周堪	宣、元時人	齊郡〔註5〕	儒生、官吏		尚書
駟先生	元帝時人	齊郡〔註6〕	處士		司馬兵法
樓護	成帝至新朝	齊郡	官吏		
薛方	成帝至新朝	齊郡	儒生、處士	詩賦數十篇	
栗融	成帝至新朝	齊郡	官吏、處士		
炔欽	成、哀時人	齊郡	儒生、官吏	文1篇	
公孫弘	武帝時人	菑川國薛	儒生、官吏	《公孫弘》十篇	公羊春秋
鄒長倩	武帝時人	菑川國	文士	文1篇	
公孫度	武帝時人	菑川國薛	儒生、官吏		
楊何	武帝時人	菑川國	儒生、官吏	《楊氏》二篇	易經
長孫順	宣、元時人	菑川國	儒生、官吏		韓詩
任公	元帝時人	菑川國	儒生、官吏		公羊春秋
劉京	新朝時人	菑川國	宗室、官吏	文1篇	

〔註4〕明人馮惟訥等人所纂《嘉靖青州府志・卷十五・儒林》錄「浮丘伯」云：「臨淄人。申公、楚元俱叢受詩。」本文暫從此說。

〔註5〕一說周堪為渤海文安人，如朱熹《資治通鑒綱目・卷六》「黃龍元年三月」條、李賢《大明一統志・京師・人物》等，此從《漢書・儒林傳》。

〔註6〕《漢書・淮陽憲王傳》載張博語曰：「聞齊有駟先生者，善為《司馬兵法》，大將之材也，博得謁見，承間進問五帝三王究竟要道，卓爾非世俗之所知。」按張博為元帝時人，其時齊國在齊王劉閎去世（前110年）後已除國，故張博所謂「齊」，當指齊郡。

栗豐	宣、元時人	泰山郡	儒生、官吏		韓詩
鄭昌	宣、元時人	泰山剛	儒生、官吏	文2篇	
鄭弘〔註7〕	？～前37年	泰山剛	儒生、官吏		
冥都	元帝時人	泰山郡	儒生、官吏		公羊春秋
屯莫如	元、成時人	泰山郡	儒生、官吏		
王章	？～前24年	泰山鉅平	儒生、官吏	文2篇	
馬嘉	成、哀時人	泰山郡	儒生、官吏		
毛莫如	哀、平時人	泰山郡	儒生、官吏		
劉盆子	前10～？	泰山式	宗室	文1篇	
蓋公	高祖時人	高密國	黃老家、謀士		黃老
王同	高祖時人	琅邪東武	儒生	《王氏》二篇	易經
王仲	文帝時人	琅邪不其	處士、謀士		
王延年	武帝時人	琅邪人	官吏		
王吉	？～前48年	琅邪皋虞	儒生、官吏	文3篇	五經
王駿	？～前14年	琅邪皋虞	儒生、官吏	文2篇	
王扶	昭、宣時人	琅邪郡	儒生、官吏		
梁丘賀	宣帝時人	琅邪諸	儒生、官吏	《梁丘氏章句》二篇	易經
梁丘臨	宣帝時人	琅邪諸	儒生、官吏		易經
貢禹	前124～前44	琅邪郡	儒生、官吏	文10篇	公羊春秋
笁路	元帝時人	琅邪郡	儒生、官吏		公羊春秋
諸葛豐	元帝時人	琅邪諸〔註8〕	儒生、官吏	文2篇	
王中	元帝時人	琅邪郡	儒生、官吏		公羊春秋
公孫文	元帝時人	琅邪郡	儒生、官吏		
東門雲	元帝時人	琅邪郡	儒生、官吏		
張譚	元帝時人	琅邪郡	儒生、官吏		

〔註7〕據《漢書‧公孫劉田王楊蔡陳鄭傳第三十六》記載:「鄭弘字稚卿,泰山剛人也。」此外,《後漢書‧朱馮虞鄭周列傳第二十三》也記有一位鄭弘,云:「鄭弘字巨君,會稽山陰人也。」兩者不同時,非一人。

〔註8〕《漢書‧諸葛豐傳》只云:「諸葛豐字少季,琅邪人也。」而明人馮惟訥等人所纂《嘉靖青州府志‧卷十四‧人物》則錄「諸葛豐」云:「字少季。琅邪諸城人。」本文暫從此說。

貢□（禹子）	元、成時人	琅邪郡	官吏		
師丹	？～5年	琅邪東武	儒生、官吏	《師丹集》五卷〔註9〕	齊詩
魯伯	元、成時人	琅邪郡	儒生、官吏		
伏理	成帝時人	琅邪東武	儒生、官吏		齊詩
王賞	成帝時人	琅邪人	儒生、官吏		
徐良	成帝時人	琅邪郡	儒生、官吏		大戴禮學
遂義	成、哀時人	琅邪郡	儒生、官吏		
王崇	成、平時人	琅邪皋虞	官吏		
邴漢	成、平時人	琅邪郡	官吏		
伏湛	？～37年	琅邪東武	儒生、官吏	文2篇	
伏黯	哀、平時人	琅邪東武	儒生、官吏	齊《詩》解說九篇	齊詩
殷崇	哀、平時人	琅邪郡	儒生、官吏		尚書
邴丹	哀、平時人	琅邪郡	官吏		易經
左咸	哀、平時人	琅邪郡	官吏		公羊春秋
房鳳	哀帝時人	琅邪不其	儒生、官吏		穀梁春秋
紀逡	新朝時人	琅邪郡	儒生、官吏		
王璜	新朝時人	琅邪郡	儒生	文1篇	易經古文尚書
皮容	新朝時人	琅邪郡	儒生、官吏		齊詩
徐子盛	哀、平時人	琅邪郡	儒生		
伏勝	秦至文帝	濟南郡	儒生	《尚書大傳》	尚書
公玉帶	武帝時人	濟南郡	方士		
伏孺	武帝時人	濟南郡	儒生		
張生	武帝時人	濟南郡	儒生、官吏		尚書
終軍	前133？～前112	濟南郡	文士、官吏	《終軍》八篇	
王訢	武帝時人	濟南郡	官吏		

〔註9〕《隋書·經籍志》著錄漢司空《師丹集》一卷，下注有：「梁三卷，錄一卷。」然《舊唐書·經籍志》《新唐書·藝文志》皆著錄《師丹集》五卷。按胡旭師《先唐別集敘錄》的說法，兩《唐志》著錄《師丹集》卷數之所以與《隋志》不同，概因唐玄宗時期廣徵天下圖書而令《師丹集》失而復得，此據錄《師丹集》為五卷。

王譚	宣帝時人	濟南郡	官吏		
林尊	宣帝時人	濟南郡	儒生、官吏		尚書
石顯	元、成時人	濟南郡	文士、官吏		
王咸	哀帝時人	濟南郡	儒生		
東方朔	武帝時人	平原厭次	文士、官吏	《東方朔》二十篇	雜家
東　方　？（朔子）	武帝時人	平原厭次	官吏		
趙彭祖	昭帝時人	平原郡	儒生、官吏		
高嘉	元帝時人	平原般	儒生、官吏		魯詩
王賞	成帝時人	平原郡	儒生、官吏		
高容	哀、平時人	平原般	儒生、官吏		
李子雲	新朝時人	平原郡	處士		
王君公	新朝時人	平原郡	處士		
欒大	武帝時人	膠東國	方士、官吏		方術
徐萬且	武帝時人	膠東國	天文家		天文
庸譚	宣帝時人	膠東國	儒生、官吏		古文尚書穀梁春秋
衡胡	武帝時人	城陽國莒	儒生、官吏		易經
歐陽和伯	文帝時人	千乘郡	儒生		尚書
兒寬	武帝時人	千乘郡	儒生、官吏	《兒寬》九篇賦2篇	尚書天文
歐陽高	武、宣時人	千乘郡	儒生、官吏		尚書
歐陽地余	宣、元時人	千乘郡	儒生、官吏	文1篇	尚書
歐陽政	新朝時人	千乘郡	儒生、官吏		
劉順	成帝時人	東萊郡	官吏		
張霸	成帝時人	東萊郡	儒生	百兩篇《尚書》	尚書
徐宮	昭、宣時人	東萊郡	官吏		
費直	約宣帝時人	東萊郡	儒生、官吏	《費氏易》	易經
鮑宣	成、哀時人	渤海高城	儒生、官吏	文2篇	
北海賢人〔註10〕	元帝時人	北海郡	處士		

〔註10〕《漢書・淮陽憲王傳》載張博語云：「聞北海之瀕有賢人焉，累世不可逮，然難致也。」

禽慶	成帝至新朝	北海郡	官吏、處士		
蘇章	成帝至新朝	北海郡	官吏、處士		
逄萌	新朝時人	北海都昌	處士		
徐房	新朝時人	北海郡	處士		
崔廣〔註11〕	秦至漢初	齊	處士	詩1首〔註12〕	
田何	秦末漢初	齊	儒生		易經
婁敬	高祖時人	齊	謀士、官吏	《劉敬》三篇	
梁石君	高祖時人	齊	隱士、謀士		
東郭先生	高祖時人	齊	隱士、謀士		
服氏	高祖時人	齊	儒生	《服氏》二篇	易經
田生	高后時人	齊	謀士		
鄒陽	景帝時人	齊	文士、謀士	《鄒陽》七篇	縱橫術
公孫詭	景帝時人	齊	文士、謀士	賦1篇	
羊勝	景帝時人	齊	文士、謀士	賦1篇	
公孫玃	景帝時人	齊	謀士		
王先生	景帝時人	齊	處士、謀士		
轅固	景帝時人	齊	儒生、官吏		齊詩
胡毋生	景帝時人	齊	儒生、官吏		公羊春秋
李少翁	武帝時人	齊	方士、官吏		方術
公孫卿	武帝時人	齊	方士		方術
丁公	武帝時人	齊	儒士		
延年	武帝時人	齊	謀士	文1篇	
東郭咸陽	武帝時人	齊	商人、官吏	文1篇	經濟
即墨成	武帝時人	齊	儒生、官吏		易經
東郭先生	武帝時人	齊	謀士		

〔註11〕 司馬貞注《史記·留侯世家》引《陳留志》云:「夏黃公姓崔名廣,字少通,
齊人,隱居夏里修道,故號曰夏黃公。」
〔註12〕 《樂府詩集·琴曲歌辭》錄四皓《采芝操》一首,並注曰:「《琴集》曰:『《采
芝操》,四皓所作也。』《古今樂錄》曰:『南山四皓隱居,高祖聘之,四皓不
甘,仰天歎而作歌。』……崔鴻曰:『四皓為秦博士,遭世暗昧,坑黜儒術。
於是退而作此歌,亦謂之《四皓歌》。』二說不同,未知孰是。」然就《采芝
操》與《四皓歌》的內容來看,大同小異,若實有其詩,當作於漢初劉邦徵
聘四皓之時。

王朝	武帝時人	齊	儒生、官吏		
饒	武帝時人	齊	文士、官吏	《心術》	小說
王山	昭帝時人	齊	官吏		
徐仲	武、昭時人	齊	官吏		
甘忠可	成帝時人	齊	文士、方士	《天官曆》《包元太平經》	方術道家
宋登	成帝時人	齊	官吏		

表3.2　東漢齊地文人表（公元25～220年）

姓　名	生卒年	籍　貫	主要身份	主要著作	學術成就
牟長	光武帝時人	千乘臨濟	儒生、官吏	《尚書章句》	尚書
牟紆	章帝時人	千乘臨濟	儒生		
歐陽歙	？～40年	千乘千乘	儒生、官吏	文1篇	尚書
任旐	桓、靈帝時人	千乘博昌	儒生、官吏		
周璆	桓帝時人	千乘臨濟	處士		
孫炎〔註13〕	靈帝至黃初	千乘郡	儒生	《爾雅音義》	今古文經學
孫邃（就曾祖）	不明何時	千乘郡	官吏		
孫就（旐父）	不明何時	千乘郡	官吏		
孫旐（炎父）	不明何時	千乘郡	官吏		

〔註13〕孫炎後仕魏，然在漢末已經成名，故為本表所錄。按《新唐書‧宰相世系表三下》對孫炎的家世有詳細的記載：「安邑令馱安邑令馱少子夐，字子遠，後漢天水太守，徙居青州。生厚，字重殷，大將軍掾。生瑤，字良玉，中郎將。生邃，字伯淵，清河太守。生儵，字士彥，洛陽令。生國，字明元，尚書郎。生就，字玄志，漢陽太守。二子：鍾、旐。鍾，吳先主權即其裔也。旐字子之，太原太守。二子：炎、歷。炎字叔然，魏祕書監。」可知，千乘郡孫氏家族所出文人當包括自孫厚至孫炎的數代人。又據宋人潛說友所撰《咸淳臨安志‧冢墓》一書載「漢孫鍾墓」一條，云：「在富陽陽平山。孫堅之祖。」富陽舊屬吳地，可知至晚在孫鍾一代，孫氏家族的一支即由齊地（可能即千乘）遷入富陽。此可與《三國志》裴注所引《吳書》中「堅世仕吳，家於富春」的內容相印證。

毌車伯奇〔註14〕	不明何時	千乘郡	官吏		
國淵	獻帝時人	千乘樂安	儒生、官吏		
王模	獻帝時人	千乘樂安	官吏		
任嘏	獻帝時人	千乘博昌	儒生、官吏	《任子道論》十卷	五經
高詡	？～37年	平原般	儒生、官吏		魯詩
禮震	光武帝時人	平原郡	儒生、官吏〔註15〕	文1篇	
成翊世	安、順時人	平原郡	官吏		
高□〔註16〕	桓帝時人	平原郡	官吏		
劉瓆〔註17〕	桓帝時人	平原郡	官吏		
襄楷	桓帝時人	平原漯陰	官吏	文3篇	方術
乙瑛〔註18〕	桓帝時人	平原高唐	官吏		
王烈	141～219	平原郡	處士		
華歆	157～232	平原高唐	官吏	《華歆集》二卷	
陶丘洪	靈帝時人	平原郡	處士、官吏		
禰衡	173～198	平原般	文士	《禰衡集》二卷	
劉惇	獻帝時人	平原郡	方士、官吏		方術
李忠	？～43年	東萊黃	官吏		
李訢	光武帝時人	東萊郡	官吏		
王扶	明帝時人	東萊掖	儒生、官吏		

〔註14〕宋人陳彭年等撰《廣韻·虞第十·毌》云：「《風俗通》有樂安毌車伯奇為下邳相。」

〔註15〕《後漢書·歐陽歙列傳》只載禮震為歐陽歙弟子，上書求代坐法當誅的歐陽歙受刑。李賢注引謝承《後漢書》云：「震字仲威。光武嘉其仁義，拜震郎中。後以公事左遷淮陽王廐長。」可知禮震因上書一事而得以步入仕途。

〔註16〕洪适《隸釋·郎中馬江碑》載：「君諱江，字元海……郡將平原高君深昭其德，以和平元年舉孝廉，除郎中。」可知其時當有一平原籍濟陰太守。

〔註17〕周天游《八家後漢書輯注》輯謝承《後漢書·陳蕃傳》說：「劉瓆字文理，平原人。」

〔註18〕宋人洪适《隸釋·孔廟置守廟百石孔龢碑》載：「（魯）相乙瑛，字少卿，平原高唐人。」

司馬均	和帝時人	東萊郡	儒生、官吏		
劉熹	安、順時人	東萊長廣	官吏		
劉丕	順帝時人	東萊牟平	儒生		
李□〔註19〕	桓帝時人	東萊郡	官吏		
王璋〔註20〕	桓帝時人	東萊曲城	官吏		
劉寵	桓、靈時人	東萊牟平	儒生、官吏		
劉方	桓、靈時人	東萊牟平	儒生、官吏		
吳幹〔註21〕	靈帝時人	東萊盧鄉	官吏		
□□〔註22〕	靈帝時人	東萊郡	官吏		
劉岱	？～192	東萊牟平	儒生、官吏	文1篇	
劉繇	156～197	東萊牟平	儒生、官吏		
太史慈	166～206	東萊黃	儒生、官吏		
左伯〔註23〕	獻帝時人	東萊掖	儒生、官吏		造紙
徐巡	光武帝時人	濟南郡	儒生、官吏		毛詩 古文尚書
劉衡〔註24〕	？～187	濟南東平陵	官吏		
劉□（衡家人）	約桓帝時人	濟南東平陵	官吏		
伏翕	光武帝時人	琅邪東武	儒生、官吏		

〔註19〕據洪适《隸釋・廣漢屬國候李翊碑》載：「君諱翊，字輔國……延熹六年，太守東萊李君懿其高絜，順天報國，察舉孝廉，除郎中。」可知其時有牂柯太守李氏為東萊郡人。

〔註20〕酈道元《水經注・汳水》注「又東至梁郡蒙縣，為濉水，餘波南入淮陽城中」一條有「延熹八年秋八月……（梁）國相東萊王璋字伯義」云云。

〔註21〕洪适《隸續・劉寬碑陰門生名》有「徐州刺史東萊盧鄉吳幹信武。」

〔註22〕洪适《隸續・劉寬碑陰故吏名》有「故吏豫州刺史東萊□□成□。」

〔註23〕唐人張彥遠《法書要錄》卷九載張懷瓘《書斷・能品》有云：「左伯，字子邑，東萊人。特工八分，名與毛弘等列，小異於邯鄲淳。亦擅名漢末，猶甚能作紙。」

〔註24〕洪适《隸釋・趙相劉衡碑》云：「君諱衡，字元宰，濟南東平陵人也。」又云：「以□兄琅邪相亡，即日輕舉。」可知劉衡還有家人曾官至琅邪相。

伏隆	光武帝時人	琅邪東武	儒生、官吏	文 2 篇	
徐業	光武帝時人	琅邪郡	儒生、官吏		
伏恭	前6~84	琅邪東武	儒生、官吏	《齊詩解說》9 篇	齊詩
伏光	明帝時人	琅邪東武	儒生、官吏		
承宮	？~76	琅邪姑幕	儒生、官吏		公羊春秋
王望	明帝時人	琅邪郡	儒生、官吏		
伏壽	明帝時人	琅琊東武	儒生、官吏		
承疊〔註25〕	章、和時人	琅邪姑幕	官吏		
伏晨	安、順時人	琅邪東武	儒生、外戚		
伏無忌〔註26〕	順、桓時人	琅邪東武	儒生、官吏	《伏侯注》《東觀漢記》	
趙彥	桓帝時人	琅邪郡	官吏		方術
劉猛	桓、靈時人	琅邪郡	官吏		
伏質	靈帝時人	琅邪東武	官吏		
管寧	158~241	琅邪朱虛	儒生、處士	《管寧集》三卷	
伏完	？~209	琅琊東武	儒生、外戚		
于吉	？~200	琅邪郡〔註27〕	方士	《太平清領書》百七十卷	方術
宮崇	靈帝時人	琅邪郡	方士	《太平清領書》百七十卷	方術
童恢	靈帝時人	琅邪姑幕	官吏		
童翊	靈帝時人	琅邪姑幕	處士、官吏		
伏皇后	180？~214	琅邪東武	皇后	文 1 篇	

〔註25〕周天游《八家後漢書輯注》輯引司馬彪《續漢書·承宮傳》云:「宮子疊,官至濟陰太守。」

〔註26〕《後漢書·伏湛傳》說伏氏「自伏生已後,世傳經學」,可見漢代齊地伏氏歷代子孫皆承傳家學,本表只列其彰彰尤著者。

〔註27〕裴松之注《三國志·孫策傳》引虞溥《江表傳》云:「時有道士琅邪于吉,先寓居東方,往來吳會,立精舍,燒香讀道書,製作符水以治病,吳會人多事之。」又據蕭繹、陸善經等人所撰《古今同姓名錄》云,有「二于吉」,其中「就帛公得《素書》者」為北海人,與往來吳會而後為孫策所殺者並非一人。疑不能明,或兩者本為一人,又加之于吉弟子宮崇為琅邪人,本文暫從《江表傳》所云。

趙昱	獻帝時人	琅邪郡	儒生、官吏		
邴原	獻帝時人	琅邪朱虛	儒生、官吏		
徐奕	？～219	琅邪東莞	官吏		
劉勳〔註28〕	獻帝時人	琅邪郡	官吏		
劉□〔註29〕	獻帝時人	琅邪郡	官吏		
劉威	獻帝時人	琅邪郡	官吏		
武宣卞后	159～230	琅邪開陽	皇后	文1篇	
卷基〔註30〕	不明何時	琅邪郡	官吏		
牟融	？～79	北海安丘	儒生、官吏	《牟子》二卷	尚書
水丘岑	光武帝時人	北海郡	官吏		
周澤	光武至章帝	北海安丘	儒生、官吏		公羊春秋
甄宇	光武至章帝	北海安丘	儒生、官吏		公羊春秋
淳于恭	？～80	北海淳于	官吏		老子
劉毅	明帝至安帝	北海劇	宗室	《漢德論》並《憲論》十二篇	
牟麟	章帝時人	北海安丘	儒生、官吏		
甄承	章帝時人	北海安丘	儒生、官吏		
淳于孝	章帝時人	北海淳于	官吏		
郎宗	安帝時人	北海安丘	儒生、官吏		易經
郎顗	順帝時人	北海安丘	儒生、處士	文4篇	易經
滕撫	順、質時人	北海劇	儒生、官吏	文1篇	
滕延	桓帝時人	北海郡	官吏		

〔註28〕《三國志·華佗傳》引《華佗別傳》云：「琅琊劉勳為河內太守。」又《三國志·司馬芝傳》有征虜將軍劉勳，裴松之注引魚豢《魏略》曰：「勳字子臺，琅邪人……後為廬江太守。」不知上述兩者是否同為一人。

〔註29〕裴松之注《三國志·司馬芝傳》引魚豢《魏略》曰：「勳兄為豫州刺史，病亡。兄子威，又代從政。」

〔註30〕鄭樵《通志·氏族略五》錄「卷氏」一條引圈稱《陳留風俗傳》云：「陳留太守琅邪卷基本圈氏，因避愁去圈。又有琅邪卷焉。」

趙祐	靈帝時人	北海郡	宦官	文1篇	
炅褒〔註31〕	靈帝時人	北海朱虛	官吏		
□述〔註32〕	靈帝時人	北海劇	官吏		
孫嵩	靈、獻時人	北海郡	官吏		
劉熙	靈、獻時人	北海郡	儒生、官吏	《釋名》	
孫乾	?～214?	北海郡	官吏		
徐幹	170～217?	北海劇	儒生、官吏	《徐幹集》五卷	
王修	獻帝時人	北海營陵	官吏	《王修集》三卷	
王和平	獻帝時人	北海郡	方士	書百餘卷	方術
江革	明帝時人	齊郡臨淄	官吏		
吳良	明帝時人	齊郡臨淄	儒生、官吏	文1篇	尚書
周生豐〔註33〕	光武帝時人	泰山南武陽	官吏		
戴封	?～100?	泰山剛	儒生、官吏		
羊侵	安帝時人	泰山東平陽	官吏		
吳資〔註34〕	順帝時人	泰山郡	官吏		
班孟堅〔註35〕	桓帝時人	泰山成	官吏		
羊儒	桓帝時人	泰山東平陽	官吏		
田君	桓帝時人	泰山東平陽	官吏		
羊陟	桓、靈時人	泰山梁父	儒生、官吏		
劉洪	129?～210	泰山蒙陰	官吏	《乾象歷》《九章算術注》	天文、算術

〔註31〕洪适《隸釋・涼州刺史魏元丕碑》錄參與為魏元丕立碑者有「故豫州刺史朱虛炅褒公遷」。

〔註32〕洪适《隸釋・涼州刺史魏元丕碑》錄參與為魏元丕立碑者有「樂浪太守劇□述元才」。

〔註33〕李賢等注《後漢書・馮衍傳》引《豫章舊志》云:「豐字偉防,泰山南武陽人也。建武七年,為豫章太守。清約儉惠。」

〔註34〕《華陽國志・巴志》記載:「永建中,泰山吳資元約為郡守,屢獲豐年。」

〔註35〕《水經注・濟水二》注「又東過昌邑縣北」一條有云:「西北有東太山成人班孟堅碑,建和十年,尚書右丞拜沇州刺史。」按「東太山」當指東漢和帝時從泰山郡析出之濟北國,濟北國有「成」縣,本文一併視為泰山郡。

但望〔註36〕	桓帝時人	泰山郡	官吏	文1篇	
戴宏〔註37〕	桓帝時人	泰山郡	官吏		
劉梁	？～81？	泰山寧陽〔註38〕	文士、官吏	《劉梁集》二卷	
羊續	142～189	泰山東平陽	官吏		
胡毋班	？～190	泰山郡	官吏	文1篇	
寧□〔註39〕	靈帝時人	泰山郡	官吏		
鮑丹	靈、獻時人	泰山東平陽	儒生、官吏		
劉楨	186～217	泰山寧陽	文士、官吏	《劉楨集》四卷《毛詩義問》十卷	
王匡〔註40〕	獻帝時人	泰山郡	官吏		
鮑邵	獻帝時人	泰山東平陽	官吏		
鮑勳	？～226	泰山東平陽	官吏		
高堂隆	？～237	泰山東平陽	儒生、官吏	《高唐隆集》六卷	
吳文章〔註41〕	不明何時	泰山郡	官吏		

〔註36〕《華陽國志‧巴志》記載：「孝桓帝以并州刺史泰山但望字伯闔為巴郡太守，勤恤民隱。」

〔註37〕《後漢書‧吳祐列傳》云：「濟北戴宏父為縣丞，宏……官至酒泉太守。」東漢濟北國原屬泰山郡，為方便起見，本文即以泰山人視之。

〔註38〕《後漢書‧劉梁傳》云：「劉梁字曼山，一名岑，東平寧陽人也。」可知其時寧陽當屬東平國。然據《漢書‧地理志》和《後漢書‧郡國三》，寧陽故屬泰山郡。又據李傑《東漢政區地理》（山東教育出版社1999年版，第44頁）研究，寧陽當於永寧元年（120）自泰山郡劃歸東平國。本文為保證西漢和東漢「齊地」範圍的大致不變，仍按《漢書‧地理志》所載，將寧陽視為泰山郡屬地。

〔註39〕酈炎《遺令書》云：「督郵濟北寧府君，我縣之成就。」可知酈炎曾在濟北國籍的寧姓涿郡太守手下擔任督郵書掾。

〔註40〕《三國志‧武帝紀》有「河內太守王匡」。裴注引《英雄記》云：「匡字公節，泰山人。」

〔註41〕《太平御覽‧卷五百十六‧宗親部六》引《風俗通》云：「陳留太守泰山吳文章少與兄伯武相失二十年，後相會下邳市中，爭計共鬪。」

鄭玄	127～200	高密國	儒生	《毛詩箋》《三禮注》《鄭玄集》二卷	五經
張逸	？～193	高密國	官吏	文1篇	
鄭益恩	獻帝時人	高密國	儒生、官吏		
公沙穆	桓帝時人	膠東國	儒生、官吏		方術
公沙孚〔註42〕	桓、靈時人	膠東國	儒生、官吏		
巴肅	？～169	渤海高城	官吏		
苑康	桓帝時人	渤海重合	儒生、官吏		
諸葛珪	？～192？	城陽國陽都	官吏		
諸葛玄	？～197	城陽國陽都	官吏		
諸葛亮	181～234	城陽國陽都	官吏		

第二節　兩漢齊地文人的籍貫分布研究

　　齊地地處黃河下游，華北平原東部，自古以來便是人物輻湊之地。無論是從新石器時代的考古文化發現，還是從齊桓公稱霸、稷下學宮設立等種種史實來看，齊地在當時一直是中國範圍內具有重要地位的文化區域之一。兩漢大一統時代的到來，為各文化區域間經濟、文化的交流和合作提供了有利的條件，齊地文化也在此契機下取得了新的發展。反映齊地文化發展情況的要素有多方面，如經濟、民俗、宗教、哲學、文學藝術、科技等。但最直接、最顯著的卻是文人的地理分布。

　　「文人」是一個地區經濟、文化發展狀況的集中反映，又是一個在不同時期有其不同含義的歷史範疇。在兩漢時代，但凡讀書能文之人，都可視之為文人。但由於時代久遠，兩漢名不見經傳的文人實在太多，唯獨其中佼佼者才得以名流千載。如《漢書·百官公卿表上》記載西漢哀帝時享有俸祿的

〔註42〕周天游《八家後漢書輯注》輯謝承《後漢書》云：「穆子孚，字允慈，亦為善士。舉孝廉，尚書侍郎，召陵令，上谷太守。」《後漢書·公沙穆傳》又云：「（穆）六子皆知名。」又據舊題為陶淵明所作的《集聖賢群輔錄》云：「公沙紹，字子起；紹弟孚，字允慈；孚弟恪，字允讓；恪弟遜，字義則；遜弟樊，字義起。右北海公沙穆之五子，並有令名，京師號曰：『公沙五龍，天下無雙。』」

官吏員額：「自佐史至丞相，十二萬二百八十五人。」〔註43〕然而其中能見載史書者，卻僅有寥寥數人而已。故本文所謂之「文人」，又僅指名見於今的文人。據盧雲先生統計，《漢書》和《後漢書》所載文人共計 1500 人，〔註44〕其中分布於齊地的有 191 人，占全國總數量的 12.73%，這從側面顯示出齊地文化在兩漢文化體系中所佔據的重要地位。然而，由於齊地內部各郡國政治、經濟發展的不平衡，文人的分布也往往呈現出多寡不均的現象。對此一現象進行研究，不僅有利於我們加深對兩漢齊地文化發展情況的認識，還有利於我們較系統、全面地認清政治、經濟等因素對文學發展所具有的影響。

一、兩漢齊地文人分布情況及其成因

　　筆者以元始二年（2）之行政區劃為依據，將籍貫可考的齊地文人按籍貫予以統計、歸納，計得各郡國文人之數量情況如下（單位：人）：齊郡 16，菑川國 7，泰山郡 31，高密國 4，琅邪郡 63，濟南郡 13，平原郡 20，膠東國 5，城陽國 4，千乘郡 18，東萊郡 20，渤海郡四城 3，北海郡 27。〔註45〕

　　參照上述統計情況，現將兩漢齊地文人的籍貫分布情況勾勒如下：兩漢文人籍貫可確考至郡國者共計 231 人，分布於 13 個郡國中。文人分布最集中的地區（25 人以上）有三個：琅邪郡、泰山郡、北海郡。三郡出身的文人佔了兩漢齊地籍貫可考文人總數的 52.38%；文人分布次密集的地區是平原郡、東萊郡、千乘郡、齊郡和濟南郡，這些郡國所出的文人數量都在 13～20 人之間；菑川國、膠東國、高密國、城陽國以及渤海四城的產生的文人數量則較少，每個地區不超過 7 人。造成這種文人分布不均衡情況的原因有很多，但主要包括以下幾個方面：

〔註43〕〔漢〕班固撰：《漢書》，中華書局 2012 年版，第 684 頁。

〔註44〕盧雲《漢晉文化地理》一書是以前、後《漢書》中的「士人」為對象進行統計的，但他在表格說明裏指出：「所謂士人，指各類知識分子。」也即等同於本文的「文人」。詳見盧雲著：《漢晉文化地理》，陝西人民出版社 1991 年版，第 513～516、526～529 頁。

〔註45〕本文統計之文人數量乃據《史記》《漢書》《後漢書》《三國志》以及兩漢其他史籍、文集、碑刻等材料統計所得，凡為知識分子且籍貫明確至郡縣單位者皆統計在內。對於資料中只錄其姓名而無詳實事蹟記載者，結合其家世，酌情以其中職位較高（太守及以上）或與文學關聯性較強的文官加以選錄。文人的籍貫一般以記載為準，本人徙居他地者，按原籍計。其餘情況，一概以其出生地為準。郡國的行政區劃一律以元始二年（2）為準，東漢齊地發生的小許行政區域變動，不在本文考慮範圍之內。

　　（1）行政區劃的影響。兩漢齊地的行政區域不是等而劃之的，各郡國無論在面積上，還是在人口上都存在著較大的差別。郡國的人口和面積與其產生的文人數量沒有絕對的比例關係，但自東漢章帝開始，察舉制度的多個科目開始與郡國的人口總量發生密切關係，從而對各郡文人見載史書的數量產生了重要影響。察舉制度包括賢良方正、孝廉、明經、秀才異等、賢良文學等多個科目，其所選拔之人有不少是德才兼備的文人。這些文人一經選拔，便有進入仕途並進而載入史冊的可能。東漢元和二年（85），章帝「令郡國上明經者，口十萬以上五人，不滿十萬三人」。〔註46〕永元四年（92），和帝又同意丁鴻與劉方的建議，詔令「自今郡國率二十萬口歲舉孝廉一人，四十萬二人，六十萬三人，八十萬四人，百萬五人，百二十萬六人。不滿二十萬二歲一人，不滿十萬三歲一人」。〔註47〕在此種情況下，齊地人口基數較大的郡國也就獲得了更多察舉文人的機會，從而有利於產生較多數量的史載文人。為直觀起見，現以《漢書・地理志》所載西漢元始二年（2）齊地各郡國的人口數量為例，〔註48〕作表如下：

表 3.3　齊地各郡國人口數量、面積與所出文人數量排名對比表

郡　　國	面積（平方公里）〔註49〕	人口數	文人數量排名
琅邪郡	23,625	1079,100	1
泰山郡	18,000	726,604	2
北海郡	7,830	593,159	3
平原郡	1,595	664,543	4
東萊郡	10,872	502,693	4
千乘郡	5,481	490,720	6
齊郡	6,147	554,444	7
濟南郡	7,923	642,884	8
菑川國	1,431	227,031	9

〔註46〕〔南朝宋〕范曄撰：《後漢書》，中華書局 2012 年版，第 123 頁。
〔註47〕〔南朝宋〕范曄撰：《後漢書》，中華書局 2012 年版，第 1002 頁。
〔註48〕雖然各郡國的人口總量是不斷變化的，但若採取同一時期的人口數據進行對比，則同樣具有一定的客觀性和可行性。
〔註49〕齊地各郡國面積數據引自梁方仲編著：《中國歷代戶口、田地、田賦統計》，上海人民出版社 1980 年版，第 18～19 頁。

膠東國	7,425	323,331	10
高密國	1,209	192,536	11
城陽國	3,375	205,784	11
渤海郡四城	——	——	13

　　由上表反映的情況可知，齊地人口基數大的郡國所出文人數量也往往較多，比如琅邪郡和泰山郡，不僅在人口總量上位居齊地各郡國的前兩位，文人數量排名亦復如此。而菑川、城陽、高密等人口數量較少的諸侯王國，在文人數量上也相對較少。但此種對應關係又不是絕對的，如濟南郡的人口基數明顯大於千乘郡，但在所出文人數量上卻處於落後的地位。這說明，在察舉制度等因素的影響下，郡國人口總量只是為史載文人的產生提供了更多的機會和可能性，並不具有決定性的影響。各郡國所出文人數量的多少，是眾多因素共同作用的結果。

　　（2）地理區位和風俗的影響。司馬遷說：「齊魯之閒於文學，自古以來，其天性也。」〔註50〕漢朝建立後，延續了先秦文化傳統和格局的齊、魯兩地，一躍而成為全國的文化中心。但文化的分布是不均衡的，呈現出由中心區域漸次向邊緣地帶遞減的趨勢，而兩個相鄰文化區之間還往往存在一個兼含兩區域文化特質的文化過渡區。在此種前提下，位於原齊國國都臨淄以及其附近與魯國交界的區域就成為齊地文化氛圍最為濃厚的地帶。文人產生數量排名靠前的琅邪、泰山、北海、千乘等郡即恰好位於此一區域範圍內，而其中又尤以排名前兩位的琅邪郡和泰山郡最為符合上述條件。此外還有一個問題不容忽視，那就是兩漢政權建立之後，長安和洛陽作為全國的政治中心，成為各地文人遊學、入仕的首選之地。兩漢之際，文化中心逐漸向政治中心靠攏，由原來的齊魯之地逐漸西移至汝南、潁川、南陽一帶。〔註51〕齊地的琅邪、泰山兩郡，是多數齊地文人進京的必經之區，地理位置十分重要。其西南又分別和東海郡以及魯國、東海郡接壤，魯國和東海郡自漢興以來多有位至卿相者，〔註52〕為文化極發達之區域，它們對琅邪、泰山兩郡的文化輻射同樣有利於促進此二郡文化的興盛和史載文人的產生。齊郡原屬戰國時期齊國的中心區域，自戰國時期開始便是人才輻湊之

〔註50〕〔漢〕司馬遷撰：《史記》，中華書局 2011 年版，第 2707 頁。
〔註51〕盧雲著：《漢晉文化地理》，陝西人民出版社 1991 年版，第 66～69 頁。
〔註52〕〔漢〕班固撰：《漢書》，中華書局 2013 年版，第 312 頁。

地。此地的文化優勢雖在西漢中後期已經喪失，但文化的發展是具有繼承性的，這使得人口、面積皆不佔優勢的齊郡在西漢時期保持了較高的文人產出量。濟南郡人口較多，又毗鄰泰山郡和齊郡，地理位置也算優越，這是其在西漢中期以前保持較高文人產量的重要原因之一。但自西漢中後期開始，以文學稱勝的濟南人卻甚少。這一方面是因為濟南民風彪悍，多尚淫祀、俗樂，地方強宗大族又勢力雄厚、壟斷鄉里，〔註53〕在此種環境中自然也就很難孕育出名見經傳的文人。另一方面，自成帝年間開始，濟南郡和千乘郡便屢遭黃河泛濫之災，〔註54〕自然災害所帶來的經濟凋敝也在很大程度上阻礙了當地文學的發展。

由此看來，一個文化傳統悠久的郡國，即使不是國家的政治和文化中心，只要社會環境穩定，仍能保持較高的文人輸出量。但郡國地理位置對其文人數量的影響也是不可小覷的，一般而言，越接近政治中心或文化發達的區域的郡國，文人的數量也往往越多。既有雄厚的經濟和文化基礎，又有優越地理位置的郡國最利於文人的產生。

（3）文化發展情況的影響。由先秦直至兩漢，齊地始終是學術文化發達之區。然而學術文化的內涵畢竟是多樣的，自武帝尊崇儒術之後，漢政府對學術文化的取向逐漸集中於經學。見載史冊的兩漢文人，除個別以文采或其他學術揚名之外，一般都具有明顯的經學背景。因此，文人的籍貫分布也必然會受到各地經學發展水平的制約。齊地各郡國的經學發展水平是不均衡的，這可由各地所出的經學人才來加以體現。據筆者統計，兩漢齊地經學博士籍貫可考至郡縣者共計23位。現列表如下：

〔註53〕濟南郡民風之悍，宗族勢力之大，見於史載。《漢書·酷吏傳》說：「濟南瞷氏宗人三百餘家，豪猾，二千石莫能制。」景帝年間，曾有郅都和寧成兩位酷吏在此治理，可見朝廷對濟南郡彪悍民風和豪族勢力的察知和重視。《三國志·武帝紀》說曹操遷為濟南相，「國有十餘縣，長吏多阿附貴戚，贓污狼藉，於是奏免其八；禁斷淫祀，奸宄逃竄，郡界肅然」。可知此前濟南風俗彪悍依然。裴松之注引《魏書》說：「初，城陽景王劉章以有功於漢，故其國為立祠，青州諸郡轉相仿傚，濟南尤盛，至六百餘祠。賈人或假二千石輿服導從作倡樂，奢侈日甚，民坐貧窮，歷世長吏無敢禁絕者。」《隋書·地理志》也說：「其俗好教飾子女淫哇之音，能使骨騰肉飛，傾詭人目。俗云『齊倡』，本出此也。」上述濟南郡的社會環境，雖有利於俗文學的發展和傳播，但在經學佔據思想文化界主導地位的兩漢時代，俗文學的創作者卻很難有見諸史冊的機會。

〔註54〕〔漢〕班固撰：《漢書》，中華書局2012年版，第1504～1507頁。

表 3.4　兩漢齊地有明確籍貫之經學博士表

姓　名	博士類別	籍　貫
歐陽高	尚書（歐陽）	千乘郡
歐陽地余	尚書（歐陽）	千乘郡
歐陽歙	尚書（歐陽）	千乘郡
牟長	尚書（歐陽）	千乘臨濟
張生	尚書	濟南郡
林尊	尚書（歐陽）	濟南郡
公孫弘	公羊春秋	菑川國薛
長孫順	韓詩	菑川國
貢禹	公羊春秋	琅邪郡
左咸	公羊春秋（嚴）	琅邪郡
承宮	公羊春秋（嚴）	琅邪姑幕
伏恭	齊詩	琅邪東武
師丹	齊詩	琅邪東武
徐良	大戴禮	琅邪郡
邴丹	施氏易	琅邪郡
殷崇	尚書（歐陽）	琅邪郡
王吉	通五經	琅邪皋虞
炔欽	尚書（夏侯）	齊郡
高翊	魯詩	平原般
甄宇	公羊春秋（嚴）	北海安丘
周澤	公羊春秋	北海安丘
劉熹	──	北海郡
鄭玄	通五經	高密國

　　上表所錄之博士數量雖不能代表齊地博士籍貫分布的總體情況，但藉此也可看出不少問題。首先，琅邪郡相對於齊地其他郡國在博士數量上佔有了絕對優勢，與其文人數量的排名相一致。濟南和千乘二郡雖然也分別有 2 名和 4 名博士，但類別十分單一，不若琅邪郡豐富多樣。這反映出三郡在經學文化發展情況上的差異。相較之下，當然是經學更具多樣性的琅邪郡更能滿足漢政府對文人的需求。千乘郡的博士數量之所以位居齊地各郡的第二位，乃在於當地存在一個世傳尚書的歐陽家族。經學世家的出現，既反映了當地

經學文化發展的較高水平，又會對周圍地區的士子產生強大的文化輻射作用，從而促使該郡產生更多的文人。此外，兩漢時代的私學教育十分發達，私學開設數量的多少也在很大程度上代表了當地學術文化的發展水平。據盧雲統計，西漢齊地各郡國私家教授數量排名前三位的依次是琅邪郡 28，齊郡 9，泰山郡 6；東漢的前三位排名則為北海國（包含西漢膠東、高密及菑川三國在內）11，琅邪郡 5，樂安國（千乘郡）4。這些郡國的文人輸出數量多在齊地各郡國中名列前茅，這一事實說明各地學術文化（尤其是經學）的發展程度對其文人籍貫分布的影響很大。

膠東國之所以文人產出數量不多，除與其人口基數較少有關外，也與當地獨特的文化取向有關。兩漢時期，膠東國共出文人 5 名，其中有 3 位以方術名家，1 位為天文學家，這說明方技是膠東國文化的主流。即使是膠東國僅有的一位儒生庸譚，也在儒學修為上顯示出與當時佔據主流的今文齊學頗不相伴的異端色彩。膠東國這種與中央朝廷相異的文化取向，也就自然使得它不能產生出較多的史載文人來。

（4）經濟發展水平的影響。文人籍貫分布的不均衡性，反映了士人階層在掌握文化方面的地區性差異。這種差異一方面取決於各地區文化發展水平的高低，另一方面也與各地區的地理區位、風俗以及人口基數密切相關。然而，一個地區的風俗、文化發展水平和人口密度在很大程度上是由其經濟的發展水平決定的。可以說，各郡國經濟的發展水平對其文人數量的多少起著基奠性的作用。

兩漢齊地一直是經濟較為發達之區，這也是它始終在兩漢文化體系中佔有重要地位的重要原因之一。漢武帝即曾說：「齊東負海而城郭大，古時獨臨菑中十萬戶，天下膏腴地莫盛於齊者矣。」〔註 55〕司馬遷也認為齊地「自泰山屬之琅邪，北被於海，膏壤二千里」。〔註 56〕土地的肥沃使齊地「宜五穀桑麻六畜」，〔註 57〕而負海之饒又讓齊地「萊、黃之鮐，不可勝食」。〔註 58〕西漢武帝時期興修的「東海引鉅定」與「泰山下引汶水」〔註 59〕兩項水利工程

〔註 55〕〔漢〕司馬遷撰：《史記》，中華書局 2011 年版，第 1877 頁。

〔註 56〕〔漢〕司馬遷撰：《史記》，中華書局 2011 年版，第 1387 頁。

〔註 57〕〔漢〕司馬遷撰：《史記》，中華書局 2011 年版，第 2833 頁。

〔註 58〕〔漢〕桓寬著；王利器校注：《鹽鐵論校注（增訂本）》，天津古籍出版社 1983 年版，第 39 頁。

〔註 59〕〔漢〕司馬遷撰：《史記》，中華書局 2011 年版，第 1309 頁。

以及漢明帝時期的王景治理黃河也為齊地北海、泰山、平原、濟南、千乘諸郡的農業生產創造了極為有利的條件，[註60]從而為當地經濟的發展、繁榮奠定了良好的基礎。此外，兩漢政府在齊地設置的鹽官、鐵官、三服官等機構也為我們衡量齊地各郡國的經濟發展水平提供了很好的參照指標。這是因為上述機構必然設置在最適宜其發展和履行職能的地方，而鹽鐵業和紡織業既是國家物資來源的重要保障，又是各地商業活動賴以維繼的主要產業，一個地區的經濟繁榮離不開這些行業的支持。現據史書和相關資料記載，將齊地各郡國設置鹽、鐵、三服等官營機構的情況表錄如下：

表 3.5　兩漢齊地各郡國鹽官、鐵官、三服官設置情況表

郡　　國	鹽官設置	鐵官設置	三服官設置
琅邪郡	3	1	
泰山郡		1*	
北海郡	2		
東萊郡	5	1	
平原郡			
千乘郡	1	1	
齊郡		1	1*
濟南郡		2*	
菑川國			
膠東國		1	
高密國			
城陽國		1*	
渤海郡四城			

說明：數字表示漢政府在本地設置鐵官、鹽官和三服官的數量，「*」則表示兩漢均設。

由上表可知，文人產出較多的區域，如東萊郡、琅邪郡、北海郡、泰山郡等，同時也是鹽、鐵或紡織等行業比較發達的區域。結合上文所述，齊地給時人留下富饒印象的主要有齊、琅邪、泰山、北海、東萊等郡，這些郡無論在農業還是在手工業和商業上都比較發達，而發達的經濟又為文人的出現提

[註60] 安作璋主編：《山東通史·秦漢卷》，人民出版社 2009 年版，第 180～183 頁。

供了充實的物質基礎。兩漢時期，這 5 郡共產生知名文人 157 名，佔據了齊地籍貫可考文人總數的 67.97%，這足以證明我們的判斷。

　　以上簡述了影響兩漢齊地各郡國文人輸出量的幾個主要因素，但文人籍貫分布的成因又是複雜而多樣的。每一地區產生文人數量的多少往往不是由一種因素決定的，而是眾多因素共同作用的結果。一般而言，一個地區的經濟發展水平最終決定著其產出文人的多少，並制約著文化、風俗、人口密度等其他因素對此發揮作用的程度。當然，在特殊的歷史條件下，其他的一些因素也會對文人的輸出起到舉足輕重的作用，如沛郡和南陽郡作為「龍興之地」而盛產文人的最初原因，即非當地經濟的發達。

二、兩漢齊地文人地域分布的變遷及其成因

　　兩漢齊地各郡國間文人分布的不平衡情況已如上述，即使是同一郡國，在不同時段內的文人出產量也有著極大的差別。茲就西漢與東漢時期齊地各郡國文人數量的多寡，排列名次如表 3.6，以見其數量升降變遷之詳：

表 3.6　兩漢齊地各郡國籍貫可考之文人數量排名表

郡國名	西漢文人數量	東漢文人數量	西漢排名	東漢排名
琅邪郡	34	29	1	1
泰山郡	9	22	4	2
北海郡	5	22	7	2
平原郡	8	12	5	6
東萊郡	4	16	9	4
千乘郡	5	13	7	5
齊郡	14	2	2	10
濟南郡	10	3	3	7
菑川國	7	0	6	13
膠東國	3	2	10	10
高密國	1	3	11	7
城陽國	1	3	11	7
渤海郡四城	1	2	11	10
總計	102	129		

　　如上表所示，西漢時期郡國籍貫可考的齊地文人為 102 位，東漢時期為 129 位，若加上西漢時期籍貫不甚明確的 27 位齊地文人，則西漢齊地的知名文人為 129 位，與東漢相同。又按盧雲統計《漢書》所載籍貫可考之文人共計 510 位，《後漢書》籍貫可考之文人則為 990 位。〔註61〕兩相比對，則齊地文人於東漢時期在文人總數中所佔的比重相較於西漢而言，有了明顯的下降。這種變化也反映了齊地文化在漢代文化體系中所處地位的下降。

　　西漢初年的中央朝廷是由以豐沛籍為主的開國功臣把持的，其他地區的文人求為漢庭官員不易，升遷更是困難重重。與此同時，眾多擁有較高自治權的諸侯王國的存在與其統治者對各地賢才的大力招攬，卻為本就進取心極強的齊地文人創造了不少施展才華、天下揚名的機會。受漢初最高統治者治國政策的影響，此一時期的士風與戰國略同，戰國時期的經濟、文化格局與士人思維仍在一定程度上得以存留。在此種環境下，齊地文人或遊走於諸侯、權貴之間，以自身的才略幹取功名利祿；或隱居民間，大力傳播自身所研習的學術。所以直至武帝時期，儘管齊地文人很難走進漢庭權利的核心，但其出路是比較多樣的，這對處於齊地文化中心周邊的幾個郡國來說最為有利。故西漢一朝，尤其在宣帝以前，處於臨淄周圍的齊、北海、琅邪、泰山、濟南、千乘數郡和菑川國所出文人數量均名列前茅，而處於邊緣地區的平原、東萊兩郡以及膠東國所出的文人卻較少，這主要是由戰國文化遺存所導致的結果。

　　自漢初起，儒術便逐漸受到統治者的注意。儒學知識分子在行政能力與思想學說方面都十分適合大一統中央集權的需要，因而最終受到漢統治者的選擇和倚重。至武帝時期，儒家經學於思想界的主體地位開始得到確立，士人通經入仕的途徑得以開闢，而眾多諸侯國也在景帝、武帝的先後打擊和削奪下，再無自由且大量招攬人才的能力。上述情況雖然在很大程度上阻礙了齊地文人的遊幕活動，但由於齊地相對於魯地以外的其他地區在儒學方面佔有較大優勢，這便為齊地文人以經學入仕或揚名提供了有利條件。故西漢一代，齊地文人在史載文人總數中所佔的比重是較大的。到了東漢時代，一方面受此起彼伏的農民起義打擊，齊地經濟凋敝而難以迅速恢復，文人階層的發展受阻；另一方面，儒學經過統治者和儒士群體多年的傳播和推廣，已在

〔註61〕雖然本文所統計文人的範圍與盧氏有所不同，但在兩者都以前、後《漢書》作為統計主體的情況下，盧氏的統計於本文而言，還是有一定的借鑒意義的。

全國大部分地區得到普及。特別是各地文人向政治中心的大量輸出，也使全國的文化中心出現西移的趨勢。以上因素導致了齊地文化優勢喪失殆盡，齊地文人於史載文人總數中所佔的比重自然也就下降了許多。

　　齊郡的文人產出量在東漢時大為減少的一個重要原因，便在於社會動亂對當地經濟造成的打擊。《東觀漢記・吳良傳》記載齊郡當時的社會環境說：「盜賊未盡，人庶困乏，不能家給人足。今良曹掾尚無袴，寧為家給人足耶！」〔註62〕可見齊郡在遭受西漢末年和新莽時期農民起義的接連打擊後，經濟已遠非昔日可比，且直到吳良所在的明帝時期仍未得到恢復。在此種環境下，其文人階層也自然很難安心求學和從事文學創作。這一點，在與其鄰近的菑川國和濟南郡那裡，情況也不會太過樂觀。

　　在齊郡、菑川國等齊地舊有文化中心衰落的同時，一些郡國卻因特殊的歷史機遇而使自身的文人數量得以飆升。北海郡在西漢時的史載文人不過 5人，而至東漢卻升至 22 人，這與當地士人重名節、道義的風習有著密切的關係。西漢時期，北海郡文人仕途不顯，未有政權核心人物出現，但西漢成帝至王莽新朝期間卻先後有禽慶、蘇章、逢萌、徐房四位文人以名節揚名，這不僅彰顯出北海郡文人高尚的精神面貌，也為其在東漢時期更多地步入仕途做好了鋪墊。東漢初年，光武帝招攬人才便特重其名節，如顧炎武所說：「漢自孝武表章《六經》之後，師儒雖盛，而大義未明，故新莽居攝，頌德獻符者遍於天下。光武有鑑於此，故尊崇節義，敦屬名實，所舉用者莫非經明行修之人，而風俗為之一變。」〔註63〕故在光武帝時，北海郡便有牟融、周澤、甄宇等品行高尚的文人相繼進入仕途，並最終進入政治權力的核心。

　　平原郡的情況與北海郡相似。除武帝年間的東方朔父子外，其餘見載史書的文人也多為砥礪名節之士，如新朝時期的李子雲與王君公便是「懷德穢行」、〔註64〕不仕王莽的高士。東漢時期，平原郡文人也多有以品行高潔而得名之人。在光武帝時期入仕的高詡，即是以不仕王莽且品行清廉而知名當時的。上書願代師受刑的禮震，也顯示出平原郡文人尊師重道、崇尚道義的精神風貌。北海郡和平原郡文人的這種砥礪名節的風習一直延續到東漢末年而

〔註62〕〔漢〕班固等撰：《東觀漢記》，中華書局 1985 年版，第 152 頁。

〔註63〕〔明〕顧炎武著；張京華校釋：《日知錄校釋》，嶽麓書社 2011 年版，第 555頁。

〔註64〕〔南朝宋〕范曄撰：《後漢書》，中華書局 2012 年版，第 2217 頁。

不絕，漢末兩郡名士如徐幹、華歆等人都堪稱品學卓絕。當然，崇尚名節也是普遍存在於東漢士人間的風氣，特別是在東漢後期，此種風氣又因受到士人與宦官間政治角力的激發而變得更為盛行。但能如北海、平原兩郡文人般自西漢中後期起便自覺踐行、砥礪此風的，卻比較少見，這也讓他們有了更多的機會來進入仕途或顯揚聲名。

　　東漢齊地各郡文人籍貫分布不同於西漢的一個明顯之處便是家族化、門第化的特點更加突出。西漢時期雖然也有文人家族世傳經學和父子相繼為官的現象存在，但在西漢中期之前，此種現象尚未佔據主流。自西漢後期開始，儒學一家獨大，一些世代傳習經學的家族也因佔據了學術優勢而擁有了世代入仕、揚名的機會。又加之東漢私學教育的興盛與師生關係的愈加緊密，一郡之內的知名文人往往出自幾個甚至一個門戶，如千乘郡世傳尚書的歐陽氏家族及其門生，琅邪郡世傳尚書的伏氏家族及其門生等，都構成了各自所在郡之知名文人的主體。此種趨勢發展下去，便為經學家族壟斷地方文化並轉變為地方豪族創造了條件。當一個經學世家轉變為壟斷地方察舉、推免權力的地方豪族，其存在也便左右著當地文人的輸出量。從這種角度上說，一個郡國擁有的經學世家越多，經學家族所擁有的實力和影響越大，也便往往比其他郡國擁有更多的知名文人。

　　但是，經學世家並沒有使其學說的傳播範圍侷限於自身所在的郡國之內，其招收弟子、門生是沒有地域限制的，如山陽郡人檀敷立精舍傳經，「遠方至者常數百人」。鄭玄不僅曾西去扶風以師事馬融，待其開門授徒後，「弟子河內趙商等自遠方至者數千」。〔註65〕故而經學世家在左右所在地知名文人數量的同時，也對其他郡國的文人產量形成影響，只不過這種影響因為地緣和交通的緣故相對於前者顯得較弱罷了。除了通過傳播學術以增加當地文人的入仕機會之外，經學世家對本地知名文人輸出量的影響主要是通過與漢代選官制度相結合而實現的。漢代選官制度有察舉、皇帝徵召、州府辟除、任子、納資等多種方式，一個經學世家一旦有人仕途顯貴，其家族成員與弟子、門生被徵召、辟除的機會也自然大大增加，如東萊人司馬均即是通過扶風名儒賈逵的舉薦而步入仕途的。這又在很大程度上催生了門閥世族的產生。

　　自西漢文帝時開始，高中級官吏及皇帝親近之人既享有蔭任子弟為官的

〔註65〕〔南朝宋〕范曄撰：《後漢書》，中華書局2012年版，第1778、955頁。

特權。如武帝時的平原人東方朔，即曾「任其子為郎」。〔註66〕琅邪人貢禹卒後，漢元帝也「以其子為郎」。〔註67〕但要到察舉注重門第、名聲的東漢時期，此種父子、師徒相繼為官的現象才變得更加普遍與盛行。以東漢時期的北海郡為例，便有甄宇和甄承，牟融和牟紆、牟麟，淳于恭和淳于孝，郎宗和郎顗等多對父子相繼為官。其具體表現為一個儒生身份的文人進入仕途且顯貴之後，其後世子孫也往往受其蔭庇而世代為官。如泰山人羊續，即「先七世二千石卿校」。其本人也因是「忠臣子孫」〔註68〕而被朝廷徵召為郎中。東萊郡人劉丕因博學而號稱通儒，自其子劉寵以明經入仕顯貴後，家中也先後有劉方、劉岱、劉繇等人位居要職。這些官僚世家的存在增加了所在郡國產出文人的數量，這也是泰山、北海以及東萊等郡在東漢時期的文人數量較西漢增多的主要原因。相反，那些在東漢時期沒有或少有經學世家和門閥世族存在的郡國，如齊、濟南和菑川等，其文人則較少有步入仕途和顯揚聲名的機會，因而見諸史冊的文人數量也就相對較少。

從更大的方面來說，由於齊地經學世家和門閥世族無論在數量上，還是在實力上都與三輔及南陽郡等地存在著明顯的差距，所以其對本地文人入仕、揚名的推動力自然也要弱於上述地區。這也是造成齊地文人所佔全國文人比重在東漢時期明顯下降的重要原因之一。

三、齊地文人的籍貫分布對兩漢齊地文學的影響

兩漢齊地各郡、國所出文人數量的多少在很大程度上體現的正是齊地各郡、國文學的發展情況。文人分布密集的郡國，其文學也往往比較發達。這既表現在郡國所出文人的數量上，又表現在所出文人的質量上。由表 3.6 所反映的情況可知，無論是西漢時期的東方朔（平原郡）、主父偃（齊郡）、終軍（濟南）、貢禹（琅邪郡）、公孫弘（菑川國），還是東漢時期的劉梁（泰山）、管寧（琅邪）、徐幹（北海）、禰衡（平原）、劉楨（泰山），以上堪稱兩漢齊地代表作家的人物也同時都出自其時文人數量較多的郡、國。這是因為文化相對發達的郡、國固然為眾多文人的產生提供了優越的社會文化環境，而密集分布的文人又會反過來對其所在郡國的文化環境實行進一步優化，並以自身

〔註66〕〔漢〕司馬遷撰：《史記》，中華書局 2011 年版，第 2778 頁。
〔註67〕〔漢〕班固撰：《漢書》，中華書局 2012 年版，第 2661 頁。
〔註68〕〔南朝宋〕范曄撰：《後漢書》，中華書局 2012 年版，第 877 頁。

的創作實績和榜樣力量帶動地方文學的發展、繁榮，從而為大作家的出現奠定雄厚的文化基礎。

　　具體而言，兩漢齊地文人在一個地區密集分布首先對形成地方文學賴以發展和興盛的濃厚文化氛圍具有重大的影響。地方文學的繁榮離不開地方文化氛圍的濃厚，而地方文化氛圍的濃厚與否又與該地文人數量的多少有直接關係。在同一時段內，擁有文人數量越多的郡國，其文化氛圍也便越濃厚。倘若不遭遇重大的社會變故，這種文化氛圍又是會長久延續下去的：一方面，該地域的相當一部分文人會通過家學教育的途徑將自身的學識傳授給後代子孫，使他們繼續成為傳播地方文化和創作地方文學的重要力量；另一方面，一些知名的文人又會以其崇高的社會聲望和淵博的學識吸引不同地域的士子前來問學，從而在鞏固自身社會聲望和學術話語權的同時，又通過擴大地方文化的傳播和交流範圍而使所在地的文化氛圍更加濃厚。以東漢時期的北海安丘人甄宇為例，他修習《嚴氏春秋》，「教授常數百人」。後「傳業子普，普傳子承」，至甄承一代又「講授常數百人。諸儒以承三世傳業，莫不歸服之」。甄氏子孫的「傳學不絕」〔註69〕與儒生的「莫不歸服」自然有利於長期維持北海郡濃厚的文化氛圍。其時與安丘甄氏行跡相類似的北海郡家族還有安丘牟氏、安丘郎氏等，也正是在這些文人家族的共同努力下，才使得北海郡的文人數量在東漢時期的齊地諸郡國中僅次於琅邪郡。

　　此外，雄厚的家族文化基礎與開放的地方文化環境也是促進文學名家產生的有利條件。從家族文化基礎方面來說，在有家世背景可尋的齊地著名文人中，劉楨不僅是漢朝宗室的後裔，其祖父劉梁也是東漢著名的文學家。徐幹「先業以清亮臧否為家，世濟其美，不隕其德」，〔註70〕至徐幹已傳十世。正因為有如此優越的家族文化背景，劉楨與徐幹才得以順利地走上學習文化知識的道路，並最終通過自身的不懈努力而在文學上取得了較高的成就。從地域文化環境方面來看，正如上文所指出的，兩漢齊地的代表作家如東方朔、主父偃、劉楨、徐幹、禰衡等人，無不來自文化相對發達、多元的郡國。雖然他們多有著遊學或遊幕多地的經歷，但其文化基礎畢竟是在出生地打下的。本籍文化對他們基本文化心理的建構，甚至在很大程度上左右著他們選擇和

〔註69〕〔南朝宋〕范曄撰：《後漢書》，中華書局 2012 年版，第 2072 頁。

〔註70〕〔清〕嚴可均輯；馬志偉審訂：《全三國文》，商務印書館 1999 年版，第 567頁。

吸納其他地域文化的態度，並進而影響到他們的作品風格以及能否在文學創作上取得成功。〔註71〕

　　其次，兩漢齊地文人在某一地區的密集分布又會藉由促進地方學術世家的延續和發展來影響地方文學的風格和特徵。由表 3.1 和 3.2 的統計結果可知，那些文人眾多的郡國往往存在一個或多個數代相傳的學術世家。這些學術世家既是推動地方文人密集的重要力量，又是地方文學的創作主體。如西漢千乘郡世傳尚書的歐陽氏家族，不僅在該郡見於史載的 5 名文人中佔據了 4 席，而且餘下的文人兒寬也出自其門下。又如東漢琅邪郡的伏氏家族，在該郡可考的 29 名文人中，僅其家族成員就有 10 位。學術世家的存在大大提升了所在地文人的數量，而文人的密集分布又會反過來凸顯和鞏固當地學術世家的社會聲望和學術輻射力。如千乘人兒寬早年追隨同郡歐陽生學習《尚書》，其後他不僅憑藉一己才能贏得了武帝對《尚書》之學的認可，擴大了《尚書》在社會上的影響力，還將自身所學轉授給業師歐陽生之子，從而為「《尚書》世有歐陽氏學」〔註72〕這一局面的形成作出了重要貢獻。學術世家與門生相賴共生、互利互惠的關係擴大了其在相關學術領域的影響力和權威性，並通過吸引更多的學子前來就學而最終促使所在郡（國）或周圍數郡（國）在相關學術派別上的趨同性。

　　毋庸置疑的是，兩漢齊地文人大多擁有較高的學術文化素養。在那個講求學以致用而文學尚未自覺的時代，他們的文學觀和文學創作活動也就不免受到自身學術素養的影響。如作為兩漢文學代表的漢大賦，即於武帝崇儒尊經之後，在內容、形式、題材選取和創作觀念上都受到了以《公羊春秋》學為基本內容的今文經學的深刻影響。〔註73〕由於一個地區內的文人往往出自同一家族或師門，故而他們文章的創作宗旨和立論依據也便往往趨同，這使他們文學作品的風貌相近似，並在一定程度上顯現出與其學術派別分布範圍相一致的地域性特色。

　　最後，文人的密集分布還會通過影響社會環境來進而影響齊地文學的發展。本文所論及的文人，多屬於當時社會的特權階級，有許多還是世出高官

〔註71〕曾大興著：《文學地理學研究》，商務印書館 2012 年版，第 59 頁。

〔註72〕〔漢〕班固撰：《漢書》，中華書局 2012 年版，第 3101 頁。

〔註73〕董治安：《關於漢賦同經學聯繫的一點線索——從揚雄否定大賦談起》，《文史哲》1990 年第 5 期，第 25～28 頁。

的地方豪族。因此，他們的密集分布比較容易帶來土地兼併、壓榨百姓等嚴重的社會問題。《後漢書・黨錮列傳》記載苑康為泰山太守，「郡內豪姓多不法，康至，奮威怒，施嚴令，莫有干犯者。先所請奪人田宅，皆遽還之」。〔註74〕王修在擔任膠東縣令時，也有「膠東人公沙盧宗強，自為營塹，不肯應發調」。〔註75〕從籍貫和姓氏上看，公沙盧即極有可能來自桓帝時文人公沙穆的家族。以上記載的雖是苑康、王修等幹吏治理地方豪族的事蹟，卻也從側面反映出齊地地方豪族橫行鄉里、魚肉百姓的惡行。而由此導致的社會矛盾一旦激化，便往往會爆發農民起義。據史料記載可知，兩漢齊地的農民起義多集中於文人分布最為密集的琅邪、泰山二郡。〔註76〕造成這種現象的原因固然有多種，但二郡文人的家族成員、賓客在鄉里橫行不法，侵漁百姓，卻無疑是其中較為直接且重要的原因之一。黃巾起義爆發後，郎中張鈞即將其原因歸結為「十常侍多放父兄、子弟、婚親、賓客典據州郡，辜榷財利，侵掠百姓，百姓之怨無所告訴，故謀議不軌，聚為盜賊。」〔註77〕其矛頭雖指向張讓等宦官，但反映的問題卻是具有普遍性的，這也是黃巾大起義得以席捲大半個中國而非僅侷限於「十常侍」故里的重要原因所在。

兩漢時期，齊地頻繁爆發的農民起義導致了其社會的長時間動盪，不僅沉重打擊了當地的經濟，使齊地文學失去了賴以發展的物質基礎，還使得大批文人逃離本地，客居他鄉，從而造成齊地文化的衰落，並最終改變了各地域文學間的勢力格局。

〔註74〕〔南朝宋〕范曄撰：《後漢書》，中華書局 2012 年版，第 1777 頁。
〔註75〕〔晉〕陳壽撰；〔宋〕裴松之注：《三國志》，中華書局 2006 年版，第 210 頁。
〔註76〕安作璋編：《秦漢農民戰爭史料彙編》，中華書局 1982 年版，第 102～108、168～187、313～336 頁。
〔註77〕〔南朝宋〕范曄撰：《後漢書》，中華書局 2012 年版，第 2035 頁。

第四章　齊地文人的謀生方式與
兩漢文學

　　兩漢齊地文人作為一個人為區隔的社會群體，其內部的形態結構又是極為複雜的。以地域歸屬作為劃分兩漢文人群體的標準，固然能體現出該群體在社會活動方面所具有的趨同性和地域性，但尚不能揭示出其內部成員在社會地位、生活狀況和價值觀等方面所具有的差異。這些差異不僅關係著我們對兩漢齊地文人群體情況的全面認識，更重要的是，還對他們的文學創作起著直接而深刻的影響。有鑑於此，我們有必要對兩漢齊地文人的謀生方式和價值觀等方面予以考察。

第一節　兩漢大一統背景下的生存方式抉擇

　　兩漢大一統時代的到來，開創了中國歷史前所未有之新局面。天下之土歸於劉氏一姓之手，自高祖以至武帝，中央集權的政治體制日趨完善，戰國時代那種諸侯放恣、處士橫議的局面不復存在。在戰國時代享有無比尊崇和高度自由的士人階層，也因社會環境的變化而使其社會地位不復往日崇高。此種情況誠如韓愈在《上宰相書》中所說：

　　　　古之士三月不仕則相弔，故出疆必載質。然所以重於自進者，
　　　以其於周不可，則去之魯；於魯不可，則去之齊；於齊不可，則去
　　　之宋之鄭之秦之楚也。今天下一君，四海一國，捨乎此則夷狄矣，

去父母之邦矣；故士之行道者不得於朝，則山林而已矣。〔註1〕

此文所反映的士人生存方式的變化，雖是韓愈就自身所處的唐代社會環境而發，但用之於兩漢時代亦無不可。兩漢文人處於大一統中央集權體制之下，再無戰國時期的去就自由。其與中央朝廷的關係也只剩下韓愈所說的兩種，即非仕則隱。無論選擇何種生存方式，齊地文人都必須對自身所處的社會環境和個人志向予以慎重考慮，而由此反映出來的個人價值觀和心態則是我們瞭解兩漢齊地文人創作心態的關鍵所在。

一、兩漢齊地文人出仕的主要途徑

學以致用，本即是士人階層一以貫之的人生追求和主要謀生方式，以士人階層為母體的文人自然也不例外。尤其是在對兩漢文化界產生巨大影響的儒家經典內，更是將入仕作為士人取得成功的標誌。孔子即認為：「學而優則仕。」〔註2〕「學而優」似乎是士人得以入仕的必要條件。《孟子·滕文公下》說：「士之失位也，猶諸侯之失國家也。」〔註3〕則把士人的失位看成是失去生存根基的頭等大事。到了漢代，士人更是將自身入仕視為一種必然。《春秋繁露·深察名號》說：「士者，事也。」〔註4〕《白虎通》也說：「士者，事也。任事之稱也。」〔註5〕但受社會環境的影響，許多文人的經世追求不能得到滿足。尤其是在文人仕進之途不暢的情況下，其經世方式也必然會變得豐富多樣。

漢初中央政權多為功臣和外戚集團所把持，毫無背景的中下層士人很難參與政權管理。范曄感歎西漢初年士人不遇的情況說：「迄於孝武，宰輔五世，莫非公侯。遂使縉紳道塞，賢能蔽壅，朝有世及之私，下多抱關之怨。其懷道無聞，委身草莽者，亦何可勝言。」〔註6〕經世的理想、生存的壓力與仕進之途不暢這一現實相碰撞，遂使他們當中的許多人主動投靠掌握實權的諸侯與權貴以謀出路。齊地並非龍興之地，而且沒有助漢朝開國的功勳人

〔註1〕〔唐〕韓愈撰；馬其昶校注；馬茂元整理：《韓昌黎文集校注》，上海古籍出版社 1987 年版，第 163 頁。
〔註2〕楊伯峻譯注：《論語譯注》，中華書局 2012 年版，第 281 頁。
〔註3〕楊伯峻譯注：《孟子譯注》，中華書局 2012 年版，第 151 頁。
〔註4〕張世亮，鍾肇鵬，周桂鈿譯注：《春秋繁露》，中華書局 2012 年版，第 368 頁。
〔註5〕〔清〕陳立撰；吳則虞點校：《白虎通疏證》，中華書局 1994 年版，第 18 頁。
〔註6〕〔南朝宋〕范曄撰：《後漢書》，中華書局 2012 年版，第 617 頁。

物。因此，齊地文人就很難在漢初政壇上佔據優勢地位。於是在這股士人遊走諸侯、託身權門的幹利浪潮中，他們也成為其中頗為活躍的一個群體。汪春泓在分析劉漢初年麾下宮中多齊士的成因時即說：「戰國以至秦漢之間，齊國方士、辯士、說庇、軍事家等散在各處，搖唇鼓舌，出謀劃策，其人數當屬天下第一。」〔註 7〕

（一）遊幕

　　遊幕，是漢初齊地文人參與政權的主要方式。促成這一現象的主要原因在於其時的社會環境為游士的存在提供了足夠的政治和文化空間。漢初諸侯王勢力強大，異姓諸侯坐擁關東六國大部分土地，有自主權且手握重兵，極大地威脅到中央集權統治。劉邦在位期間雖然剪除了七國中的六國，但又參照周朝制度，分封九個同姓諸侯王。這些諸侯王的領地幾占漢朝國土的三分之二，享有封地的一切賦稅，並有任命除侯國丞相以外所有官吏的權力。這些諸侯王為了保護和發展自身的既有勢力或滿足一己的喜好，也極力招攬各種人才為幕僚。諸侯王國所具有的較高獨立性和延攬人才之風為遊幕之士營造了與戰國時期相近的生存、活動空間。

　　與此同時，漢初統治者所採取的一系列寬鬆的文化政策，如惠帝廢除挾書律，高后廢除妖言令，文帝除誹謗訞言罪等，使戰國晚期的多種學術文化得以復興，士人的思想和個體意識也在很大程度上得到解放和張揚。齊地文人如黃生、梁石君、東郭先生、田生、鄒陽、羊勝、公孫詭、公孫獲等人，就是在此種條件下參與政權的。梁石君與東郭先生原是被田榮劫持到軍營中的齊國謀士，在田榮兵敗後隱居深山。曹參任齊國丞相後，大力舉賢納士，在蒯通的建議下起用二人，奉為上客。齊人鄒陽的經歷則更加具有典型性，他先是於眾多招納游士的諸侯國中選擇了最為富庶的吳國作為遊幕之地，後諫阻吳王劉濞謀反不成，又投奔到地位如日中天的梁孝王劉武麾下。在梁孝王刺殺袁盎的事情敗露後，他為保全梁國立下了汗馬功勞。如果說曹參招納賢士的目的在於恢復和發展齊國經濟，以安定劉氏天下的話，那麼吳王與梁孝王的行徑則暴露了自身不臣的政治野心，其招納賓客謀士的最終目的也在於壯大自身實力，以便為自己謀取更多的政治利益。在此環境下，齊地文人的入幕選擇還是較為多樣的，鄒陽的去吳遊梁正顯示出漢初齊地文人較為寬廣

〔註 7〕汪春泓編著：《齊學影響下的西漢文學》，聖環圖書 1997 年版，第 11 頁。

的遊幕空間。

除諸侯王外，漢代顯貴之臣禮賢下士的現象也十分普遍。這當然與其自身的政治利益息息相關，但似乎也與漢初重義士的社會風尚不無關係。漢朝皇室出自平民百姓，其之所以取得天下，在一定程度上得益於眾多義士的全力相挺。漢統治者既以義士得天下，故而對士人的義行也頗為提倡。這也是劉邦在聞知田橫二客自殺殉主後，「乃大驚，以田橫之客皆賢」的原因所在。〔註8〕蘇軾則在《東坡志林》中表達了自己對漢初養士風尚盛行的獨特見解：「至文、景、武之世，法令至密，然吳王濞、淮南、梁王、魏其、武安之流，皆爭致賓客，世主不問也。豈懲秦之禍，以為爵祿不能盡縻天下士，故少寬之，使得或出於此也耶？」〔註9〕他顯然認識到了漢初政治環境對文人出仕的不利，於是認為統治者寬容諸侯、臣下養士，乃是出於妥善安置士人以安邦定國的目的。其論雖有偏頗之處，但就漢初統治者以黃老思想為準則的施政宗旨來看，也是有一定道理的。齊地文人公孫弘於武帝年間拜相封侯後，即修建客館，延攬天下賢士與自己共商國是。結合他建議武帝為博士置弟子員的行為來看，其延攬賓客的目的即如蘇軾所說，乃務求做到合理地利用人才。齊人主父偃不僅自己曾遊幕燕、趙、中山等國，在獲得武帝親幸後，還招納「賓客以千數」。〔註10〕漢初權臣的養士之風無疑為齊地文人的遊幕開拓了更為寬廣的空間。尤其如公孫弘般的齊地顯貴文人，出於地緣的親近感和對朋友才能的熟悉，其所延攬的賓客也極有可能多是齊地「故人」。

諸侯、權臣厚遇賓客的舉動，也在客觀上對中央集權的穩固形成了威脅。游士於高祖年間的陳豨謀反，景帝年間的六國之亂與梁孝王覬覦帝位，武帝年間的淮南王謀反諸事件中都扮演了助力叛亂的角色，以致引起了最高統治者的警惕和切齒痛恨。自文帝時期起，漢中央開始有意解決諸侯王尾大不掉的問題，曾借警誡淮南厲王的機會宣稱：「亡之諸侯，遊宦事人，及舍匿者，論皆有法」。〔註11〕七國之亂後，景帝折損諸侯，「令諸侯王不得治民，令內史主治民，改丞相曰相」，〔註12〕削減其屬員職位和數量。武帝即位後，又採納主父偃的建議實施推恩令，進一步削減諸侯國的面積和勢力。淮南衡山之

〔註8〕〔漢〕司馬遷撰：《史記》，中華書局 2011 年版，第 2322 頁。
〔註9〕〔宋〕蘇軾撰；王松齡點校：《東坡志林》，中華書局 1981 年版，第 111 頁。
〔註10〕〔漢〕司馬遷撰：《史記》，中華書局 2011 年版，第 2576 頁。
〔註11〕〔漢〕班固撰：《漢書》，中華書局 2012 年版，第 1870 頁。
〔註12〕〔南朝宋〕范曄撰：《後漢書》，中華書局 2012 年版，第 2934 頁。

亂後，又「作左官之律，設附益之法」，〔註13〕令各諸侯王只享受封國稅收，不得自置員屬。時至建武二十四年（48），光武帝仍「詔有司申明舊制阿附藩王法」，〔註14〕並於建武二十八年（52）下詔各郡縣逮捕王侯的賓客，賓客因犯罪而被處死者多達數千人。在統治者的刻意打壓之下，游士賴以存在和發展的政治土壤大為萎縮了，興盛一時的齊地文人遊幕浪潮也逐漸走向衰落。

但必須看到的是，由於兩漢仕進制度的特色和封建專制政體自身所存在的致命缺陷，文人依託權門以求取富貴的「遊幕」現象於兩漢時期一直廣泛存在。只是由於其產生條件和身份地位的變化，性質已然與漢初的遊幕文人大為不同。西漢中期以後的「遊幕」文人雖然也以幹取名利為目的，但其地位在一定程度上已與薦舉官的私屬無異。齊人徐幹在批評東漢中後期人才選舉的不良風氣時即說：「取士不由於鄉黨，考行不本於閭閻，多助者為賢才，寡助者為不肖……自公卿大夫、州牧郡守……下及小司，列城墨綬，莫不相商以得人，自矜以下士……詳察其為也，非欲憂國恤民，謀道講德也，徒營己治私，求勢逐利而已。」〔註15〕人才選舉的權力被公卿大夫及大、小地方官員所壟斷，他們為鞏固自身的利益，所薦舉之人也往往只會是依附於自己的賓客或僚屬。而被薦舉的賓客或僚屬為報恩主拔擢之利，又會反過來為其政治、經濟利益服務。這種政出私門的現象不僅最終導致了漢代官場朋黨現象的產生，也為其時文人「遊幕」活動的延續提供了新的保障。除此之外，漢代豪族地主於西漢中期的迅速崛起，也為兩漢文人的遊幕活動開闢了新的空間。這些豪族地主有很多本身就是官僚世家，即或僅是地方豪強，為了擴大自身的影響力和謀取更多的政治、經濟利益，也會廣招賓客為自身服務。這些賓客中自然也包括了一定數量的齊地文人在內。

（二）察舉

察舉制是武帝以後乃至東漢一朝的主要選官途徑，也是西漢中期以後齊地文人入仕的主要途徑。這一局面的形成首先得益於儒家經學在漢代思想文化界主流地位的確立。武帝即位後，社會經濟已較漢初有了長足的發展，但諸侯王的屢興叛亂與游士階層的離心離德，一直是影響漢政權鞏固的不穩定因素之一。這促使武帝下決心改革一系列相關制度，以實現對士人階層最大

〔註13〕〔漢〕班固撰：《漢書》，中華書局 2012 年版，第 337 頁。
〔註14〕〔南朝宋〕范曄撰：《後漢書》，中華書局 2012 年版，第 61 頁。
〔註15〕俞紹初輯校：《建安七子集》，中華書局 2005 年版，第 299 頁。

程度的控制與吸納。而關注現實、強調致用的儒家學說在經過漢初六十多年的傳播和發展後，於社會統治方面的優越性逐漸凸顯出來。董仲舒作為今文齊學的集大成者和推動儒家學說官方化的關鍵人物，其《天人三策》《春秋繁露》等著作，以儒家思想為主幹，並吸納陰陽五行、法家、名家等學派學說，在理論上成功解決了證實漢朝政權合法性與長存性等問題，因而被武帝採納，使經過實踐性改造的儒家學說最終成為漢朝統治的理論依據。班固說：「孝武初立，卓然罷黜百家，表章六經。」〔註16〕儒家學說在兩漢思想界的主體地位於此時開始得以確立。與此同時，武帝還十分注意對儒家學說進行提倡以及對游士所習的游說之術進行打壓。早在建元元年（前140），有意尊崇儒學的武帝就採納了衛綰「所舉賢良，或治申、商、韓非、蘇秦、張儀之言，亂國政，請皆罷」〔註17〕的主張。後來，他又在給嚴助的璽書中告誡嚴助：「具以春秋對，毋以蘇秦從橫。」〔註18〕刻意要求嚴助摒棄游士階層慣用的縱橫之術。

在統一思想文化的同時，漢武帝還在前幾任統治者用人政策的基礎上改革和完善了人才選拔制度，從而使熟諳經學的兩漢文人的入仕途徑得以暢通。早在漢朝建立之初，漢高祖劉邦即曾下求賢詔，徵召天下賢士大夫共治天下。其後，漢惠帝也「舉民孝悌力田者復其身」。〔註19〕文、景之時，都曾詔舉賢良方正，並先後設立起三家詩學、公羊春秋、諸子傳記等博士職位。但上述舉措並沒有改變功臣、外戚把持朝政的基本態勢，齊地文人中，能如婁敬、胡毋生、轅固生等憑藉自身學識進入中央政權的人只是少數，且除了劉敬之外，胡毋生等人皆處在被統治者置而不用的尷尬地位，自身的經世抱負根本就難以施展。只有到了軍功權臣全部凋零，豐沛集團把持朝政的局面不復存在的武帝時期，吏治改革的時機才真正到來。董仲舒在其著名的《天人三策》中勸諫武帝：「夫不素養士而欲求賢，譬猶不琢玉而求文采也。故養士之大者，莫大乎太學；太學者，賢士之所關也，教化之本原也。」又建議武帝「諸不在六藝之科孔子之術者，皆絕其道，勿使並進。」〔註20〕其用意在於建設一套與國家文化政策相適應的用人制度，從而使學習儒家經學的文人能夠做到學

〔註16〕 〔漢〕班固撰：《漢書》，中華書局2012年版，第182頁。
〔註17〕 〔漢〕班固撰：《漢書》，中華書局2012年版，第135～136頁。
〔註18〕 〔漢〕班固撰：《漢書》，中華書局2012年版，第2419頁。
〔註19〕 〔漢〕班固撰：《漢書》，中華書局2012年版，第79頁。
〔註20〕 〔漢〕班固撰：《漢書》，中華書局2012年版，第2185、2194頁。

以致用。董仲舒的建議基本為武帝所採納，他罷黜百家，專立五經博士，並於元朔元年（前 128）將二千石官吏察舉人才的制度以法定的形式確立下來：「令二千石舉孝廉，所以化元元，移風易俗也。不舉孝，不奉詔，當以不敬論。不察廉，不勝任也，當免。」〔註 21〕

　　察舉制度分孝廉、茂才、賢良方正與文學以及明經、明法等科目，這些科目多與經學相關聯。〔註 22〕即使是明法之士，也崇尚在運用法律時以儒學作緣飾。察舉制的實行標誌著研讀經學成為兩漢文人入仕的正途，也使得文人群體中的佼佼者大可不必在政治清明時投入遊幕文人的行列。同樣為經學之士開闢仕進途徑還有公孫弘設置博士弟子員的建議。《史記·儒林列傳》說他擔任學官後，有意倡揚儒學，於是建議武帝為博士官配置弟子五十人：「太常擇民年十八已上，儀狀端正者，補博士弟子。郡國縣道邑有好文學，敬長上，肅政教，順鄉里，出入不悖所聞者，令相長丞上屬所二千石，二千石謹察可者，當與計偕，詣太常，得受業如弟子。」〔註 23〕博士弟子乃從全國各地的民間選拔而來，跟隨太常學習一年後，經考試合格者可按其優異程度分別授以相應的官職。公孫弘的建議被武帝採納後，也以相對固定的形式被保存下來。在此之後，博士弟子的人數屢有增加。至東漢桓、靈時期，弟子員數竟達到三萬多人。弟子員數量的不斷增多，也即預示著兩漢文人依靠習經而步入仕途的機會不斷增加。這導致的直接後果是原本知識多元化的文人階層逐漸向單一的儒士階層過渡。此種變化在其時的齊地文人身上也有著鮮明的體現，如公孫弘在年輕時曾擔任過薛縣獄吏，應當只是粗通律法而已。然而為了適應學術潮流的變化以取得官祿，他在四十多歲時，「乃學春秋雜說」。主父偃起初學長短縱橫之術，「晚乃學易、春秋、百家言」。〔註 24〕齊地文人在學術取向上的轉變，正反映出他們對此種學仕合一的用人制度的認可和積極響應。自此之後，齊地文人中的佼佼者多有著濃厚的經學背景。

　　班固說：「自武帝立《五經》博士，開弟子員，設科射策，勸以官祿，訖於元始，百有餘年，傳業者浸盛，支葉蕃滋，一經說至百餘萬言，大師眾至千

〔註21〕〔漢〕班固撰：《漢書》，中華書局 2012 年版，第 145 頁。
〔註22〕安作璋：《漢代的選官制度》，《山東師院學報（哲學社會科學版）》1981 年第 1 期，第 11～17 頁。
〔註23〕〔漢〕司馬遷撰：《史記》，中華書局 2011 年版，第 2708 頁。
〔註24〕〔漢〕司馬遷撰：《史記》，中華書局 2011 年版，第 2568～2569 頁。

餘人，蓋祿利之路然也。」〔註25〕經學取士制度的成功，不僅使兩漢由此進入了一個經學盛行的時代，還在統治者與文人之間形成了一種通經致用的共識：一方面，統治者在確保察舉制推行的同時，還經常差遣官員分行各州，發掘賢能。如漢元帝就於初元元年（前48）下詔說：「朕憂蒸庶之失業，臨遣光祿大夫褒等十二人循行天下，存問者老鰥寡孤獨困乏失職之民，延登賢俊，招顯側陋，因覽風俗之化。」〔註26〕與此同時，統治者還往往將納賢之意在詔書中加以申明，如漢成帝在鴻嘉二年（前19）即特發詔書聲明：「其舉敦厚有行義能直言者，冀聞切言嘉謀，匡朕之不逮。」〔註27〕朝廷既有意廣納民間賢才，則才學之士亦不乏進入仕途的機會。另一方面，許多受益於經學取士的大臣也往往以拔舉賢能作為自己的本分。西漢成帝時，李尋即上言說：「唯有賢友強輔，庶幾可以保身命，全子孫，安國家……宜急博求幽隱，拔擢天士，任以大職。」〔註28〕東漢順帝時，郎顗也上書說：「夫十室之邑，必有忠信，率土之人，豈無貞賢，未聞朝廷有所賞拔，非所以求善贊務，弘濟元元。宜採納良臣，以助聖化。」〔註29〕在上述大背景下，有才能之士甘於遊幕而不研經求仕者，恐怕已經不多。西漢中期以後，齊地知名文人之所以大多以察舉入仕，武帝以後的兩漢朝廷所實施的一系列取士政策，是極為重要的原因。

總之，在兩漢大一統的背景下，齊地文人出仕的途徑有遊幕和察舉兩種。漢初功臣、外戚把持朝政，文人仕進途徑不暢，又加之諸侯國擁有較高的自主權，養士之風在其時依舊盛行，所以齊地文人在此一時期的參政方式也主要是通過遊幕得以實現的。武帝時期，儒家五經被設立為官學，以經學取士為主的察舉制度也被建立起來，通經文人的入仕中央朝廷的渠道由此生成，並在日後不斷得到完善和發展。與之相反，文人的遊幕活動則在統治者的仇視和打壓之下，逐漸趨於消沉。受此影響，齊地文人在武帝以後的入仕途徑雖然仍包括遊幕活動在內，但卻以察舉為主。除遊幕和察舉之外，兩漢齊地文人的入仕途徑還包括州郡辟除、徵召、任子以及納貲等，但由於不占主導地位，故本文不予論列。

〔註25〕〔漢〕班固撰：《漢書》，中華書局2012年版，第3115頁。
〔註26〕〔漢〕班固撰：《漢書》，中華書局2012年版，第241頁。
〔註27〕〔漢〕班固撰：《漢書》，中華書局2012年版，第272頁。
〔註29〕〔漢〕班固撰：《漢書》，中華書局2012年版，第2746～2748頁。
〔註29〕〔南朝宋〕范曄撰：《後漢書》，中華書局2012年版，第837頁。

二、兩漢齊地文人選擇隱逸的主要原因

范曄《後漢書·逸民列傳》說：「堯稱則天，不屈潁陽之高；武盡美矣，終全孤竹之絜。自此以降，風流彌繁。」〔註 30〕士人隱逸的現象在我國由來已久，且隨著相關記載的增多而越發地為人們所知。漢興以至武帝即位的數十年間，百業待舉，齊地文人的參政熱情是十分高漲的。婁敬於戍伍之中起而勸諫劉邦定都關中一事，就充分說明了這一點。然而漢初最高統治者不重儒學的學術環境與功臣、外戚把持朝政的政治環境，卻使得齊地文人在無奈地選擇遊幕諸侯、權貴之餘，也有不少人被迫選擇了隱居的道路。

儒學為齊地的傳統優勢學派，但受社會環境、政治環境以及統治階層學養不高等因素的影響，漢初統治者對儒學並不重視。司馬遷《史記·儒林列傳》說：「漢興，然後諸儒始得修其經藝……然尚有干戈，平定四海，亦未暇遑庠序之事也。孝惠、呂后時，公卿皆武力有功之臣。孝文時頗徵用，然孝文帝本好刑名之言。及至孝景，不任儒者，而竇太后又好黃老之術，故諸博士具官待問，未有進者。」〔註 31〕與此背景相映襯，許多精於儒學的文人在漢初政治上並無用武之地。即使有幸得以拜官，也未能受到統治者的禮遇。於景帝時權傾朝野的竇太后，還曾怒斥儒家書籍為「司空城旦書」。〔註 32〕但由於齊地文人傳播儒學的責任意識強烈，而漢統治者又在吸取秦亡教訓的基礎上採取了較為寬鬆的文化政策，所以漢初如浮丘生、伏勝、田何、胡毋生、轅固般隱居民間以傳播儒學為己業的齊地文人實不在少數。

自武帝獨尊儒術，以精通儒學作為取士的重要條件，儒學在兩漢社會日漸得到重視和普及。不僅朝廷為培養經學人才而不遺餘力地設立和發展太學、地方官學，民間的私人教學的現象也十分盛行。興辦私學的階層有平民百姓、豪族地主、官僚世族等，〔註 33〕齊地自然也不例外。至於齊地私學所涉及的人數，則少如徐子盛般的百餘人，多如鄭玄般的數千人。讀書通經的人數既多，以經學講授作為安身立命職業的文人也就普遍起來，再加之朝廷所能吸納的人才數量本就有限，其結果必然導致經學人才的過剩和向其他行業轉移。在「官少才多，無地以處」〔註 34〕的情況下，經學之士如牟紆般隱居鄉里講

〔註 30〕〔南朝宋〕范曄撰：《後漢書》，中華書局 2012 年版，第 2213 頁。

〔註 31〕〔漢〕司馬遷撰：《史記》，中華書局 2011 年版，第 2707 頁。

〔註 32〕〔漢〕班固撰：《漢書》，中華書局 2012 年版，第 3108 頁。

〔註 33〕張鶴泉：《東漢時代的私學》，《史學集刊》1993 年第 1 期，第 54～55 頁。

〔註 34〕〔唐〕杜佑撰；王文錦，王永興，劉俊文，徐庭雲，謝方點校：《通典》，中

學或操持家業也就變得十分平常。范曄在言及撰寫《後漢書・儒林列傳》的標準時說：「東京學者猥眾，難以詳載，今但錄其能通經名家者，以為儒林篇。」〔註35〕隱居教授的經學之士既無功名，又非後世撰史者所能盡知，故而多湮沒無名，反倒給人們造成野無遺賢的錯覺。

實際上，許多文人之所以選擇隱居治學，還與學術與仕途在東漢時期逐漸分道揚鑣有關。而造成這一結果的重要原因之一，即是經學「古學」學派於其時的興起。東漢承西漢之制，設立五經博士，各以家法教授。然而，此種官學發展至西漢末年流弊已甚。班固在言及其時的官學狀況時說：「經傳既已乖離，博學者又不思多聞闕疑之義，而務碎義逃難，便辭巧說，破壞形體；說五字之文，至於二三萬言。後進彌以馳逐，故幼童而守一藝，白首而後能言；安其所習，毀所不見，終以自蔽。此學者之大患也。」〔註36〕官學既有如上之流弊，光武帝又好讖緯，治官學者為了迎合帝意、幹取祿利，又不得不言圖讖。這種繁瑣、虛妄的學風逐漸招致許多志在存道之士的不滿，他們轉而研治古學，意欲恢復西漢初期經師的治學之風。經學由是遂有「今學」、「古學」之分野。

對於「今學」和「古學」的含義，錢穆先生曾作過明確的說明：「治章句者為『今學』，此即博士立官各家有師說之學也……其不治章句者則為『古義』，『古義』即『古學』也……宣帝以後，乃若有古今之分；此僅在其治經之為章句與訓詁，不謂其所治經文之有古今也。」又說：「經學治讖、不治讖之界，即為今學、古學之界矣。」〔註37〕具有官學地位的今學既不足以服人，故日益衰落，而不重師法、章句的古學卻於民間日益興盛起來。由於古學的盛行，一些如桓譚、王充等「不為章句」的文人還通過任子、州郡辟除等方式進入了仕途。這些人的出現，雖不能動搖今學作為文人主要仕進途徑的地位，卻無疑進一步擴大了古學在好學文人中的影響。漢和帝時，徐防曾上疏批評博士弟子的學風說：「今不依章句，妄生穿鑿，以遵師為非義，意說為得理，輕侮道術，浸以成俗，誠非詔書實選本意。」〔註38〕於是建議漢和帝以各家博

華書局 1988 年版，第 388 頁。

〔註35〕〔南朝宋〕范曄撰：《後漢書》，中華書局 2012 年版，第 2046 頁。

〔註36〕〔漢〕班固撰：《漢書》，中華書局 2012 年版，第 1531 頁。

〔註37〕錢穆著：《兩漢經學今古文平議》，商務印書館 2005 年版，第 236～239、248 頁。

〔註38〕〔南朝宋〕范曄撰：《後漢書》，中華書局 2012 年版，第 1194 頁。

士的師法和章句測試博士弟子，並取其成績優者授以官祿。此項建議得到了
和帝的許可。徐防的奏議，反映了其時學術與政治的分歧。這意味著，時人
若有志於改革當時重師法、章句的不良學術風氣，則其仕進之途便足堪憂。
但在東漢的文人中，確實有許多不為朝廷祿利所誘，而毅然選擇隱居治學者。
官學既非他們所中意之學，而他們對闡明聖賢之道又充滿了熱情，其結果便
往往使許多文人主動地將自己排除在仕途之外。

　　士人隱逸之風的形成，也與選官制度的敗壞不無關係。兩漢政治清明之
時，由武帝確立起來的察舉制度也能得到較好地實施，如東漢章帝建初元年
（76）的詔書所言：「或起畎畝，不係閥閱，敷奏以言，則文章可採；明試以
功，則理有異跡。」〔註39〕因此而選拔了大批有真才實學的文人。但自西漢
晚期開始，世族地主階層開始崛起。為鞏固和擴大自身的既得利益，它們利
用手中的經濟優勢通過聯姻、交遊、興學、結黨等手段積極向權力集團靠攏，
並最終實現了對仕進途徑的把持。早在東漢初年，漢明帝已對此有所察覺，
他於中元二年（57）中的詔書說：「今選舉不實，邪佞未去，權門請託，殘吏
放手，百姓愁怨，情無告訴。有司明奏罪名，並正舉者。」〔註40〕不過明帝
的詔書並未使這種情況有所好轉，發展至東漢中後期，已出現「貢薦則必閥
閱為前」〔註41〕的情況。豪族地主充塞官場，轉變為世出高官的門閥士族，
而庶族文人則宦途蹇澀，難以獲得薦舉或晉升的機會。長此以往，一些被排
斥於仕途之外的寒門文人自然也就喪失了參政的熱情，而被迫選擇隱逸的道
路。

　　此外，兩漢文人隱逸之風的延續和發展也是兩漢統治者容忍，甚至鼓勵
的結果。如上文所引范曄的說法，文人隱逸的現象自古有之。文人隱居鄉里，
遠離權力紛爭，如淳于恭、管寧般品行高潔者尚能風化一方，故而對中央政
權統治的威脅不大。因此，統治者在無暇或無力招攬的情況下，自然也會對
其採取容忍的態度。王莽篡漢，多有文人去官歸隱以表忠於漢室之意。東漢
初立，為籠絡人心和自證政權的合法性，光武帝刻意徵用和表彰在西漢末年
不仕王莽的歸隱之士。對於逢萌、周黨等徵而不仕者，他也能以「自古明王

〔註39〕〔唐〕杜佑撰；王文錦，王永興，劉俊文，徐庭雲，謝方點校：《通典》，中
　　　　華書局1988年版，第315頁。

〔註40〕〔南朝宋〕范曄撰：《後漢書》，中華書局2012年版，第80頁。

〔註41〕〔漢〕王符著；〔清〕汪繼培箋；彭鐸校正：《潛夫論箋校正》，中華書局1985
　　　　年版，第355頁。

聖主必有不賓之士」〔註42〕為之解釋，甚至還予以適當的賞賜。其意雖在於體現朝廷的寬宏大量，但影響所及，卻實開東漢文人重名節、尚隱逸的風氣。光武帝之後的數代掌權者，或是為了納賢治國，或是為了粉飾政治，多有召求隱逸之舉。隱逸既被統治者和時人視為高尚行為，又往往成為朝廷和地方招納、察舉人才的參照標準之一。因此，許多文人或因志節所向，或因名利所趨而選擇隱逸的生活方式也就在情理之中了。

由以上分析可知，兩漢文人之所以選擇隱逸，是有其特定的社會根源的，但社會環境作為一種外在因素，卻並非決定其隱逸行為的主要原因。換言之，要探究兩漢齊地文人選擇隱逸的內因，還需從其自身尋找答案。概括而言，影響兩漢齊地文人選擇隱逸的個人動機主要有以下兩個方面：

（一）待時明志

兩漢文人隸屬於士大夫階層，大多有著學以致用、經緯天下的政治訴求。其中許多人只是由於對社會現狀和當局者不滿才甘願選擇隱居的生活。倘若上位者乃名正言順，並且能夠虛心禮聘，則他們也沒有堅決不出之理。故而隱居對他們而言，不過是籍以靜待時變的一種無奈舉措罷了。

秦漢之際，社會動盪，二十餘年間，朝廷屢易其主。當此社會紛亂之時，不少文人被迫隱居。高祖時期，曹參任齊國丞相，多禮聘隱逸之士以問安邦定國之道。他聽說膠西郡有一位精通黃老之術的蓋公，於是「使人厚幣請之」，在感覺蓋公的建議可行時，又「避正堂，舍蓋公焉」。〔註43〕此種虛心納賢的方式自然會對靜待時機之士形成巨大的吸引力，於是之前因不滿社會現實而隱居山野者，如東郭先生與梁石君，在曹參「以為上賓」〔註44〕的禮遇下，亦欣然應聘。與蓋公等人相比，相傳為齊國人的夏黃公之遭遇更具典型意義。他與東園公、角裏先生、綺里季三人在漢高祖時數次被徵召，卻逃匿深山，不願為漢臣。後來建成侯呂澤派人「奉太子書，卑辭厚禮，迎此四人」，四人卻欣然而至。此事引起劉邦震驚，問四人因由。四人回答說：「陛下輕士善罵，臣等義不受辱，故恐而亡匿。竊聞太子為人仁孝，恭敬愛士，天下莫不延頸欲為太子死者，故臣等來耳。」〔註45〕可見四人也絕非篤志不仕之人，只是

〔註42〕〔南朝宋〕范曄撰：《後漢書》，中華書局2012年版，第2219頁。
〔註43〕〔漢〕司馬遷撰：《史記》，中華書局2011年版，第1808頁。
〔註44〕〔漢〕班固撰：《漢書》，中華書局2012年版，第1893頁。
〔註45〕〔漢〕司馬遷撰：《史記》，中華書局2011年版，第1822頁。

本著身尊而道尊的信念，等待明主禮遇而已。再如北海人淳于恭，他在新朝末年及光武帝時期屢獲徵辟，皆不應，客隱琅琊黔陬山數十年。直至建初元年（76），漢章帝下詔稱美其品行，「告郡賜帛二十四，遣詣公車」，才最終入仕。從淳于恭入仕後，章帝「禮待甚優」，「所薦名賢，無不徵用」〔註46〕的表現來看，他是真有納賢之意的，這應該也是淳于恭之所以進入仕途的原因所在。

　　然而，與上述終得統治者禮遇的人物相比，卻有更多的隱逸文人終生鬱鬱。只是他們的鬱鬱不得志多非出自個人的求進無門，而是他們所期許的時代始終沒有到來。在這種情況下，即使獲得了入仕的機會，他們也往往會因不合自身志向而棄官不就。在他們那裡，隱居不僅是被迫選擇的一種生活方式，更是對個人志向的一種執著堅守。北海人郎宗於建光元年（121）被漢安帝徵召，所作對策堪為諸儒表率，可見他最初對於安邦定國是懷有極大熱情的，但最終沒有得到重用，只獲得吳縣縣令一職。後來因為在縣令的任上成功預測了京師大火，而被朝廷徵為博士。郎宗以「占驗見知」〔註47〕為恥，於是去官不就，從此終生不仕。郎宗的辭官不就，可說是他在經世理想破滅後，對社會現實表達的一種不滿與憤懣。他曾滿懷熱情的試圖施展自身的才華抱負，以期得到統治者賞識，可具有諷刺意味的是，他的經世才華未得機會施展，卻反倒因占驗這種被儒者視為小技的才能而被拔擢。理想與現實的差距讓他心灰意冷，故而他最終選擇了隱居不仕來表明自身不用則隱的堅定志向。

　　郎宗所處的安帝時期，東漢王朝已逐漸走向衰落。外戚與宦官把持朝綱，遂使小人當道，政治昏暗。在此種環境下，齊地文人因無法實現自身的經世理想而萌生隱逸之思的當不在少數。郎顗拒不應召的行為或即是受到了其父郎宗的影響，他自少繼承父業，隱居教授，數次拒絕州郡的徵辟和薦舉。陽嘉二年（133），郎顗迫於朝廷徵召的壓力，應召到京城並連上奏章針砭時弊，推賢諫能。但當順帝下詔拜其為郎中時，他卻稱病不仕。後來朝廷發生的一系列內憂外患均被郎顗言中，於是朝廷再次對他進行徵召，仍遭到了他的拒絕。郎顗對時局的精確預言說明他並非對世事漠不關心的超然隱者，但也正是出於對時局的清醒認識，才讓他在深知理想抱負無法施展的情況下，不應朝廷徵召。

〔註46〕〔南朝宋〕范曄撰：《後漢書》，中華書局 2012 年版，第 1027 頁。
〔註47〕〔南朝宋〕范曄撰：《後漢書》，中華書局 2012 年版，第 831 頁。

東漢隱而不仕者，尚有平原人襄楷。安、順時期，東漢政局還算平穩，卻已經難以符合如郎氏父子般志在經世的文人的期望。襄楷所在的桓帝時期，時局更加昏暗。《後漢書‧襄楷列傳》說：「桓帝時，宦官專朝，政刑暴濫，又比失皇子，災異尤數。」〔註48〕面對此種現狀，原本隱居鄉間的襄楷自家鄉前往朝廷上書，指謫朝廷施政所存在的刑罰殘暴、殺戮忠臣、宦官專權等弊端。其諫言非但未被採納，反而被尚書臺奏以「造合私意，誣上罔事」〔註49〕的罪名，入獄兩年。按襄楷所言雖多涉災異，但也確實點出了其時朝廷的問題與憂患。他的鋃鐺入獄，顯示出其時政治的腐敗和黑暗。靈帝即位後，認為襄楷奏書所言正確，而太傅陳蕃、大將軍何進又曾先後對襄楷進行過推舉或徵辟，但都被襄楷拒絕了。可以說，襄楷之隱實際上代表了其時文人欲經世而不得，既憂憤又無奈的特殊心態。

如果說，齊地文人在承平時代的仕與隱，體現的是他們對時世的體察和判斷的話，那麼他們在政權更替之際對自身去就的選擇，則被更多寄予了一種忠君與否的道德思考，因而也就更能凸顯出他們志節的高低。與秦漢之際相比，兩漢之際的隱逸因受到儒家綱常思想的長期薰陶和統一政府的多年統治，已將皇帝視為天賦神權之人物。在他們眼中，忠於君主的一姓之天下乃恪守儒道的表現。此由新朝初立時某些齊地文人的反應，即可見出端倪。王莽代漢，是西漢末年昏暗政治所導致的必然結果。其時齊地文人中不乏如廣饒侯劉京般助力王莽稱帝者，但也有一些文人出於道德自覺的原因而不仕王莽。早在王莽秉政時期，琅邪人邴漢即上書乞骸骨，得以歸老鄉里。他的隱退更多地體現為對當時政治現狀的不滿，而身為異姓之臣的王莽把持朝綱，則顯然是其選擇歸隱的動因之一。

至王莽稱帝，齊地文人如栗融、禽慶、蘇章皆去官歸隱。按新朝初立，王莽正致力於廣納賢才以籠絡人心，其時文人的仕進途徑不可謂不暢通。紀逡等「以明經飭行顯名於世」的齊地文人即是在出仕王莽後，得以「封侯貴重，歷公卿位」〔註50〕的。故栗融等人在此種情況下不仕王莽，自然是出於對新朝政權的不滿和對劉漢政權的效忠。

與栗融等人相比，一些齊地文人於東漢初年的隱而復仕，更能體現出他

〔註48〕〔南朝宋〕范曄撰：《後漢書》，中華書局 2012 年版，第 850 頁。
〔註49〕〔南朝宋〕范曄撰：《後漢書》，中華書局 2012 年版，第 856 頁。
〔註50〕〔漢〕班固撰：《漢書》，中華書局 2012 年版，第 2627 頁。

們忠於漢室的立場。「不仕王莽世」〔註51〕的千乘人牟長，即在東漢建立後，通過大司空宋弘的徵辟而進入仕途，其不仕莽而仕漢的政治立場也可由此推知。平原人高容、高詡父子以「信行清操知名」，二人在在新朝建立後，「稱盲，逃，不仕王莽」。〔註52〕直至東漢建立後，高詡才經過宋弘的舉薦再入仕途，其忠於漢室的情志亦不難想見。〔註53〕

由以上所舉多例可知，兩漢許多選擇隱逸的齊地文人，或遇明主而由隱入仕，或因壯志不遂而棄官歸隱，或因暗世而堅隱不出，其仕途的窮達雖有不同，但卻都是基於個人的志向和社會現實所作出的選擇。他們雖然追求學以致用，但也反對苟且而仕，因而能在特定的政治環境下做到進退有節、守志不渝，這大概也是他們得以載入史冊的重要原因所在。

（二）守道養性

與那些因與時世不侔而被迫隱居的文人不同，兩漢齊地的隱逸文人中，尚有許多是因堅守自己內心的某種信念而主動選擇隱逸的。他們所堅守的信念往往並非為社會現實所激發，而是由其個人人格所衍生出來的某些價值觀念，如范曄所說：「觀其甘心畎畝之中，憔悴江海之上，豈必親魚鳥樂林草哉，亦云性分所至而已。」〔註54〕在他們那裡，隱居更多地表現為一種實現自我、娛情養性的生活方式，並沒有一個惡劣的社會環境與其相對立。

西漢惠帝時期，統治者實行休養生息政策。可以說，其時的政治相對清明，社會也較為安定。齊人田何身為《易》學大師，其弟子王同、周王孫、丁寬、服生等人皆名顯當世，即使是漢惠帝，也曾「親幸其廬以受業」。據此推斷，田何原本是有著極好的入仕機會的。但他雖然年老家貧，卻能「守道不仕」。〔註55〕此處之「道」，當為《周易》所說的「不事王侯，高尚其事」，〔註56〕也

〔註51〕〔南朝宋〕范曄撰：《後漢書》，中華書局 2012 年版，第 2053 頁。
〔註52〕〔南朝宋〕范曄撰：《後漢書》，中華書局 2012 年版，第 2063 頁。
〔註53〕需說明的是，齊地文人於兩漢之際，因忠於漢室而興起的隱遁風氣，在漢末建安時期卻被積極入世的思想所代替。這一方面固然與儒家學說在東漢末年的際遇以及文人在黨錮之禍後對劉漢政權喪失信心有很大關係；另一方面，與王莽代漢這一平穩過渡的過程相比，漢末建安時期的軍閥混戰與災害頻仍似乎也難以為齊地文人的安心歸隱提供充足的客觀條件。總之，齊地文人在漢魏之際待時明志的隱逸行為已極少見載史冊了。
〔註54〕〔南朝宋〕范曄撰：《後漢書》，中華書局 2012 年版，第 2213 頁。
〔註55〕〔晉〕皇甫謐撰：《高士傳》，中華書局 1985 年版，第 69 頁。
〔註56〕高亨著：《周易古經今注》，中華書局 1984 年版，第 215 頁。

即追求個人不臣不友的獨立人格。西漢末年，逢萌在聽說王莽殺其子王宇後，便攜家浮海，客居遼東。他逃避的理由是：「三綱絕矣！不去，禍將及人。」這頗能顯示出逢萌對時局的理解和對儒家道德的堅守。他認為士人於暗世中當守道存身，而非默默地坐以待斃。東漢建立之後，逢萌面對朝廷的幾次徵召，皆未出仕，而是繼續隱居於琅琊勞山，「養志修道」。〔註57〕可知他的志向原本就不在名利，而在於以儒家思想為指引，實現自我的道德和理想人格修養。

鄭玄作為東漢後期的經學大師，雖經朝廷和權貴的多次徵用，卻終生未曾出仕。究其原因，乃在於他「不樂為吏」。他在《戒子益恩書》中曾明確表明心跡說：「但念述先聖之元意，思整百家之不齊，亦庶幾以竭吾才，故聞命罔從。」〔註58〕鄭玄依從了自身的秉性，故而選擇了隱居講學的生活。在他而言，隱居是一種自我天性的實現方式，而非在黑暗社會現實的驅使下被迫作出的選擇。與鄭玄作出相同選擇的齊地文人還有管寧，管寧的淡泊名利雖然更多地體現在他於曹魏時期屢拒徵召的行為方面，但其隱居生活卻是自漢末開始的。管寧於漢末天下大亂之時，客居公孫度統治下的遼東。《傅子》記載他與公孫度見面時的情形說：「語惟經典，不及世事。」〔註59〕這體現出他「志於道」而非志於祿利的人生追求。「語惟經典」，說明他恪守儒家道德以修養自身，而「不及世事」也並非是不問世事，其目的無疑是向公孫度表明自身無意於政治罷了。實際上，我們從時人舉薦管寧的奏書中已可知其「篤行足以厲俗，清風足以矯世」〔註60〕的經世作用了。皇甫謐的《高士傳》還記載了他隱居民間時，通過汲水、飯牛二事風化鄉民的具體事例。〔註61〕可以說，管寧雖然依從個人秉性而不涉足政治，但他對化民成俗的儒士職責卻是恪守不移的。

鄭玄、管寧等人的隱居不仕，體現了他們恪守儒道、修身養性的人生追求。但兩漢也有一部分守道不仕的齊地文人，其所守之「道」卻並非全部源自於儒學。駟先生是齊郡的一位隱士，由張博對他的描述可知，他擅長《司

〔註57〕〔南朝宋〕范曄撰：《後漢書》，中華書局 2012 年版，第 2217 頁。

〔註58〕〔南朝宋〕范曄撰：《後漢書》，中華書局 2012 年版，第 956 頁。

〔註59〕〔晉〕陳壽撰；〔南朝宋〕裴松之注：《三國志》，中華書局 2006 年版，第 216 頁。

〔註60〕〔唐〕歐陽詢撰；汪紹楹校：《藝文類聚》，中華書局 1965 年版，第 665 頁。

〔註61〕〔晉〕陳壽撰；〔南朝宋〕裴松之：《三國志》，中華書局 2006 年版，第 216 頁。

馬兵法》，熟悉三皇五帝的治國經驗，「蓄積道術，書無不有」，〔註62〕可謂是大將之才。張博的描述雖不無誇大之嫌，但諒非子虛烏有之事。馴先生於天下一統、通經致用的漢元帝時代選擇研究經學之外的學術，自然也是出於自身守道養性的人生追求。這同時也便意味著，他自覺地將自己置身於隱逸者的行列中去了。同為齊郡人的甘忠可，則是成帝時期方士一流的人物。他將黃老道家、讖緯以及陰陽五行等學說相結合，創作出《天官曆》和《包元太平經》十二卷，宣稱劉漢政權遭遇了天地終結的曆數，而自己受教於天帝的特使赤精子真人，來幫助漢室再次受命於天。時任中壘校尉的劉向上奏甘忠可妖言惑眾，甘忠可因此被下獄致死。從甘忠可創作的意圖來看，他是有著強烈的經世企圖的，但由於他所守之道「不合五經」，所以終其一生也只能游離於仕途之外。

　　由甘忠可的言行，已能明顯看出道家思想對他的影響。道家學派全性保真的思想主張，使其追隨者中歷來不乏超然於政治之外的隱逸之士。然而，正如甘忠可的《包元太平經》在深受黃老思想影響的同時，又雜糅了儒家、陰陽家等思想一樣，〔註63〕兩漢時代專修黃老道家的文人已極少，許多文人往往兼修數家學術。但毋庸質疑的是，那些在學術取向或言行上更加接近道家一派的齊地文人，也往往是不涉仕途的隱逸之士。王君公是新莽時人，與同為隱者的逢萌、徐房、李子雲等人交好。《後漢書》說他們都是「並曉陰陽，懷德穢行」之士，又說徐房、李子雲各收門生千餘人，而王君公卻「儈牛自隱」，〔註64〕可知王君公的隱逸行為當是深受道家思想的影響。司馬彪在《續漢書》中說他「明道深曉陰陽，懷德穢行，和光同塵，不為皎皎之操。……有似蜀之嚴君平」，〔註65〕更是明確指出了他近於道家學者的面目。漢末北海人王和平，則是一位熟諳方仙道的隱者。《後漢書》說他「性好方術，自以當仙」，〔註66〕受自身所習學術的影響，他自然也就對現實生活中的功名利祿不加留戀了。

　　與以待時而出、隱退明志為動機選擇隱逸的齊地文人相比，守道養性的

〔註62〕〔漢〕班固撰：《漢書》，中華書局 2012 年版，第 2857 頁。
〔註63〕龍晦：《論〈太平經〉中的儒家思想》，《中華文化論壇》1996 年第 2 期，第 73 頁。
〔註64〕〔南朝宋〕范曄撰：《後漢書》，中華書局 2012 年版，第 2217 頁。
〔註65〕〔宋〕李昉等撰：《太平御覽》，中華書局 1960 年版，第 3694 頁。
〔註66〕〔南朝宋〕范曄撰：《後漢書》，中華書局 2012 年版，第 2209 頁。

齊地隱逸文人流傳於後世的數量較低。但就實際人數而言，卻未必少於前者。這是因為，此類人物多刻意韜光隱晦，超然於塵俗之外，故相較於那些未入仕途，但卻遊學求進或廣招門徒、風化一方的齊地文人而言，其青史留名的機會自然要少得多。這大概也即是他們雖然一直見於歷史記載，但數量卻往往較小的重要原因之一。

綜前所述，兩漢齊地文人的出仕或隱逸，皆是由統治者政策、選官制度、學術發展狀況以及個人意願等多種因素綜合作用所產生的結果。其中統治者政策、選官制度、學術發展狀況等因素構成了影響兩漢齊地文人或仕或隱的外在環境因素，而個人意願則是影響其最終選擇的決定性因素。以上即結合這兩種因素對兩漢齊地文人選擇出仕或隱逸的原因作了初步的分析和探討，雖然難以做到全面且細緻，但至少可起到窺豹一斑的效果。

第二節　齊地文人的謀生方式與其文學創作的關係

人總是要以一定的謀生方式才能在社會上立足的，本文所謂的「謀生方式」是指個人或群體在時代經濟、政治及其社會地位、知識構成、價值取向等主客觀條件的制約和引導下，通過扮演一定的社會實踐角色來滿足自身生存和發展需要的行為和手段。謀生方式的形成主要受到其時社會傳統、經濟和政治制度的制約，反映時代經濟、政治等方面的脈搏，而個人一旦選擇從事某種謀生方式，他的思想、價值觀、審美取向、行為習慣等又會反過來受到其謀生方式的滲透和影響。如此一來，謀生方式就成了時代經濟、政治等因素作用於個人心靈世界的中間媒介。因此，總結和探討兩漢齊地文人群體的謀生方式，不僅有利於我們加深對這一地域文人群體的瞭解，還有助於我們確切地把握住兩漢社會存在與體現齊地文人個人意識和社會意識的文學作品間所具有的內在聯繫。

兩漢時期的「文人」並非一個獨立的社會階層，而是以士人階層為母體，被人為區隔出來的那些讀書能文之人。士人作為一個在戰國時期完全獨立和發展起來的社會階層，到了兩漢時代，他們的謀生方式也被大一統中央集權制度所整合，並通過充當其規定範圍以內的社會角色來實現。在漢代，士人有儒生、文法吏與武士的區別。其中儒生和文法吏雖然所學內容不同，但都屬於本文所謂的「文人」範疇。並且，隨著西漢後期以儒術為核心，儒法相兼

的統治思想的確立，儒生和文法吏的身份也逐漸實現了融合。〔註67〕如果說，漢初文人的謀生方式尚基本延續了戰國時期那種紛繁複雜的狀態的話，那麼自察舉制度在武帝時期被建立起來後，就決定了文人必須把自己塑造成為熟諳經學的儒生或習文法吏事的文士，而那些不習儒、法兩派學術且毫無背景的文人則往往只能和不願出仕的儒生、文士一起，選擇遠離政治中心的歸隱道路。

由史料和作品所反映的情況來看，兩漢齊地文人扮演的社會角色複雜多樣，每個人都身兼數種社會角色，並且這些社會角色中的一種或多種還往往會隨著社會環境、個人意願和努力程度等主客觀條件的變化而發生變化。但就其謀生方式而言，卻在一定的時期內呈現出相對的穩定性。也即是說，一個人在某段時期內扮演且賴以謀生的核心社會角色是較為固定的。如前文所言，兩漢齊地文人在大一統的社會背景下所能選擇的主要謀生方式除了出仕之外，則唯有歸隱。出仕的文人需按照兩漢官僚體制的規定，按部就班地讀書、察舉、入仕、升遷（或貶黜）以及致仕等。官職有等級高低之分，不同的官職有不同的職責、權利和行為規定。歸隱則是相對於出仕而言的，通常意義上指不以擔任政職為謀生手段的謀生方式。兩漢齊地文人作為其時齊地主要的知識分子群，承擔著傳承當地文化的重要使命。這一使命不會因其不居政職而泯滅，在漢政府獨尊儒術的政策影響下，他們履行這一使命的熱情反而被激發了。因此，傳經自給作為一種實現自我價值的謀生手段，便在其時受到了齊地文人的青睞。

與之相應，其時文人在出仕以前，總是要經歷一個自我儲備的階段以達到出仕要求的。為了提升自身學識和聲望，以獲得更多的入仕機會，遊學或交遊（請託）也便成為眾多學子的選擇。此外，兩漢社會在性質上屬於農業社會，其經濟體制給時人設定的主要謀生手段也只有士、農、工、商四大類。故而那些不涉仕途的齊地文人，若非出身於衣食無虞的豪族世家，在經濟上也便失去了保障。在這種情況下，他們的謀生方式除了講學、漫遊之外，也只能從事農漁、經商、方伎等行業。需說明的是，這些文人即便以農漁、商賈等上述較為底層的職業謀生，其身份也仍然屬於士人，而不能與普通的農民、手工業者以及商人等同。他們普遍擁有較高的學識素養，之所以從事上述職

業，或因志在存道，或為全身避害，這與其隱士身份是十分相稱的。

目前學界對於兩漢文人謀生方式的劃分尚無統一的看法。筆者在全面考察兩漢齊地文人的謀生手段的基礎上，擬將其分為出仕和未仕兩大類。這兩大類又可復分為若干小類。誠然，這樣的分類方式難免有重疊、粗略等欠缺之處，但作為一種觀點和敘述方式，卻十分有利於我們理清兩漢齊地文人主要謀生方式的脈絡。以下將對兩漢齊地文人的主要謀生方式及其對他們文學創作的影響作出闡述。

一、齊地出仕文人及其文學表現

除了少數人之外，見於記載的兩漢齊地文人基本上都曾進入仕途，身居各種職位，擁有著不同的權利和義務。由於入仕文人是一個覆蓋面較廣的群體，其成員的身份、財富以及職責不同，日常關注的事務也往往不同，這必然影響到他們對社會和人生的看法，並進而制約其文學創作的宗旨、內容與藝術表現。因此，在考察兩漢齊地文人出仕情況及其對文學創作的影響之前，有必要對其內部成員的基本類型作出劃分。此種劃分可通過對其成員所任職務的歸類來實現。筆者依據相關文獻資料的記載，將其分為宗室、高級官員（秩比二千石及以上）、中級官員（秩六百石及以上）、底層官員、游士等五個類別。前四類乃依據其時的官秩級別劃定，第五類則包括天子文學侍從、諸侯王賓客以及幕府文人等，由於他們大多沒有固定的職務、官署和員額，不在正規的編制之內，但卻與皇帝、諸侯王以及權臣關係密切，並對政治有直接、重大的影響，故將其單獨劃分為一類。

（一）皇室成員

皇室成員是兩漢文人中較為特殊的一個群體。因為與漢皇室具有血緣或親緣關係，所他們也擁有著普通文人所難以企及的政治和經濟特權。當然，這些特權也是會隨著他們與皇室關係的疏遠而逐漸被削弱的。但總體看來，他們仍處於漢代政治與權力的核心。早在漢初，劉邦就為皇室成員定下了具有法律效力的權力和使命：「非劉氏而王者，若無功上所不置而侯者，天下共誅之」〔註68〕皇室成員既有「鎮撫四海」、「承衛天子」之職責，又多受過良好的教育，因而也往往會創作一些文學作品。受其社會地位與職責的影響，

〔註68〕〔漢〕司馬遷撰：《史記》，中華書局 2011 年版，第 752 頁。

他們的作品內容又往往與一系列大小政治、社會事件息息相關。

　　兩漢時期，齊地既非龍興之地，也非全國的政治中心，故而並無漢世的最高統治者在這裡誕生，反倒是屬籍於此的少數后妃較為引人注目。漢獻帝的第一任皇后伏壽，出身於琅邪東武的經學世家。她自興平二年（195）封后以來，多次隨獻帝顛沛流離，而獻帝也只是空有名號，國家大政均操持於曹操一人手中，嚴重威脅到皇室成員的利益和安全。她的《與父伏完書》即是出於維護皇室成員安全和奪回獻帝至尊權力的目的而寫就的，意在囑咐父親伏完密謀策劃誅殺曹操的行動。與之相似，曹操的夫人卞氏是琅琊開陽人，也是助益曹操事業的幫手。建安二十四年（219），楊脩被曹操因故處死。時為魏王後的卞氏為安撫楊脩家屬的情緒，特備厚禮並作《與楊彪夫人袁氏書》以示歉疚之意。由此可見，少數出身齊地且品秩較高的后妃於兩漢時期也擁有較為強烈和自覺的參政意識。這種意識見諸於她們的作品，便形成了端莊嫻雅的風格與關乎政事的主題。

　　齊地的皇室宗親中，西漢中期以前的諸侯王不僅擁有管理自己封國的權力，而且還負有拱衛皇室之責。上述兩種權責的結合造就了他們獨特的政治身份，因而出自其手的文學作品既有旨在處理屬國政事的，又有向中央朝廷述職的。這些諸侯王依靠王國地稅、朝廷賞賜以及自有田地等方面的收入，生活條件十分優越。他們手中所掌握的諸侯國軍政大權，又使他們有信心且有能力維護或擴大自身的權益。因此，在自己和其他王室成員的利益受到威脅或損害時，他們的反應也必然是十分激烈的。表現於文學作品中，則必然以維護王室和宗族的利益為訴求。齊王劉襄的《遺諸侯王書》即是此方面頗具代表性的作品。據《史記·齊悼惠王世家》記載，呂后去世後，諸呂身居權位，「皆居長安中，聚兵以威大臣，欲為亂」。得知消息的齊王在朱虛侯劉章等人的支持下，欲發兵誅滅呂氏集團並坐擁帝位。因此，他在此種情況下所寫就的《遺諸侯王書》也就自然打著匡扶漢室、「誅不當為王者」〔註69〕的旗號了。武帝之後，諸侯王雖在軍政上被剝奪了大部分權力，但生活較之庶族地主依然富足。動輒掣肘的政治環境與優越的經濟生活，使他們當中的大多數人沉溺於安逸享樂之中，即使曾接受過良好的文化教育，也多為驕奢淫亂、碌碌無為之輩。

　　至於齊地那些起初就未能封王，但與皇帝血緣關係較近的皇室成員，也

〔註69〕〔漢〕司馬遷撰：《史記》，中華書局 2011 年版，第 1786 頁。

擁有著遠比常人優越的政治和經濟特權。在政治上，他們往往比庶族士人更具號召力，也更易得到入仕參政的機會；在經濟上，他們擁有自己的食邑來維持自身較為富足的生活，身居爵位和官職者還會獲得相應的俸祿。《漢書》所謂「生於帷牆之中，不為士民所尊，勢力與富室亡異」〔註70〕的情形，則是血緣疏遠後，皇室成員最落魄的情況了。這種由親緣關係所帶來的安逸和富足，使他們對劉漢政權產生了很強的依賴性。因而也與諸侯王一樣，比常人更加關心劉漢政權的興衰與劉氏宗親的權益。劉章二十歲時已為朱虛侯，他憤慨於呂氏專權而劉氏子弟利益受損，於是作《耕田歌》表達了自己誅除諸呂、匡扶劉氏的政治抱負。東漢平望侯劉毅於元初五年（118）作《上書請著太后注紀》一文，則是出於對鄧太后「孝悌慈仁，允恭節約」、「興滅國，繼絕世，錄功臣，復宗室」〔註71〕諸行加以顯明和頌揚的目的，其視野仍圍繞在社稷的安危與皇族的權益上。

（二）高級官員

本文所謂的高級官員，乃指秩比二千石及以上的官員。這些人是文職官員中的高收入者，其職位主要包括三太（太師、太傅、太保）、三公（大司徒、大司馬、大司空）、九卿（太常、光祿勳、中大夫令、太僕、大理、大鴻臚、宗伯、大司農）、列卿（執金吾、將作大匠）、宮官（長信少府、大長秋、太子太傅、太子少傅）、光祿大夫、京兆尹、左馮翊、右扶風、郡太守等。以貢禹《上書乞骸骨》為例，他自稱：「拜光祿大夫，秩二千石，奉錢月萬二千。祿賜愈多，家日以富，身日以益尊。」〔註72〕實則從《漢書·百官公卿表》「太初元年更名中大夫為光祿大夫，秩比二千石」〔註73〕的記載來看，貢禹擔任的光祿大夫一職尚且是高收入官員中品秩最低的，而其時一戶普通富室的家產總共也不過十五萬錢，〔註74〕僅相當於秩比二千石官員一年的俸祿。由此不難想見，那些與之同級或級別更高的官員當有著更加富足的生活。更何況，除了俸祿之外，兩漢高級官吏的正當收入還包括統治者按秩別給予的大額定期賞賜和慶典賞賜等。個別官員還會因功或皇帝寵幸而獲得封侯、賜金等獎

〔註70〕〔漢〕班固撰：《漢書》，中華書局2012年版，第337頁。
〔註71〕〔南朝宋〕范曄撰：《後漢書》，中華書局2012年版，第330頁。
〔註72〕〔漢〕班固撰：《漢書》，中華書局2012年版，第2656頁。
〔註73〕〔漢〕班固撰：《漢書》，中華書局2012年版，第670頁。
〔註74〕黃惠賢，陳鋒主編：《中國俸祿制度史》，武漢大學出版社2005年版，第59頁。

賞，如公孫弘即以武帝寵渥而得封平津侯。西漢哀帝時，師丹也因帝師的身份和皇帝的倚重而「賜爵關內侯，食邑」，後又被封為「高樂侯」。〔註 75〕

　　故總體說來，兩漢品秩為比二千石及以上的官員即便是僅僅依靠正當的手段獲取收入，也足以保證其錦衣玉食的生活。並且，這種優越的政治和經濟地位還可通過任子制度、家產繼承和侯國世襲等手段造福子孫。因此，高級官員大多對自身的生活現狀比較滿意，也往往為了維持自身的地位而持身謹厚或明哲保身。

　　「三太」位在「三公」之上，但無常職，也不常置，兩漢僅有王陵、審食其、孔光、趙熹、陳蕃、胡廣等人擔任過上述職位。相對而言，「三公」才是兩漢時代最為顯貴的三個官職。「三公」身居要職，分別參與執掌國家立法、軍政、官吏考察、禮制文化等方面的事務，擁有除皇帝以外的最高決定權。因而當他們在各自主管的領域內處理政務和發布政令時，也往往會留下一些與之相關的作品。如西漢武帝時丞相公孫弘的《郭解罪議》《奏禁民挾弓弩》、御史大夫兒寬的《封泰山還登明堂上壽》《改正朔議》、宣帝時涿郡太守鄭昌的《請刪定律令疏》、元帝時御史大夫貢禹的《上書言得失》《奏請正定廟制》《送匈奴待子議》、哀帝時大司馬師丹的《上書言封丁傅》《建言限民田奴婢》、東漢光武帝時大司徒伏湛的《上疏諫征彭寵》等，都是他們在擔任「三公」職位期間寫就的，與其身份相符合的作品。

　　至於「三公」以外的「九卿」以及「宮官」、「列卿」、太守等官員，也都是掌管國家或地方刑獄、外交、財物以及皇室禮樂、車馬、安全、教育、宗族等具體事務的各部門長官，因而也創作了不少與其職務相關的行政公文。如西漢武帝時左內史（左馮翊）兒寬作《議封禪對》、昭帝時昌邑國中尉王吉作《上疏諫昌邑王》《奏書戒昌邑王》、元帝時司隸校尉王駿作《劾奏匡衡》、司隸校尉諸葛豐作《上書謝恩》《復上書》、東漢光武帝時光祿大夫伏隆作《被執遣間使上書》、汝南太守歐陽歙《下教論綊延功》、桓帝時巴郡太守但望作《請分郡疏》、獻帝時執金吾胡毋班作《與王匡書》等，也全是他們基於自身職責而寫就的作品。

　　高級官吏的這些作品多切近時事、高瞻遠矚，內容關乎朝廷的禮制、法度、用人等制度，並最終影響國家的安定和發展。但是，由於這些作品的設定讀者為漢庭的最高統治者，所以作品的言辭、觀點稍有不慎便會為自己惹

〔註 75〕〔漢〕班固撰：《漢書》，中華書局 2012 年版，第 3015 頁。

來災禍，如諸葛豐即因多次切言彈劾貴戚、忠臣，而觸怒元帝，最終從秩二千石的高官被貶為庶人。這促使他們當中的很大一部分人在參與政事、寫就相關作品的同時，也十分注意維護自身的既得利益與地位。如公孫弘擔任左內史時「不肯面折庭爭」，即使位居御史大夫、丞相等三公之位仍衣食節儉。在淮南、衡山之亂時，他還「恐竊病死，無以塞責」，〔註76〕於是上書乞骸骨；兒寬「為人溫良，有廉知自將」，在左內史、御史大夫等任上卻「以稱意任職，故久無有所匡諫於上」。〔註77〕這些官員憑藉皇帝的青睞而取得榮華富貴，故對皇權懷有極高的敬畏與依賴。於是在面對國家的重大政治問題時，他們中的許多人或噤口不言，或逢迎上意，寫就的相關作品也多成為皇權意識的代言者。即使如貢禹、師丹般的清節敢言之士，其作品也多體現出與其他高級官員作品相近的特點：一是在創作動機上，多順應皇帝心意，在自身的職責範圍內發表個人對一系列事件的相關意見；二是在主題上多凸顯安邦定國之意，並試圖以國家和皇位的安危為指向來引起統治者對其觀點的重視；三是在語氣上多謙卑恭敬，表現出個人對朝廷的無限忠誠，從而使文章也顯示出溫雅雍容的風格。

（三）中級官員

中級官員主要是指那些秩六百石至千石的官吏。據相關研究成果可知，「三公」、「九卿」的副職及部分重要屬官（如丞相長史、御史中丞、太常丞、尚書令、光祿寺丞、謁者僕射、太中大夫、諫大夫、尚書僕射、太史令、園令等）與地方上的刺史、郡丞、郡長史、縣令等職位，皆包括在此一範圍內。〔註78〕漢景帝說：「吏六百石以上，皆長吏也……令長吏二千石車朱兩轓，千石至六百石朱左轓。」〔註79〕可見，儘管秩六百石至千石的官吏不如高級官員的地位顯赫，但在當時統治者的眼中仍具有舉足輕重的地位。中級官員的收入情況可籍由貢禹的《上書乞骸骨》略窺一斑。貢禹稱自己擔任秩八百石的諫大夫，「奉錢月九千二百。廩食太官，又蒙賞賜四時雜繒綿絮衣服酒肉諸果物，德厚甚深」。〔註80〕據《漢書・百官公卿表上》可知，諫大夫實為秩比

〔註76〕〔漢〕司馬遷撰：《史記》，中華書局 2011 年版，第 2567 頁。
〔註77〕〔漢〕班固撰：《漢書》，中華書局 2012 年版，第 2289 頁。
〔註78〕柏錚主編：《中國古代官制》，北京大學出版社 1989 年版，第 276～277 頁。
〔註79〕〔漢〕班固撰：《漢書》，中華書局 2012 年版，第 130 頁。
〔註80〕〔漢〕班固撰：《漢書》，中華書局 2012 年版，第 2656 頁。

八百石，在中級官吏中屬於收入中下等的職位。但從貢禹描述的情況來看，這樣一個職位的官員不僅可按秩別領取相應數量的月俸，還可以從國家倉庫中領取足夠自己食用的鹽、糧等物（廩食太官）。〔註81〕逢年過節時，朝廷還會按級別賞賜「雜繒綿絮衣服酒肉諸果物」等生活必備物資。又據同為諫大夫的鮑宣在《上書諫哀帝》中「臣雖愚戇，獨不知多受祿賜，美食大官，廣田宅，厚妻子」〔註82〕的言論可知，其時中、高級官員廣置田宅以增加收入的現象還是普遍存在的。可以說，中級官吏的生活基本上還算充裕，這也是貢禹稱皇帝對自己「德厚甚深」的主要原因之一。

在職務上，中級官吏雖多居朝廷各重要部門的副職，不具備獨立的發言權，但實際上卻分擔著大量三公、九卿以及太守掌管下的具體事務。其中又尤以光祿勳的屬官——大夫最為特別。《漢書・百官公卿表上》說：「大夫掌論議，有太中大夫、中大夫、諫大夫，皆無員，多至數十人。」〔註83〕他們充當著天子的耳目喉舌、參謀顧問，並擁有獨立發表意見的權力。因此，無論是出於履行職責的需要，還是出於經世的熱情，都促使他們發現和反映朝政、社會現實中所存在的問題，並表達自身對這些問題的看法和意見，故而也就留下了較多的文學作品。

為皇帝在國家重大政治問題上出謀劃策，是大夫的重要職責之一。主父偃以其卓越的政治才華被武帝在一年之內破格提升為中大夫，他政治眼光敏銳，對其時的政治形勢判斷準確，屢次提出旨在消除當時社會不安定因素的奏議，為漢朝的長治久安作出了極大貢獻。他在《說武帝令諸侯得分封子弟》一文中針對諸侯國過於強大，以致威脅到中央集權的問題，提出了「令諸侯得推恩分子弟，以地侯之」〔註84〕的主張。後又鑒於豪傑兼併之家壟斷鄉里、左右地方治安的情況，撰《說武帝徙豪桀茂陵》一文，建議將他們遷徙至剛剛設置的茂陵居住。以上兩項建議均為武帝所採納，從而成為武帝時期的重要決策，對其後兩漢政局的安定發揮了巨大的作用。

當然，如主父偃般高瞻遠矚，左右政局安定的大夫畢竟少之又少。特別在武帝之後，大夫們的職能主要體現在對朝政弊端的指陳和補救上，因而他

〔註81〕黃惠賢，陳鋒主編：《中國俸祿制度史》，武漢大學出版社 2005 年版，第 50 頁。
〔註82〕〔漢〕班固撰：《漢書》，中華書局 2012 年版，第 2670 頁。
〔註83〕〔漢〕班固撰：《漢書》，中華書局 2012 年版，第 670 頁。
〔註84〕〔漢〕班固撰：《漢書》，中華書局 2012 年版，第 2429 頁。

們留存的作品也大多以此為主題。漢宣帝時，諫大夫王吉發現其時宮廷崇尚奢侈、尊寵外戚，與武帝朝的不良風氣無異，遂提出「引先王禮宜於今者而用之」〔註85〕的主張，試圖以儒家禮義來改正朝廷施政和社會風俗中的任法、奢侈等弊端。但王吉的諫言被漢宣帝認為迂腐，並沒有加以採納。宣帝崇尚刑法、重用宦官的做法也引起了司隸校尉蓋寬饒等人的不滿，在蓋寬饒因上疏諫諍而獲罪後，身為諫大夫的齊地文人鄭昌作《上書理蓋寬饒》為其辯解。他作此文的原因，除了認為蓋寬饒忠心憂國之外，還有「官以諫為名，不敢不言」〔註86〕的身份責任感。王吉、蓋寬饒等人對漢宣帝的進諫，實際上反映了其時儒家學說與法家學說在意識形態領域的鬥爭。由於漢宣帝重視刑名法學，也便意味著他們仿傚周禮治國的主張不僅不能得到採納，反而有因言致禍的危險。但儒家經學在其時文化界風行並佔據主導地位的態勢已不可逆轉，故而到崇尚儒術的漢元帝即位時，身為諫大夫的貢禹繼續延續了王吉的觀點。他鑒於當時連年災荒、民不聊生的情況，撰《奏宜放古自節》一文，建議元帝仿傚周朝禮制，以身作則地奉行節儉，善待百姓。貢禹的建議被元帝採納，元帝於是下詔縮減了皇室在輿馬、苑囿方面的花銷，並將宜春下苑交予貧民耕種。但漢元帝卻不善用人，自他開始，外戚、宦官把持朝政的現象已經出現。至漢哀帝時，外戚、寵臣擁攬朝權的情況更加嚴重。面對此種朝局，擔任諫大夫之職的鮑宣基於臣子大義和「官以諫爭為職，不敢不竭愚」〔註87〕的身份責任感，連上兩篇奏書諫言哀帝起用何武、師丹、彭宣、傅喜等賢臣，黜退孫寵、息夫躬等姦佞，最終得到哀帝採納。由此可見，諫大夫履行職務的過程，也是試圖對朝政弊端進行修正的過程，而其修正朝政弊端的意圖又主要是通過奏疏等作品的創作和上達來實現的。

在為國家事務出謀劃策的同時，大夫還有充當天子喉舌的作用。由此產生的文學作品雖重在傳達皇帝之意，但也不乏創作者的個人觀點在其內。如諫大夫王駿於漢元帝時奉命送交元帝賜予淮陽王劉欽的璽書，在宣諭元帝之意後，王駿又援引《詩經》《春秋》《易經》等經典，撰《諭指淮陽王欽》一文，進一步勸導淮陽王深刻反省自身的錯誤，恪守諸侯本分以盡心輔佐元帝。伏隆也曾在光武帝時以太中大夫的身份出使青、徐二州，招降郡國。他的《移

〔註85〕〔漢〕班固撰：《漢書》，中華書局 2012 年版，第 2648 頁。
〔註86〕〔漢〕班固撰：《漢書》，中華書局 2012 年版，第 2801 頁。
〔註87〕〔漢〕班固撰：《漢書》，中華書局 2012 年版，第 2670 頁。

《檄告郡國》一文便是在此期間完成的。此文不僅秉承了光武帝招降的本意，還對光武帝的順應天意民心的形象大加渲染，體現出志在必得的高昂氣勢和博大襟懷。不過顯而易見的是，此文乃伏隆（可能包括其門人、下屬）在接受光武帝詔命後，通過自身構思、琢磨而創造出來的產物。

除了大夫之外，擔任其他職務的中級官員，如西漢武帝時的大農丞東郭咸陽、成帝時的京兆尹王章以及東漢靈帝時的小黃門趙祐、穀城門候劉洪等齊地文人，也各自有體現其職能或學識的作品流傳於世。

中級官吏，尤其是執掌論議之權的大夫，不僅是兩漢中央機構中才能傑出的行政人才，更因其職責而往往創作出眾多廣泛意義上的文學作品。也正是由於這一原因，使他們的作品在內容上多圍繞國家的治理與安定等主題發論，先闡述問題，然後表達自己（或代表統治者）對問題的看法或解決方案；在風格方面，則由於文章致用的目的，而在引經據典的同時，又力求文章的工整曉暢、條分縷析。

（四）底層官員

底層官員是兩漢人數最為眾多的一個官員群體，其品秩皆在六百石以下。具體而言，則主要包括博士、郎、縣長、縣尉以及其他中央或地方機構中的掾、丞、史、曹等署員崗位。與高、中級官吏相比，他們的官俸收入很少。即使是其中秩別最高的比六百石官員，也與中級官員中品秩最低者（六百石）的月俸有著較大的差距。據相關研究資料顯示，西漢時，秩六百石官員的月俸為 6000 錢，而比六百石官員則僅為 3000 錢。中級官員與底層官員間的俸祿差距在東漢時有所縮小，秩六百石官員的月俸為穀 35 斛，錢 3500 銖，而比六百石官員的收入則為穀 27.5 斛，錢 2750 銖。〔註88〕即使如此，兩者之間的俸祿差距依舊明顯。司馬遷在擔任秩六百石的太史令時，曾因「家貧」不足以自贖而遭受宮刑。〔註89〕由此不難想見，那些品秩在他之下的官員更是難以依靠官俸而生活富足了。又據崔寔《政論》所言，漢代一個僕從每月的傭金為 1000 錢，而一個品秩三百石的小縣縣長每月的俸祿也不過穀 20 斛，錢 2000 銖，竟不足以自給，〔註90〕兩漢底層官吏生活的窘迫可想而知。

〔註88〕黃惠賢，陳鋒主編：《中國俸祿制度史》，武漢大學出版社 2005 年版，第 55頁。

〔註89〕〔漢〕班固撰：《漢書》，中華書局 2012 年版，第 2370 頁。

〔註90〕〔漢〕崔寔撰；孫啟治校注：《政論校注》，中華書局 2012 年版，第 149 頁。

　　東方朔在待詔公車時，即曾借侏儒一事向武帝抱怨自己俸祿的微薄說：「臣朔……奉一囊粟，錢二百四十……饑欲死。」〔註91〕東方朔反映的上述情況發生在他未獲武帝親近之前，實則在其擔任郎官並得以侍奉武帝左右之後，便經常得到「黃金百斤」、「帛百匹」、「公田魚池蒲葦數頃」的大額賞賜，生活自然無虞。東方朔所獲的賞賜雖是漢代郎官中的特例，但由《漢書》所記其伏日割肉一事可知，朝廷在節令、慶典期間還會賞賜宮中從官酒、肉一類的生活日用品。與宮中從官不同，地方小吏不僅俸祿寡少，更是很難有機會獲得賞賜。如果奉公守法，甚至很難維持全家的基本生活需要。《鹽鐵論·疾貪》即說：「今小吏祿薄，郡國徭役，遠至三輔，粟米貴，不足相贍。常居則匱於衣食，有故則賣畜粥業。非徒是也，徭使相遣，官廷攝追，小計權吏，行施乞貸，長吏侵漁，上府下求之縣，縣求之鄉，鄉安取哉？」〔註92〕在生活無法自給，又遭受上級官吏盤剝的情況下，地方小吏貪污鑽營之事常有發生。正如仲長統所言：「祿不足以供養，安能不少營私門乎？」〔註93〕總之，惡劣的生存環境一方面激發了底層官吏努力進取的鬥志，另一方面也讓他們時刻為自身生活的富足而刻意經營。這些訴求也不可避免地表現到他們的文學作品中來。

　　在眾多的底層官吏中，郎官的地位較為特殊。它具體又包括議郎、中郎、侍郎、郎中、外郎、車郎等職位。其中議郎地位最高，與大夫一樣，負有顧問應對之責。〔註94〕其他郎官的職責雖然主要是「掌守門戶，出充車騎」，〔註95〕但因為常伴帝王身邊，所以也擁有很多進言和擢升的機會，如主父偃即在官居郎中後，「數上疏言事」。〔註96〕由此產生的文學作品，也往往因其閱讀者或命題者為帝王的關係，而得以留存於世。如上文所說，東方朔是眾多齊人郎官中最為典型的一個。他在智辯郭舍人後，被武帝任用為常侍郎。但他並不滿足於現狀，而是一方面積極抓住機會參言政事，創作出《諫除上林苑》等作品，以此被武帝提拔為太中大夫；另一方面，他又利用自己擅長

〔註91〕〔漢〕班固撰：《漢書》，中華書局 2012 年版，第 2465 頁。
〔註92〕〔漢〕桓寬著；王利器校注：《鹽鐵論校注（增訂本）》，天津古籍出版社 1983 年版，第 421 頁。
〔註93〕〔南朝宋〕范曄撰：《後漢書》，中華書局 2012 年版，第 1320 頁。
〔註94〕〔南朝宋〕范曄撰：《後漢書》，中華書局 2012 年版，第 2892 頁。
〔註95〕〔漢〕班固撰：《漢書》，中華書局 2012 年版，第 671 頁。
〔註96〕〔漢〕班固撰：《漢書》，中華書局 2012 年版，第 2429 頁。

辭賦的優勢來愉悅武帝，創作出《七諫》《旱頌》《寶甕銘》《皇太子生賦》《殿上柏柱》《平樂觀》《賦獵》等應制之作，從而為自己博得了價值不菲的賞賜。東方朔一生都在為自身官職的擢升而努力奮鬥，這其中當然寄寓了他經世濟民的士人情懷，但最主要的原因還在於他對「飽食安步，以仕易農」〔註97〕這一生存方式的體認，而文學創作則成為他呈現和達成這一方式的重要手段。因此，當他「欲求試用」的努力失敗後，又創作出《答客難》等作品來發洩自己對「官不過侍郎，位不過執戟」〔註98〕這一現狀的不滿。與東方朔相比，東漢明帝時議郎吳良的作品的政用性更強。《後漢書》說他的諫議都「據經典，不希旨偶俗，以徼時譽」。〔註99〕他流傳至今的《上言理徐匡》一文，即據理而言，並不屈從於明帝的私意，可謂真正盡到了議郎諫議政事得失的責任。

　　除了郎官之外，擔任其他職位的齊地籍底層官員中，也有少數人的作品得以傳世，如新朝時大司空掾王橫為闡述如何治理黃河而作的《言治河》，東漢桓帝時北新城長劉梁為倡導當地遵教重學之風而作的《除北新城長告縣人》等。究其創作緣由，也都是出於更好地踐行自身職責和經世理想的需要。

　　與中、高級官員相比，齊地籍底層官員由於名位不顯、忙於營生或文化水平較低等緣故，作品保留下來的數量較少，其作品主旨也多專注於經世致用。這與「長吏多出於郎中、中郎」〔註100〕的人才集聚情況以及底層官員努力求取升遷的心態是相符合的。東方朔作為常伴武帝左右的親幸郎官，卻為滿足武帝的個人喜好而使其作品呈現出較為多樣的色彩。班固在《兩都賦序》中說：「武宣之世，乃崇禮官，考文章，內設金馬石渠之署，外興樂府協律之事，以興廢繼絕，潤色鴻業……故言語侍從之臣……朝夕論思，日月獻納……或以抒下情而通諷諭，或以宣上德而盡忠孝，雍容揄揚，著於後嗣，抑亦雅頌之亞也。」〔註101〕可知東方朔等人在武帝的倡導下，不僅「日月獻納」地創作出大量的文學作品，而且在作品主題上也於「抒下情而通諷諭」之外，多出了「宣上德而盡忠孝」一類。由於「朝夕論思」，東方朔作品的藝術水準

〔註97〕〔漢〕班固撰：《漢書》，中華書局 2012 年版，第 2490 頁。

〔註98〕〔漢〕班固撰：《漢書》，中華書局 2012 年版，第 2482 頁。

〔註99〕〔南朝宋〕范曄撰：《後漢書》，中華書局 2012 年版，第 741 頁。

〔註100〕〔漢〕班固撰：《漢書》，中華書局 2012 年版，第 2185 頁。

〔註101〕〔漢〕班固著；〔明〕張溥輯；白靜生校注：《班蘭臺集校注》，中州古籍出版社 2002 年版，第 1 頁。

較齊地其他底層官員為高；又由於揄揚帝王的需要，使其某些作品如《寶鼎銘》等務以取悅武帝為目標，呈現出誇張、虛妄的色彩，與其諫議平實、典重的風格截然而異。

（五）游士

本文所謂游士，是指那些游離於中央政權之外，靠依附諸侯、權臣生活的齊地文人群體。這些文人未必有中央朝廷所承認的官秩，但由於他們是擇豪貴之主而從，所以在生活方面也可保證衣食無虞。對於游士的生活狀況和收入水平，史書並沒有明確記載，但我們仍然可以從一些資料中窺知一二。首先，招致游士的諸侯、權貴皆有著雄厚的財力，如吳王劉濞的封國「無賦，國用饒足」。〔註102〕梁孝王劉武所在的梁國則「府庫金錢且百鉅萬，珠玉寶器多於京師」。其次，游士在此種前提下客遊其間，倘若蒙受賞識，自然榮華可待。擅長謀劃的齊人公孫詭初次拜見梁孝王，便得「賜千金，官至中尉」。〔註103〕齊人田生也因游說營陵侯劉澤，而得「金二百斤」。〔註104〕鄒陽《酒賦》記載了自己遊梁時參加宴會的情景說：「安廣坐，列雕屏，綃綺為席，犀璩為鎮。曳長裾，飛廣袖，奮長纓……乃縱酒作倡，傾碗覆觴。右曰宮申，旁亦徵揚。」〔註105〕由其輕鬆愉悅的筆調不難看出，他在梁國的生活是十分暢意和滿足的。與之相關的是，曾去漢遊梁的司馬相如在梁孝王去世後，竟一度「無以自業」。〔註106〕與司馬相如有著相似經歷的枚乘，也在梁孝王逝後，回歸故里。此又顯示出在中央朝廷尚未建立有效的選材途徑之前，游士與諸侯權貴之間所具有的唇齒相依的緊密關係。

在職位方面，有的游士當如朝廷官員一般，擔任著具有明確職責範圍的職位，如枚乘為吳王劉濞的郎中，公孫詭擔任梁孝王的中尉等；有的游士如鄒陽、羊勝等人則因史料闕載或本無職位的緣故，只以「客」的身份出現。從鄒陽勸諫吳王劉濞放棄謀反，羊勝暗中為梁孝王謀劃奪嫡，鄒陽為陷入危機的梁孝王奔走解難等諸種表現來看，他們的職責都不外乎保障所在諸侯國的利益不受侵害。魯迅先生曾評論漢初諸侯王養士的現象說：「當時諸侯王中，則頗有傾心養

〔註102〕〔漢〕班固撰：《漢書》，中華書局 2012 年版，第 1673 頁。
〔註103〕〔漢〕司馬遷撰：《史記》，中華書局 2011 年版，第 1851 頁。
〔註104〕〔漢〕司馬遷撰：《史記》，中華書局 2011 年版，第 1779 頁。
〔註105〕〔漢〕劉歆等撰；王根林校點：《西京雜記（外五種）》，上海古籍出版社 2012 年版，第 33 頁。
〔註106〕〔漢〕司馬遷撰：《史記》，中華書局 2011 年版，第 2610 頁。

士，致意於文術者。楚，吳，梁，淮南，河間五王，其尤著者也。」〔註107〕指出諸侯王招攬游士的另一目的在於推崇和發揚某種學術文化。由史書記載的情況可知，漢初的齊地游士集中分布於梁孝王所在的梁國。梁孝王愛好辭賦，《西京雜記》有其「遊於忘憂之館，集諸游士，各使為賦」〔註108〕的記載，故而從遊於梁孝王周圍的齊地游士也便因此有了以辭賦愉悅君王的另一種職能。

　　上述游士的生活條件和職責也在無形中塑造了他們特殊的處世心態：一方面自尊自重，極力想向君王表現自身的存在感和價值，以期維持或提高自身的生活水平；另一方面，也正是因為對自身生活現狀的滿足，他們又積極地維護所在諸侯國的利益以及諸侯王在漢王朝中的地位，並將維持其時政治格局的現狀視為最高要義。這種心態也不可避免地表現於他們的文學作品之中，從而使其文學作品也展現出別具一格的特色。首先在主題上，齊地游士的作品有高自標置的一面，如鄒陽在《上書吳王》中說：「今臣盡智畢議，易精極慮，則無國不可奸；飾固陋之心，則何王之門不可曳長裾乎……鷙鳥絫百，不如一鶚……計議不得，雖諸、賁不能安其位，亦明矣。」〔註109〕意即標榜自身頗具政治才略，要吳王聽取自己的意見，停止謀反的舉動。又如公孫詭的《文鹿賦》，以鹿自比，自稱「質如湘縟，文如素綦」，〔註110〕也頗顯自負之意。與此同時，齊地游士的作品又有頌揚或規諫諸侯王重用賢士、安守本分的一面，如鄒陽所作的《獄中上書自明》一文，便將自己比作「明月之珠」、「夜光之璧」，請求梁孝王不要聽信小人讒言，辜負了自己的忠心。又如羊勝的《屏風賦》，以華美、實用的屏風比喻梁孝王身邊的賢才，其言外之意，乃在於營造一個君臣遇合的和諧景象；其次在作品的風格特徵上，齊地游士的作品也明顯地分為兩部分：勸諫諸侯王的部分，以鄒陽的兩篇議論散文為主。這兩篇散文繼承了先秦縱橫家言論所具有的廣徵博引、辭采飛揚等特色，如章太炎先生所說：「鄒陽，縱橫家也。觀其上書，行文似駢。而文氣之盛，異於後之四六。」〔註111〕稱譽諸侯王的部分，則以鄒陽、羊勝、公孫詭等人

〔註107〕魯迅著：《漢文學史綱要：外一種》，上海古籍出版社2005年版，第37頁。

〔註108〕〔漢〕劉歆等撰；王根林校點：《西京雜記（外五種）》，上海古籍出版社2012年版，第32頁。

〔註109〕〔漢〕班固撰：《漢書》，中華書局2012年版，第2040～2041頁。

〔註110〕〔漢〕劉歆等撰；王根林校點：《西京雜記（外五種）》，上海古籍出版社2012年版，第32～33頁。

〔註111〕章太炎著：《國學講義》，海潮出版社2007年版，第221頁。

隨梁孝王遊宴時所作的短篇體物賦為主。這些賦作句式較為整齊，內容簡潔、明快，往往採用以物喻人的藝術手法。

　　但正如前章所說，文、景之後，隨著中央朝廷選才制度的日趨成熟以及最高統治者對諸侯、權貴養士之風的全力打壓，諸侯和權貴大臣能為游士安身立命所提供的支持已大為減少。在此種情況下，一些齊地游士為謀求生路，開始走上了如齊人婁敬般的求進道路，即由游說諸侯轉而游說天子。主父偃堪稱齊地游士在此方面的代表人物。他早年學習縱橫家的學說，先後遊歷齊、燕、趙、中山等諸侯國，都未能獲得優厚的待遇，反而使自己聲名狼藉、窮困潦倒。這讓他認清了「諸侯莫足遊」〔註112〕的現實。於是在請託衛青等達官貴族的努力再次失敗後，他直接向漢武帝上書議論國事，並立即獲得任用。《上書諫伐匈奴》即是主父偃在此一時期的作品，他在此文中承襲漢初的「過秦」思潮，援引秦始皇黷武亡國和漢高祖平城被圍的例子，對武帝討伐匈奴的政策進行諫阻。與他一起上書的還有齊人嚴安，嚴安的《上書言世務》也旨在通過分析周朝和秦朝滅亡的原因，勸諫武帝停止興兵，勤修內政，以安撫疲敝不堪的百姓。

　　與漢初的游士相比，主父偃和嚴安正處於一個由游士向士大夫轉型的階段。由於本身即出自游士群體，他們作品的風格與鄒陽等人一樣，也保留了戰國時期文辯之士的那種言辭切直、縱橫捭闔的風格。但在主題和內容上，則因游說和關注對象的不同而發生了巨大的變化。一方面，與鄒陽拘牽於個人得失的議論散文相比，主父偃等人的作品更切近時勢，也更關注社稷和民生；另一方面，就作品的宗旨而言，鄒陽的作品旨在維護諸侯國的利益，即使是勸諫吳王放棄興兵作亂的《上書吳王》一文，也是其在權衡利弊得失後所得出的結論，而非出於對儒家視野中君臣之義的遵守。主父偃等人的作品則站在最高統治者的立場上，一切以漢王朝的安定、統一為目標。為此，他們還在作品中提醒統治者須注意防範來自地方和權臣的威脅，這顯然與諸侯、權貴的利益相對立。

　　游士的活動在武帝之後已經衰歇，但卻並未就此完全絕跡於兩漢時代。〔註113〕時至東漢末年，伴隨著最高統治者威權的喪失，政出私門這一風氣的

〔註112〕〔漢〕司馬遷撰：《史記》，中華書局2011年版，第2569頁。
〔註113〕卜憲群：《秦漢社會勢力及其官僚化問題研究之三——以游士賓客為中心的探討》，《秦漢研究》2007年第1輯，第111～121頁。

盛行以及軍閥混戰的頻仍,「遊」作為士人的一種基本生存狀態又被凸現出來。齊地文人中,劉楨和徐幹堪稱此一時期的代表人物。他們都於建安年間被時任司空的曹操辟為軍謀祭酒掾。雖然在名義上仍為漢臣,實際上卻與曹操私人的賓客無異。順應曹操的徵辟,讓他們在生活上免受飢寒,並且從曹丕《又與吳質書》「昔日遊處,行則同輿,止則接席,何曾須臾相失!每至觴酌流行,絲竹並奏,酒酣耳熱,仰而賦詩」〔註114〕和吳質《答魏太子箋》「昔侍左右,廁坐眾賢,出有微行之遊,入有管絃之歡,置酒樂飲,賦詩稱壽」〔註115〕的描述來看,他們的生活也不乏優游閒適之處。在職位上,劉楨自司空軍謀祭酒掾屬,歷官平原侯庶子、五官將文學,徐幹也先後擔任司空軍謀祭酒掾屬、五官將文學以及臨淄侯文學等職,兩人都是作為輔助曹氏父子日常事務的屬官而存在的。只是在漢末動亂的特殊社會環境下,他們有時也會隨軍出征。

　　以上謀生方式使他們的作品也由此衍生出兩大類主題。一類主題與其職責相關,如劉楨的《諫曹植書》,即是在其擔任平原侯庶子期間所作。劉楨於是文中盛讚邢顒為人,力勸曹植改變先前的輕漫態度,禮待其人。邢顒名望較高,頗受曹操器重。曹植輕待邢顒,顯然對其個人的政治前途極為不利。劉楨對曹植的勸諫雖有報答曹植知遇之恩的動機,但也與其履行庶子的職責不無關係。劉楨所作的《雜詩》,則抒發了自己被官事纏身的苦悶和對自由、閒適生活的嚮往,其創作靈感顯然也是由職事所觸發的。又如徐幹的《序征賦》《西征賦》諸作,雖然重在抒發自己隨軍出征後的內心情感,但其作品的素材卻正是他在踐行隨軍出征這一職責的過程中獲得的。此外,徐、劉二人的作品中還存在一類為應制而作的體物詩賦。這些作品是二人在追隨曹氏父子遊宴的過程中奉命即興創作的,如劉楨的《大暑賦》《瓜賦》《公讌詩》《鬥雞詩》《射鳶詩》以及徐幹的《車渠椀賦》《為挽舡士與新娶妻別詩》等,皆可從同遊的作家名下找出同題之作。這種類型的作品多缺乏深刻的個人情感,騁才鬥技、愉悅眾人的意圖明顯,在很大程度上可視為作者踐行自身陪王伴駕職責的產物。

　　當然,劉楨等人的作品自不限於上述兩種主題,如劉楨的《贈五官中郎

〔註114〕〔晉〕陳壽撰;〔南朝宋〕裴松之注:《三國志》,中華書局 2006 年版,第 786頁。

〔註115〕〔南朝梁〕蕭統編;〔唐〕李善等注:《六臣注文選》,中華書局 2012 年版,第 750 頁。

將詩》《贈徐幹》《又贈徐幹》諸詩，即體現了他在履行職事之餘，與曹丕、徐幹等人在日常生活中的交誼。由此可見，其時作者已能借助文學的手段來表述自己的個體生活與情感，而這顯然不是其謀生方式的影響所能覆蓋的。

二、齊地未仕文人及其文學表現

未仕，是指兩漢齊地文人自願放棄或暫未獲得出仕機會的一種生存狀態。但現實生活的壓力和士人階層的屬性，又使得兩漢齊地文人在沒有俸祿作為生存依靠的情況下，或要努力地提升自己，以達到出仕的要求；或轉而經營其他行業，以滿足自身生存和發展的需要。受其時特定社會條件的制約，兩漢齊地隱逸文人的謀生方式主要有遊學、講學以及務農、經商等為當時文人所輕視的行業。

（一）遊學

自春秋時期起，齊地文人中便不乏外出遊學者，但兩漢時期的文人遊學又有其不同於前代的特殊性和複雜性。遊學作為其時未仕文人離開故土，求取謀生之道的一種文化活動，在兩漢這一漫長的時期內，帶有與時代氣息相符合的濃重時代特徵。一般而言，兩漢齊地文人遊學的目的，大致上可分為兩種：一是通曉經術，豐富自身的學識；二是求仕，謀取更好地生存之道。遊學者的目的雖然不盡相同，但他們的生活狀態及其心態卻有相近之處。

從史書反映的情況來看，兩漢遊學文人分布的社會階層十分廣泛，但大多數處於社會底層。這首先是由社會各階層所佔人口比例的差異導致的。隨著兩漢教育事業的普及和發達，平民百姓獲得了更多受教育的機會。由於他們佔據了社會人口的絕大部分，所以出身社會底層的遊學文人也自然占到多數；其次是因為出身社會中、上層的文人也往往擁有良好的教育資源（如自身便出自經學世家或身處學術發達的繁華之區而不必遠遊求學）和多條仕進途徑（如任子、納貲等），甚至會因為生活的安逸而不樂仕進，所以在遊學的動力上也遠未有出身社會底層的文人充足。與之相反，社會底層文人的生活狀況則較為惡劣。貢禹的《上書乞骸骨》一文即較為詳細地反映了未仕文人的生活情況。貢禹在此文中描述自己未出仕前的生活條件說：「家訾不滿萬錢，妻子糠豆不贍，裋褐不完。有田百三十畝。」〔註116〕可知底層文人的衣食住

〔註116〕〔漢〕班固撰：《漢書》，中華書局 2012 年版，第 2656 頁。

行都極為簡陋，僅能勉強維持溫飽而已。又如承宮在入仕之前，也是「年八歲為人牧豕」，靠「為諸生拾薪」〔註117〕以求學之人。

　　生活條件的低劣，既在客觀物質條件上對齊地底層文人的遊學形成了阻礙，又在主觀方面激發了他們當中一大部分人努力求學以改變自身現狀的決心。特別是在漢武帝獨尊儒術，設立太學之後，眾多文人有了通經致用、躋身仕途的可靠途徑。這使得許多志在求仕的齊地文人因此而走上了遊學訪道之路，如西漢琅邪人王吉，少年時便在長安居住求學。東漢北海人蘇章，更是「負笈追師，不遠萬里」。〔註118〕時至東漢末年，華歆、邴原等人仍有「遊學於異國」〔註119〕之舉。即使在物質條件不允許的情況下，他們依然要想方設法地完成遊學。兒寬遊太學，跟隨博士孔安國學習。「貧無資用，嘗為弟子都養。時行賃作，帶經而鋤」，〔註120〕以做工輔助學業。公沙穆遊太學時，也因缺少費用，而「變服客傭」，〔註121〕為吳祐舂米。王章遊學長安，與妻子居住在陋屋，「疾病，無被，臥牛衣中，與妻決，涕泣」。其妻呵斥他說：「今疾病困厄，不自激卬，乃反涕泣，何鄙也！」〔註122〕窮困潦倒的處境，反倒成為激發他們奮發圖強的外在條件。

　　當然，兩漢齊地文人的遊學活動，並非全都基於改變自身生活現狀的目的，也有主要為增長自身知識而遊學之人。漢代秦興，社會走向安定，一度在秦時絕跡的遊學活動重新得以復興。西漢初年，身為齊國貴族後裔的田何被迫遷徙至杜陵，便有服生、楊何、即墨成等齊地文人追隨而來，向其學習《易經》。當時儒學尚未被立為官學，並不必然能夠給上述諸人帶來功名利祿。由此可知，服生等人遊學的主要動力源自於他們對儒家學說的喜好和信仰。時至東漢，隨著私學的興盛和古文經學地位的逐步上升，文人開始有了更多的謀生和經世之途。某些齊地文人也由此開始了不以求仕為目的，而是致力於研習自身信仰之學術的遊學之路，如濟南徐巡，在明知古文經學「不合時務」〔註123〕的情況下，

〔註117〕〔南朝宋〕范曄撰：《後漢書》，中華書局2012年版，第741頁。
〔註118〕〔宋〕李昉等撰：《太平御覽》，中華書局出版社1960年版，第3169頁。
〔註119〕〔晉〕陳壽撰；〔南朝宋〕裴松之注：《三國志》，中華書局2006年版，第216頁。
〔註120〕〔漢〕班固撰：《漢書》，中華書局2012年版，第2285頁。
〔註121〕〔南朝宋〕范曄撰：《後漢書》，中華書局2012年版，第1686頁。
〔註122〕〔漢〕班固撰：《漢書》，中華書局2012年版，第2793頁。
〔註123〕〔南朝宋〕范曄撰：《後漢書》，中華書局2012年版，第735頁。

先是師從古文經學名家衛宏，後又跟隨杜林學習《古文尚書》，可見他對古文經學的熱愛是發自內心的。又如鄭玄，雖遊學於太學，卻不慕仕途。他在學術上不僅師從第五元學習《京氏易》《公羊春秋》等今文經學，還跟隨張恭祖學習《左氏春秋》《古文尚書》等古文經學，後又師事古文經學大師馬融。可以說，他遊學的主要目的也是為了通明經術。

由於兩漢政府對經學的重視和倡導，「通經致用」的意識已深入人心，所以在兩漢大部分的時間裏，齊地文人的遊學活動無論是為了求仕，還是為了增長學識，都是以通曉經術為依歸的。但到了東漢中後期，由於受權臣、宦官把持朝政和人才選舉重視名譽等因素的影響，齊地文人的遊學活動也越來越呈現出重在交遊而非明經的特點。尚敏於東漢殤帝年間上書說：「俗吏繁熾，儒生寡少，其在京師，不務經學，競於人事，爭於貨賄。」〔註124〕這些不習經術、干謁求官的「俗吏」，自然也包括齊地文人在內。齊人徐幹對此也有過激烈的批評：「為師無以教訓，弟子亦不受業。然其於事也，至乎懷丈夫之容，而襲婢妾之態，或奉貨而行賂，以自固結，求志屬託，規圖仕進。」〔註125〕權貴之門聚集了來自各地的遊學之人，但他們與門主的師生關係卻多是只行拜師之禮而無受業之實，其真實目的也在於依託權貴勢力以求仕進。這些遊學之士一經門主舉薦，便多能進入仕途，成為豪門權臣的羽翼。

然而，媚事權貴以求仕進者，畢竟有損個人的節操與名望。特別是在選舉甚重德行的東漢時代，此舉多為有氣節的齊地文人所不取。但美好名聲的養成，卻不僅是個人努力的結果，更有賴於名士、權貴的賞識和提擢。如鄭玄《戒子益恩書》所說：「顯譽成於僚友。」〔註126〕故而為了追求美好聲名以獲取仕進資格，其時齊地文人多有遊學以交接名士者。他們通過遊學以求取美好名聲的意圖，可在王修的《誡子書》中略窺一斑。王修於是文中告誡外出遊學的兒子，「欲汝早之，未必讀書，並學作人。欲令見舉動之宜，觀高人遠節，聞一得三，志在善人。」〔註127〕在他的觀念裏，通過遊學來傚仿名士的為人風範已遠比通曉經術重要，而這一點在邴原的遊學活動中表現得更為明顯。據《三國志》注所引《邴原別傳》可知，邴原欲遠出求學，曾被孫崧力

〔註124〕〔晉〕袁宏撰；李興和點校：《袁宏〈後漢紀〉集校》，雲南大學出版社2008年版，第189頁。

〔註125〕俞紹初輯校：《建安七子集》，中華書局2005年版，第300頁。

〔註126〕〔南朝宋〕范曄撰：《後漢書》，中華書局2012年版，第957頁。

〔註127〕〔唐〕歐陽詢撰；汪紹楹校：《藝文類聚》，中華書局1965年版，第423頁。

勸師從「學覽古今」的鄭玄。但邴原以「未達僕之微趣」為由予以拒絕，而是「至陳留則師韓子助，潁川則宗陳仲弓，汝南則交范孟博，涿郡則親盧子幹。」〔註128〕邴原放棄師從經學大師鄭玄，而選擇與韓卓、陳寔、范滂、盧植等當時名士交接，說明他遊學的目的不在研修經學，而在於結交名士以獲取聲名。

需指出的是，雖然兩漢齊地文人遊學的目的不盡相同，但他們一經投入某一業師門下，便與其結成了榮辱與共的關係。業師的學術主張被視為弟子的學術淵源，而弟子的學術和政治見解也被視為對業師主張的傳承。師生間的這種依附關係也因其有利於思想控制而受到兩漢統治者和士人的普遍重視。其時的學者以恪守師法為榮，而不守師法者，不僅會受到他人非難，還往往會因此而影響到自身仕途的發展。〔註129〕如此環境也造就了門生對業師敬如君父的心態。呂思勉即說：「事長事君，本同一理，故時弟子之於師，亦恭敬備至。為之服喪送葬，或奔喪去官。危難之際，亦或冒險送葬，經紀其家。冤抑之餘，或代為申理。皆自君臣之義推之也。」〔註130〕這種心態也不免影響到他們的文學創作，如平原人禮震於業師歐陽歙坐法當誅之時，上書痛陳誅殺歐陽歙之害，並要求殺身「以代歙命」。〔註131〕顯而易見，他的《上書求代歐陽歙》一文便是在上述心態的影響下產生的。

遊學對許多齊地文人而言，又是一個充滿艱辛和痛苦的過程。特別是東漢中後期那些遊走於權貴之間以求取名利的文人，不僅要在仰人鼻息的尷尬生活境遇下體驗人情的冷暖與反覆，還往往要忍受長期不遇和思念故鄉親友所帶來的巨大痛苦。徐幹《中論・譴交》曾對此有過深刻的批判：「交遊者出也，或身歿於他邦，或長幼而不歸，父母懷煢獨之思，室人抱東山之哀，親戚隔絕，閨門分離，無罪無辜，而亡命是傚。」〔註132〕實則外出交遊之人既是上述痛苦局面的創造者，又是上述痛苦的承擔者。可以想見，當文人的這些痛苦不斷累積以致達到難以承受的程度時，以文學作為排解手段的實踐也就成為可能。學界普遍認為，《古詩十九首》即是東漢中後期遊學、遊宦文人表達自身諸種情感的產物。但由於受到時代久遠和遊學文人名位不顯等因素的影響，目前已很難從

〔註128〕〔晉〕陳壽撰；〔南朝宋〕裴松之注：《三國志》，中華書局2006年版，第214頁。

〔註129〕熊鐵基著：《漢唐文化史》，湖南人民出版社2002年版，第137頁。

〔註130〕呂思勉著：《秦漢史》，上海古籍出版社1983年版，第527頁。

〔註131〕〔南朝宋〕范曄撰：《後漢書》，中華書局2012年版，第2052頁。

〔註132〕俞紹初輯校：《建安七子集》，中華書局2005年版，第300頁。

中找出具有明確歸屬的作品。不過可以確定的是，由遊學生活所帶來的窘迫生活和情感煎熬，也必然曾深刻地影響到兩漢齊地文人的文學創作。

（二）講學

講學是我國文人的傳統職業之一。漢代的講學之風十分興盛，講學在當時作為一種十分體面的職業，不僅可以成為文人的資生之具，還可使有心經世者以此來激揚名聲或培養學生成材，進而達到自己入仕或干政的目的。北海安丘人牟融，即「以大夏侯尚書教授，門徒數百人，名稱州里。以司徒茂才為豐令」。〔註133〕又如同為北海安丘人的周澤，「隱居教授，門徒常數百人。建武末，辟大司馬府，署議曹祭酒」。〔註134〕因此，其時齊地文人以講學為業者並不在少數。以私學為例，據郝建平統計，見載於《史記》《漢書》和《後漢書》等史籍的私家教授人數共計373人，其中為齊地文人的有75人，占到總人數的20.1%，〔註135〕可見當時齊地講學之風的興盛。兩漢文人講學的情況複雜，如按授學內容來講，可分為蒙學和經學兩類；以授學形式而言，則有官學與私學之分；即使是講學人員的身份，也有主持官學之博士（或文學）、辦私學之在職官員、致仕官員、未入仕之文人等多種。〔註136〕對此，前人已有詳述，此不贅言。本文所謂的講學文人，乃指以私學為主要營生手段或自我價值實現方式的未仕（包括致仕）文人。

有關兩漢齊地講學文人的具體生活情況，史書闕載。但就現有的資料來看，即使是那些普通的鄉間書師，也可通過收取學生一定數量的學費來輔助和維持生活。《東觀漢記》載，琅邪徐子盛於鄉間教授《春秋》，有「諸生數百人」從學。承宮因家庭貧困，只能以「樵薪執苦」的方式來換取就學資格。〔註137〕「樵薪執苦」當是他變相支付學費的方式。《三國志・邴原傳》注引

〔註133〕〔南朝宋〕范曄撰：《後漢書》，中華書局2012年版，第717頁。

〔註134〕〔南朝宋〕范曄撰：《後漢書》，中華書局2012年版，第2070頁。

〔註135〕此數字依據郝建平《兩漢私家教授籍貫分布表》而得，表見郝建平著：《教育與兩漢社會的整合研究》，中華書局2014年版，第444頁。按表中有「東安」一項，據郝建平《論漢代教育對社會的影響》（《陰山學刊》，1993年第3期）一文所錄《兩漢私家教授籍貫分布表》參校，當為「樂安」之誤。東漢和帝永元七年（95），改千乘國為樂安國，千乘國（郡）屬齊地，故本文將樂安國的私家教授人數也一併計算在內。

〔註136〕毛禮銳，瞿菊農，邵鶴亭編：《中國古代教育史》，人民教育出版社1983年版，第154～175頁。

〔註137〕〔漢〕班固等撰：《東觀漢記》，中華書局1985年，第153頁。

《邴原別傳》說邴原「家貧，早孤」，欲從附近的塾師就學而無力支付學費。
塾師說：「童子苟有志，我徒相教，不求資也。」〔註138〕可見教學求資實為其
時鄉間書師重要的謀生手段。也正因此，郎顗才能在「隱居海畔，延致學徒
常數百人」〔註139〕的情況下，屢拒州郡的辟召。當然，僅憑講學的手段並不
能完全保證未仕文人生活無憂，其收入是與其招收弟子的數量成正比的，而
弟子的數量則往往又與講學之人的社會地位、名聲大小緊密相關。齊地講學
文人中，招致弟子最多者當屬居官講學之人，如博士㛟欽、「至大官」〔註140〕
的皮容、位列九卿的左咸，皆以「徒眾尤盛」著稱。又如牟長，在擔任博士和
河內太守期間，「諸生講學者常有千餘人，著錄前後萬人」。即使在未仕文人
中，也往往以世家子弟和致仕官員的弟子數量最多，如牟長之子牟紆，「隱居
教授，門生千人」。〔註141〕這種現象反映了其時學人求學擇名師以致用的目
的，而這些廣招徒眾的名師卻又多不以講學為主要的謀生方式。因此，他們
的生活水平自不能代表隱居講學的文人群體。相比之下，鄭玄是眾多以講學
謀生的未仕文人中最典型、最成功之人。他家境貧寒且隱居不仕，講學成為
他最為重要的謀生手段。鄭玄在學成後，曾客居東萊郡為人種田，其時「學
徒相隨已數百千人」。講學的收入顯然為他帶來了一定的積蓄，使他能夠在受
到「黨錮之禍」的牽連後，「隱修經業，杜門不出」。等到他因學識淵博和徵辟
不仕而聲名在外之後，弟子「自遠方至者」〔註142〕更達到數千人之多。但眾
多弟子帶來的講學收入也並未能讓鄭玄過上如其師馬融般「居宇器服，多存
侈飾」〔註143〕的生活。他在《戒子益恩書》中敘及自己七十歲時的家境說：
「勤力務時，無恤飢寒。」〔註144〕經學大師鄭玄的生活尚且如此，齊地其他
主要以講學為生的經師的生活水平也就可想而知了。

　　綜上所述，齊地講學之士的生活是較為清苦的，但這種清苦的生活卻磨
練了他們敦厲品行的意志。與此同時，他們的職業也要求他們具有淵博的學
識和良好的節操。揚雄《法言》說：「師者，人之模範也。模不模，範不範，

〔註138〕〔晉〕陳壽撰；〔南朝宋〕裴松之注：《三國志》，中華書局 2006 年版，第 214
　　　　頁。
〔註139〕〔南朝宋〕范曄撰：《後漢書》，中華書局 2012 年版，第 831 頁。
〔註140〕〔漢〕班固撰：《漢書》，中華書局 2012 年版，第 3109 頁。
〔註141〕〔南朝宋〕范曄撰：《後漢書》，中華書局 2012 年版，第 2053 頁。
〔註142〕〔南朝宋〕范曄撰：《後漢書》，中華書局 2012 年版，第 955 頁。
〔註143〕〔南朝宋〕范曄撰：《後漢書》，中華書局 2012 年版，第 1580 頁。
〔註144〕〔南朝宋〕范曄撰：《後漢書》，中華書局 2012 年版，第 957 頁。

為不少矣。」〔註145〕鄭玄也說:「師,教人以道者之稱也。」〔註146〕講學之士既然擔任著提高學子知識和品德的重任,所以為了滿足學子對自身的期待並吸引更多的學子前來就學,也出於對自身所學的信仰,他們往往在日常生活中踐經履道,保持著文雅中正的高尚品節。這種對學術的執著和踐行,也深刻地影響到了他們的著述活動。兩漢齊地講學之士的創作主要基於學術性的目的,留存的作品也以對儒家經典的闡釋之作為主,如服生的《服氏二篇》、牟長的《尚書章句》、鄭玄的《周禮注》《儀禮注》《禮記注》《毛詩傳箋》《六藝論》《毛詩譜》《論語注》等。但也有例外,據《漢書》記載,薛方隱居教授,即「喜屬文,著詩賦數十篇」。〔註147〕薛方的詩賦今已湮沒不存,故難以探究其具體的形式和內容。但可以確認的是,正是講學這一謀生方式所帶來的較多閑暇時間,才讓薛方有了集中精力以創作大量詩賦的基本條件。正如《論衡·書解》所說:「著作者思慮間也……居不幽,思不至。使著作之人,總眾事之凡,典國境之職,汲汲忙忙,或暇著作?」〔註148〕此語雖不免有些過於絕對,但也指出了精神上的閑暇對於著作者進行創作的重要性。

由於私學設立的目的與官學一樣,都是為國家培養能夠「修身、齊家、治國、平天下」的人才。故而講學之士在引導弟子學習儒家經典等學術著作的同時,也要密切關注著國家的政治動態,以利於培養弟子為官從政的能力。如果說,在政治清明、社會安定時,講學之士的主要任務是傳授弟子必要的文化知識,以便為其將來的學術研究和為官從政打下基礎的話,那麼在政治昏暗、社會動亂的年代,鼓勵學生關注社會現實,分辨是非黑白,也就成為許多有志之士的共同行為。他們對時事的見解,在適當的時機,還會轉變成旨在干預朝政的作品,如郎顗即是在隱居教授而被朝廷徵召的情況下,連續向朝廷上《詣闕拜章》《對狀尚書條便宜七事》《上書薦黃瓊李固復條便宜四事》等奏書,痛陳時弊,並結合自身學識闡述應對措施的。由此可知,郎顗雖隱居海濱,卻並未閉門讀書、不問世事。他與許多追求通經致用的儒生一樣,時刻關注著國家的前途,並為挽救國家危亡作出了自己的努力。

〔註145〕汪榮寶撰;陳仲夫點校:《法言義疏》,中華書局1987年版,第18頁。

〔註146〕〔清〕阮元校刻:《十三經注疏:清嘉慶刊本》,中華書局2009年版,第1503頁。

〔註147〕〔漢〕班固撰:《漢書》,中華書局2012年版,第2674頁。

〔註148〕〔漢〕王充著;張宗祥校注;鄭紹昌標點:《論衡校注》,上海古籍出版社2013年版,第557頁。

（三）其他

因受自身原生階層和生活境況的影響，農工商賈，也是許多出身寒素的未仕文人常常選擇的謀生方式。

務農是兩漢齊地未仕文人所廣泛採用的一種謀生手段。這是因為，他們中的許多人原本即來自以務農為生的家庭。東方朔《誡子》所說的「飽食安步，以仕代農」，〔註149〕似乎已經反映了其時未仕文人以務農為主要謀生手段的情況。貢禹於《上書乞骸骨》中表明自己在復官前的生活情況說：「有田百三十畝。」〔註150〕說明他在其時也以務農為生。史書中有明確記載曾以務農為生的齊地文人是承宮，《後漢書》說他和妻子在兩漢之際隱居蒙陰山，「肆力耕種」，〔註151〕後來更是以讓田而揚名。《三國志》注引皇甫謐的《高士傳》說管寧隱居遼東時，「鄰有牛暴寧田者，寧為牽牛著涼處，自為飲食」。後來管寧在給魏明帝的上疏中也自稱是「海濱孤微，罷農無伍」〔註152〕之人，可見他對自己農夫身份的體認。除耕種農田外，與農業相關的副業也是一些齊地文人賴以謀生的選擇，如後來位居丞相的公孫弘，即在年輕時因家庭貧困的緣故而「牧豕海上」。〔註153〕小時候便成為孤兒的承宮，也在八歲時便以「為人牧豕」〔註154〕為生。

受齊地學術傳統的影響，兩漢也有一些以醫術、賣卜等行業謀生的齊地文人。齊國太倉長淳于意是齊地醫者中的代表人物，他年輕時曾先後師從公孫光、陽慶學習醫術，醫術頗為精湛。由其《對詔問所為治病死生驗者幾何人主名為誰》一文可知，他通過行醫而交接之人，不乏齊王、濟北王、菑川王之類的權貴人物。這不禁讓人懷疑，他所擔任的太倉長一職是否也因此而來。同樣以醫術顯貴的齊地文人還有出身行醫世家的樓護。他少年時隨父親行醫長安，「出入貴戚家……長者咸愛重之」。〔註155〕後來樓護在權貴的勸導下學經入仕，並最終位至九卿且得以封侯。當然，依靠技藝為生的齊地文人，其

〔註149〕〔唐〕歐陽詢撰；汪紹楹校：《藝文類聚》，中華書局1965年版，第418頁。
〔註150〕〔漢〕班固撰：《漢書》，中華書局2012年版，第2656頁。
〔註151〕〔南朝宋〕范曄撰：《後漢書》，中華書局2012年版，第741頁。
〔註152〕〔晉〕陳壽撰；〔南朝宋〕裴松之注：《三國志》，中華書局2006年版，第216～217頁。
〔註153〕〔漢〕司馬遷撰：《史記》，中華書局2011年版，第2565頁。
〔註154〕〔南朝宋〕范曄撰：《後漢書》，中華書局2012年版，第741頁。
〔註155〕〔漢〕班固撰：《漢書》，中華書局2012年版，第3185頁。

境遇和意願也是不盡相同的。郎宗入仕前「常賣卜自奉」，入仕後又因成功預測了京師大火而有遷任博士的機會。但他「恥以占驗見知」，〔註156〕竟從此隱居不仕。於此可見，以儒家道德為標準的職業等級觀念仍為其時的部分齊地文人所堅守。特別值得一提的齊地文人還有襄楷。關於襄楷的謀生方式，史書沒有明確記載。但由他善言陰陽災異與主動詣闕上書的表現來看，應是心懷經世之志的術士一類人物。在上書桓帝而論罪下獄以後，襄楷又在靈帝時屢拒朝廷和州郡徵辟，似乎因言論獲罪的緣故，再也無意於仕途。但他並未就此停止參言政事，《三國志‧武帝紀》注引司馬彪的《九州春秋》說：「陳蕃子逸與術士平原襄楷會於芬坐，楷曰：『天文不利於宦者，黃門、常侍真族滅矣。』逸喜。芬曰：『若然者，芬願驅除。』於是與攸等結謀。」〔註157〕王芬時為冀州刺史，與許攸等人策劃廢除由外戚和宦官扶植的漢靈帝，另立合肥侯為帝。從上文記載的情況來看，王芬等人對襄楷的言論深信不疑，這恰與《後漢書》「靈帝……以楷書為然」的記載相映襯，說明襄楷的言論在其時的權貴人物中擁有很大的影響力。而身為平原郡人的襄楷竟前去與冀州刺史王芬交接，似乎又預示著他長久以來正是依靠權貴的禮遇和接濟為生的。

　　齊地雖有悠久的商業傳統，但受「重農抑商」的習慣偏見影響，商賈依然是其時文人極為排斥的謀生方式。這裡需要說明的是，兩漢齊地文人中以商賈作為謀生手段的仍不乏其人，只是原因卻並非僅為謀生這麼簡單，如以「避世牆東」而著稱的王君公，即在西漢末年政治昏亂之時，「儈牛自隱」。王君公之所以選擇販牛為生，按《後漢書》的說法便是「懷德穢行」。〔註158〕摒除謀生的因素，其目的更多地是為了表達自己對社會現實的不滿以及與當世隔絕的決心。至於出身漢宗室的劉梁，也曾在生活的壓力下，「賣書於市以自資」。〔註159〕書籍自然是有學之士方才購買的商品，閑暇時還可用於有學識的賣書者自己觀覽。劉梁從事此行業不僅能較多地與各種文士接觸、交流，還可通過閱讀多種書籍來增長自身的學識。由此可見，選擇賣書作為謀生方式，極有可能是劉梁在謀生與求學之間作出的折衷選擇。

　　除了少數因技藝得到權貴賞識而飛黃騰達的文人外，大部分從事農、工、

〔註156〕〔南朝宋〕范曄撰：《後漢書》，中華書局2012年版，第831頁。
〔註157〕〔晉〕陳壽撰；〔南朝宋〕裴松之注：《三國志》，中華書局2006年版，第3頁。
〔註158〕〔南朝宋〕范曄撰：《後漢書》，中華書局2012年版，第2217頁。
〔註159〕〔南朝宋〕范曄撰：《後漢書》，中華書局2012年版，第2118頁。

商等行業的文人不僅政治地位與平民百姓無異，生活條件也十分艱苦。也正因為如此，他們對朝廷施政的弊端才有著切身的感受，對社會上存在的各種不良現象才有著深刻的認知。襄楷留存於世的作品，就皆是旨在揭發和批判當時朝廷施政中存在的諸種弊端的。如在《詣闕上疏》中，襄楷就批判了朝廷不修仁德，誅罰過於殘酷的做法：不僅使憂國的大臣「杜口」不再進諫，而且使得許多賢臣、百姓冤屈而死，長此以往，必然導致「下將畔上」〔註160〕的局面。在《復上書》一文中，他還對漢桓帝寵幸宦官的行為進行了勸諫，認為宦官只適合主持一些街市里巷的小事，不應任以要職。劉梁曾因痛恨時人趨炎附勢、結黨營私的社會現象而創作《破群論》，後來又創作了《辯和同論》一文，主張君子當「周而不比，和而不同」，〔註161〕從而自覺地與朋比為奸的行為劃清界限。以上這些，都是襄楷和劉梁根據自身體驗發出的肺腑之言，而他們的這些體驗和見解，又是手握重權、生活條件優越的高中級官吏所難以獲得或不願承認的。

三、餘論

人處於一定的社會環境中，他的任何言說都需在社會為其規定的某一特定身份下進行，社會身份是人們行使權力、履行義務所必需的基本條件。文學作品作為一種個人言說的典型產物，即明顯受到作者社會身份的影響。兩漢文人對漢政權的人身依附性和兩漢文學鮮明的政教性特徵，為我們從作者所扮演的政治角色出發，探討其與文學作品間的內在聯繫提供了可能。政治身份不同，則作者的生活體驗、價值取向、言說方式，甚至是知識構成也往往不同，這就必然影響到他們文學作品的主題和風格。比如同是向皇帝進諫，身為游士並修習縱橫家學術的主父偃就與位居諫大夫且熟諳儒家經學的貢禹，在奏疏的內容和風格方面呈現出較大的差異。

以個人扮演的政治角色而言，有時候會存在職能模糊的現象。東方朔在智辯郭舍人之後，被武帝任為常侍郎。按《初學記》記載，侍郎的職能當是「執戟侍宮殿，出則充車騎」，〔註162〕但東方朔除了履行上述職能外，還負有以文學作品愉悅君主的責任，如在元朔元年（前128），皇長子劉據出生，東方朔即與同為郎官的枚皋奉詔作《皇太子生賦》和《立皇子禖祝》兩篇作

〔註160〕〔南朝宋〕范曄撰：《後漢書》，中華書局2012年版，第852頁。
〔註161〕〔南朝宋〕范曄撰：《後漢書》，中華書局2012年版，第2118頁。
〔註162〕〔唐〕徐堅等著：《初學記》，中華書局1962年版，第269頁。

品。這雖然逾出了他身為侍郎的職責範圍，但仍是由其言語侍從的身份引申而來的。與東方朔的情況相類似的齊地文人還有劉楨、徐幹、禰衡等人。他們雖然都屬於漢末權臣招納的僚屬，處理著自己職責範圍內的具體事務，但同時也擔負著以文娛主的份外職能。禰衡的名作《鸚鵡賦》，即是他在擔任江夏太守黃祖的書記期間，受黃射（黃祖長子）之請，寫來愉悅眾人的。東方朔等人在職能上表現出的多樣性和不確定性，當然是由他們自身的才華所決定的，也是其他普通郎官和幕僚所不具備的。一般而言，職能具有多樣性和模糊性的文人，其作品的內容和風格也往往更加豐富。

　　齊地文人個體所扮演的政治角色並非固定不變，往往會隨著兩漢眾多官吏的新老交替、職位變遷而發生變化。個人的政治角色發生變化，則其所關注的事務和言說立場也會因此而有所不同。元光五年（前130），公孫弘再次以賢良文學的身份進入仕途。他的《元光五年舉賢良對策》一文，言治國之道，甚得武帝讚賞。擔任學官時，公孫弘又寫有《請為博士置弟子員議》一文，建議武帝通過為博士官員安排五十名弟子的方法來傳播和振興儒家經學。在先後擔任御史大夫和丞相後，公孫弘還分別作有《郭解罪議》與《奏禁民挾弓弩》等作品，也都是他在自身職權範圍內的言說。王吉在擔任昌邑國中尉時，曾作有《上疏諫昌邑王》一文，規勸昌邑王劉賀修政愛民，以保全封國和爵祿。在被宣帝任命為諫議大夫之後，他又寫出《上宣帝疏言得失》一文，旨在勸諫宣帝通過以儒家禮義治國的方法來鞏固中央集權。由公孫弘和王吉的事例可知，文人的政治身份一旦發生變化，與之相呼應，其文學作品的內容和價值取向等也往往會隨之表現出明顯的變化。

　　《論衡·書解》引用時人的言論說：「孔子作《春秋》，不用於周也。司馬長卿不預公卿之事，故能作子虛之賦。楊子雲存中郎之官，故能成《太玄經》，就《法言》。使孔子得王，《春秋》不作；長卿、子雲為相，賦、玄不工。」〔註163〕它提示我們，文人在積極事功與潛心寫作之間是經常要面臨不能兼得的選擇困境的。文人若想寫出為人稱道的作品，便往往需要花費足夠的時間和精力來專心經營。倘若他身居統攝全局、事務繁忙的顯職，其於文學上傾注心力的可能性也就大為降低。事實證明，能在三公九卿等顯要官位上寫出傳世佳作的文人十分少見，而寫作才能如王粲、禰衡般「筆不停綴，

〔註163〕〔漢〕王充著；張宗祥校注；鄭紹昌標點：《論衡校注》，上海古籍出版社2013年版，第557頁。

文不加點」〔註164〕的文人，則多居閑暇之位，在日常生活中有足夠的時間來研磨寫作技能。于迎春說：「只有脫出來自仕業的責任壓力和官場拘束，有寫作之好或寫作之能的士人，才有向文學領域傾注精力的可能。」〔註165〕這意味著在其他條件相同或相近的情況下，文人所居職位的高低在一定程度上足以影響到其文學作品的數量與質量。以齊地文人為例，具有代表性的作家如東方朔、劉楨、徐幹、禰衡等，即皆為沉淪下位之人。

　　然而歷史的經驗也告訴我們，在兩漢時代的傳播條件下，作者若非名位顯貴或被顯貴者賞識，則其作品也就很難流傳於世。新莽時期，齊地處士薛方喜好寫作，創作詩賦數十篇，但如今卻無一流傳於世。究其原因，除卻個人的文學素養，他的隱居不仕也當是重要原因之一。時至唐代，元結仍在感歎某些文人「名位不顯，年壽不終，獨無知音，不見稱頌」〔註166〕的尷尬處境。以此推論，因沉淪下位或隱居不仕而導致自身作品傳播不廣的文人當不在少數。這些文人的某些作品，如《古詩十九首》，即使因為某種機緣而得以留存於世，其作者也往往因名位不顯的緣故而被傳播者遺忘或有意忽略。位尊者的作品容易流傳、保存，卻往往不屑於從事與自身職務無關的文學創作。無意仕途或仕途不順者，更有可能寄意於文學以求發洩或立名，卻往往又因其名位的低下和無權貴者賞識，致使其作品難以廣泛傳播和長久流傳。這種二律背反的現象長久地存在於文學發展的過程之中，也對兩漢齊地文學乃至整個兩漢文學之今日面貌的形成產生了深刻的影響。

第三節　齊地文人的謀生方式對他人文學創作的貢獻

　　如上節所論，兩漢齊地文人的謀生方式主要有二：其一，步入仕途，在朝廷或地方為官；其二，隱居民間，積極求學以爭取入仕或無意從政，靠從事講學、務農、經商等職業維持生計。相關研究表明，除了擔任籍貫地監官長吏所自辟的屬吏外，兩漢文人多需外出其他州郡為官。〔註167〕又由於各地

〔註164〕〔南朝梁〕蕭統編；〔唐〕李善等注：《六臣注文選》，中華書局 2012 年版，第 258 頁。

〔註165〕于迎春：《試論漢代文人的政治退守與文學私人性》，《文學評論》2003 年第 1 期，第 90 頁。

〔註166〕〔唐〕元結著；孫望校：《元次山集》，中華書局 1960 年版，第 100 頁。

〔註167〕嚴耕望撰：《中國地方行政制度史·秦漢地方行政制度》，上海古籍出版社 2007 年版，第 345～359 頁。

經濟、文化發展水平的不同，未仕文人吸引各地學子前來就學或外出遊學、遊歷者也不乏其人。以上謀生方式都會在一定程度上造成文人在地域上的流動，從而為文化知識的傳播、知識人群的擴大以及地方教育水平的提升等方面提供有利的條件，並最終對兩漢文學的發展、成熟產生巨大的影響。本節即以兩漢齊地文人的謀生方式為關照對象，討論其對他人文學創作所產生的影響。

一、奠定兩漢文學發展的物質基礎

據余英時先生研究，儒家文化於漢初已成為文化大傳統之主流，並對人們的言行思想發揮著深刻的影響。〔註168〕儒家的這一主流地位後來又在武帝時期得到了官方確認，自此以後，儒家經學不僅成為眾多學子進入仕途所必備的文化知識，即使是朝廷考績和官員施政也往往援引儒家思想作依據。受此影響，許多有為的齊地籍官吏自覺地將建立儒家理想中的治世作為自身從政的目標。為此，他們所採取的措施主要包括以下兩個方面：

一是廉潔自律，寬以待人，為吏民樹立榜樣。公孫弘曾在《上書乞骸骨》中說：「知所以自治，然後知所以治人。天下未有不能自治而能治人者也，此百世不易之道也。」〔註169〕為官者只有以身作則，方能有效地統率下屬與民眾。公孫弘在擔任御史大夫、丞相期間，即「為布被，食不重肉」，將節省下來的俸祿皆用來給養賓客。王政君對此評價說：「漢興以來，股肱宰臣身行儉約，輕財重義，較然著明，未有若故丞相平津侯公孫弘者也……誠內自克約而外從制。」〔註170〕王政君等統治者肯定公孫弘儉約重義的行為，並有意將其樹立為典型以激勵自己的臣子，這不能不對當時的官吏產生影響。故西漢一代，如貢禹、鄭弘、樓護般以克己奉公而「為後所述」〔註171〕的齊地籍官吏並不在少數。東漢伊始，伴隨著儒學的更加倡興，更多的齊地籍官員能夠自覺地以儒家教義規制自身的行為。其中有因廉潔奉公而著稱者，如羊陟在擔任河南尹時，即「計日受俸，嘗食乾飯茹菜，禁斷豪右囑託，書疏不與交通，斷理冤徒，進用善士，節操者旌表異行」。〔註172〕又如靈帝

〔註168〕余英時著：《士與中國文化》，上海人民出版社2013年版，第124～134頁。
〔註169〕〔漢〕司馬遷撰：《史記》，中華書局2011年版，第2568頁。
〔註170〕〔漢〕司馬遷撰：《史記》，中華書局2011年版，第2576～2577頁。
〔註171〕〔漢〕班固撰：《漢書》，中華書局2012年版，第2514頁。
〔註172〕周天游輯注：《八家後漢書輯注》，上海古籍出版社1986年版，第131頁。

時的南陽太守羊續，也因憎惡當時權豪之家的奢侈浪費而「常敝衣薄食，車馬羸敗」。〔註173〕又有以惠政愛人而聞名者，北海安丘人周澤擔任黽池令期間，即「奉公克己，矜恤孤羸，吏民歸愛之」。〔註174〕北海劇人滕撫在涿縣縣令的位置上因才能受到太守賞識，被委任兼領六縣。他任職期間「風政修明，流愛於人，在事七年，道不拾遺」。〔註175〕東萊牟平人劉寵擔任東平陵令時，也「以仁惠為吏民所愛」，在其因母疾去官之時，竟出現了「百姓將送塞道，車不得進」〔註176〕的景象。

　　二是興農富民，修學傳經，促進地方學風的興盛。重農抑商一直是漢政府的既定政策，而戶口、田畝、稅收、司法等情況則是漢代官吏考課的重要內容。故而許多齊地籍官吏在繼承先秦哲人「先富之而後加教」〔註177〕的主張的基礎上，採取了一系列富民、教民的措施。千乘人兒寬在擔任左內史時，即採取了多項勸勉農業發展的措施。他一方面奏請武帝，在所轄境內開鑿了聞名於世的六輔渠，並制定相關法令以擴大耕地灌溉面積；另一方面，又在徵收賦稅時，時常按照時令對百姓進行寬免，並允許百姓在青黃不接時向政府借貸。這些措施極大地促進了當地農業的發展，也使兒寬得到了當地百姓的擁護。琅邪姑幕人童恢在不其縣令的任上兢兢業業，使縣內「耕織種收，皆有條章」。〔註178〕《齊民要術》還記載了他鼓勵農業生產的具體措施，即「率民養一豬，雌雞四頭，以供祭祀，死買棺木」。〔註179〕童恢的治理措施也讓不其縣的經濟水平明顯優於鄰縣，以致鄰縣遷居而來的百姓達兩萬多戶。在興學方面，早在武帝時期，公孫弘就提出了旨在倡興儒學的《請為博士置

〔註173〕〔南朝宋〕范曄撰：《後漢書》，中華書局2012年版，第877～878頁。
〔註174〕〔南朝宋〕范曄撰：《後漢書》，中華書局2012年版，第2070頁。
〔註175〕〔南朝宋〕范曄撰：《後漢書》，中華書局2012年版，第1010頁。
〔註176〕〔南朝宋〕范曄撰：《後漢書》，中華書局2012年版，第1989頁。
〔註177〕早在先秦時期，先民就對經濟與文化的密切關係有所體認。《論語・子路》記載了孔子與冉有討論教化民眾的對話，「冉有曰：『既庶矣，又何加焉？』曰：『富之。』曰：『既富矣，又何加焉？』曰：『教之』」。《管子・牧民》更是直截了當地說：「倉廩實則知禮節，衣食足則知榮辱。」這表明時人已經認識到百姓生活富足是統治階級文化得以推行的基礎。時至漢代，董仲舒在《春秋繁露・仁義法》中又將孔子與冉有的對話概括為「先富之而後加教」的觀點而加以宣揚。
〔註178〕〔南朝宋〕范曄撰：《後漢書》，中華書局2012年版，第1993頁。
〔註179〕〔後魏〕賈思勰著；繆啟愉校釋：《齊民要術校釋》，中國農業出版社1998年版，第9頁。

弟子員議》，並得到武帝採納，從而以利祿之途推動了士子習經風氣的興盛。自東漢初年開始，一些齊地籍官吏又以發展地方官學的手段，將經學的推廣和普及落實到具體實踐上來。光武帝時，李忠任丹陽太守，不僅大力開墾土地，使「三歲間流民占著者五萬餘口」，還出於改良郡內風俗的目的，「起學校，習禮容，春秋鄉飲，選用明經」，〔註180〕從而引導了郡內的向學之風。伏恭任常山太守，「敦修學校，教授不輟，由是北州多為伏氏學」。〔註181〕桓帝時，劉梁任北新城長，「乃更大作講舍，延聚生徒數百人，朝夕自往勸誡，身執經卷，試策殿最」，〔註182〕也收到了「儒化大行」的效果。

　　上述兩漢齊地籍官吏廉潔奉公、寬以待人的為政措施，為兩漢文學的產生和發展創造了安定、開明的局部社會環境。他們發展農業生產、興辦地方官學的行為，不僅有利於為文學創作提供必要的物質基礎，還可促進社會分工，使處於社會底層的一部分人得以從農業勞動中解放出來，投入到學習經學等文化知識的隊伍中去，為其日後可能從事的文學創作活動奠定文化基礎。從兩漢文學的創作情況來看，齊地籍官員的上述舉措還直接影響了作家的創作動機和作品內容。東漢順帝時，泰山人吳資擔任巴郡太守，勤恤民隱，屢獲豐年。當地百姓感激他，便作歌頌揚他的功績。吳資遷官後，當地百姓思慕他的恩德，再次作歌懷念他。〔註183〕又如童恢在擔任不其縣令期間，也因為民清除虎害一事，「吏人為之歌頌」。〔註184〕總體而言，兩漢齊地籍官員的惠政行為有直接影響其時文學創作的一面，但更多的是為兩漢文學的產生和發展創造了良好的社會環境，奠定了必要的物質基礎。當然，上述齊地籍官吏對轄地文學發展所起到的積極作用是建立在他們恪盡職守、勤政愛民等行為基礎上的，倘若官員貪污自肥、昏庸無能，則不僅不能發揮上述作用，反而會阻礙轄地文學的產生和發展。

二、夯實兩漢文學發展的文化基礎

　　伴隨著先秦學術在西漢初年的復興，作為文化鼎盛之區的齊地，無論在

〔註180〕　〔南朝宋〕范曄撰：《後漢書》，中華書局2012年版，第593頁。
〔註181〕　〔南朝宋〕范曄撰：《後漢書》，中華書局2012年版，第2065頁。
〔註182〕　〔南朝宋〕范曄撰：《後漢書》，中華書局2012年版，第2121頁。
〔註183〕　〔晉〕常璩著；任乃強校注：《華陽國志校補圖注》，上海古籍出版社1987年版，第17頁。
〔註184〕　〔南朝宋〕范曄撰：《後漢書》，中華書局2012年版，第1993頁。

文化基礎、學術氛圍還是在人才儲備方面，都有著其他多數地區無可比擬的優勢。故而終兩漢之世，知名的齊地籍講師甚多。他們或身處官場，或隱居民間，但都致力於傳播文化知識、培養各色人才，從而間接為兩漢文學的發展提供了必要的人才儲備。

漢代的教育機構有官學、私學之分，與此相適應，講學之士的身份也有國家任命和自我設定的差別。官學是指太學、地方官學等由中央朝廷或地方政府興辦的教育機構。太學教授的內容是被立於官學的儒家今文經學，授業者由經學博士充任。據張漢東《秦漢博士表》考證，〔註185〕兩漢有籍貫可查的五經博士共為 136 人，其中齊地籍經師有 21 位，占總人數的 15.44%，可見其在傳播官方文化知識方面所作的貢獻之大。然而經學博士對兩漢文學發展的推動作用卻是極其有限的：一則太學為兩漢官員之淵藪，所以入太學者多志在出仕，而非提高自身的文學創作技能；二則太學本即是最高端的經學教育機構，太學生皆在入學前就已經具備基本的文學創作能力了，故而也無向博士學習之必要；三則五經博士的職能本即是培養效力國事的通經人才，文學創作只是其時文人在政途失意後實現個人經世志願或發抒個人情感的備用選擇。這種選擇又往往因太學生的高入仕率而被授經博士所忽略，所以其教育內容和理念也必然是指向經世致用而非文學創作的。此種教育理念與太學生的經世志願相結合，反倒會鞏固他們注重現實功利而輕視文學創作的觀念，從而對他們的文學創作活動形成阻礙。侯文學在考察兩漢詩賦創作者的教育情況後指出，他們所受經學教育的程度居於其時經學教育的中等水平，而有遊太學經歷且見載史籍者，不過寥寥 15 人而已。〔註186〕這足以說明問題。

地方官學的授學內容與太學基本一致，授業者由官府任命的通經之士擔任。與太學不同，郡國設立學官的現象在西漢末年才開始普遍，〔註187〕並且主要取決於地方的財政狀況和長官的個人意願。「漢代地方官學的主要任務在於獎進禮樂，推廣教化……沒有正規的課程設置，有的學官只有在一年的某些時節招集一些知識分子講經，也有些知識青年常常自動地、個別地到學官那裡去問業。」〔註188〕故而地方學官在其中也主要扮演著推廣儒家教化、獎

〔註185〕安作璋，熊鐵基著：《秦漢官制史稿》，齊魯書社 2007 年版，第 476～492 頁。
〔註186〕侯文學著：《漢代經學與文學》，人民出版社 2010 年版，第 231～234 頁。
〔註187〕郝建平著：《教育與兩漢社會的整合研究》，中華書局 2014 年版，第 33 頁。
〔註188〕毛禮銳，瞿菊農，邵鶴亭編：《中國古代教育史》，人民教育出版社 1983 年版，第 164 頁。

進好學之士的角色，這當然在一定程度上有利於地方求學環境的改善和向學之風的興盛。但由於大多數地方官學在設置上並不具有固定性，所以地方學官憑藉它有效傳播和普及經學等文化知識的意圖也就往往難以實現。因此，地方官學對擴大文學創作人群的作用也是有限的。相較而言，漢靈帝於光和元年（178）設置的鴻都門學倒是極大地推動了當時文學藝術的發展，〔註189〕但由蔡邕、楊賜、陽球等人攻擊它的奏疏內容可知，作為文藝型學府的鴻都門學是不設經師講學的，因而也就無從談起經師在其中發揮的作用。

由於太學的教育程度高端且接受學生的數量有限，而地方官學時有廢興，遠未能滿足當時社會各階層學習文化知識的需要，因而講學之士對兩漢文學的影響主要是通過穩定性較高的私學實現的。私學是指以個人名義出資創辦的精舍、書館等教育機構。開設精舍授徒的經師與官學博士相似，都主要以傳授儒家經學為本職。從事小學教育的書師則負責對適齡兒童進行啟蒙教育，內容包括教導他們讀書、寫字以及掌握當時社會的基本倫理道德等。

以講學的方式而言，可將兩漢齊地籍私人講學者劃分為居官教授和隱居教授兩種類型。居官教授者多以通經入仕，擁有較高的學術水平。他們設私學於宦遊地，發揮著對地方政治與學術的雙重引導作用，如在光武帝時，歐陽歙於汝南太守的任上，即「教授數百人」。又如牟長在擔任博士及河內太守期間，諸生從其學者「常有千餘人」。〔註190〕與之相比，隱居教授者的身份則更加多樣，有無意於仕途而專以講學為謀生職業者，如漢初田何徙居杜陵，即隱居授《易》，兩漢言《易》者皆「本之田何」。〔註191〕西漢末年，琅邪人徐子盛也隱居鄉里，「以《春秋經》授諸生數百人」。〔註192〕也有學有所成而暫未入仕者，如周澤在被大司馬府徵辟前，即「隱居教授，門徒常數百人」。甄宇在入仕前，也「習嚴氏春秋，教授常數百人」。〔註193〕還有在辭官致仕後，從事講學工作的，如西漢末年，薛方即在去官後，「居家以經教授」。〔註194〕東漢末年，徐幹因病致仕，隱居故里。有拜訪或從其學者，「無不容而見之，屬以聲色，度其情志，倡

〔註189〕胡旭：《鴻都門學、曹氏家風與漢魏文藝的繁榮》，《廈門大學學報（哲學社會科學版）》2006 年第 4 期。
〔註190〕〔南朝宋〕范曄撰：《後漢書》，中華書局 2012 年版，第 2053 頁。
〔註191〕〔漢〕班固撰：《漢書》，中華書局 2012 年版，第 3096 頁。
〔註192〕〔南朝宋〕范曄撰：《後漢書》，中華書局 2012 年版，第 741 頁。
〔註193〕〔南朝宋〕范曄撰：《後漢書》，中華書局 2012 年版，第 2072 頁。
〔註194〕〔漢〕班固撰：《漢書》，中華書局 2012 年版，第 2674 頁。

其言論，知可以道長者，則微而誘之……其所匡濟，亦已多矣。」〔註195〕以上私人講學之士的存在，對當地士子求學與地方文風的興起都有所幫助。他們在講學前多有著四處遊學或宦遊的經歷，聲名彰顯者還可吸引各地學子前來就學，這便為學子接觸不同地域文化、開擴個人視野提供了便利條件，使他們在掌握文學創作所必備的文化知識的同時，也為日後可能進行的文學創作活動積攢了閱歷和創作素材。

以教授的內容而論，私學也比專授今文經學的官學更為豐富多樣。這首先是因為官學多屬於高等教育機構，學子在接受難度較高的官學教育之前，還須經由蒙學教育來掌握基本的讀書和學習能力。兩漢官學中，除了統治者在宮中間斷性地為皇親國戚辦過小學外，並未設立蒙養教育機構，以字書、《孝經》《論語》等書籍對兒童進行啟蒙教育的任務主要是由私人講學之士完成的。其次，自漢武帝獨尊儒術之後，其他的非官方學術雖因無助仕進而受到學子的冷遇，但在民間仍被一些出於愛好或謀生等目的的人不懈地傳授著。齊地學者中即有專門以醫術授徒的，如齊人樓護即出身行醫世家，他年輕時跟隨父親學醫，「誦醫經、本草、方術數十萬言」。〔註196〕有講授數學的，如泰山郡人鮑子真即曾教授王逸、王延壽父子算術。〔註197〕泰山蒙陰人劉洪也曾教授鄭玄、徐岳等人天文、曆數方面的知識。也有傳授方仙道的，如北海郡人王和平「性好道術，自以當仙」，〔註198〕孫邕、夏榮等人均從其學。還有傳授陰陽學術的，如北海郡人徐房、平原郡人李子雲即「並曉陰陽」，「養徒各千人」。〔註199〕

此外，也有一些經師雖然以教授儒家經學為主，但卻極有可能兼授其他非官方學術，如北海安丘人郎宗，習《京氏易》，又擅長風角、星算、六日七分之術。其子郎顗即「少傳父業，兼明經典，隱居海畔，延致學徒數百人。晝研精義，夜占象度，勤心銳思，朝夕無倦」。〔註200〕可見郎顗的講學內容也極有可能是《京氏易》與風角、星算等天文術數兼授。鄭玄是東漢末年兼

〔註195〕〔清〕嚴可均輯；馬志偉審訂：《全三國文》，商務印書館1999年版，第568頁。
〔註196〕〔漢〕班固撰：《漢書》，中華書局2012年版，第3185頁。
〔註197〕〔晉〕張華撰；范寧校證：《博物志校證》，中華書局1980年版，第72頁。
〔註198〕〔南朝宋〕范曄撰：《後漢書》，中華書局2012年版，第2209頁。
〔註199〕〔南朝宋〕范曄撰：《後漢書》，中華書局2012年版，第2217頁。
〔註200〕〔南朝宋〕范曄撰：《後漢書》，中華書局2012年版，第831～832頁。

通今古文經學及天文、算術的學術大師，隱居講學，「齊魯間宗之」。〔註 201〕但由其「質於辭訓」的學術表現來看，他在日常講學活動中傳授弟子的主要內容當是處於非官學地位的古文經學。又如北海膠東人公沙穆，「習《韓詩》《公羊春秋》，尤銳思河洛推步之術」。後來他隱居東萊山，「學者自遠而至」，〔註 202〕其授學內容除了自己修習的《韓詩》與《公羊春秋》外，應當也包括讖緯。儒家經學、道家以及讖緯等學術對兩漢文學思想、主題、藝術風格等方面的影響，前人多有所論，此不贅述。即便是看似與文學創作無關的醫術、算術等，也因其對學習者必須掌握一定文化知識的要求而在客觀上為他們進行文學創作準備了必要的文化功底。齊人淳于意即是在苦學醫經的前提下，才有能力寫出篇幅較長的《對詔問所為治病死生驗者幾何人主名為誰》一文的。樓護後來之所以能夠順利地學習經傳，也在很大程度上受益於他此前「誦醫經、本草、方術數十萬言」所打下的文化基礎。毫無疑問的是，以上諸種非官方學術知識的傳授，都是由私人講學之士完成的。儘管他們教授的內容和目的不盡相同，但無疑都對多地知識人群的擴大和教育水平的提高起到了積極作用，而這也正是兩漢文學賴以生成和發展的文化基礎。

總之，兩漢時期，無論是齊地籍的官學經師，還是私人講學者，都對他人的文學創作產生了深刻的影響。博士是當時傳播官方經學文化的權威與重要力量，他們對兩漢文學創作的影響主要體現在對文人輕視文學創作這一觀念的塑成上。地方學官則在引導地方向學之風，提高地方教育水平，並進而擴大潛在創作人群等方面發揮了一定的作用。從本質上講，私學經師也是傳播官方學術文化的重要力量，並且在數量和招生規模上都遠在官學經師之上。因而他們在塑成時人文學觀念方面所發揮的作用與官學經師是一樣的，甚至有過之而無不及。但由於私人講學者受到的政治約束較少，所以他們在教學內容和方式上都較官學經師靈活多樣。對兩漢文學產生重大影響的道家、讖緯、陰陽術等學說多是由私人講學者傳播和發展的。特別是他們對兒童讀寫能力以及為人處世等方面進行的啟蒙教育，極大彌補了官學的缺憾，而讀寫能力以及對社會行為規範的認知正是作家必不可少的文化基本功。可以說，正是私學書師所從事的啟蒙教育為兩漢作家的出現奠定了最基本的文化基礎。

〔註 201〕〔南朝宋〕范曄撰：《後漢書》，中華書局 2012 年版，第 958 頁。
〔註 202〕〔南朝宋〕范曄撰：《後漢書》，中華書局 2012 年版，第 2192 頁。

三、補充兩漢文學創作的知識和素材

　　兩漢齊地文人多有著漫遊的經歷，漫遊已成為他們生活的重要內容。兩漢齊地文人漫遊的方式有多種，遊幕是他們在西漢初期最常選擇的一種方式。鄒陽於漢初不遠萬里地投奔招納四方游士的吳王劉濞，「與吳嚴忌、枚乘等俱仕吳，皆以文辯著名」。〔註 203〕後來在勸說劉濞安守祿利、勿反朝廷失敗後，他又與嚴忌、枚乘等人轉投到地位貴盛的梁孝王幕下。梁孝王所在的梁國堪稱當時關東地區的文化中心，彙集了來自關東各地的知名文人。《西京雜記》記載梁孝王曾「遊於忘憂之館，集諸游士，各使為賦」，〔註 204〕而在參與其中的七位遊幕文人中，齊地文人就有鄒陽、羊勝和公孫詭三位，幾占總人數的半壁江山，此足以說明遊幕活動在漢初齊地文人中的盛行。漢初齊地文人率多遊幕主要是由當時文人入仕途徑不暢和「諸侯王皆自治民聘賢」的社會環境造成的。隨著以通經為前提的察舉、徵辟等用人制度的建立和中央朝廷對諸侯王權力的削弱、打擊，齊地文人的遊幕風尚也逐漸被遊學和宦遊所代替。

　　齊地文人外出遊學的行為也起源甚早。據嚴耕望統計，在孔子國籍可確知的 52 位弟子中，就有 5 人來自齊國。〔註 205〕這一漫遊方式在漢初齊地文人中依然存在，並於西漢中期逐漸興盛起來，成為他們求學入仕的重要途徑。主父偃胸懷「丈夫不五鼎食，死即五鼎烹」〔註 206〕之志，即曾於齊、燕、趙、中山、長安等多地遊學幹利達四十餘年。以「大丈夫西遊，終不復傳還」〔註 207〕立志的終軍之所以能受知於武帝，也得益於自己被選為博士弟子，由濟南求學長安的緣故。至於「念述先聖之元意，思整百家之不齊」的鄭玄，更在十多年間「遊學周、秦之都，往來幽、并、兗、豫之域」，〔註 208〕足跡踏遍近半個中國。他們的這些經歷，在兩漢齊地文人中是具有典型性的。加上兩漢察舉制度並無客觀的參照標準，應試者要想入仕，除了需要通明經術外，還需要擁有美好的聲譽，並且越到東漢後期，聲譽在文人出仕過程中所起的作用越大。於是經年累月地遊歷各地，結交豪傑名士，請託達官宿老以

〔註 203〕〔漢〕班固撰：《漢書》，中華書局 2012 年版，第 2038 頁。

〔註 204〕〔漢〕劉歆等撰；王根林校點：《西京雜記（外五種）》，上海古籍出版社 2012
　　　　　年版，第 32 頁。

〔註 205〕嚴耕望著：《嚴耕望史學論文選集》，中華書局 2006 年版，第 30 頁。

〔註 206〕〔漢〕司馬遷撰：《史記》，中華書局 2011 年版，第 2575 頁。

〔註 207〕〔漢〕班固撰：《漢書》，中華書局 2012 年版，第 2444 頁。

〔註 208〕〔南朝宋〕范曄撰：《後漢書》，中華書局 2012 年版，第 956 頁。

激揚名聲，便成為許多齊地文人入仕的必經途徑，如管寧、華歆、邴原等人即於漢末「俱遊學於異國」，〔註209〕與陳寔等當時名士相交接。至於那些媚事權貴、結黨營私之人，雖然多不見載於史籍，但從班固《漢書·地理志》對齊人「誇奢朋黨」〔註210〕的風俗描述來看，其中或有不少出自齊地。

　　顧炎武在談論漢世用人之法時說：「蓋其時唯守相命於朝廷，而自曹掾以下無非本郡之人。」〔註211〕實際上，除掾屬等官員多用本郡之人外，漢代刺史、郡守、令、長的任用都有著極為嚴格的地區迴避制度。對於齊地文人來說，入朝為官也須經過長距離的地區遷徙，所以因仕宦而導致的漫遊對他們而言，早已日常化和普遍化了。武帝時，因朝廷徵賢良文學而入京的公孫弘、東方朔等人，雖然後來一直為官長安，但已是遠離故土。至如王吉、羊續、王修等先後擔任過多地官員者，其遷徙範圍之大，更是不難想見。此外，在齊地文人的眾多漫遊方式中，還包括一種由社會動亂所引發的流離播遷。新朝末年，承宮即曾被迫遷徙，先後流寓漢中、蒙陰山等地。禰衡在遭遇東漢末年的黃巾大起義時，也曾「避難荊州」，〔註212〕而同避此難的管寧和邴原等人則攜家前往相對安定的遼東。

　　無論是遊幕、遊學，還是宦遊、播遷，齊地文人漫遊的生活方式在增長自身生活閱歷和知識，從而為文學創作活動積累素材和經驗的同時，也往往會對他人的文學創作產生深刻的影響：

　　一方面，漫遊四方的齊地文人通過與其他文人的接觸、交流，增廣了雙方的見聞，進而為他人的著述活動提供知識和經驗上的參照。揚雄自述其《方言》成書的過程時說：「雄為郎之歲……天下上計孝廉及內郡衛卒會者，雄常把三寸弱翰，齎油素四尺，以問其異語。歸即以鉛摘次之於槧，二十七歲於今矣。」〔註213〕可知正是各地到京城的漫遊之人（包括齊地文人）給揚雄的著述提供了鮮活的語言材料，從而為《方言》一書的科學性和完備性提

〔註209〕〔晉〕陳壽撰；〔南朝宋〕裴松之注：《三國志》，中華書局2006年，第216頁。

〔註210〕〔漢〕班固撰：《漢書》，中華書局2012年版，第1482頁。

〔註211〕〔明〕顧炎武撰；張京華校釋：《日知錄校釋》，嶽麓書社2011年版，第367頁。

〔註212〕〔南朝宋〕范曄撰：《後漢書》，中華書局2012年版，第2132頁。

〔註213〕〔清〕錢繹撰集；李發舜，黃建中點校：《方言箋疏》，中華書局2013年版，第506～507頁。

供了有力的保障。不惟對《方言》之類的學術著作如此，即或是愉悅性較強的詩賦創作，也時時會看到齊地漫遊之人的影響痕跡。《史記》記載司馬相如寫《子虛賦》之緣起說：「梁孝王來朝，從游說之士齊人鄒陽、淮陰枚乘、吳莊忌夫子之徒，相如見而說之，因病免，客遊梁。梁孝王令與諸生同舍，相如得與諸生游士居數歲，乃著《子虛》之賦。」〔註214〕按《子虛賦》中多敘齊、楚兩地風物，或可推知，鄒陽等齊人極有可能在司馬相如寫作此賦的過程中，提供過有關齊地風物方面的意見和參考。這是因為文人之間的相處本即是一個互相切磋與增益的過程。應瑒《公讌詩》在記述曹氏父子與鄴下諸賢遊宴的情況時即說：「辯論釋鬱結，援筆興文章。穆穆眾君子，好合同歡康。」〔註215〕可知曹氏父子與鄴下文人宴集的過程也即是他們交流學術與切磋文技的過程。建安詩賦中與文人宴會相關的作品佔有很大比重，此足見文人交遊對於建安文學的重大意義，而劉楨、徐幹等齊地文人在其中發揮的作用也是不可小覷的。

　　另一方面，在漫遊的過程中，某些齊地文人又會因其超出常人的行跡而被眾人矚目或豔羨，乃至被寫入文學作品中加以描述和傳說，從而為兩漢文人的文學創作提供了眾多個性鮮明的人物原型。東方朔在此方面堪稱兩漢齊地文人的代表。他一生「官不過侍郎，位不過執戟」，卻能在身後「多傳聞」，乃至「後世好事者因取奇言怪語附著之」，可見其對兩漢以及後世文學的影響之大。對於東方朔身後享有盛名的原因，劉向、揚雄、班固、許劭皆作過相關探討，究其要者有二：一是「朔口倡辯，不能持論，喜為庸人誦說」；二是「朔之詼諧，逢占射覆，其事浮淺，行於眾庶，童兒牧豎莫不炫耀」。〔註216〕上述觀點雖然飽含著儒家道德之士對東方朔這一言行離經叛道之人的輕視，但也由此可知，正是由於東方朔的智行超出常人，卻又貼近尋常民眾的生活，才使他成為被廣泛傳說、附會的對象，並最終演變成為「或謂聖人，或謂凡人」〔註217〕的半仙型文學人物。類似東方朔般由人轉變為文學形象，從而為兩漢乃至後世文學創作提供助力的齊地文人遠非個案，如公孫弘、緹縈、董永、鄭玄、諸葛亮等人也因其品行符合了一個或多個社會階層的審美觀而受到廣

〔註214〕〔漢〕司馬遷撰：《史記》，中華書局 2011 年版，第 2609 頁。
〔註215〕俞紹初輯校：《建安七子集》，中華書局 2005 年版，第 171～172 頁。
〔註216〕〔漢〕班固撰：《漢書》，中華書局 2012 年版，第 2490 頁。
〔註217〕王叔岷撰：《列仙傳校箋》，中華書局 2007 年版，第 103 頁。

泛傳頌，並最終得以載入文學作品。雖然他們在文學史上的影響力多不能與東方朔相提並論，但其言行事蹟同樣為兩漢文人的文學創作提供了寶貴的素材。

要之，只要齊地文人處於漫遊的生活狀態之中，就有可能為其客居地文人的文學創作提供相關的知識和經驗，而他們中的某些智行突出者還往往會成為兩漢文學作品的人物原型。

以上從從政、講學、漫遊三個方面論述了兩漢齊地文人生存方式對他人文學創作所產生的影響。這三個方面當然遠非兩漢齊地文人生存方式的全部，餘如務農、經商、傳教等生存方式也都對他人文學創作活動的開展發揮了一定的作用。不過從總體上看，上述三種生存方式及其相互間的關聯，已呈現出兩漢齊地文人生活的大體面貌。齊地籍官員實施的一系列善政，促進了地方治安的穩定和經濟的發展，從而為轄地文學的發展奠定了雄厚的物質基礎；齊地文人在多地的講學活動，則改善了所在地的教育水平，增加了知識人才儲備，進而夯實了兩漢文學發展的文化基礎；漫遊作為齊地文人普遍擁有的一種生活狀態，主要包括遊學、遊幕等方式，處於此種生活狀態中的文人通過與其他文人的接觸、交流，增廣了各自的寫作知識和生活見聞，故而也在一定程度上助益了他人的文學創作。需說明的是，由於所處時代環境、行為方式、社會地位等不盡相同，即使是處於同一生存方式中的齊地文人對他人文學創作所具有的影響力也往往是各有差異的。齊地文人的生存方式又與兩漢時期的社會形勢緊密相關，社會形勢發生變革，他們的生存方式也往往隨之改變，並最終會推動兩漢文學的變化出新。

第五章　齊地文人創作與兩漢文學

　　喬力先生指出，山東文學（自然包括齊地文學在內）在經歷了先秦時期的輝煌後，在兩漢至唐的時段內卻是「漫長的低潮，雖曾間歇式的出現過少許優秀文學家，也只如零落寒星閃爍在浩渺無垠的天空，尚不足以支撐起整體的繁榮。」〔註1〕兩漢齊地文人的文學成就難以比肩先秦，不僅在優秀作家的數量上大為減少，而且少有代表兩漢文學最高水平的作品出現。然而，兩漢大一統的社會現狀與不斷變遷的政治環境，卻使兩漢齊地文人對國家興衰、民生疾苦有了較為深刻的認知。這促使他們的作品在關注自身及家族命運的同時，更體現出愛國憂民、揚善黜惡以及希冀建功立業等對兩漢政權的強烈參與意識。就創作特徵和文學貢獻而言，他們在作品中更多地表達與自身士人身份相一致的價值觀和文化修為的同時，又加通過自身的創作實踐推動了兩漢及後世文學的創新和發展。

第一節　兩漢齊地文人作品的主題取向

　　兩漢時期的齊地文學作品，既是對先秦文學繼承和發展的結果，又是兩漢文學作品的重要組成部分。兩漢齊地文人作為在秦漢易代的社會大背景下迅然崛起的一個地域文人群體，他們的作品正是兩漢大一統時代的精神產物，而相近的時代背景與地域文化心理又使其作品在主題取向上呈現出某些共同之處。較之先秦文學，兩漢齊地文人作品的主題取向呈現出更為強烈的現實

〔註1〕李少群，喬力等著：《齊魯文學演變與地域文化》，人民文學出版社 2009 年版，第 9 頁。

性和社會群體意識。為了更系統地反映兩漢齊地文人的創作情況，我們有必要對其作品的主題趨向進行大致地梳理。概括而言，兩漢齊地文人作品的主題趨向主要包括以下五個方面：

一、美政之思

對齊地士人而言，漢政權代秦朝而立是件開天闢地的大事。積極地通過參政、議政來實現個人的功業，是他們當中大多數人的願望和追求。於是未曾與哲學、歷史完全分離開來的兩漢文學，在此過程中也就不免成他們藉以經世幹利的手段。鑒於秦朝統治的殘暴和短暫而亡，漢朝統治者和士人出於求治的目的，急需對秦亡的原因進行反思和總結，並進而制定出與其殘暴統治截然相反的施政策略。這一點在兩漢齊地文人的文學作品中也多有反映。

（一）過秦

漢朝統治者由農民起義取得天下，其自身也是秦朝暴政的受害者。曾經席捲六國、統一天下的秦王朝在此起彼伏的農民起義浪潮中迅速土崩瓦解，這不由得讓新興的統治階層反思。在此種情況下，探討秦亡漢興的原因也就成為漢初士人議政活動中的主流話語。

兩漢齊地士人對秦亡的原因是有其獨到見解的，這也成為他們進諫統治者的重要動因。嚴安的《上書言世務》〔註2〕一文在分析秦亡的原因時說：「鄉使秦緩刑罰，薄賦斂，省繇役，貴仁義，賤權利，上篤厚，下佞巧，變風易俗，化於海內，則世世必安矣。秦不行是風，循其故俗……秦貴為天子，富有天下，滅世絕祀，窮兵之禍也。」〔註3〕他認為，秦亡的原因一方面在於刑罰苛酷，賦役沉重，致使民不聊生；另一方面則由於其統治者親小人而遠賢臣，堵塞言路，一味興兵黷武，終致天下潰亂。這些都是值得漢王朝引以為戒的，因而他建言武帝停止討伐匈奴，勤修內政，與民休息。主父偃《上書諫伐匈奴》則援引秦始皇與李斯的事例，指出秦亡的原因在於始皇不聽李斯諫言，一味興兵討伐匈奴，致使「百姓靡敝，孤寡老弱不能相養，道死者相望」，〔註4〕最終導致不堪重負的人們奮起而抗秦。要避免此類問題在漢王

〔註2〕本文所用兩漢齊地文人作品的名稱，凡不特別標注者，皆參照嚴可均《全上古三代秦漢三國六朝文》一書。

〔註3〕〔漢〕班固撰：《漢書》，中華書局 2012 年版，第 2437～2438 頁。

〔註4〕〔漢〕班固撰：《漢書》，中華書局 2012 年版，第 2427 頁。

朝再次發生，就需要統治者採納賢言，停止討伐匈奴，使百姓安居樂業。

雖然武帝時期據秦亡已有七八十年，但其時的齊地文人對秦亡的教訓仍然十分重視。在他們看來，漢代統治者只有走與秦朝暴政相反的道路，方能實現國家的長治久安。

（二）集權

如果說兩漢齊地文人作品中的過秦之論、止戰之言在很大程度上是出於對新興政權的期冀和支持的話，則不可否認的是，對大一統中央集權制度的維護也是其防止戰亂、與民休息的重要思想之一。早在漢朝建立之初，齊人婁敬就向劉邦諫言：「夫諸侯初起時，非齊諸田、楚昭、屈、景莫能興……臣原陛下徙齊諸田，楚昭、屈、景，燕、趙、韓、魏後，及豪桀名家居關中……此強本弱末之術也。」〔註5〕秦朝滅亡在一定程度上可視為六國貴族的復辟。婁敬此項建議既能防止六國貴族在舊地死灰復燃，威脅漢朝政權，又能充實關中人口和防禦力量，並豐富關中人口的成分，從而降低秦朝遺民復辟和匈奴進犯所造成的危險，可謂一舉數得。

基於中央集權的需要，漢高祖劉邦在位期間一舉消滅了6個由自己冊封的異姓諸侯王。但又錯誤地仿傚周制，建立起9個同姓諸侯王國。這些諸侯王國擁有較大的自治權，且佔據了關東地區的大半領土和人口，對中央政權形成巨大威脅。賈誼和晁錯等士人中的有識之士曾先後上書痛陳諸侯國之害。七國之亂後，景帝折損諸侯，「令諸侯王不得治民，令內史主治民，改丞相曰相」，〔註6〕但諸侯國仍對中央政權具有相當的威脅力。

在此種情況下，兩漢齊地文人再次發揮了關鍵作用。主父偃在吸收賈誼「眾建諸侯而少其力」等主張的基礎上，建議武帝「令諸侯得推恩分子弟」，使諸侯不削自弱。於此同時，他還繼承了婁敬徙六國貴族、豪強於關中的主張，建議武帝將「天下豪桀并兼之家，亂眾之民」皆徙於茂陵，以便收到「內實京師，外銷姦猾」〔註7〕的效果。郡守作為掌控地方行政大權之人，也關係和左右著國家的存亡。嚴安的《上書言世務》一文在言及持久用兵的弊端時，即注意到了郡守權力對中央政權所造成的威脅。他說：「今郡守之權非特六卿之重也，地幾千里非特閭巷之資也，甲兵器械非特棘矜之用也，以逢萬世之

〔註5〕〔漢〕司馬遷撰：《史記》，中華書局 2011 年版，第 2379 頁。
〔註6〕〔南朝宋〕范曄撰：《後漢書》，中華書局 2012 年版，第 2934 頁。
〔註7〕〔漢〕司馬遷撰：《史記》，中華書局 2011 年版，第 2575 頁。

變，則不可勝諱也。」〔註8〕他的預言也在 200 多年後的東漢末年成為了現實。

兩漢齊地文人以其敏銳和長遠的政治眼光為建立和維持兩漢大一統中央集權制度獻智獻策，其中許多政策，如婁敬遷徙六國貴族、豪傑於關中，主父偃推恩分封諸侯子弟等，都為統治者所接受，從而使妨礙國家安定和統一的一些不安定因素得以消除。六國貴族與豪傑內遷關中也改變了當地的文化環境，不僅導致了東漢時期「三輔多士」〔註9〕局面的形成，還對後世文學的發展產生了極為深遠的影響。〔註10〕

（三）經濟

經濟是左右國家安定、統一的重要因素之一，因而也就自然也被齊地文人所關注。武帝時期，漢政府多次發動對東甌、南越以及匈奴等地的戰爭，致使百姓貧窮疲敝。加之商人的囤積居奇和自然災害的不斷發生，社會經濟瀕臨崩潰的邊緣。有鑑於此，齊地商人出身的鹽鐵丞東郭咸陽建議武帝對「敢私鑄鐵器煮鹽者，鈦左趾，沒入其器物。郡不出鐵者，置小鐵官，便屬在所縣」，〔註11〕藉此對擾亂社會經濟的大商人形成打擊。

漢哀帝時，豪家大族兼併土地的現象已十分嚴重，而百姓卻日益貧困，由此引發的社會矛盾嚴重威脅到國家的安定。師丹於是上《建言限民田奴婢》，主張對民眾佔有田產和蓄養奴婢的數量加以限制，並認為「蓋君子為政，貴因循而重改作，然所以有改者，將以救急也」。〔註12〕

由上可見，兩漢齊地文人善於根據時代和社會環境的不同，提出相應且變通的經濟政策。東郭咸陽關於國家管製鹽鐵的政策被武帝採納，從而為國家財政問題的解決作出了極大的貢獻。師丹的提議雖然因為其他權臣的反對而最終被哀帝擱置，但其正確性卻是毋庸置疑的。

（四）文化

更難能可貴的是，兩漢齊地文人在關注國家政治、經濟等問題的同時，

〔註8〕〔漢〕班固撰：《漢書》，中華書局 2012 年版，第 2438～2439 頁。
〔註9〕〔南朝宋〕范曄撰：《後漢書》，中華書局 2012 年版，第 2102 頁。
〔註10〕胡旭：《東漢三輔多士的文學考察》，《學術月刊》2010 年第 9 期，第 116～122 頁。
〔註11〕〔漢〕司馬遷撰：《史記》，中華書局 2011 年版，第 1321 頁。
〔註12〕〔漢〕班固撰：《漢書》，中華書局 2012 年版，第 1046 頁。

也在作品中對兩漢思想文化建設進行了思考。他們一方面對漢代治國思想的確立貢獻巨大，另一方面又積極為國家具體文化制度的建設獻言獻策。公孫弘即在《請為博士置弟子員議》中向武帝建議說：「治禮次治掌故，以文學禮義為官，遷留滯……先用誦多者，不足，擇掌故以補中二千石屬，文學掌故補郡屬，備員。」此文乃為倡興儒學之作。「以文學禮義為官」，即順應武帝的崇儒政策，提拔熟諳經學的人才。但與此同時，公孫弘也對當時的用人制度提出了委婉的批評。所謂「遷留滯」，也即反映了其時人才埋沒的情況。公孫弘提出上述建議的目的正在於為那些滿腹經綸卻無用武之地的儒生爭取參與政權的機會，並進而通過他們以儒家禮儀風化天下。劉梁的官位雖然與公孫弘不可相提並論，但他對儒學在社會上的推廣也是不遺餘力的。他於桓帝時擔任北新城長，於是通告縣人說：「吾雖小宰，猶有社稷，苟赴期會，理文墨，豈本志乎！」〔註13〕表現出自覺以傳播儒學文化為己任的個人志向。

又如貢禹在《奏請正定廟制》中說：「古者天子七廟，今孝惠、孝景廟皆親盡，宜毀。及郡國廟不應古禮，宜正定。」〔註14〕則是就禮制混亂所造成的勞民傷財和天子權威難以樹立的情況而言的。它與師丹的《共皇廟議》一樣，都有維護朝廷禮制的目的。至於鄭玄的《皇后敬父母議》與邴原的《駁鄭玄皇后敬父母議》就皇后如何處理與父母間禮節這一問題所作的論爭，儘管只是就事論事的學術性發揮，但寓於其後的卻是對兩漢以禮治國之傳統的堅守和維護。直至東漢末年，齊人徐幹仍在其《中論·復三年喪》中倡言恢復三年之喪的禮制以感化人心，教化天下。對此，我們無需否認兩漢齊地文人在思想方面所具有的保守性和侷限性，但也應該看到，他們對儒家禮制的提倡和建設，曾一度對兩漢社會的穩定和鞏固起到了很大的作用。

（五）刑罰

兩漢齊地文人在提倡儒家禮制的同時，並沒有忽略刑罰對於治國的重要性。如徐幹的《中論·賞罰》即說：「政之大綱有二。二者何也？賞罰之謂也。」〔註15〕但鑒於秦朝「刑罰太極」〔註16〕而終致亡國的教訓，他們又主張統治者須賞罰有度，尚德緩刑。文帝年間，齊女淳于緹縈上書救父的事件產生了

〔註13〕〔南朝宋〕范曄撰：《後漢書》，中華書局 2012 年版，第 2121 頁。

〔註14〕〔漢〕班固撰：《漢書》，中華書局 2012 年版，第 2692 頁。

〔註15〕俞紹初輯校：《建安七子集》，中華書局 2005 年版，第 324 頁。

〔註16〕王利器撰：《新語校注》，中華書局 1986 年版，第 62 頁。

巨大的社會影響，文帝甚至為此廢除了已實行兩千餘年的肉刑。淳于緹縈於《上書求贖父刑》中說：「妾切痛死者不可復生。而刑者不可復續，雖欲改過自新，其道莫由，終不可得。」〔註17〕此文所表現出的孝道使漢文帝深受感動，而淳于緹縈的思想也暗合了儒家以禮義教化為主，刑罰為輔的行政理念，所以班固稱讚她說：「百男何憒憒，不如一緹縈。」〔註18〕

然而，漢朝法律存在的問題仍有很多。《漢書・刑法志》記載武帝時的刑罰情況說：「姦猾巧法，轉相比況，禁罔浸密。律令凡三百五十九章，大辟四百九條，千八百八十二事，死罪決事比萬三千四百七十二事。文書盈於几閣，典者不能遍睹。」因此而造成的冤假錯案不勝枚舉。宣帝即位後，專門設置「廷平」以負責平反冤假錯案。齊地文人鄭昌於是上疏說：「若開後嗣，不若刪定律令。律令一定，愚民知所避，奸吏無所弄矣。今不正其本，而置廷平以理其末也，政衰聽怠，則廷平將招權而為亂首矣。」〔註19〕在他看來，要實現刑罰公正的根本在於簡化法律條例，明確處罰標準，讓百姓知道如何遵守法律。鄭昌的言論是切中時弊的，他的主張後來也被元帝和成帝先後加以實施。

實則刑罰的混亂也與其貫徹執行的力度不足有關。自惠帝時期開始，漢政府在改革和完善刑罰制度的同時，又為彌補國家用度的不足而採用贖罪之法，令百姓繳納一定數量的錢糧即可減輕或免除罪責。這一制度後來引起了一些大臣的反對。齊地文人貢禹就在《上書言得失》中向元帝痛陳花錢贖罪這一制度的弊端，認為它是造成「亡義而有財者顯於世，欺謾而善書者尊於朝，悖逆而勇猛者貴於官」〔註20〕等不良社會現象的根本原因所在。如若繼續實行這一制度，長此以往，不僅會使豪富之人無所顧忌，還會引導人們唯利是圖，進而導致吏治和風俗的敗壞。因此，他建議元帝撤銷花錢贖罪之法，使刑罰能夠真正發揮懲罰兇惡、教化人民的作用。貢禹的建議並沒有被元帝採納，但他試圖通過肅清刑罰弊端來維護社會公平與穩定的動機卻是昭然可見的。

〔註17〕〔漢〕司馬遷撰：《史記》，中華書局 2011 年版，第 2439 頁。
〔註18〕〔漢〕班固著；〔明〕張溥集；白靜生校注：《班蘭臺集校注》，中州古籍出版社 2002 年版，第 116～117 頁。
〔註19〕〔漢〕班固撰：《漢書》，中華書局 2012 年版，第 1012 頁。
〔註20〕〔漢〕班固撰：《漢書》，中華書局 2012 年版，第 2659 頁。

二、憂民之情

治國與安民本屬於同一個概念範疇，所以兩漢齊地文人的治國之策中每每蘊含著對天下蒼生的深切同情。兩漢齊地文人有不少出自民間，秦亡的教訓、儒家仁政思想的滋養與親身的生活經歷，均激發著他們濃烈的憂民情結。及至兩漢政治腐敗、戰爭與災害頻仍，大量民間慘劇呈現在兩漢齊地文人面前的時候，他們毅然拿起手中之筆，直書現實，傾注自己一腔「哀民生之多艱」的悲情。

兩漢為自然災害的多發期，每次災害的發生，受禍最深的自然是廣大的平民百姓。東方朔的《旱頌》即對此有所反映，其記述武帝年間的大旱災說：「維昊天之大旱……群生閔懑而愁憒……農夫垂拱而無為，釋其耰鉏而下涕。悲壇畔之遭禍，痛皇天之靡濟。」〔註21〕東方朔此文由天旱而聯想到靠地為生的農夫，最後直抒胸臆，表達對農夫悲慘處境的深切同情，其愛民、憂民之心是顯而易見的。

兩漢社會發展至中後期，政治腐敗、刑罰苛酷、賦役繁重等社會問題就暴露出來，深受其害的自然也是普天之下的貧苦百姓。兩漢齊地文人將上述情況盡收筆端，以個人情志之表達替百姓向最高統治者發聲。貢禹的《上書言得失》一文分別從口錢、錢幣、奴婢、戍卒、私販賣、贖罪等方面揭示了西漢自武帝以來政治腐敗、民生凋敝等情況，作者的憂民衣食的儒者情懷於斯可見。他在言及自武帝以來朝廷施重賦於民的情況時說：「民產子三歲則出口錢，故民重困，至於生子輒殺，甚可悲痛。」又說：「農夫父子暴露中野，不避寒暑，捽屮杷土，手足胼胝，已奉穀租，又出稿稅，鄉部私求，不可勝供。」〔註22〕將繁捐苛稅下百姓飢寒交迫、難以為生的慘象呈現在統治者面前。他在《奏宜放古自節》中還將天下哀鴻遍野的慘狀與宮中御馬飽食怕肥的情況進行對比，對統治者的奢侈放縱提出直言不諱地批評：「今民大饑而死，死又不葬，為犬豬食。人至相食，而廄馬食粟，苦其大肥，氣盛怒至，乃日步作之。王者受命於天，為民父母，固當若此乎！」〔註23〕於是請求漢元帝奉行節儉以挽救天下百姓。

與貢禹相比，鮑宣的《上書諫哀帝》顯得更加具有批判性。他批評成帝

〔註21〕〔唐〕歐陽詢撰；汪紹楹校：《藝文類聚》，中華書局1965年版，第1725頁。
〔註22〕〔漢〕班固撰：《漢書》，中華書局2012年版，第2658頁。
〔註23〕〔漢〕班固撰：《漢書》，中華書局2012年版，第2654頁。

以來的統治者任人唯親以致天下混亂、賢才埋沒、國庫空虛和百姓困苦的現象說：「凡民有七亡：陰陽不和，水旱為災，一亡也；縣官重責更賦租稅，二亡也；貪吏並公，受取不已，三亡也；豪強大姓蠶食亡厭，四亡也；苛吏徭役，失農桑時，五亡也；部落鼓鳴，男女遮列，六亡也；盜賊劫略，取民財物，七亡也。七亡尚可，又有七死：酷吏毆殺，一死也；治獄深刻，二死也；冤陷亡辜，三死也；盜賊橫發，四死也；怨仇相殘，五死也；歲惡飢餓，六死也；時氣疾疫，七死也。民有七亡而無一得，欲望國安，誠難；民有七死而無一生，欲望刑措，誠難。」〔註24〕上述內容可謂是對西漢末年的種種惡政作了較為全面地總結和批判，也深刻揭示了西漢王朝業已腐朽的本質。鮑宣在此文中對百姓惡劣的生存環境表示心酸的同時，還開宗明義地指出：「官爵非陛下之官爵，乃天下之官爵也。陛下取非其官，官非其人，而望天說民服，豈不難哉！」〔註24〕在這裡，他關心民瘼的情懷溢於言表，並將統治者愛民、順民與統治天下的資格劃上了等號，表現出了濃重的儒者情懷。

戰爭，歷來是導致百姓田荒家散、流離失所的重大禍源。漢代的大小戰爭不斷，尤其是在兩漢易代之際，相伴而來的兵荒馬亂與生靈塗炭，更為原本就生活困窘的廣大民眾帶來了深重的災難。齊地文人作為這場歷史浩劫的直接承受者，其於此時所表現出來的憂民之情也就顯得更加真摯和難能可貴。伏湛於更始帝時任平原太守。他在天下紛擾之際，移書所轄諸縣說：「不得相侵陵，天生蒸民，為立君，非久亂也。且養老育幼以待真主。」〔註25〕儘管受時代所限，伏湛將百姓視為被動地受真命天子統治的群體，但他對百姓的憐憫之情卻是真切而實在的。追隨光武帝之後，他於《上疏諫征彭寵》中詳細分析了討伐彭寵的種種不利之處，並勸諫光武帝效法周文王，愛惜士卒生命，不要輕易用兵以使「四方疑怪，百姓怨懼」。〔註26〕他深知得民心對於得天下的重要性，所以他的主張於實事求是之外，又蘊含了儒家仁政的思想。光武帝最終也採納了他的建議，沒有親自討伐彭寵。

在對百姓的苦難表示體恤與憐憫的同時，齊地文人們還積極地向統治者獻計獻策，試圖儘量減少國家對民力民財的損耗。與嚴安、主父偃等人諫伐

〔註24〕〔漢〕班固撰：《漢書》，中華書局 2012 年版，第 2668 頁。
〔註25〕〔晉〕袁宏撰；李興和點校：《袁宏〈後漢紀〉集校》，雲南大學出版社 2008
　　　　年版，第 42 頁。
〔註26〕〔南朝宋〕范曄撰：《後漢書》，中華書局 2012 年版，第 700 頁。

匈奴的目的相似，齊人延年於《上書請開大河上領出之胡中》一文中提出「開大河上領，出之胡中，東注之海」的建議，即是為了使「關東長無水災，北邊不憂匈奴」，〔註27〕從而免除民眾傳輸軍糧的辛苦和邊關將士曝屍荒野等悲劇的發生。但望於漢桓帝時出任巴郡太守，出於對當地百姓的體恤，於永興二年（154）向桓帝上《請分郡疏》，請求分割巴郡，以免除民眾因遠距離奔波服役而給生活帶來的不便。他說：「臣雖貪大郡以自優假，不忍小民顒顒蔽隔。」〔註28〕儼然以一方百姓之父母自居，其憂民的心情於此也可見一斑。

三、忠誠之心

忠君之心，本即是我國古代文學，尤其是士人文學的傳統主題。兩漢作為士人忠君觀念的形成和鞏固時期，其時即有許多出仕的文人自覺將忠於君主視為自身的人生信條和義不容辭的責任，這主要表現在他們對君主的讚美稱頌與切言直諫上。兩漢齊地文人作為當時士人群體的重要組成部分，自然也大多懷有濃重的忠君思想，並且還往往將之表現在自己的作品之中。但需說明的是，兩漢文人（包括齊地文人）的「忠君」思想又有著明顯不同於後世的表現。受兩漢郡國並行制與選官制度等因素的影響，他們忠誠的對象並不僅限於皇帝，還包括了諸侯王、辟主、師長等與其有恩遇關係的人。本文姑且將此種現象稱為「忠誠」。

忠誠思想代表著齊地文人對統治者權威和地位的認同，這得益於兩漢統治者對士人忠誠意識的大力提倡以及士人對兩漢相關文化制度的自覺維護和遵循。有了對統治者忠誠意識的自覺維護，齊地文人的文學創作也往往受到此種意識的引導。他們的作品中多有樹立和稱頌統治階級的權威之作，這一方面表達了作者對統治者的感激和忠誠，另一方面又有利於進一步宣揚和提升統治者的權威。公孫詭《文鹿賦》說：「麀鹿濯濯，來我槐庭。食我槐葉，懷我德聲……呦呦相召，小雅之詩。歎丘山之比歲，逢梁王於一時。」〔註29〕即表達了對梁孝王美好品德的讚美和對其知遇之恩的感激。與他同為梁孝王門客的羊勝，也在《屏風賦》中說：「屏風鞈匝，蔽我君王。重葩累繡，沓璧

〔註27〕〔漢〕班固撰：《漢書》，中華書局 2012 年版，第 1503 頁。
〔註28〕〔晉〕常璩著；任乃強校注：《華陽國志校補圖注》，上海古籍出版社 1987 年版，第 20 頁。
〔註29〕〔漢〕劉歆等撰；王根林校點：《西京雜記（外五種）》，上海古籍出版社 2012 年版，第 32～33 頁。

連璋。飾以文錦，映以流黃。畫以古列，顒顒昂昂。藩後宜之，壽考無疆。」〔註30〕通過鋪敘梁孝王屏風裝飾之美來讚頌梁孝王高義得士的美好品行。類似的表達還出現於鄒陽的《酒賦》和《幾賦》當中。此種對諸侯王的讚美，成為了漢初齊地游士創作的常態。

齊地文人對諸侯王讚美和表忠的作品，是由漢初諸侯王養士與豐沛籍功臣集團把持朝權以致士人難以入仕中央朝廷等社會現實所衍生的產物。自武帝時期開始，諸侯王養士的能力逐漸喪失，齊地文人有了更多的機會入仕中央朝廷。在此種情況下，他們在作品中稱頌與表忠的對象也由原先的諸侯王轉變為最高統治者。元狩元年（前 122），武帝得到白麒麟和奇樹兩件異物，以之策問群臣。終軍因此上《白麟奇木對》說：「履眾美而不足，懷聖明而不專，建三宮之文質，章厥職之所宜，封禪之君無聞焉……今野獸並角，明同本也；眾支內附，示無外也。若此之應，殆將有解編髮，削左衽，襲冠帶，要衣裳，而蒙化者焉。斯拱而俟之耳！」〔註31〕他在此文中對武帝的稱頌是無以復加的。兒寬跟隨武帝封禪泰山後，上《封泰山還登明堂上壽》一文說：「癸亥宗祀，日宣重光；上元甲子，肅邕永享。光輝充塞，天文粲然，見象日昭，報降符應。臣寬奉觴再拜，上千萬歲壽。」〔註32〕則是運用「天人感應」的理論來神化武帝的權威與功德。

終軍與兒寬等人對武帝的稱頌，在神化和鞏固武帝權威形象的同時，又為其他臣子的忠君行為提供了理論依據，這顯示出他們在忠君行為上的自覺。故而在皇權利益受到威脅時，他們當中的一些人便會自覺地站出來對其加以維護。王駿奉命誡諭因舅父張博誹謗朝廷而受到牽連的淮陽王劉欽，因而於元帝的璽書之外，又作《諭指淮陽王欽》一文說：「禮為諸侯制相朝聘之義，蓋以考禮壹德，尊事天子也……今王舅博數遺王書，所言悖逆……而恬有博言，多予金錢，與相報應，不忠莫大焉。」〔註33〕在王駿看來，天子的權威是神聖且不容挑戰的，而淮陽王劉欽不僅對舅舅的悖逆言行不加舉報，反而對其予以資金支持，這顯然是犯了大不敬之罪。師丹上書彈劾董宏說：「知皇太后尊之號，天下一統，而稱引亡秦以為比喻，詿誤聖朝，非所宜言，大不

〔註30〕〔漢〕劉歆等撰；王根林校點：《西京雜記（外五種）》，上海古籍出版社 2012 年版，第 33 頁。
〔註31〕〔漢〕班固撰：《漢書》，中華書局 2012 年版，第 2440～2441 頁。
〔註32〕〔漢〕班固撰：《漢書》，中華書局 2012 年版，第 2288 頁。
〔註33〕〔漢〕班固撰：《漢書》，中華書局 2012 年版，第 2860 頁。

道。」〔註34〕顯然在他看來，漢王朝是應與秦朝劃清界限的，不僅不能與之實施相同的政策，即使是以之來比喻統治者也是有罪的。因為這會有損於皇家權威，從而威脅到漢王朝統治的安定。

　　但兩漢文人的忠誠表現並不僅僅侷限於稱頌和宣揚統治者的權威，更包括了匡諫君主過失的行為。《漢書・兒寬傳》說：「寬為御史大夫，以稱意任職，故久無有所匡諫於上，官屬易之。」〔註35〕可見時人對於為官者的要求，不僅在於使統治者「稱意」，還在於忠實地履行為官的職責，對統治者的過失有所匡諫。如若不然，就會被認為失職。兩漢齊地文人的作品中自然不乏對統治者的匡諫之作，其內容則主要圍繞在要求皇帝或諸侯王恪守本分、勤政愛民、任賢遠佞、去奢即儉等方面。如鄒陽的《上書吳王》一文說：「今天子新據先帝之遺業，左規山東，右制關中，變權易勢，大臣難知。大王弗察，臣恐周鼎復起於漢，新垣過計於朝，則我吳遺嗣，不可期於世矣。」〔註36〕鄒陽於是文中自稱為臣，他對吳王是直接效忠的。其時吳王劉濞正在暗地裏策劃謀反之事，鄒陽對此隱晦地加以勸誡，其目的仍在於維護吳王的利益，他對吳王的忠誠是主動且自覺的。

　　諸侯王的權力雖在武帝以後已大為削弱，但諸侯王與其屬臣間的主從關係依然存在。王吉於昭帝時通過舉薦賢良而擔任昌邑國中尉，昌邑王遊獵無度，不知節制。王吉上書勸諫說：「數以軟脆之玉體犯勤勞之煩毒，非所以全壽命之宗也，又非所以進仁義之隆也……恩愛行義纖介有不具者，於以上聞，非饗國之福也。」〔註37〕他對昌邑王的勸誡由個人健康到王國安危，作為臣子的忠誠之心是顯而易見的。昌邑王即將入京繼承皇位時，王吉還奏書告誡昌邑王千萬要謹慎發號施令，並聽從權臣霍光的意見。他為昌邑王的謀劃不可謂不深遠。後來昌邑王因行為放蕩被廢，原先跟隨他的群臣也因既不能對其加以勸諫，又不能將其荒誕行為上報朝廷而全部被處死，唯獨王吉與龔遂因多次勸諫昌邑王而得以免死輸作。由此可見，當時中央朝廷對臣子效忠諸侯王的行為在一定程度上是默許甚至鼓勵的，但前提是必須符合中央朝廷的根本利益，也正因此，王吉後來又被朝廷徵召為博士、諫大夫，復有《上宣帝

〔註34〕〔漢〕班固撰：《漢書》，中華書局 2012 年版，第 3017 頁。
〔註35〕〔漢〕班固撰：《漢書》，中華書局 2012 年版，第 2289 頁。
〔註36〕〔漢〕班固撰：《漢書》，中華書局 2012 年版，第 2040～2042 頁。
〔註37〕〔漢〕班固撰：《漢書》，中華書局 2012 年版，第 2645～2646 頁。

疏言得失》一文對宣帝施政中的種種弊端加以指謫。他在此過程中也徹底完成了由忠於諸侯王向忠於最高統治者的精神轉換。

臣子的進諫是對帝王忠誠的一種表現，但卻往往因此而觸犯帝王並惹來殺身之禍。正如東方朔在《非有先生論》中所說，如果臣子堅持像關龍逢和比干那樣極力向君王進諫，其結果便極有可能是「果紛然傷於身，蒙不辜之名，戮及先人，為天下笑」。〔註38〕出於對帝王權威的顧忌和對自身安危的考慮，許多志在經世的臣子便由此採取了靈活而巧妙的進諫方式，這在齊地文人的作品中也有著十分鮮明的體現。東漢中後期，政治腐敗，災異現象屢屢出現，天文學術因而受到統治者的重視。順帝時，郎顗受朝廷徵召，遂上奏章說：「臣聞天垂妖象，地見災符，所以譴告人主，責躬修德，使正機平衡，流化興政也。」〔註39〕繼而又借諸種種災異現象勸說順帝崇尚節約、賞罰有度、重賢任能，巧妙地以「天」之權威對帝王形成震懾，力求達到進諫的目的。除此之外，郎顗還寫有《對狀尚書條便宜七事》《臺詰對》《上書薦黃瓊李固復條便宜四事》等文，無不是借助天文以言人事，試圖對漢順帝進行規諫。與郎顗相似，襄楷對桓帝的諫說也是借助天象進行的。他在《詣闕上疏》中說：「臣聞皇天不言，以文象設教。」進而由怪異星象引申出對桓帝不修仁德、誅害賢能的指斥，並進一步對未來將要發生的禍事進行了預言，以此來警示桓帝。襄楷的激切言辭最終使自己蒙受其害，但桓帝以其言「雖激切，然皆天文恒象之數，故不誅」。〔註40〕此足以證明，郎顗與襄楷的進諫方式雖與自身所學不無關係，但其中亦不乏對君王權威的忌憚以及對自身安危的深思熟慮。以災異言人事，雖不出「天人感應」學說的藩籬，卻也是兩漢齊地文人忠君之情的一種變相表達。

相對而言，平原人禮震在《上書求代歐陽歙》一文中所表達的感情較為特殊。他的業師歐陽歙因貪污入獄當死，守在皇宮前為其求情的學生竟達一千餘人。禮震即因此事上書光武帝說：「歙門單子幼，未能傳學，身死之後，永為廢絕，上令陛下獲殺賢之譏，下使學者喪師資之益。乞殺臣身以待歙命。」〔註41〕禮震此文面面俱到地點出了歐陽歙被殺的諸多壞處，寓於其後的卻是對業師歐陽歙的維護與忠誠。他文中的乞求身代與千餘名門生的宮外求情，

〔註38〕〔漢〕班固撰：《漢書》，中華書局 2012 年版，第 2487 頁。
〔註39〕〔南朝宋〕范曄撰：《後漢書》，中華書局 2012 年版，第 833 頁。
〔註40〕〔南朝宋〕范曄撰：《後漢書》，中華書局 2012 年版，第 856 頁。
〔註41〕〔南朝宋〕范曄撰：《後漢書》，中華書局 2012 年版，第 2052 頁。

雖不乏對經學傳承的重視，卻也顯示出兩漢之際門生對經師的敬重與依附。

四、賢不肖之辨

　　進賢黜惡，本是人臣忠君愛國的一個重要方面，卻因其判斷標準與相關背景不一，而表現出融合私人喜好與報國之志的獨特性質。齊人東方朔於武帝時上書自薦：「臣朔年二十二，長九尺三寸，目若懸珠，齒若編貝，勇若孟賁，捷若慶忌，廉若鮑叔，信若尾生。若此，可以為天子大臣矣。」〔註42〕上述言辭雖高自標置，卻也反映出東方朔心目中的理想士人形象，即有豐富的文化知識，美好的儀容以及良好的品質。與東方朔同時的齊地文人終軍，曾多次向武帝請命出使他國，如其《自請使匈奴》即說：「軍無橫草之功，得列宿衛，食祿五年。邊境時有風塵之警，臣宜被堅執銳，當矢石，啟前行。」在他看來，食君之祿，忠君之事乃為人臣子的分內之事，故士人越在國家危難之時越要勇往直前。他後來又自請出使南越，揚言「願受長纓，必羈南越王而致之闕下」，〔註43〕並最終為此付出了生命。終軍的一生，無疑是將自己作品中的理想士人形象真實地踐行了。

　　如東方朔和終軍般頗具戰國縱橫家氣息的自薦畢竟不符合儒家溫柔敦厚的為人規範，並且也只有在求賢若渴的武帝時期方能出現。武帝以後，伴隨著政治環境的日漸惡化，齊地文人相關作品的主題也主要轉向以稱揚和薦舉他人為主。宣帝時，司隸校尉蓋寬饒因進言獲罪。齊地文人鄭昌便上書為蓋寬饒辯解：「寬饒居不求安，食不求飽，進有憂國之心，退有死節之義，上無許、史之屬，下無金、張之託，職在司察，直道而行，多仇少與……臣幸得從大夫之後，官以諫為名，不敢不言。」〔註44〕可知蓋寬饒為人臣子的廉直忠節最為鄭昌所讚賞，這似乎也是齊地文人薦舉人才的一大標準。齊地文人王章在向成帝舉薦琅邪太守馮野王時即說他「忠信質直，知謀有餘」。〔註45〕歐陽歙於《下教論絲延功》中稱揚絲延功德，也說他「天資忠貞，秉性公方，典部折衝，摧破奸雄」。〔註46〕無論是自薦還是薦舉他人，都欲使皇帝動心，以達到推薦的目的，故而

〔註42〕〔漢〕班固撰：《漢書》，中華書局 2012 年版，第 2463 頁。
〔註43〕〔漢〕班固撰：《漢書》，中華書局 2012 年版，第 2445 頁。
〔註44〕〔漢〕班固撰：《漢書》，中華書局 2012 年版，第 2801 頁。
〔註45〕〔漢〕班固撰：《漢書》，中華書局 2012 年版，第 3440 頁。
〔註46〕〔晉〕袁宏；李興和點校：《袁宏〈後漢紀〉集校》，雲南大學出版社 2008
　　　　年版，第 87 頁。

此類文章也往往誇飾且有文采。但薦舉的前提在於統治者的知人善任，倘若在政治昏暗、士人進取心低落之時，此類行為則往往顯得毫無意義。即如曾向朝廷推薦李固的襄楷，便在靈帝時屢徵不起，最後老死於家中。

與自薦和他薦相比，齊地文人以彈劾他人為主題的作品更多。其內容主要為舉報貴族或官員貪贓枉法、專權跋扈、違法亂紀等。此類作品既表現了作者分辨是非黑白的態度，又為我們展現了當時社會所存在的諸多問題。漢成帝時，匡衡身為丞相卻私吞政府土地，損公肥私。王駿於是劾奏他「專地盜土以自益」，又劾奏其黨羽陸賜、明阿「承衡意，猥舉郡計，亂減縣界，附上罔下，擅以地附益大臣」，〔註47〕導致成帝將匡衡貶為庶人。同樣是在成帝時期，大將軍王鳳專權跋扈，京兆尹王章在受成帝召見時進諫說：「鳳不可令久典事，宜退使就第，選忠賢以代之。」〔註48〕此事後為王鳳所知，王章也因此而最終死在獄中。東漢明帝時，信陽侯陰就冒犯衝撞皇帝禁衛，東府令徐匡扣押陰就的車駕，並逮捕了他的駕車人，結果反而遭到明帝的下詔譴責。齊地文人吳良於是上書說：「信陽侯就倚恃外戚，干犯乘輿，無人臣禮，為大不敬。匡執法守正，反下於理，臣恐聖化由是而弛。」明帝雖然因此而赦免了徐匡，但卻將吳良貶為即丘縣長。由王章和吳良等齊地文人的遭遇可知，其時文人對自身是非善惡觀的堅守是存在一定危險性的，而支撐他們勇於進言的，除了為人臣子的職責所需，更有堅持和維護公理道義的可貴精神。

兩漢齊地文人堅持公理道義的實質在於他們對封建禮儀綱常的認同和堅守，轉至軍閥混戰的東漢末年，這甚至成為他們判斷戰爭正義與否的標準之一。初平元年（190），河內太守王匡與各地割據勢力興兵討伐董卓，即遭到其妹夫胡毋班的來書切責：「自古以來，未有下土諸侯舉兵向京師者……況卓今處宮闕之內，以天子為藩屏，幼主在宮，如何可討？僕……雖實嫉卓，猶以銜奉王命，不敢玷辱。而足下獨囚僕於獄，欲以釁鼓，此悖暴無道之甚者也。」〔註49〕劉岱在《與劉子惠書》中闡述自己討伐冀州牧韓馥的理由時也說：「擁強兵，何凶逆，寧可得置。」〔註50〕即使在相互攻伐不休的亂世，身

〔註47〕〔漢〕班固撰：《漢書》，中華書局 2012 年版，第 2884 頁。
〔註48〕〔漢〕班固撰：《漢書》，中華書局 2012 年版，第 3439 頁。
〔註49〕〔晉〕陳壽撰；〔南朝宋〕裴松之注：《三國志》，中華書局 2006 年版，第 117 頁。
〔註50〕〔清〕嚴可均輯；許振生審訂：《全後漢文》，商務印書館 1999 年版，第 823 頁。

為軍閥的劉岱猶以辨別賢惡的說辭來為自己發動戰爭找尋正當理由，此亦足見封建綱常於齊地文人頭腦中的烙印之深。

五、一己之志

如果說，齊地文人作品中的美政、憂民、忠君、薦舉等主題，更多表現的是他們與政治的緊密聯繫的話，那麼以抒寫個人心志、感情為主題的文章，則更多地展現了他們心靈世界的深度。兩漢齊地文人表現一己情懷的文章並非與政治毫無關係，甚至在很大程度上，政治上的高低起伏恰恰是他們傾吐個人心志的觸機。這種現象是由兩漢文人的社會地位和階層來源所決定的，與政治緊密相關的士人階層正是孕育文人的母體。大抵而言，齊地文人所表現的一己之志又包括以下幾個方面：

（一）失意與惶恐

東方朔的《答客難》一文曾對漢代士人的遭遇有過極為精闢的描述：「賢不肖何以異哉……綏之則安，動之則苦；尊之則為將，卑之則為虜；抗之則在青雲之上，抑之則在深泉之下；用之則為虎，不用則為鼠；雖欲盡節效情，安知前後？」〔註 51〕兩漢文人的顯達與否，往往取決於統治者的個人喜好，士人自身的才幹反倒退居其次。在此種情況下，遇與不遇的齊地文人所表現出的心態頗值得我們玩味。

鄒陽投到梁孝王劉武的幕下本冀於用，卻遭到羊勝、公孫詭等人的譖毀而入獄待死，其內心的悲憤是不言而喻的，這也表現在他的《獄中上書自明》一文中。他於是文中列舉了先秦許多賢人遭屈、君臣遇合的例子，來表達自己受讒巧小人構陷而難以施展抱負的悲哀與憤懣，並在文章的最後點明主題：「今欲使天下寥廓之士，攝於威重之權，主於位勢之貴，故回面污行以事諂諛之人而求親近於左右，則士伏死堀穴岩藪之中耳，安肯有盡忠信而趨闕下者哉！」〔註 52〕此文表達了鄒陽雖然政途失意卻並不因此而放棄自身高貴品格的思想，這種思想在東方朔的身上也有鮮明的體現。如上文所說，東方朔既已對造成士人不遇的原因有了深刻的認知，故而也就不免在其作品中對君王偏聽、小人得志的社會現實有所反映和批判。他一方面在《七諫》中借諸屈原對自身懷才不售的悲憤情感予以發抒，如「要裹奔亡兮，騰駕橐駝。鉛

〔註 51〕〔漢〕班固撰：《漢書》，中華書局 2012 年版，第 2483 頁。
〔註 52〕〔漢〕司馬遷撰：《史記》，中華書局 2011 年版，第 2181 頁。

刀進御兮，遙棄太阿。拔搴玄芝兮，列樹芋荷。橘柚萎枯兮，苦李旖旎。甌甌
登於明堂兮，周鼎潛乎深淵。自古而固然兮，吾又何怨乎今之人！」〔註53〕
等，表達了對社會現實的強烈不滿；另一方面，又在《答客難》中抒發自己
「不為小人之恟恟而易其行」〔註54〕的高潔志向，表現出強烈的自我崇高感。
他與鄒陽一樣，都試圖通過在道德上的自美來療治政治上的不遇給自己帶來
的委屈與傷痛。

懷才不遇的挫敗感讓一些齊地文人自然而然地聯想到忠貞不屈的屈原，
這也是他們在敘述自身所歷所感時較多採用騷體的重要原因所在。但在面臨
追求經世理想還是保全自身性命的雙重選擇時，齊地文人卻大多選擇了後者。
正如禰衡所言，「寧順從以遠害，不違迕以喪生」。為了避禍全身，他無奈地
選擇了「棲遲以羈旅」〔註55〕的生存方式。與之相比，管寧則採取了與政治
更為疏離的方式：稱病不出。他曾告誡性格剛直的邴原說：「潛龍以不見成德，
言非其時，皆招禍之道也。」又於朝廷的數次徵辟中，屢屢以「沈委篤痾，寢
疾彌留」、「內省頑病，日薄西山」〔註56〕之類的託詞加以拒絕。在他的作品
中，士人的經世、憂患意識已經被對保真養性的個人追求所代替。又如徐幹
曾於《中論・爵祿》中由衷感歎「君子不患道德之不建，而患時世之不遇」，
〔註57〕其傷時失意的情感是溢於言表的。但與此同時，他又在《中論・智行》
中稱賞君子「穰禍於忽杪，求福於未萌」〔註58〕的能力。他於建安年間稱病
致仕，轉而著書立說，毋寧說是重新找到了一種相對安全的經世方式。凡此
種種，都表達了齊地文人在政途失意後遠離政治、全身避禍的思想，這無疑
也增加了他們作品的內涵與深度。

與政治上失意的文人相比，那些仕途亨達的齊地文人於作品中也鮮少表
現出志得意滿之態。他們當中的大多數人並非皇室血親，僅憑自身的某種特
長而獲得統治者的垂青，其顯達的地位是沒有強有力的家族背景來維繫的。
故而為人臣子的誠惶誠恐在他們身上表現得十分明顯，這種情感也不可避免

〔註53〕傅春明輯注：《東方朔作品輯注》，齊魯書社 1987 年版，第 85 頁。
〔註54〕〔漢〕班固撰：《漢書》，中華書局 2012 年版，第 2484 頁。
〔註55〕〔南朝梁〕蕭統編；李善注：《昭明文選》，中州古籍出版社 1990 年版，第 370
～371 頁。
〔註56〕〔晉〕陳壽撰；〔南朝宋〕裴松之注：《三國志》，中華書局 2006 年版，第 216
～218 頁。
〔註57〕俞紹初輯校：《建安七子集》，中華書局 2005 年版，第 292 頁。
〔註58〕俞紹初輯校：《建安七子集》，中華書局 2005 年版，第 289 頁。

地體現在他們的作品之中。王修因清廉而被曹操任命為代理司金中郎將一職，他因此在《奏記曹公陳黃白異議》一文中表達了自己蒙受重用的不安心情：「欣於所受，俯慚不報，未嘗不長夜起坐，中飯釋餐。何者？力少任重，不堪而懼也。」〔註59〕身居要位的惶恐，顯示的正是齊地文人對自身前途的茫然。統治者陰晴不定，讓他們不由地對自身的名譽和行為保持著高度的警覺，而凡事遵循儒家禮制又成為他們當中大多數人自我保全的不二法門。

乞骸骨，這一看似平常的臣子要求，卻往往蘊含著一定的個人動機在內。公孫弘在淮南王和衡山王謀反時重病，自覺沒有盡到丞相應盡的責任。因此，他上書乞骸骨說：「臣弘行能不足以稱，素有負薪之病，恐先狗馬填溝壑，終無以報德塞責。願歸侯印，乞骸骨，避賢者路。」〔註60〕公孫弘主動要求致仕，實則是為了保全自身顏面與名節。年老致仕，本是源於先秦儒家的禮制規定，如《禮記・王制》即云：「七十不俟朝……七十致政。」〔註61〕代表東漢官方主流意識的《白虎通》對此也有著詳盡的解釋：「臣年七十，懸車致仕者……避賢者路，所以長廉遠恥也……君不使自去者，尊賢者也。」〔註62〕可知，七十致仕當是漢代文人熟知的通識。但於公孫弘而言，他乞骸骨的行為，除了當時確已年近八十的生理原因外，還有著為人臣子對自身命運的擔憂與惶恐。主動要求致仕，一來或可減輕政敵對他的攻擊力度；二來又可博得明禮讓賢、不貪爵祿之名。至於武帝對其溫言寬慰，不許其致仕，又凸顯出君主優渥老臣之意。以上無論是臣子乞歸，還是君主挽留，都表現出對儒家禮制的自覺遵循。這一點，在貢禹身上表現的更加純粹。他於《上書乞骸骨》中說：「臣禹犬馬之齒八十一，血氣衰竭，耳目不聰明，非復能有補益，所謂素餐尸祿洿朝之臣也……願乞骸骨，及身生歸鄉里，死亡所恨。」〔註63〕貢禹在他政途亨通的時候以年老為由主動請辭，反映出他對儒家禮制的體認，而寓於此後的自然也不乏其為人臣子對功名利祿的理性認識與慎獨心態。

〔註59〕〔晉〕陳壽撰；〔南朝宋〕裴松之注：《三國志》，中華書局 2006 年版，第 211頁。

〔註60〕〔漢〕司馬遷撰：《史記》，中華書局 2011 年版，第 2568 頁。

〔註61〕〔漢〕鄭玄注；〔唐〕孔穎達正義；呂友仁整理：《禮記正義》，上海古籍出版社 2008 年版，第 572～573 頁。

〔註62〕陳立撰；吳則虞校：《白虎通疏證》，中華書局 1994 年版，第 251 頁。

〔註63〕〔漢〕班固撰：《漢書》，中華書局 2012 年版，第 2656～2657 頁。

（二）警戒與勉勵

借諸兩漢齊地文人的作品，你還不難發現士人的慎獨意識在其日常生活中的拓展與蔓延。公孫弘於元光元年（前 134）被舉薦為賢良文學，臨行前，其友人鄒長倩於贈送禮物之餘，又寫信告誡他說：「夫人無幽顯，道在則為尊。雖生芻之賤也，不能脫落君子……士有聚斂而不能散者，將有撲滿之敗，而不可誡歟？」〔註 64〕原本極具私人性的信件，卻因文人與政治的緊密聯繫而有了十分濃重的經世意味。鄒長倩於此文中分別以一束芻、一緤絲和一枚撲滿作比，對公孫弘的為人處事進行了語重心長的規諫，其用意乃在於勉勵友人進德修身，立功揚名。這種朋友間的勉勵在士人奮發昂揚的武帝時期並不少見。即如公孫弘，也曾在《答東方朔書》中勉勵身處下位的東方朔：「譬猶龍之未升，與魚鱉為伍，及其昇天，鱗不可睹。」〔註 65〕

到兩漢中後期，隨著政治環境的改變，文人靠自身努力而出人頭地的機會已大為減少。與之相適應，以往作品中的那種期許親朋好友建功立業的主題也逐漸為勉勵親朋好友修身養德的個體性觀照所取代。劉楨的《贈從弟詩三首》，即堪稱此方面的代表作。其一云：「亭亭山上松，瑟瑟谷中風。風聲一何盛，松枝一何勁。冰霜正慘悽，終歲常端正。豈不罹凝寒？松柏有本性。」〔註 66〕劉楨於此詩中以不懼嚴寒的松樹作比，讚頌了在惡劣社會環境中能夠守志不屈的文人之高尚節操，既表達了他對從弟的期許與勉勵，也包含了他對自身志節的高度肯定。

與親朋間的共勉互勵相比，作者根據自身的人生經驗對家族成員進行警戒和教育的作品在兩漢齊地文人的作品中有著更為普遍地存在。由於此種作品多是父親用以勸誡子女的，故其內容極具實用性和危機意識，感情也往往最為真摯。東方朔即曾以自己的處世經驗告誡兒子存身避禍的訣竅：「首陽為拙，柳惠為工。飽食安步，以仕代農，依隱玩世，詭時不逢。」〔註 67〕東方朔戒子的內容，反映了其時士人對自身生存環境的戒懼心態，而其目的則在於為兒孫指示修身和生存之道，以保證家族的延續和發展。此種家族意識，也普遍地存在於其他齊地文人的身上。出身於經學和官宦世家的歐陽地余告

〔註 64〕〔漢〕劉歆等撰；王根林校點：《西京雜記（外五種）》，上海古籍出版社 2012年版，第 37～38 頁。

〔註 65〕〔唐〕歐陽詢撰；汪紹楹校：《藝文類聚》，中華書局 1965 年版，第 1662 頁。

〔註 66〕俞紹初輯校：《建安七子集》，中華書局 2005 年版，第 192 頁。

〔註 67〕〔唐〕歐陽詢撰；汪紹楹校：《藝文類聚》，中華書局 1965 年版，第 418 頁。

誠其子說：「我死，官屬即送汝財物，慎勿受。汝九卿儒者子孫，以廉絜著，可以自成。」〔註68〕所謂「九卿儒者子孫」，即顯示了歐陽地余濃重的家族意識。他以自身家世為傲，故希望兒子能夠繼續仕途以鞏固家族的地位。另一方面，漢代的選官制度和統治者用人又是十分注重個人品德的，因品德不檢而遭削官、處死的漢代士人大有人在，所以歐陽地余告誡兒子需「以廉絜著」，寓於此後的也正是對家族前途的憂慮和對未知災禍的戒懼。

　　以上所述，不免造成人們對齊地文人全都汲汲於功利的誤解。實則家誡之文更多地蘊含了父親期望子女自立成材的摯愛深情，而步入仕途、光耀門楣只不過是眾多期望中的一種罷了。鄭玄在病重時留書戒子，其內容便不拘囿於盼子幹取名利，而是更加注重其子在德行方面的修養。他說：「其勖求君子之道，研贊勿替，敬慎威儀，以近有德。顯譽成於僚友，德行立於己志。若致聲稱，亦有榮於所生……家今差多於昔，勤力務時，無恤飢寒。菲飲食，薄衣服，節夫二者，尚令吾寡恨。」〔註69〕在鄭玄看來，個人的顯赫聲譽不是僅靠自己的刻意追求所能得來的，還需要由有德行的同僚和朋友促成，且前提是此人需有美好的道德品行。故而他於《戒子益恩書》中敦促兒子務必修身養德、勤儉節約，並親近有德行的人。因為在當時的社會環境下，這也正是個人得以安然自立於世的基本條件。與鄭玄相似，王修在其《誡子書》中也特別強調德行對於一個人安身立命的重要性：「欲汝早之，未必讀書，並學作人。欲令見舉動之宜，觀高人遠節，志在善人，左右不可不慎……行止與人，務在饒之，言思乃出，行詳乃動，皆用情實，道理違，斯敗矣。」〔註70〕王修於是文中對兒子的諄諄教導，是以遵循傳統儒家禮儀和道德為宗旨的，並透露出濃重的舐犢之情和危機意識。總的來說，告誡子女遵循儒家道德，確保安身立命是兩漢齊地所有誡子書的共同內容所在。

（三）怡情與審美

　　兩漢時代，尤其是西漢初期與東漢中後期，即使是那些已經出仕的文人，在政事閑暇之餘，或出於仕途失意，或出於應制酬唱，也會偶然寫下一些政治意識較淡而私人性較濃的文字。與之相呼應，那些反映作者審美觀與閒情逸致的作品也間或出於兩漢齊地文人之手。

〔註68〕〔漢〕班固撰：《漢書》，中華書局 2012 年版，第 3101 頁。
〔註69〕〔南朝宋〕范曄撰：《後漢書》，中華書局 2012 年版，第 957 頁。
〔註70〕〔唐〕歐陽詢撰；汪紹楹校：《藝文類聚》，中華書局 1965 年版，第 423 頁。

　　兩漢齊地文人的作品中有一些是側重於怡悅情性的，如東方朔的《與友人書》云：「不可使塵網名韁拘鎖，怡然長笑，脫去十洲三島，相期拾瑤草，吞日月之光華，共輕舉耳。」〔註71〕此作雖難辨真偽，但與東方朔晚年的思想較為接近，表現了他在政治失意後試圖以文學自適、自娛的個人趣味。此外，他的《據地歌》也抒發了自身志在全身養生的思想感情，因而具有較為濃厚的抒情氣味。其文曰：「陸沉於俗，避世金馬門。宮殿中可以避世全身，何必深山之中，蒿廬之下！」〔註72〕東方朔一生都沒有放棄對功名的追求與企望，但政治上的失意與武帝對文學創作的提倡讓他有了較多的時間和精力通過文學的自怡來自我療救。更為重要的是，漢初思想界的活躍多彩為作者較自由地表達個人情感創造了條件，而東方朔本身又「喜為庸人誦說」，〔註73〕這也是他之所以能創作出上述作品的重要原因所在。

　　時至東漢中後期，隨著文人經世熱情的消退和道家思想的興盛，文學風貌也相應發生了較大的變化。某些與政治較為疏離的齊地文人，其作品開始脫卸下沉重的政治責任而較多地表現出個人的日常與審美趣味。遊宴，是有文人參與的較早且較典型的閒適生活方式。雖然它仍與政治有著較為緊密的聯繫，但其時的一些文人已能於應制之作中延展出極富個人審美趣味的內容。建安時期，劉楨的《公讌詩》即為讀者展現出一幅充滿個人審美意趣的園林美景：「永日行遊戲，歡樂猶未央。遺思在玄夜，相與復翱翔。輦車飛素蓋，從者盈路傍。月出照園中，珍木鬱蒼蒼。清川過石渠，流波為魚防。芙蓉散其華，菡萏溢金塘。靈鳥宿水裔，仁獸遊飛梁。華館寄流波，豁達來風涼。生平未始聞，歌之安能詳？投翰長歎息，綺麗不可忘。」〔註74〕該詩淡雅清新，少有奢麗誇張的鋪敘與阿諛奉迎的頌主之辭，實為公讌詩中別具一格的作品。

　　與東漢中期以前反映文人交往的作品相比，一些齊地文人的此類作品也逐漸開始顯露出較多的私人情感，而不再像之前那樣，普遍地寓託對朋友用世立功的勉勵與期望。徐幹的《答劉楨詩》即以平實的語氣描述了他與劉楨的深厚友情：「與子別無幾，所經未一旬。我思一何篤，其愁如三春。」〔註75〕他的《情詩》《室思詩》諸作細膩生動地描繪了女子對遠方丈夫的深切思念，注重突

〔註71〕〔清〕嚴可均輯；任雪芳審訂：《全漢文》，商務印書館1999年版，第255頁。
〔註72〕〔漢〕司馬遷撰：《史記》，中華書局2011年版，第2778頁。
〔註73〕〔漢〕班固撰：《漢書》，中華書局2012年版，第2490頁。
〔註74〕俞紹初輯校：《建安七子集》，中華書局2005年版，第188頁。
〔註75〕俞紹初輯校：《建安七子集》，中華書局2005年版，第144頁。

出女主人公真實而細微的內心感受，從而更多地展現出徐幹個人的審美意趣。徐幹和劉楨其時均處在五官中郎將文學、平原侯庶子等較為閒散的職位，這使他們從繁忙的社會政治事務中解放出來，從而有了更多的閑暇時間來發展和豐富自身的審美情趣。這些情趣表現於作品中，便構成了獨特的內容和風格。不僅如此，即或是二人創作的詠物、言志類諸賦，雖有不少是應制之作，但也鮮明地體現了他們個人的感受和審美，如徐幹的《哀別賦》說：「秣余馬以候濟兮，心僮恨而內盡。仰深沉之晻藹，重增悲以傷情。」〔註76〕已經純然是個人心情的表達。劉楨《大暑賦》描述當時的酷熱與自身的心情說：「獸喘氣於玄景，鳥戢翼於高危。農畯捉鎛而去疇，織女釋杼而下機。溫風至而增熱，歆悒悒而無依。披襟領而長嘯，冀微風之來思。」〔註77〕此賦以靈活的筆法描述了酷暑下的日常生活場景和自己的內心感受，與東方朔的《旱頌》相比，此賦所體現出的憂國憂民意識已大為減少。

除了《哀別賦》之外，徐幹還寫有《齊都賦》《序征賦》等側重表達自身情感的作品。劉楨也有更多如《瓜賦》《黎陽山賦》《清慮賦》等展現個人審美觀和情志的作品。從兩人的身上可以看出，齊地文人的文學創作主旨於建安時期正發生著由經世致用向關注自我的新變，如胡旭師所說，「建安時代在創作和評論中對個性的表現與強調，比起漢代有了很大的進步，確實是文學自覺表現人的心靈的反映」，〔註78〕而這一反映也正預示著文學自覺時代的漸次到來。

綜上所述，兩漢齊地文人作品的主題取向，主要集中在美政之思、憂民之情、忠誠之心、賢惡之辨、一己之志五個方面。從作品題材的選取範圍上來看，上述五個方面都非全新的，都在不同程度上對先秦時期的作品有所繼承。但是，若將其放置在兩漢這一特定歷史背景下加以考察，又會發現其自身所具有的獨特之處。由先秦至兩漢，齊地文學的衰微是不爭的事實。自鄒陽、東方朔之後，齊地文學陷入了一個長時間的低潮，直到東漢末年方有禰衡、劉楨、徐幹等人稍振頹波。在這段佔據兩漢大部分時間的低潮期內，齊地文學在儒家經典的模鑄下，呈現出典重、板滯的風貌，但也顯示出較先秦作品更強的政治性和現實性。兩漢社會的許多歷史事實在王吉、貢禹、鮑宣、

〔註76〕俞紹初輯校：《建安七子集》，中華書局 2005 年版，第 154 頁。
〔註77〕俞紹初輯校：《建安七子集》，中華書局 2005 年版，第 196 頁。
〔註78〕胡旭著：《漢魏文學嬗變研究》，廈門大學出版社 2006 年版，第 10 頁。

郎顗、襄楷等齊地文人的筆下都有豐富且深刻地反映，這與先秦文人重在宣揚自身觀點的文章風貌有著很大的不同。此外，齊地文人作品所表現出的情感也趨於整齊化和規範化，這主要是由兩漢特殊的政治和文化環境造成的。自西漢武帝之後，先秦那種多國殊政、百家學術爭鳴的社會局面逐漸被大一統和經學獨尊的全新社會環境所取代。處於此環境下的文人，又往往兼具了儒士這一與政治緊密相關的身份，故而其作品也常常以社會政治為觀照對象，表出強烈的社會責任感和憂患意識。這些意識在以上列舉的大多數作品中有著鮮明的體現，與先秦文學作品所呈現的私人性特徵又有所不同。所以說，較之先秦作品，兩漢齊地文人作品的主題取向呈現出更為強烈的現實性和社會群體意識。

第二節　兩漢齊地文人的創作特徵及文學貢獻

兩漢時期，齊地不僅戰略地位極為重要，文學基礎也十分雄厚。劉勰《文心雕龍》說：「逮孝武崇儒，潤色鴻業，禮樂爭輝，辭藻競鶩：柏梁展朝宴之詩，金堤制恤民之詠，徵枚乘以蒲輪，申主父以鼎食，擢公孫之對策，歎倪寬之擬奏，買臣負薪而衣錦，相如滌器而被繡。於是史遷、壽王之徒，嚴、終、枚皋之屬，應對固無方，篇章亦不匱，遺風餘采，莫與比盛。」〔註79〕此處被劉勰引用來論證武帝朝文學盛況的文人中，就有東方朔、主父偃、公孫弘、倪寬、終軍等人出自齊地。可見，漢代齊地文人的數量是十分可觀的。有關兩漢齊地文人的情況，我們可以從東晉人伏滔盛讚青州人物的言論中略窺一斑：

> 前漢時伏徵君、終軍、東郭先生、叔孫通、萬石君、東方朔、安期先生；後漢時大司徒伏三老、江革、逄萌、禽慶、承幼子、徐防、薛方、鄭康成、周孟玉、劉祖榮、臨孝存、待其、元矩、孫賓碩、劉仲謀、劉公山、王儀伯、郎宗、禰正平、劉成國；魏時管幼安、邴根矩、華子魚、徐偉長、任昭先、伏高陽。此皆青士有才德者也。〔註80〕

〔註79〕〔南朝梁〕劉勰著；王運熙，周鋒譯注：《文心雕龍譯注》，上海古籍出版社2010 年版，第 213 頁。

〔註80〕余嘉錫撰；周祖謨，余淑宜整理：《世說新語箋疏》，中華書局 1983 年版，第132～133 頁。

　　伏滔口中的「青士」並非全屬齊地，其對人物朝代歸屬的劃分也值得商
榷，但兩漢齊地的重要文人卻大多包含在他的上述言論中了。對於兩漢時期
的齊地文人群體，學界少有專論。筆者有鑑於此，擬對這一群體的創作特徵
及文學影響略作探討，意在拋磚引玉。

一、兩漢齊地文人群體的主要創作特徵

　　兩漢齊地文人的個性不盡相同，文學風貌自然也並非完全一致。但由於
他們來自同一個歷史文化區域，在成長環境和價值觀念方面具有共通之處，
故而不可避免地在文學創作上也形成了一些共同特徵。這些特徵主要包括以
下三個方面：

　　首先是顯著的政治色彩。自今文經學被武帝設立為官學之後，儒家學術
就成為多數文人藉以安身立命的工具。與之相適應，兩漢齊地文人也大多有
著深厚的儒家經學根柢。文學是人學，體現的是人的思想和價值觀，故而儒
家的事功精神也就不可避免地對他們的文學創作產生影響。東方朔一生在政
治上都很不得意，但他卻從未放棄過對自身建功立業的追求。他的《上書自
薦》《諫除上林苑》《化民有道對》《與公孫弘借車書》諸文，都體現了他意欲
在政治上有所作為的理想。當此經世理想破滅後，他又寫下了《答客難》一
文。該文揭露了文人在大一統時代任人擺佈、受盡壓抑的事實，抒發了自身
懷才不遇的苦悶心情。可以說，東方朔的大部分作品都是與自身的政治處境
息息相關的。終軍也是一位積極用世的文人，其流傳至今的作品也無一不與
政事相關。他的《白麟奇木對》一文即是有感於西漢王朝的強盛而作，表現
出一種奮發向上的用世情懷。他因徐偃偽造朝廷詔令一事而作的《奉詔詰徐
偃矯制狀》，則表達了自己對大一統中央集權體制的維護。再如他的《自請使
匈奴》《自請使南越》等文，在關涉武帝朝重大政治事件的同時，更是將自己
渴望建功立業的壯志豪情表露無遺。

　　西漢後期，朝政腐敗，齊地文人又以其作品表達了對時政的關切之情。
擔任諫議大夫的鮑宣即曾鑒於統治者用人不當的情況,向哀帝上書痛陳時弊：
「凡民有七亡……又有七死……民有七亡而無一得，欲望國安，誠難；民有
七死而無一生，欲望刑措，誠難。」隨即抨擊「公卿守相貪殘成化」的社會現
實，並指出「官爵非陛下之官爵，乃天下之官爵也。陛下取非其官，官非其

人，而望天說民服，豈不難哉！」〔註81〕鮑宣的奏書言語切直、無所規避，一改武帝以來奏議委婉、舒緩的風格，他心繫天下、憂心民瘼的精神是不難想見的。

東漢建立之後，齊地文人建功立業的熱情再次被點燃。他們以文學為載體，積極地表達自己對國家施政方針的看法和建議。這種情形在政治日趨腐敗的東漢中後期表現得尤為突出，並且參與其中的齊地文人在身份、地位方面均有著較大的差別。受自身學識和身份的影響，一些齊地文人對協助統治者建設和完善國家禮制充滿了熱情，如劉毅的《上書請著太后注紀》、鄭玄的《皇后敬父母議》、宦者趙祐的《上言沖帝質帝母未有稱號》等，皆是齊地文人陳述自身禮學觀點的產物。即或是向來與政治少有牽涉的齊地女性文人，也同樣不乏以自身作品積極干預國家政事者，如漢獻帝皇后伏壽的《與父伏完書》、曹操妻卞氏的《與楊彪夫人袁氏書》等，皆旨在輔助自身伴侶成就大業。這在當時的女性作品中是較為少見的，因而也頗具典型意義。漢順帝時，災異屢屢出現。受到朝廷徵召的郎顗本著「天垂妖象，地見災符，所以譴告人主，責躬修德，使正機平衡，流化興政也」〔註82〕的宗旨，先後上《詣闕拜章》《對狀尚書條便宜七事》《臺詰對》等奏書，對統治者奢侈淫逸、賞罰無度、任人不賢等行為加以指斥，在東漢援災異以立言的作品中頗具代表性。襄楷只是一名普通的鄉間文人，在宦官專擅朝政，文人經世熱情日漸萎靡的桓帝時期，他卻能主動前往京城上疏，指謫桓帝「仁德不修，誅罰太酷」、「殺無罪、誅賢者」以及重用宦官〔註83〕等為政措施，並試圖借助天威來迫使桓帝警醒。漢桓帝判他入獄兩年，除了其奏書言辭過分激切的原因之外，自然也與他以文干政、觸及漢桓帝的痛處有關。面對國家危難，身為一介布衣的襄楷尚且如此，則兩漢齊地文人作品對政治的關切程度於此也可見一斑了。

其次是濃重的經學性。兩漢時期，文學較多地受到了在思想文化界佔據主流地位的儒家經學的影響，從而在文學思想和作品主題等方面體現出濃重的經學色彩。這在齊地文人的作品中也有著極為突出的表現。

正如前文所言，除了鄒陽、主父偃等西漢初期的齊地文人之外，西漢中後期至東漢末年，齊地重要的文人大多有著接受儒家經學教育的背景。公孫

〔註81〕〔漢〕班固撰：《漢書》，中華書局 2012 年版，第 2669 頁。
〔註82〕〔南朝宋〕范曄撰：《後漢書》，中華書局 2012 年版，第 832 頁。
〔註83〕〔南朝宋〕范曄撰：《後漢書》，中華書局 2012 年版，第 850～855 頁。

弘由賢良文學步入仕途，善治《公羊春秋》，是漢代首位以儒生身份官至丞相之人；東方朔於《上書自薦》中自言「十六學詩書，誦二十二萬言」，〔註84〕可知他也有一定的儒學基礎；兒寬「治尚書，事歐陽生。以郡國選詣博士，受業孔安國」，〔註85〕他在《尚書》學方面當有較高的造詣；王吉「兼通五經」，〔註86〕是西漢時期少見的博學鴻儒；伏湛與歐陽歙皆出身於世傳《伏氏尚書》的家族，家族中有多人曾擔任過《尚書》博士；至於東漢後期的鄭玄，更是熟習群經、兼通今古文的儒學大師。也正因如此，這些人在進行文學創作時，便往往會有意無意地「稟經以制式，酌《雅》以富言」。〔註87〕

　　特雷‧伊格爾頓說：「文學理論一直就與種種政治信念和意識形態價值標準密不可分……因為，與人的意義、價值、語言、感情和經驗有關的任何一種理論都必然會涉及種種更深更廣的信念，那些與個體和社會的本質、權力和性的種種問題、對於過去歷史的種種解釋、對於現在的種種理解和對於未來的種種瞻望有關的信念。」〔註88〕在兩漢時代，對文人言行起有規範作用的經學無疑就是影響其文學思想的重要因素。

　　兩漢齊地文人專門談論文學的言論很少，因為現在意義上的「純文學」在當時並不存在。少量與文學相關的言論也多與經學相關，顯示出齊地文人的文學思想與經學間的密切聯繫。兩漢經學十分強調人的社會屬性與社會功用，與之相適應，兩漢齊地文人對文學的社會功用也十分重視。嚴安說：「養失而泰，樂失而淫，禮失而采，教失而偽。偽、采、淫、泰，非所以範民之道也。」〔註89〕他十分強調禮樂文化對民眾的教化功能，由於其時的禮樂文化包含了文學在內，故而他對文學功用的認知自然也涵括在上述言論中。終軍說：「詩頌君德，樂舞後功，異經而同指，明盛德之所隆也。」〔註90〕則強調《詩》《樂》歌頌帝王功德的政治功用。可見，重視文學的社會功用是當時齊地文人較為普遍的觀念。這一文學思想在鄭玄身上有著更加鮮明地體現。他

〔註84〕〔漢〕班固撰：《漢書》，中華書局 2012 年版，第 2463 頁。
〔註85〕〔漢〕班固撰：《漢書》，中華書局 2012 年版，第 2285 頁。
〔註86〕〔漢〕班固撰：《漢書》，中華書局 2012 年版，第 2651 頁。
〔註87〕〔南朝梁〕劉勰著；王運熙，周鋒譯注：《文心雕龍譯注》，上海古籍出版社 2010 年版，第 11 頁。
〔註88〕〔英〕伊格爾頓著；伍曉明譯：《二十世紀西方文學理論》，北京大學出版社 2007 年版，第 170～171 頁。
〔註89〕〔漢〕班固撰：《漢書》，中華書局 2012 年版，第 2435～2436 頁。
〔註90〕〔漢〕班固撰：《漢書》，中華書局 2012 年版，第 2440 頁。

在對詩歌的六種表現手法加以界定時，即十分注重突出詩歌的政教功能：「賦之言鋪，直鋪陳今之政教善惡。比，見今之失，不敢斥言，取比類以言之。興，見今之美，嫌於媚諛，取善事以喻勸之。雅，正也，言今之正者以為後世法。頌之言誦也，容也，誦今之德，廣以美之。」〔註91〕鄭玄將詩歌創作與社會現實聯繫在一起，但卻完全從政治教化的角度對此加以闡述，實質上正反映了其時齊地文人在文論思想方面的經學烙印。

兩漢齊地文人對儒家經學教義的自覺遵循，又在客觀上進一步推動了文學思想的形成與發展。東方朔《七諫·謬諫》說：「同音者相和兮同類者相似……聲音之相和兮，言物類之相感也。」〔註92〕他通過對臣子進諫一事的探討，提出了進諫內容對君王發生作用的條件，即須符合君王的喜好。此外，他又在《非有先生論》中言及臣子勸諫君王之難說：「卑身賤體，說色微辭，愉愉呴呴，終無益於主上之治，則志士仁人不忍為也。將儼然作矜嚴之色，深言直諫，上以拂主之邪，下以損百姓之害，則忤於邪主之心，歷於衰世之法。」〔註93〕在他眼中，臣子的諫說方式過於委婉或過於切直都不利於進諫的成功。言下之意，不無對文學中和之美的嚮往。鄭玄《六藝論》則揭示了君臣關係對詩歌風格形成的重要影響：「詩者，絃歌諷諭之聲也……及其制禮，尊君卑臣。君道剛嚴，臣道柔順。於是箴諫者希，情志不通。故作詩者以誦其美而譏其過。」〔註94〕他將詩歌視為用以諷諫的工具，顯然是受到了儒家經學思想的影響。他還指出，詩歌「誦其美而譏其過」的委婉風格的形成則是由君臣地位的懸殊差別造成的。東方朔與鄭玄的上述言論都有將文學視為政治附庸的經學化傾向，但也正是由這種傾向所衍生出的對臣下進諫效果的探討和思索，才推動了相關文學思想的產生和發展。

經學對兩漢齊地文學最顯明的影響還體現在對其文學主題的塑成上。西漢初年，婁敬於《上書諫高祖》一文中，已明顯流露出「崇周」的儒家文化情結。漢景帝時，羊勝的《屏風賦》與公孫詭的《文鹿賦》則無論從形式上還是從思想上都明顯步趨《詩經》。上述情況顯示了儒家學說在漢初齊地文人中的

〔註91〕〔清〕阮元校刻：《周禮注疏》，《十三經注疏：清嘉慶刊本》，中華書局2009年版，第1719頁。
〔註92〕傅春明輯注：《東方朔作品輯注》，齊魯書社1987年版，第79頁。
〔註93〕〔漢〕班固撰：《漢書》，中華書局2012年版，第2487頁。
〔註94〕〔清〕阮元校刻：《毛詩正義》，《十三經注疏：清嘉慶刊本》，中華書局2009年版，第554頁。

廣泛影響。儒學與經學雖不能等同，但卻有著母體與子體的緊密關係。沒有儒學文化的發達，則經學的發展也就失去了賴以憑恃的基礎。在此種前提下，到武帝時期的齊地文人公孫弘、東方朔、嚴安那裡，著文引經據典已經成為一種常態。兩漢齊地文人的文學創作受儒學濡染的情況既然由來已久，那麼在經學佔據漢代思想界的主流地位之後，齊地文人自然會更加自覺地將他們在經學方面的先天優勢引入到了文學創作中來。

以經學理論來闡述自身的治國理想和主張，是兩漢齊地文人作品最重要的主題。一方面，他們積極利用經學理論來證明漢王朝統治的合法性與神聖性，如兒寬《議封禪對》稱頌武帝功德說：「陛下躬發聖德，統楫群元，宗祀天地，薦禮百神，精神所鄉，徵兆必報，天地並應，符瑞昭明。」〔註95〕伏隆《移檄告郡國》也在宣揚光武帝英明神武時說：「皇天祐漢，聖哲應期，陛下神武奮發，以少制眾。故尋、邑以百萬之軍，潰散於昆陽，王朗以全趙之師，土崩於邯鄲，大肜、高胡望旗消靡，鐵脛、五校莫不摧破。」〔註96〕兩人的作品均自覺遵循了今文經學中的「天人感應」學說，通過文學誇張的手法突出漢王朝的大一統氣象與漢帝王的無上功德，並進而樹立起劉漢王朝順天應命的權威形象。

另一方面，齊地文人又往往參照儒家經學理論以改革和完善國家制度，解決日常行政工作中遇到的難題。兩漢齊地文人的作品中有很大一部分源自於他們對國家制度和施政方針等方面的獻計獻策，如公孫弘的《元光五年舉賢良對策》《請為博士置弟子員議》、東方朔的《諫除上林苑》《化民有道對》、兒寬的《議封禪對》《改正朔議》、貢禹的《共皇廟議》《奏請正定廟制》、劉毅的《上書請著太后注紀》、但望的《請分郡疏》、鄭玄的《皇后敬父母議》等，無不是在依據儒家學說來設計自身理想中的漢家制度。它們內容涉及薦舉人才、官吏升黜、教育、禮制、行政等多個方面，這些方面也恰恰構成了兩漢齊地文人作品的重要主題。皮錫瑞說：「武、宣之間，經學大昌……其學極精而有用。以《禹貢》治河，以《洪範》察變，以《春秋》決獄，以三百五篇當諫書，治一經得一經之益也。」〔註97〕實則齊地文人以儒家經典為埋則來解決現實問題的情況十分普遍，並不侷限於西漢的武、宣時代，如漢元帝時人貢

〔註95〕〔漢〕班固撰：《漢書》，中華書局 2012 年版，第 2287 頁。
〔註96〕〔南朝宋〕范曄撰：《後漢書》，中華書局 2012 年版，第 704 頁。
〔註97〕〔清〕皮錫瑞著；周予同注釋：《經學歷史》，中華書局 2004 年版，第 56 頁。

禹即曾引用《春秋公羊傳》《詩》等經學典籍，奏請漢元帝減損乘輿服飾器物、遣散宮人、縮小皇家園囿的規模等。漢成帝時人王駿也曾引用《詩》《春秋》《易》等儒家經典，勸誡淮陽王恪守臣子之道。又如西漢哀帝時人師丹所作的《上書言封丁傅》和東漢順帝時人襄楷所作的《詣闕上疏》兩文，皆借災異現象進諫言事，而其理論依據則是今文經學中的「天人感應」原理。

再次是鮮明的理性色彩。受經學和自身士人身份的影響，兩漢齊地文人的作品也多體現出士人式的理性思考。這首先表現在他們的作品多涉及對國家前途的展望和規劃上。兩漢齊地文人以文學為經世手段的現象十分普遍，其作品體裁也以旨在解決現實問題的奏議為主。典型如東方朔的《諫除上林苑》，不僅在描寫上有序地遵循了南北、東西、工農、上下等方位、種類順序，更主要的是，其鋪敘誇張的落腳點也在於迎合統治者好大喜功的心理以利於規諫。此外，如鄒陽的《上書吳王》、公孫弘的《奏禁民挾弓弩》、主父偃的《上書諫伐匈奴》《說武帝令諸侯得分封子弟》、王吉的《上宣帝疏言得失》等文，無不是作者經過理性思考後的產物。它們所提出的建議或有正誤、高下之分，但其對干預政事、安邦定國的追求卻是一致的，因而表現出務為有用的理性色彩。

在關心國家政事的同時，齊地文人的作品也十分重視對個人行藏出處與人格修養的探討。西漢前期的東方朔在汲汲於事功，體現其儒家入世思想的同時，又在對個人命運的思考上表現出全身養生的道家哲學。他在總結自己的生活經驗時指出：「聖人之道，一龍一蛇。形現神藏，與物變化，隨時之宜，無有常家。」〔註98〕與賈誼《鵬鳥賦》以道家無為思想化解自身委屈憤懣的為文宗旨不同，東方朔此處言論雖然也在一定程度上受到了道家守靜思想的影響，但卻更多地表現出對自身命運的理性思考，並深入到自我人格建構的層面上來。與之相比，劉楨的《遂志賦》對自己的人生規劃更顯示出儒、道相結合的特色：「梢吳夷於東隅，掣叛臣乎南荊……襲初服之蕪穢，託蓬廬以遊翔。」〔註99〕作者於是文中所表達的幫助曹操一統天下、結束戰亂以實現自我人生價值的理想無疑是極富儒家入世色彩的，但其功成身退的夙願卻又顯示出他對道家無為思想的自覺遵循。這種將儒家入世與道家無為思想結合在一起的人生規劃，體現了作者高潔的心志，自然也是他在特定的社會環境下

〔註98〕傅春明輯注：《東方朔作品輯注》，齊魯書社1987年版，第90頁。
〔註99〕俞紹初輯校：《建安七子集》，中華書局2005年版，第204頁。

經過理性思考而得出的結果。

實則最能體現兩漢齊地文學理性精神的方面還在於齊地文人善於在自己的作品中闡明一些頗具思辨性的問題。用文學的方式來闡述個人對天道與人事的看法，本是先秦時期業已形成的傳統。兩漢齊地文人也繼承了這一傳統，他們所探討的問題雖不如先秦時人廣泛，卻與社會現實有著更加緊密的聯繫。以劉梁的《辯和同論》為例，先秦時期的和同之辯主要著眼於文士的人格修養方面，如孔子即說：「君子和而不同，小人同而不和。」〔註100〕而劉梁此文則聯繫具體的政治事實對之作了進一步的發揮。他指出：「得由和興，失由同起，故以可濟否謂之和，好惡不殊謂之同……君子之行，動則思義，不為利回，不為義疚，進退周旋，唯道是務。」不僅對「和」與「同」的定義以及君子的處事規則作出了明確界定，而且其目的也在於批判和改善當時「世多利交，以邪曲相黨」〔註101〕的不良社會風氣。徐幹的《中論》作於東漢末年，以闡發儒家經義為主旨。無名氏的《中論序》在談到該書的宗旨時說：「君之性，常欲損世之有餘，益俗之不足，見辭人美麗之文，並時而作，曾無闡弘大義，敷散道教，上求聖人之中，下救流俗之昏者，故……著《中論》之書二十二篇。」〔註102〕由該書包含的《治學》《法象》《智行》《爵祿》《譴交》《曆數》《審大臣》《亡國》《賞罰》《民數》《復三年喪》等篇目可知，它對修身、人事、天文、禮制等內容無不涉及。其體例之全，內容之廣，析理之精，堪稱漢末諸子作品之冠。清人譚獻即在評價此書時說：「文體醇深翔實，筆兼導頓，義精單復，寓意託諷……漢魏之際，上下群倫皆如燭照數計也。」〔註103〕務為有用的理性色彩是漢代文學共有的特徵之一，但能像兩漢齊地文人的作品這樣，如此持續、普遍、典型地體現這一特徵的，卻較為少見。

兩漢齊地文人的作品擁有如上主要特徵，所以直到文學日漸自覺的建安年間，齊地文學較多呈現給世人的仍是質樸少文的面目。這一方面是由於兩漢名見經傳的齊地文人多具有深厚的經學基礎，意欲在政治上有一番作為，所以他們的精力也主要用於經世治民，而文學往往只是他們用以經世的輔助

〔註100〕楊伯峻譯注：《論語譯注》，中華書局 2012 年版，第 196 頁。

〔註101〕〔南朝宋〕范曄撰：《後漢書》，中華書局 2012 年版，第 2118 頁。

〔註102〕〔清〕嚴可均輯；馬志偉審訂：《全三國文》，商務印書館 1999 年版，第 568 頁。

〔註103〕〔清〕譚獻著；范旭侖等整理：《復堂日記》，河北教育出版社 2000 年版，第 94 頁。

手段，自然也就較少能夠擺脫政治和經學的拘囿；另一方面，兩漢齊地的主流文人如鄒陽、東方朔、徐幹、劉楨等人，雖然在政治上都不十分得意，但他們的經世之心卻是十分強烈的。以東方朔為例，雖然後世多有附會他為道家神仙人物者，但他直至去世前仍在勸諫武帝親賢遠佞。又如徐幹，曹丕在《又與吳質書》中稱讚他「懷文抱質，恬淡寡欲，有箕山之志」，〔註104〕但由其所著的《中論》一書可知，他對社會現實一直保持著極為密切的關注。正是由於齊地文人的經世之心十分強烈，所以他們對統治者也往往懷有著敬畏和依附的心理。劉楨雖然給讀者留以磊落耿直的印象，但由其《遂志賦》中「幸遇明后，因志東傾。披此豐草，乃命小生。生之小矣，何茲雲當」〔註105〕之類的話語可知，其人格並未完全獨立。也正是因為此種人格上的不獨立，使得建安時代的齊地文人雖然寫有少量的娛情之作，但創作更多的卻依然是旨在經世或奉命應制的非「自覺」之作。

綜上所述，兩漢齊地文人大多擁有積極的入世之心，這也反映在他們的文學創作中。因為與作家的身份相比，儒士才是他們當中大多數人更為重要的身份，故而其作品帶有濃重的經學性，並與經世安邦的士人價值觀相一致，體現出務為有用的理性色彩。總體而言，兩漢齊地文人的創作始終未能達到文學自覺的程度。

二、齊地文人創作對兩漢文學的貢獻

齊地文學是兩漢文學的重要組成部分，並直接參與影響了兩漢文學的發展走向。具體而言，齊地文人對兩漢文學的貢獻又可分為以下幾個方面：

其一，開創了新的文體，確立了設論體散文賦的寫作規範。「士不遇」是一個源遠流長的話題，歷來為士人所關注，但能對其形成原因加以深刻揭露的，東方朔是第一人。東方朔的《答客難》作於武帝年間，其形式之新穎，思想之深刻，風格之幽默，皆為前人所未有。從屈原到宋玉再到東方朔，體現的是文人對自身「士不遇」情結發抒形式的漸變。此文包括設難和答難兩個部分。在設難部分，他特設門客人物以其職位卑微為由，對他的才能和品德提出質疑；在答難部分，他則通過「時異事異」的今古對比與對自己修身養

〔註104〕〔清〕嚴可均輯；馬志偉審訂：《全三國文》，商務印書館1999年版，第66頁。
〔註105〕俞紹初輯校：《建安七子集》，中華書局2005年版，第203頁。

性、行比古賢的誇張表述，反擊設難者為「以下愚而非處士」。〔註106〕這種不失睿智和幽默的寫作方式，實際上為後人同類辭賦的寫作確立了規範。它一方面通過對比今、古社會的不同，指明了士人不遇的深層社會原因，即生活於大一統的「治世」而非戰國時期的「亂世」。後世文人在描寫以「士不遇」為主題的作品時，即多以此作為範式，抒發自身生不逢時的無奈和悲哀；另一方面，《答客難》一文新穎的設論、對答式寫法，不僅係作者首創，還十分有利於作者自我情感和個性的表達。這顯然是兩漢大賦等體裁作品所不具備的特質，並對後世的述志賦產生了較大影響。後世的文人作品如揚雄的《解嘲》、崔駰的《達旨》、班固的《答賓戲》、張衡的《應間》、崔寔的《答譏》、郭璞的《客傲》以及韓愈的《進學解》等，都在一定程度上沿襲了上述由《答客難》所開創的寫作方法。

　　其二，繁榮了漢代文學的創作，參與確立了多種體裁作品的寫作範式。受自身經學和致用思想的影響，兩漢齊地文人相對於其他的地域文人群體而言，在文學體裁的創新方面並不佔據優勢。但是，他們對前人優秀作品的模擬和傳承同樣對漢代文學的繁榮與多種文學體裁的確立發揮了重要作用。以屈原《離騷》為法式的騷體賦在西漢初年盛極一時，東方朔的《七諫》即是模擬屈原的《九章》而來。該文由七篇騷體賦組成，不僅較好地承襲了屈原騷體賦的藝術手法，還藉此表達了自己懷才不售、憤世嫉俗的情感，堪稱其時眾多騷體賦中的代表作。朱熹在評價西漢騷體賦時，雖然嚴厲批評它們「詞氣平緩，意不深切，如無所疾痛而強為呻吟者」的模擬風氣，但仍指出《七諫》「猶或粗有可觀」。〔註107〕後隨著漢大賦的興起，騷體賦所代表的賦作抒情傳統逐漸失落。東漢末年，禰衡的《鸚鵡賦》重拾騷體賦的抒情傳統。作者有感於自己懷才不遇、屢受迫害的坎坷經歷，以鸚鵡自喻，通過描寫鸚鵡的美好品質和被捕後寄身樊籠的處境來發抒自身苦悶不安的心情。魏晉南北朝時期，描寫鳥獸的體物賦逐漸增多。《昭明文選》的「鳥獸」類賦共選五篇，《鸚鵡賦》是除賈誼《鵬鳥賦》外，唯一入選的兩漢作品。此足見禰衡作品的典範意義和承上啟下的貢獻。

　　在詩歌方面，劉勰以韋孟的《諷諫詩》為漢代四言詩之首創，韋孟還作

〔註106〕傅春明輯注：《東方朔作品輯注》，齊魯書社1987年版，第25頁。
〔註107〕〔宋〕朱熹集注；蔣立甫校點：《楚辭集注》，上海古籍出版社2001年版，第168頁。

有《在鄒詩》，其所作二詩均模範《詩經》，典雅古奧。但從班固對《在鄒詩》「或曰其子孫好事，述先人之志而作是詩」〔註108〕的描述來看，韋孟的四言詩在漢代的傳播範圍和實際影響並不大。與韋孟同時的城陽景王劉章也作有四言體的《耕田歌》。該詩短短四句，皆用比喻，以淺顯的語言暗寓自身誅呂扶劉之志。劉章在兩漢的政界和民間均影響極大，其通俗易懂的《耕田歌》也未必沒有被廣泛流傳並進而影響到文人詩歌創作的可能。

對於五言詩的形成和發展，鍾嶸認為「逮漢李陵，始著五言之目」，〔註109〕並且除了未知確切年代的古詩以外，建安之前的五言詩人唯有班婕妤、班固兩人而已。李陵與班婕妤的詩作，後人已證其偽。唯獨班固的《詠史詩》確鑿可信，可視為我國文學史上第一首較為純粹的文人五言詩。建安時代，文人五言詩的創作空前活躍，並最終發展成熟。劉勰說：「暨建安之初，五言騰湧踴，文帝、陳思，縱轡以騁節；王、徐、應、劉，望路而爭驅。」〔註110〕可知齊地文人徐幹、劉楨對文人五言詩的成熟與發展也是有其貢獻的。徐幹所作《室思》第三首中的「思君如流水」一語，為鍾嶸所稱道。自南朝宋孝武帝劉駿開始，後世歷朝歷代均有詩人對此詩的後半段進行模擬、改寫。清人張玉谷《古詩賞析》對此評價說：「後人截取擬作，竟以《自君之出矣》為題，亦有佳制，而總遜此自然。」〔註111〕此足見徐幹該詩的較高藝術水準和開創性意義。相較於徐幹而言，劉楨在五言詩創作上的成就更高。曹丕稱其「五言詩之善者，妙絕時人」；〔註112〕鍾嶸則贊其詩「仗氣愛奇，動多振絕。真骨凌霜，高風跨俗……自陳思以下，楨稱獨步」。〔註113〕劉楨的詩作也被《昭明文選》的「公讌」、「贈答」、「雜詩」三類選入，並為鮑照、江淹等著名文人所模擬，這也很好地說明了其詩作所具有的典範價值和深遠影響。

在探討七言詩體於漢代的發展歷程時，今人一般將張衡視為標杆式的人

〔註108〕〔漢〕班固撰：《漢書》，中華書局 2012 年版，第 2684 頁。
〔註109〕〔南朝梁〕鍾嶸著；周振甫譯注：《詩品譯注》，中華書局 1998 年版，第 16 頁。
〔註110〕〔南朝梁〕劉勰著；王運熙，周鋒譯注：《文心雕龍譯注》，上海古籍出版社 2010 年版，第 23 頁。
〔註111〕〔清〕張玉穀著：《古詩賞析》，上海古籍出版社 2000 年版，第 219 頁。
〔註112〕〔清〕嚴可均輯；馬志偉審訂：《全三國文》，商務印書館 1999 年版，第 66 頁。
〔註113〕〔南朝梁〕鍾嶸著；周振甫譯注：《詩品譯注》，中華書局 1998 年版，第 38 頁。

物。因為他的《四愁詩》在形式上已接近後世的七言詩體。兩漢齊地文人雖然在此方面少有建樹，但早在武帝時期，齊地文人東方朔就已經作有《七言》了。據《文選》李善注所引其佚句「折羽翼兮摩蒼天」〔註114〕來看，「七言」之名顯然是就其句式而言的。以東方朔在後世文人中的巨大影響力推想，其《七言》也極有可能曾對七言詩體的形成和發展產生過助益。

除了七言詩外，東方朔在其他文體的發展史上也佔據著舉足輕重的地位。其六言體詩雖然僅存《文選》李善注所引的「合樽促席相娛」和「計策棄捐不收」兩個零句，但似乎已經是有文獻記載的漢代文人六言詩中年代最早的了。東方朔還有八言體詩《嗟伯夷》留存於世：「窮隱處兮窟穴自藏，與其隨佞而得志兮，不若從孤竹於首陽。」〔註115〕此詩靈活地運用了虛詞「兮」字，使句式跳躍，從而加強了該詩情感抒發的力度。文學作品中的八言體詩較為少見，而東方朔的八言詩作則可視為此種詩體之濫觴。除此之外，東方朔在隱語和書體文方面也有著極高的造詣。東方朔的隱語在承繼戰國藝術手法的基礎上又有所發展。劉勰評述其隱語說：「尤巧辭述。但繆辭詆戲，無益規補。」這說明隱語在東方朔手中已經脫離了政治功利的拘囿，而更加具有了審美性與娛情性。並且，從劉勰「自魏代以來，頗非俳優，而君子嘲隱，化為謎語」〔註116〕的描述來看，他似乎還認為東方朔的隱語對魏代謎語的形成和發展也起到了基奠性的作用。東方朔的《自薦上書》也被認為開創了文人上書中的一體。錢鍾書先生即在《管錐編》中說：「朔此篇干進而似勿屑乞憐，大言不慚；後世游士自衒自媒，或遙師，或暗合，遂成上書中一體。」〔註117〕此足見東方朔在繁榮漢代文學創作和確立多種文體方面所作出的貢獻。

其三，拓展和豐富了文學作品的題材。除了在文體的確立上多有貢獻外，兩漢齊地文人在文學題材的豐富和拓展方面，也作出了重要的貢獻。詠物賦在齊人辭賦中最為常見，其中有不少作品開拓了該類辭賦的新題材，如鄒陽的《酒賦》《几賦》、公孫詭的《文鹿賦》、羊勝的《屏風賦》、徐幹的《玄猿

〔註114〕〔南朝梁〕蕭統編；〔唐〕李善等注：《六臣注文選》，中華書局 2012 年版，第 405 頁。

〔註115〕〔隋〕虞世南撰：《北堂書鈔》，天津古籍出版社 1988 年版，第 735 頁。

〔註116〕〔南朝梁〕劉勰著；王運熙，周鋒譯注：《文心雕龍譯注》，上海古籍出版社 2010 年版，第 66 頁。

〔註117〕錢鍾書著：《錢鍾書集：管錐編》，生活·讀書·新知三聯書店 2011 年版，第 1488 頁。

賦》《冠賦》《漏卮賦》、劉楨的《瓜賦》等，皆為現存同類題材作品中年代最為久遠的，視其為首創似乎並不為過。其中一些作品的題材，如《酒賦》《屏風賦》等，還為後世文人所承襲和發展，對後世文學的發展產生了一定的影響。

思鄉，是中國文學一個十分重要的主題。早在先秦的詩歌總集《詩經》中，就有不少思戀鄉土的作品。受「地重，難動搖」〔註118〕的傳統風俗和儒家倫理文化的影響，兩漢齊地文人的地域觀念較重，並將此種觀念自覺地運用到了文學創作中，從而豐富了某些種類文學作品的題材。鄒陽的《上書吳王》和東方朔的《諫除上林苑》是漢人諫書中較早涉及到鄉情的。鄒陽以自身背井離鄉的行為來顯示他對吳王的忠誠：「臣所以歷數王之朝，背淮千里而自致者，非惡臣國而樂吳民也。竊高下風之行，尤悅大王之義。」〔註119〕東方朔則將百姓的鄉土意識作為諫阻武帝擴大上林苑規模的理由之一：「壞人冢墓，發人室廬，令幼弱懷土而思，耆老泣涕而悲，是其不可二也。」〔註120〕這些作品雖非思鄉的專題之作，但考鏡源流，其對諫書相關題材的開拓意義還是值得肯定的。貢禹的《上書乞骸骨》是以年老思鄉為主題的，此在現存的西漢文人作品中較為少見。此種題材的奏書於東漢時有所增多，班超的《上書求代》、班昭的《為兄超求代疏》等是其中的代表作，而貢禹在此種題材上的開拓性貢獻也是不容抹殺的。

與貢禹「乞骸骨」的行為不同，公孫弘的《上書乞骸骨》則開創了臣子奏書的另一題材：避賢者路。公孫弘主動要求「避賢者路」，是在特殊的政治環境下，依據儒家「七十致政」的禮制而作出的明智之舉。總體而言，此類作品的表演性質是很強的，政治上的權衡利弊大於作者的真情實感。由於公孫弘是第一個以儒生身份拜相封侯的漢臣，後又被王政君樹立為宰輔大臣的楷模，〔註121〕故而他的行為和文章也被後世的許多臣子所傚仿，如石慶的《上書乞骸骨》、王鳳的《上疏乞骸骨》、王莽的《上書辭賞新野田》、彭宣的《上書求退》、劉蒼的《上疏歸職》等，雖然各文的寫作宗旨不盡相同，但都未脫離公孫弘《上書乞骸骨》一文所開創的套路和模式。

〔註118〕〔漢〕司馬遷撰：《史記》，中華書局 2011 年版，第 2829 頁。
〔註119〕〔漢〕班固撰：《漢書》，中華書局 2012 年版，第 2040～2041 頁。
〔註120〕〔漢〕班固撰：《漢書》，中華書局 2012 年版，第 2470 頁。
〔註121〕〔漢〕司馬遷撰：《史記》，中華書局 2011 年版，第 2577 頁。

　　此外，齊地文人又是在奏議、詔對中較早採用「天人感應」主題的漢代文人群體。具體而言，此類題材的作品又可細分為言災異和言祥瑞兩大類。一般認為，董仲舒是漢代「天人感應」學說的集大成者，也是較早在詔對等題材作品中宣揚這一學說的文人。但齊地作為董仲舒「天人感應」思想的重要源生地，也使得齊地文人在學習和繼承「天人感應」思想方面較其他地域文人有很大的地緣優勢。特別是在以今文齊學為主體的儒家思想被武帝確立為官方統治思想後，以「天人感應」為題材的齊地文人作品也隨之相繼出現，如公孫弘的《元光五年舉賢良對策》、東方朔的《諫除上林苑》、終軍的《白麟奇木對》以及兒寬的《議封禪對》《封泰山還登明堂上壽》等，這些作品多與董仲舒的同類作品在同一時段內出現，共同對此類題材的作品在兩漢的風行提供了助力。並且，與董仲舒相關作品多言災異的情況不同，以上列舉的齊人作品則多是以祥瑞來稱頌或勉勵統治者推行善政的。這在一定程度上顯示出齊地文人諫說方式的獨特性及其作品風格的地域性。

　　綜上所述，齊地作為我國文化的發源地之一，其文化底蘊是十分深厚的。兩漢時期，齊地文學雖不復先秦時的輝煌，但仍在兩漢文學體系中佔據著舉足輕重的地位。從某種程度上說，兩漢齊地文學是其時齊地文人表達自身士人意識的產物，也是兩漢文學的縮影和典型。它不僅有力地推動了兩漢文學創作的繁榮和發展，還對後世文學產生了深遠的影響。

結　論

　　從地域文化的角度來研究兩漢文學，探討齊地文化與兩漢文學的關係，是一個涉及範圍十分廣泛的課題。由於在地理環境和傳統文化等方面所具有的地域性差異，地域文化並未因兩漢大一統時代的到來而泯滅，反而隨著不同地域間的人員流動、物質交流而得以顯豁。作者、地域環境和讀者既是地域文化的載體和組成部分，又是兩漢文學作品所不可或缺的三個要素，地域文化對兩漢文學的影響即主要是通過它們來實現的。兩漢文學作為大一統封建王朝的精神產物，其內部發展卻是多維度和不平衡的。探析地域文化對它的影響，無疑有利於我們加深對兩漢文學產生和發展規律的認識。齊地作為兩漢文化的重要發源地之一，以其自身先進且獨具特色的地域文化，對兩漢文學的發展產生了巨大而深刻的影響。但不無遺憾的是，目前學界對齊地文化與兩漢文學關係的研究還存在著研究不夠深入和系統，相關概念未能釐定和闡明，理論與研究實踐脫節等方面的不足。這也是本課題得以展開的前提條件。有鑑於此，筆者在掌握大量相關材料並借鑒馬克思主義、文化地理學、文藝學、歷史學等相關理論的基礎上，對這一問題進行了思考和論述，得出了如下一些認識：

一、與本文論題相關的概念需要以時代的眼光重新加以界定

　　概念的釐定和闡明為我們指明了研究的範圍和方向，也是本文有序展開的前提和必備條件。本文既以「齊地文化與兩漢文學研究」為題，也就很有必要對「兩漢」、「齊地」、「齊地文化」和「文學」等概念加以界說。本文所謂「兩漢」，乃上起公元前 206 年（西漢高祖元年），下止 220 年（東漢獻帝建

安二十五年），一併包含王莽新朝時期（公元 8 年～公元 23 年）在內的一個時段。因受此一時段的限定，本文所謂的「齊地」與「文學」等概念也在內涵上具有了鮮明的時代性。

「齊地」的範圍如班固在《漢書‧地理志》中所說，乃包括東萊、琅邪、泰山、千乘、濟南、平原、齊、北海諸郡，菑川、高密、膠東、城陽諸國以及渤海郡的高樂、高城、重合、陽信四縣。出於操作性的考慮，本文對「齊地」範圍的界分一以《漢書‧地理志》所載，對後續發生的少許行政區域上的變動（包括郡縣的省併、增設、改名以及劃入與劃出等）予以忽略。

「文學」除了包括奏、議、書、論、銘、誄、詩、賦等文體作品之外，更包括了《中論》乃至《周禮》《周易》式的學術著作。並且在時人眼中，後者受重視的程度明顯要高於前者。由於兩漢「文」的概念十分寬泛且其時並不存在現代意義上的純粹文學家，所以本文對「文人」身份的界定，參考兩漢「文學」之定義，以讀書能文者為文人。

本文所謂的「齊地文化」，也即發生、發展於「齊地」範圍內的文化。它涵括了自齊地人類誕生以來直至兩漢時代結束仍然存在並影響著人們生活的文化總和。但由於本文將題目定為「齊地文化與兩漢文學研究」，意在探究其時齊地文化與文學各自的性狀特質及兩者間的互動關係。故為方便起見，便對與此一時期文學無關的齊地文化要素摒而不論。在此種前提下，本文所言之「齊地文化」，乃指活躍於兩漢齊地，彰顯齊地文化特色，並對當時文學造成影響的文化要素。具體而言，它主要包括人、環境、政治、經濟、風俗、學術以及音樂、書畫等其他藝術形式。

二、兩漢齊地文化是具有相對獨立性的

齊地作為中華文明的主要發祥地之一，因其特殊的地理位置和相對單一、獨特的民族成分而保存了較為獨立的文化體系。三代以來，齊地文化又在本土文化的基礎上，先後與夏、商、周等外來文化接觸、交融，產生了較為複雜的文化變遷。春秋戰國時期，齊文化全面勃興，並逐漸佔據了周王朝文化中心的地位。秦朝建立以後，以秦始皇為代表的秦朝統治者曾出於為自身政權「興太平」以潤飾鴻業，「求奇藥」以延長統治等目的，對齊地文化中的博士制度、方仙道等進行過片面地吸收，但終因戰國齊地文化所具有的時代和地域性特徵而導致其與秦政權的扞格。「焚書」與「坑諸生」事件的發生即皆由

齊地文化的承繼者所引發，故其對齊地文化的摧殘是可想而知的。不過好在秦運短祚，使得齊地文化能夠在秦亡後很短的時間內便得到較大程度的恢復。這便為兩漢齊地文化的繼續發展奠定了雄厚的傳統文化基礎。可以說，兩漢齊地文化的獨特性在很大程度上即是承繼先秦齊地文化而來的。

漢朝建立後，中央集權制度雖處於不斷地強化和穩固之中，但不同地域間的文化差異依然存在。「齊地」作為當時歷史悠久、形勢險要的一個區域，其居民於方言、風俗、信仰、學術、生活和生產方式等方面都表現出獨具一格的特色，這一點是為時人所確切感知和體認的。因為在一方面，地理環境是文化得以形成和存在的基礎。齊地獨特的地理環境，如相對封閉的地理位置、暖溫帶季風氣候、平坦的地形、眾多的河流、肥沃的土壤以及豐富的物產資源等，為兩漢齊地物質文化、風俗文化、群體心理等方面特色的形成提供了堅實的物質基礎；另一方面，受傳統文化、統治者政策以及周邊地域社會風習的影響，兩漢齊地民眾又形成了寬緩闊達、足智善辯、好學尚利、誇奢自我等具有鮮明地域特色的風習。可以說，正是在傳統文化、地理環境和人文環境的綜合作用下，才最終形成了具有相對獨立性且獨立性易為時人所感知的兩漢齊地文化。也正是在此基礎上，我們才有了將齊地文化單獨拿出來，並探討其與兩漢文學之間的關係的必要。

三、齊地文化對兩漢文學的影響是多元且複雜的

齊地文化既然包含了人、環境、政治、經濟、風俗、學術、齊地文學等因素，則它對兩漢文學的影響也主要是通過這些因素來完成的。

從齊地學術文化方面來看，受漢初政治環境的影響，齊地所出的游士人物繁多且活躍。以成功游說統治者為宗旨的游士文化通過齊地游士們的切身實踐，增強了其時諫說文的語言藝術性，並倡揚了諫說文的紆徐委婉之風。肇興於齊地的黃老思想，則經由曹參等人的發揚而居於漢初思想界的主流地位。黃老思想在漢初廣泛傳播一方面助成了漢大賦等體裁作品羅列、推衍的寫作方法；另一方面，其以天命對應人事的思維模式也深刻影響了眾多文人的創作思維，其時就有許多作品將推究天命與人事的關係作為自身的創作主旨。在漢武帝尊崇儒術之後，以齊學為主流的儒家今文經學佔據了文化界的統治地位。經學文化成功地模塑了其時文人的知識結構、價值觀念、認知模式和思維方式等，故而也就必然對他們的文學創作產生深刻的影響。漢代經

學與文學發生聯繫，當於文人的初級教育階段已經開始，並在最能代表漢代文學的漢大賦中表現得尤為明顯。漢大賦所具有之鋪排的句式、維護皇權和國家大一統的宗旨、紆徐委婉的諷諫、浮誇虛美的風格、徵引或化用經學的內容以及當時文人仿製前人作品的風氣、一本儒家經學的文學評論標準等，無不與今文經學對時人的模塑有著極為密切的關係。

西漢末年，與齊派今文經學淵源頗深的讖緯學說興起。讖緯對漢代文學影響的最明顯之處，乃在於通過其自身的「事豐」和「辭富」為東漢作家提供「採其雕蔚」的資源，從而增加了文學作品的奇麗色彩。東漢文學敘事模式的形成和發展，同樣與讖緯有著不解之緣。具體而言，讖緯對發展我國古代文學敘事模式的貢獻有二：一是對聖人和帝王的神化敘述。在讖緯中，凡是偉大人物的出生、相貌或用世必然是異於常人且神秘震撼的。二是鞏固和強化了文學在敘述自然、人事變動上的天人合一模式。讖緯學者依據天人感應和五德剋生的理念，將自然與人事、今古和未來附會牽合於一起，形成一種經天緯地、跨越時空的宏大敘事模式，並以此演繹出一個個具體而生動的故事。由於讖緯在其時的崇高地位，上述兩種敘事模式都被其時的文學作品所吸收和利用，並進而對後世文學的發展產生了深遠的影響。又由於讖緯較少受到文本真實性、正統性要求的束縛，能比較自由地發揮創意和想像，所以其內容所具有的文學價值也很值得我們探究。

從齊地文人方面來看，本文共考得西漢和東漢文人各 129 位，但兩漢齊地各郡、國所出文人的數量並不均衡。即使是同一郡國，也會在不同時段內出產不同數量的文人。齊地各郡、國間的這種文人分布不均衡的情況對各郡、國文學的發展影響甚大。這主要體現在三個方面：其一，它關係著地方文化氛圍的濃厚與否。在同一時段內，一個郡、國所擁有的文人數量越多，其文化氛圍也便越濃厚。由此產生的學術世家與開放的地方文化環境也是促進文學名家產生的有利條件。其二，兩漢齊地文人的籍貫分布又會藉由促進地方學術世家的延續和發展來影響地方文學的風格和特徵。學術世家既是推動地方文人密集的重要力量，又是地方文學的創作主體。由於一個郡、國內的文人往往師出同門，其文章的創作宗旨和立論依據也往往會因受到自身學術素養的影響而趨同。這使他們文學作品的風貌相近似，並在一定程度上顯現出與其學派分布範圍相一致的地域性特色。最後，文人的籍貫分布還會通過影響社會環境來進而影響齊地文學的發展。文人多屬於當時社會的特權階級，

他們的密集分布比較容易帶來土地兼併、壓榨百姓等嚴重的社會問題。由此導致的社會矛盾一旦激化，便往往會爆發農民起義，進而造成當地文學的衰蔽。

　　兩漢齊地文人從事著多種謀生方式。謀生方式不同，則其生活體驗、價值取向、言說方式，甚至是知識構成也往往不同，這就必然影響到他們自身文學作品的主題和風格。在某些時候，齊地文人的謀生方式會存在職能模糊的現象。東方朔即在擔任常侍郎期間，又扮演著武帝言語侍從的角色。與東方朔情況相類似的齊地文人還有劉楨、徐幹、禰衡等人。這些人在職能上表現出的多樣性和不確定性，是由他們自身的才華所決定的。一般而言，職能具有多樣性和模糊性的文人，其作品的內容和風格也往往更加豐富。齊地文人的謀生方式並非固定不變，而謀生方式一旦發生變化，其文學作品的內容和價值取向等也往往會隨之變化。這是因為他們的文學作品多誕生於他們在自身職權範圍內的言說。但是，文人若想寫出為人稱道的作品，又往往需要花費足夠的時間和精力來專心經營。這意味著在其他條件相同或相近的情況下，文人所居職位的高低在一定程度上足以影響到其文學作品的數量與質量。以齊地文人為例，具有代表性的作家如東方朔、劉楨、徐幹、禰衡等，即皆為沉淪下位之人。然而歷史的經驗也告訴我們，在兩漢時代的傳播條件下，作者若非名位顯貴或被顯貴者賞識，其作品是很難流傳於世的。這種二律背反的現象長久地存在於文學發展的過程之中，也對兩漢齊地文學乃至整個兩漢文學之今日面貌的形成產生了深刻的影響。

　　齊地文人所從事的從政、講學、漫遊等謀生方式又往往會造成他們在地域上的流動，從而為其所在地文化知識的傳播、知識人群的擴大以及教育水平的提升提供有利的條件，並進而以此對他人的文學創作產生影響。具體而言，齊地籍官員實施的一系列善政，促進了地方治安的穩定和經濟的發展，從而為轄地文學的發展奠定了雄厚的物質基礎；齊地文人在多地的講學活動，則改善了所在地的教育水平，增加了知識人才儲備，進而夯實了兩漢文學發展的文化基礎；漫遊作為齊地文人普遍擁有的一種生活狀態，主要包括遊學、遊幕等方式。處於此種生活狀態中的文人通過與其他文人的接觸、交流，增廣了各自的寫作知識和生活見聞，故而也有助於他人的文學創作。需說明的是，由於所處時代環境、行為方式、社會地位等不盡相同，即使是處於同一生存方式中的齊地文人對他人文學創作所具有的影響力也往往是各有差異

的。齊地文人的生存方式又與兩漢時期的社會形勢緊密相關，社會形勢發生變革，他們的生存方式也往往隨之改變，並最終會推動兩漢文學的變化出新。

從齊地文學作品方面來看，齊地文學是兩漢文學的重要組成部分，並直接參與影響了兩漢文學的發展走向。具體而言，其影響又可分為以下幾個方面：其一，開創了新的文體。東方朔作於武帝年間的《答客難》一文，形式新穎，思想深刻，風格幽默，為前人所未有，堪稱設論體散文賦的開山之作。其二，繁榮了漢代文學的創作，參與確立了多種體裁作品的寫作範式。騷體賦、詩、隱語以及奏書等文體在漢代的確立和發展離不開東方朔、禰衡、劉楨、徐幹等齊地文人的努力。其三，拓展和豐富了文學作品的題材。齊人的詠物賦作中有不少作品如鄒陽的《酒賦》、羊勝的《屏風賦》等，開拓了詠物賦的新題材，並為後世文人所承襲和發展。漢代奏書中思鄉、避賢者路等主題也都由齊地文人所開創，並為後世文人創作同類主題的奏書提供了借鑒。此外，齊地文人又是較早在奏議、詔對中採用「天人感應」主題的文人群體。具體而言，此類題材的作品又可細分為言災異和言祥瑞兩大類。與董仲舒相關作品多言災異的情況不同，齊人的作品則多以祥瑞來稱頌或勉勵統治者推行善政。這在一定程度上顯示出齊地文人諫說方式的獨特性及其作品所具有的地域性風格。

當然，要闡明齊地文化與兩漢文學的關係，僅僅有以上幾個方面的研究是遠遠不夠的。還有許多問題值得我們深入探究，如齊地文化還包括齊地傳統文化在內，齊地的傳統文化典籍如《管子》，歷史人物如齊桓公、晏子、魯仲連等都在漢代有著較大的影響力，它們對兩漢文人的文學創作影響如何？又如學界對兩漢齊地作家的個案研究雖有不少，但從地域文化角度觀照的卻寥寥無幾，亟待我們的開展。總之，本文對齊地文化與兩漢文學這一課題的研究只是初步的，有許多與之相關的重要問題尚待筆者在日後的工作中深入探究。

參考文獻

一、古代文獻

1. 范祥雍編，古本竹書紀年輯校訂補〔M〕，上海：上海人民出版社，1957。

2. 〔宋〕李昉等撰，太平御覽〔M〕，北京：中華書局，1960。

3. 王明編，太平經合校〔M〕，北京：中華書局，1960。

4. 〔唐〕元結，孫望校，元次山集〔M〕，北京：中華書局，1960。

5. 〔唐〕徐堅等，初學記〔M〕，北京：中華書局，1962。

6. 〔魏〕楊衒之，周祖謨校釋，洛陽伽藍記〔M〕，北京：中華書局，1963。

7. 〔清〕永瑢等撰，四庫全書總目〔M〕，北京：中華書局，1965。

8. 〔唐〕歐陽詢，汪紹楹校，藝文類聚〔M〕，北京：中華書局，1965。

9. 〔唐〕魏徵、令狐德棻撰，隋書〔M〕，北京：中華書局，1973。

10. 陳奇猷校注，韓非子集釋〔M〕，上海：上海人民出版社，1974。

11. 〔後晉〕劉煦等撰，舊唐書〔M〕，北京：中華書局，1975。

12. 〔宋〕歐陽修、宋祁等撰，新唐書〔M〕，北京：中華書局，1975。

13. 〔清〕錢泳，張偉校點，履園叢話〔M〕，北京：中華書局，1979。

14. 〔宋〕郭茂倩編，樂府詩集〔M〕，北京：中華書局，1979。

15. 〔晉〕張華，范寧校證，博物志校證〔M〕，北京：中華書局，1980。

16. 〔明〕馮惟訥等，嘉靖青州府志：山東省〔M〕，上海：上海古籍書店，1981。

17. 〔宋〕蘇軾，王松齡點校，東坡志林〔M〕，北京：中華書局，1981。

18. 余嘉錫撰，周祖謨、余淑宜整理，世說新語箋疏〔M〕，北京：中華書局，1983。

19. 〔漢〕桓寬，王利器校注，鹽鐵論校注〔M〕，天津：天津古籍出版社，1983。

20. 〔魏〕曹植，趙幼文校注，曹植集校注〔M〕，北京：人民文學出版社，1984。

21. 陳奇猷校釋，呂氏春秋校釋〔M〕，上海：學林出版社，1984。

22. 王國維校，水經注校〔M〕，上海：上海人民出版社，1984。

23. 高亨，周易古經今注〔M〕，北京：中華書局，1984。

24. 〔魏〕何晏集解，〔南朝梁〕皇侃義疏，論語集解義疏〔M〕，北京：中華書局，1985。

25. 〔漢〕王符，〔清〕汪繼培箋，彭鐸校正，潛夫論箋校正〔M〕，北京：中華書局，1985。

26. 〔漢〕班固等，東觀漢記〔M〕，北京：中華書局，1985。

27. 〔宋〕洪适撰，隸釋·隸續〔M〕，北京：中華書局，1985。

28. 〔唐〕張彥遠輯，法書要錄〔M〕，北京：中華書局，1985。

29. 〔晉〕皇甫謐，高士傳〔M〕，北京：中華書局，1985。

30. 王利器撰，新語校注〔M〕，北京：中華書局，1986。

31. 〔漢〕高誘注，淮南子注〔M〕，上海：上海書店，1986。

32. 〔清〕永瑢等纂修，景印文淵閣四庫全書·第一二七〇冊〔M〕，臺北：商務印書館，1986。

33. 〔漢〕張衡，張震澤校注，張衡詩文集校注〔M〕，上海：上海古籍出版社，1986。

34. 周天游輯注，八家後漢書輯注〔M〕，上海：上海古籍出版社，1986。

35. 傅春明輯注，東方朔作品輯注〔M〕，濟南：齊魯書社，1987。

36. 〔清〕孫詒讓撰，王文錦、陳玉霞點校，周禮正義〔M〕，北京：中華書局，1987。

37. 〔漢〕劉向，向宗魯校證，說苑校證〔M〕，北京：中華書局，1987。

38. 〔晉〕常璩，任乃強校注，華陽國志校補圖注〔M〕，上海：上海古籍出版社，1987。

39. 〔唐〕韓愈，馬其昶校注，馬茂元整理，韓昌黎文集校注〔M〕，上海：上海古籍出版社，1987。

40. 〔唐〕杜佑，王文錦、王永興、劉俊文、徐庭雲、謝方點校，通典〔M〕，北京：中華書局，1988。

41. 〔隋〕虞世南撰，北堂書鈔〔M〕，天津：天津古籍出版社，1988。

42. 俞紹初輯校，建安七子集〔M〕，北京：中華書局，1989。

43. 〔漢〕史游，急就篇〔M〕，長沙：嶽麓書社，1989。

44. 楊伯峻編著，春秋左傳注〔M〕，北京：中華書局，1990。

45. 〔明〕李賢等，大明一統志〔M〕，西安：三秦出版社，1990。

46. 李步嘉撰，越絕書校釋〔M〕，武漢：武漢大學出版社，1992。

47. 〔漢〕揚雄，韓敬注，法言注〔M〕，北京：中華書局，1992。

48. 〔漢〕揚雄，張震澤校注，揚雄集校注〔M〕，上海：上海古籍出版社，1993。

49. 〔清〕唐樹義等編，關賢柱點校，黔詩紀略〔M〕，貴陽：貴陽人民出版社，1993。

50. 〔明〕王象春，張昆河、張健之注，齊音〔M〕，濟南：濟南出版社，1993。

51. 〔元〕陳澔注，禮記集說〔M〕，北京：中國書店，1994。

52. 〔清〕陳立撰，吳則虞點校，白虎通疏證〔M〕，北京：中華書局，1994。

53. 〔日〕安居香山、中村璋八輯，緯書集成〔M〕，石家莊：河北人民出版社，1994。

54. 〔宋〕鄭樵撰，王樹民點校，通志二十略〔M〕，北京：中華書局，1995。

55. 〔漢〕賈誼，王洲明、徐超校注，賈誼集校注〔M〕，北京：人民文學出版社，1996。

56. 〔漢〕司馬相如，朱一清、孫以昭校注，司馬相如集校注〔M〕，北京：人民文學出版社，1996。

57. 〔清〕趙翼，華夫主編，趙翼詩編年全集〔M〕，天津：天津古籍出版社，1996。

58. 劉緯毅輯，漢唐方志輯佚〔M〕，北京：北京圖書館出版社，1997。

59. 〔後魏〕賈思勰，繆啟愉校釋，齊民要術校釋〔M〕，北京：中國農業出版社，1998。

60.〔南朝梁〕鍾嶸，周振甫譯注，詩品譯注〔M〕，北京：中華書局，1998。

61.〔清〕嚴可均輯，許振生審訂，全後漢文〔M〕，北京：商務印書館，1999。

62.〔清〕嚴可均輯，任雪芳審訂，全漢文〔M〕，北京：商務印書館，1999。

63.〔清〕嚴可均輯，馬志偉審訂，全三國文〔M〕，北京：商務印書館，1999。

64.〔清〕張玉谷，古詩賞析〔M〕，上海：上海古籍出版社，2000。

65.〔漢〕班固，〔明〕張溥集，白靜生校注，班蘭臺集校注〔M〕，鄭州：中州古籍出版社，2002。

66. 徐元誥撰，王樹民、沈長雲點校，國語集解〔M〕，北京：中華書局，2002。

67.〔宋〕朱熹，資治通鑑綱目〔M〕，北京：北京圖書館出版社，2003。

68. 王維提、唐書文撰，春秋公羊傳譯注〔M〕，上海：上海古籍出版社，2004。

69.〔清〕皮錫瑞，周予同注釋，經學歷史〔M〕，北京：中華書局，2004。

70. 周祖謨，廣韻校本〔M〕，北京：中華書局，2004。

71.〔漢〕劉向編集，賀偉、侯仰軍點校，戰國策〔M〕，濟南：齊魯書社，2005。

72.〔漢〕王逸注，〔宋〕洪興祖編，楚辭章句補注〔M〕，長春：吉林人民出版社，2005。

73.〔晉〕陳壽撰，〔宋〕裴松之注，三國志〔M〕，北京：中華書局，2006。

74.〔宋〕潛說友纂修，咸淳臨安志〔M〕，北京：北京圖書館出版社，2006。

75.〔唐〕孔安國傳，〔唐〕孔穎達正義，黃懷信整理，尚書正義〔M〕，上海：上海古籍出版社，2007。

76. 王叔岷撰，列仙傳校箋〔M〕，北京：中華書局，2007。

77.〔漢〕鄭玄注，〔唐〕孔穎達正義，呂友仁整理，禮記正義〔M〕，上海：上海古籍出版社，2008。

78.〔宋〕王應麟，〔清〕翁元圻等注，欒保群、田松青、呂宗力校點，困學紀聞〔M〕，上海：上海古籍出版社，2008。

79.〔晉〕袁宏，李興和點校，袁宏《後漢紀》集校〔M〕，昆明：雲南大學出版社，2008。

80.〔唐〕劉知幾，〔清〕浦起龍通釋，王煦華整理，史通通釋〔M〕，上海：上海古籍出版社，2009。

81.〔清〕阮元校刻，十三經注疏：清嘉慶刊本〔M〕，北京：中華書局，2009。

82. 魏宏燦校注，曹丕集校注〔M〕，合肥：安徽大學出版社，2009。

83. 〔宋〕洪邁，沙文點校，容齋隨筆〔M〕，南京：鳳凰出版社，2009。

84. 〔漢〕應劭，王利器校注，風俗通義校注〔M〕，北京：中華書局，2010。

85. 〔南朝梁〕劉勰，王運熙、周鋒譯注，文心雕龍譯注〔M〕，上海：上海古籍出版社，2010。

86. 周振甫譯注，詩經譯注〔M〕，北京：中華書局，2010。

87. 〔漢〕司馬遷，史記〔M〕，北京：中華書局，2011。

88. 〔明〕顧炎武，張京華校釋，日知錄校釋〔M〕，長沙：嶽麓書社，2011。

89. 〔漢〕班固，漢書〔M〕，北京：中華書局，2012。

90. 〔南朝宋〕范曄撰，後漢書〔M〕，北京：中華書局，2012。

91. 〔漢〕劉向編，劉建生主編，管子精解〔M〕，北京：海潮出版社，2012。

92. 〔南朝梁〕蕭統編，〔唐〕李善等注，六臣注文選〔M〕，北京：中華書局，2012。

93. 楊伯峻譯注，論語譯注〔M〕，北京：中華書局，2012。

94. 楊伯峻譯注，孟子譯注〔M〕，北京：中華書局，2012。

95. 〔三國〕諸葛亮著，段熙仲、聞旭初編校，諸葛亮集〔M〕，北京：中華書局，2012。

96. 〔元〕于欽撰，劉敦願、宋百川、劉伯勤校釋，齊乘校釋〔M〕，北京：中華書局，2012。

97. 〔漢〕劉歆等，王根林校點，西京雜記（外五種）〔M〕，上海：上海古籍出版社，2012。

98. 張世亮、鍾肇鵬、周桂鈿譯注，春秋繁露〔M〕，北京：中華書局，2012。

99. 陳成撰，山海經譯注〔M〕，上海：上海古籍出版社，2012。

100. 〔漢〕崔寔，孫啟治校注，政論校注〔M〕，北京：中華書局，2012。

101. 〔漢〕王充，張宗祥校注，鄭紹昌標點，論衡校注〔M〕，上海：上海古籍出版社，2013。

102. 〔清〕王先謙撰，沈嘯寰、王星賢點校，荀子集解〔M〕，北京：中華書局，2013。

103. 〔清〕錢繹撰集，李發舜、黃建中點校，方言箋疏〔M〕，北京：中華書局，2013。

104. 范旭侖、牟曉朋整理，譚獻日記〔M〕，北京：中華書局，2013。

二、學術著作

1. 郭沫若，十批判書〔M〕，北京：人民出版社，1954。

2. 王國維，觀堂集林〔M〕，北京：中華書局，1959。

3. 中共中央馬克思、恩格斯、列寧、斯大林著作編譯局編，馬克思恩格斯選集〔M〕，北京：人民出版社，1972。

4. 山東師範學院地理系《山東地理》編寫組，山東地理〔M〕，濟南：山東人民出版社，1977。

5. 〔蘇〕高爾基，孟昌等譯，論文學〔M〕，北京：人民文學出版社，1978。

6. 侯仁之，歷史地理學的理論與實踐〔M〕，上海：上海人民出版社，1979。

7. 梁方仲，中國歷代戶口、田地、田賦統計〔M〕，上海：上海人民出版社，1980。

8. 丁福保編，古錢大辭典〔M〕，北京：中華書局，1982。

9. 安作璋編，秦漢農民戰爭史料彙編〔M〕，北京：中華書局，1982。

10. 任繼愈主編，中國哲學發展史〔M〕，北京：人民出版社，1983。

11. 呂思勉，秦漢史〔M〕，上海：上海古籍出版社，1983。

12. 毛禮銳、瞿菊農、邵鶴亭，中國古代教育史〔M〕，北京：人民教育出版社，1983。

13. 夏鼐，中國文明的起源〔M〕，北京：文物出版社，1985。

14. 錢谷融、魯樞元主編，文學心理學教程〔M〕，上海：華東師範大學出版社，1987。

15. 柏錚主編，中國古代官制〔M〕，北京：北京大學出版社，1989。

16. 〔日〕鈴木虎雄，許總譯，中國詩論史〔M〕，南寧：廣西人民出版社，1989。

17. 李學勤，李學勤集——追溯‧考據‧古文明〔M〕，哈爾濱：黑龍江教育出版社，1989。

18. 〔美〕M‧H‧艾布拉姆斯，酈稚牛等譯，王寧校，鏡與燈：浪漫主義文論及批評傳統〔M〕，北京：北京大學出版社，1989。

19. 傅鏗，文化：人類的鏡子——西方文化理論導引〔M〕，上海：上海人民

出版社，1990。

20. 盧雲，漢晉文化地理〔M〕，西安：陝西人民出版社，1991。

21. 丁啟陣，秦漢方言〔M〕，北京：東方出版社，1991。

22. 左任俠、李其維主編，皮亞傑發生認識論文選〔M〕，上海：華東師範大學出版社，1991。

23. 牛繼曾、周昌富主編，山東文物縱橫談〔M〕，北京：中國廣播電視出版社，1992。

24. 錢穆，先秦諸子繫年考辨〔M〕，上海：上海書店，1992。

25. 劉君惠，揚雄方言研究〔M〕，成都：巴蜀書社，1992。

26. 中國秦漢史研究會編，秦漢史論叢·第五輯〔C〕，北京：法律出版社，1992。

27. 王志民主編，齊文化概論〔M〕，濟南：山東人民出版社，1993。

28. 林語堂，林語堂名著全集·第十九卷〔M〕，長春：東北師範大學出版社，1994。

29. 林濟莊，齊魯音樂文化源流〔M〕，濟南：齊魯書社，1995。

30. 王仁祥，先秦兩漢的隱逸〔M〕，臺北：臺大出版委員會，1995。

31. 欒豐實，東夷考古〔M〕，濟南：山東大學出版社，1996。

32. 李榮善，文化學引論〔M〕，西安：西北大學出版社，1996。

33. 季羨林，季羨林文集（第十三卷）〔M〕，南昌：江西教育出版社，1996。

34. 閻步克，士大夫政治演生史稿〔M〕，北京：北京大學出版社，1996。

35. 牟重行，中國五千年氣候變遷的再考證〔M〕，北京：氣象出版社，1996。

36. 汪春泓，齊學影響下的西漢文學〔M〕，桃園縣中壢市：聖環圖書，1997。

37. 高文，漢碑集釋〔M〕，開封：河南大學出版社，1997。

38. 任繼愈，天人之際〔M〕，上海：上海文藝出版社，1998。

39. 〔美〕喬納森·卡勒，李平譯，當代學術入門：文學理論〔M〕，瀋陽：遼寧教育出版社，1998。

40. 宣兆琦、李金海主編，齊文化通論〔M〕，北京：新華出版社，1999。

41. 李曉傑，東漢政區地理〔M〕，濟南：山東教育出版社，1999。

42. 王友邦主編，山東地理〔M〕，濟南：山東地圖出版社，2000。

43. 王臻中主編，文學學原理〔M〕，南京：江蘇古籍出版社，2001。

44. 李炳海，黃鐘大呂之音〔M〕，長春：吉林人民出版社，2001。

45. 梁啟超，吳松等點校，飲冰室文集點校〔M〕，昆明：雲南教育出版社，2001。

46. 熊鐵基，漢唐文化史〔M〕，長沙：湖南人民出版社，2002。

47. 宋正海等，中國古代自然災異群發期〔M〕，合肥：安徽教育出版社，2002。

48. 李伯齊，山東文學史論〔M〕，濟南：齊魯書社，2003。

49. 喬力、李少群主編，山東文學通史〔M〕，濟南：山東教育出版社，2003。

50. 陳慶元，文學：地域的關照〔M〕，上海：上海遠東出版社，2003。

51. 張光明，齊文化的考古發現與研究〔M〕，濟南：齊魯書社，2004。

52. 〔美〕弗朗茲·博厄斯，金輝譯，原始藝術〔M〕，貴陽：貴州人民出版社，2004。

53. 胡旭，漢魏文學嬗變研究〔M〕，廈門：廈門大學出版社，2004。

54. 安作璋、王志民主編，王志民、張富祥，齊魯文化通史·遠古至西周卷〔M〕，北京：中華書局，2004。

55. 安作璋、王志民主編，楊朝明、於孔寶，齊魯文化通史·春秋戰國卷〔M〕，北京：中華書局，2004。

56. 魯迅，漢文學史綱要：外一種〔M〕，上海：上海古籍出版社，2005。

57. 楊明，漢唐文學辨思錄〔M〕，上海：上海古籍出版社，2005。

58. 錢穆，兩漢經學今古文平議〔M〕，北京：商務印書館，2005。

59. 黃惠賢、陳鋒主編，中國俸祿制度史〔M〕，武漢：武漢大學出版社，2005。

60. 王鍾陵，中國前期文化——心理研究〔M〕，上海：上海古籍出版社，2006。

61. 郭墨蘭、呂世忠著，齊文化研究〔M〕，濟南：齊魯書社，2006。

62. 嚴耕望，嚴耕望史學論文選集〔C〕，北京：中華書局，2006。

63. 劉躍進，秦漢文學編年史〔C〕，北京：商務印書館，2006。

64. 羅常培、周祖謨，漢魏晉南北朝韻部演變研究〔M〕，北京：中華書局，2007。

65. 章太炎，國學講義〔M〕，北京：海潮出版社，2007。

66. 嚴耕望，中國地方行政制度史·秦漢地方行政制度〔M〕，上海：上海古籍出版社，2007。

67. 安作璋、熊鐵基，秦漢官制史稿〔M〕，濟南：齊魯書社，2007。

68. 〔英〕伊格爾頓，伍曉明譯，二十世紀西方文學理論〔M〕，北京：北京大學出版社，2007。

69. 李澤厚，中國古代思想史論〔M〕，北京：生活‧讀書‧新知三聯書店，2008。

70. 楊樹增，漢代文化特色及形成〔M〕，北京：人民出版社，2008。

71. 童慶炳，童慶炳談文學觀念〔M〕，開封：河南大學出版社，2008。

72. 郭紹虞，中國文學批評史〔M〕，天津：百花文藝出版社，2008。

73. 陳華文主編，文化學概論新編〔M〕，北京：首都經濟貿易大學出版社，2009。

74. 馮友蘭，中國哲學史〔M〕，重慶：重慶出版社，2009。

75. 安作璋主編，安作璋、張漢東本卷主編，山東通史‧秦漢卷〔M〕，北京：人民出版社，2009。

76. 李少群、喬力等，齊魯文學演變與地域文化〔M〕，北京：人民文學出版社，2009。

77. 魯迅，魯迅雜文全集〔M〕，北京：北京燕山出版社，2010。

78. 〔俄〕普列漢諾夫，王蔭庭譯，論個人在歷史上的作用問題〔M〕，北京：商務印書館，2010。

79. 章太炎，楊佩昌整理，章太炎：國學的精要〔M〕，北京：中國畫報出版社，2010。

80. 逄振鎬，齊魯文化研究〔M〕，濟南：齊魯書社，2010。

81. 魯迅，中國小說史略〔M〕，北京：中華書局，2010。

82. 王書君，泰山文化芻談〔M〕，濟南：黃河出版社，2010。

83. 侯文學，漢代經學與文學〔M〕，北京：人民出版社，2010。

84. 呂思勉，張耕華編，呂思勉學術文集〔M〕，上海：上海人民出版社，2011。

85. 教育部思想政治工作詞組，馬克思主義思想政治教育經典著作選讀〔M〕，北京：高等教育出版社，2011。

86. 郭慶光，傳播學教程〔M〕，北京：中國人民大學，2011。

87. 侯外廬、趙紀彬、杜國庠，中國思想通史（第一卷）〔M〕，北京：人民出版社，2011。

88. 秦永洲，山東社會風俗史〔M〕，濟南：山東人民出版社，2011。

89. 胡旭，先唐別集敘錄〔M〕，北京：中國社會科學出版社，2011。

90. 錢鍾書，錢鍾書集：管錐編〔M〕，北京：生活·讀書·新知三聯書店，2011。

91. 劉躍進，秦漢文學地理與文人分布〔M〕，北京：中國社會科學出版社，2012。

92. 錢穆，文化學大義〔M〕，北京：九州出版社，2012。

93. 崔向東，漢代豪族地域性研究〔M〕，北京：中華書局，2012。

94. 曾大興，文學地理學研究〔M〕，北京：商務印書館，2012。

95. 〔美〕孫康宜、〔美〕宇文所安主編，劉倩等譯，劍橋中國文學史，上卷，1375 年之前〔M〕，北京：生活·讀書·新知三聯書店，2013。

96. 袁行霈、陳進玉主編，王志民、徐振宏本卷主編，中國地域文化通覽·山東卷〔M〕，北京：中華書局，2013。

97. 楊樹達，漢書窺管〔M〕，上海：上海古籍出版社，2013。

98. 余英時，士與中國文化〔M〕，上海：上海人民出版社，2013。

99. 郝建平，教育與兩漢社會的整合研究〔M〕，北京：中華書局，2014。

三、期刊論文

1. 楊向奎，五行說的起源及其演變〔J〕，文史哲，1955，(11)。

2. 竺可楨，中國近五千年來氣候變遷的初步研究〔J〕，考古學報，1972，(1)。

3. 群力，臨淄齊國故城勘探紀要〔J〕，文物，1972，(5)。

4. 山東省博物館，山東益都蘇埠屯第一號奴隸殉葬墓〔J〕，文物，1972，(8)。

5. 安作璋，漢代的選官制度〔J〕，山東師院學報（哲學社會科學版），1981，(1)。

6. 王樹明，山東莒縣陵陽河大汶口文化墓葬中發現笛柄杯簡說〔J〕，齊魯藝苑，1986，(1)。

7. 《管子學刊》編輯部，編者的話〔J〕，管子學刊，1987，(1)。

8. 杜升雲、蘇兆慶，東夷民族天文學初探〔J〕，北京師範大學學報（自然科學版），1988，(3)。

9. 龔克昌，漢賦——文學自覺時代的起點〔J〕，文史哲，1988，（5）。

10. 金德建，論稷下學派與秦漢博士的關係〔J〕，管子學刊，1988，（4）。

11. 董治安，關於漢賦同經學聯繫的一點線索——從揚雄否定大賦談起〔J〕，文史哲，1990，（5）。

12. 仝晰綱，漢代的奢侈之風〔J〕，民俗研究，1991，（2）。

13. 俞偉超，龍山文化與良渚文化衰變的奧秘〔J〕，文物天地，1992，（3）。

14. 王永平，論東漢中後期的奢侈風氣〔J〕，南都學壇，1992，（4）。

15. 張鶴泉，東漢時代的私學〔J〕，史學集刊，1993，（1）。

16. 王恩田等，專家筆談丁公遺址出土陶文〔J〕，考古，1993，（4）。

17. 鍾肇鵬，讖緯與齊文化〔J〕，管子學刊，1993，（3）。

18. 蔡鋒，西漢奢侈風習滋盛原因及其影響平議〔J〕，青海社會科學，1994，（5）。

19. 龍晦，論《太平經》中的儒家思想〔J〕，中華文化論壇，1996，（2）。

20. 張少康，論文學的獨立和自覺非自魏晉始〔J〕，北京大學學報（哲學社會科學版），1996，（2）。

21. 丁冠之、蔡德貴，試論秦漢齊學的內容〔J〕，煙臺大學學報（哲學社會科學版），1996，（3）。

22. 周振鶴，從「九州異俗」到「六合同風」——兩漢風俗區劃的變遷〔J〕，中國文化研究，1997，（4）。

23. 何西來，文學鑒賞中的地域文化因素〔J〕，文藝研究，1999，（3）。

24. 李泉，試論西漢高中級官吏籍貫分布〔J〕，聊城師範學院學報，1999，（S1）。

25. 王恩田，山東商代考古與商史諸問題〔J〕，中原文物，2000，（4）。

26. 詹福瑞，從漢代人對屈原的批評看漢代文學的自覺〔J〕，文藝理論研究，2000，（5）。

27. 陳業新，兩漢時期氣候狀況的歷史學再考察〔J〕，歷史研究，2002，（4）。

28. 劉躍進，《獨斷》與秦漢文體研究〔J〕，文學遺產，2002，（5）。

29. 馬新，歷史氣候與兩漢農業的發展〔J〕，文史哲，2002，（5）。

30. 于迎春，試論漢代文人的政治退守與文學私人性〔J〕，文學評論，2003，（1）。

31. 方輝，濟南大辛莊遺址出土商代甲骨文〔J〕，中國歷史文物，2003，（3）。

32. 鍾肇鵬，秦漢博士制度源出稷下考〔J〕，管子學刊，2003，（3）。

33. 孫蓉蓉，劉勰論讖緯之『有助文章』〔J〕，南京師大學報（社會科學版），2004，（3）。

34. 孫家洲，論齊魯文化在漢代學術復興中的貢獻〔J〕，齊魯文化研究，2004，（1）。

35. 趙敏俐，「魏晉文學自覺說」反思〔J〕，中國社會科學，2005，（2）。

36. 胡旭，鴻都門學、曹氏家風與漢魏文藝的繁榮〔J〕，廈門大學學報（哲學社會科學版），2006，（4）。

37. 卜憲群，秦漢社會勢力及其官僚化問題研究之三——以游士賓客為中心的探討〔J〕，秦漢研究，2007，（1）。

38. 朱龍，蓬萊海市蜃樓形成的氣象因素季節分布及徵兆〔J〕，氣象，2007，（11）。

39. 馮維林，論讖緯與漢賦創作的關係〔J〕，蘭州學刊，2008，（6）。

40. 胡旭，東漢三輔多士的文學考察〔J〕，學術月刊，2010，（9）。

41. 燕生東，從儒家喪葬禮俗的接受過程看山東漢代墓葬〔J〕，齊魯文化研究，2011，（1）。

42. 孫蓉蓉，讖緯與漢魏六朝的志怪小說〔J〕，中國文化研究，2011，（2）。

43. 《海岱學刊》編輯部，卷首語〔J〕，海岱學刊，2013，（1）。

44. 李龍海，殷商時期東夷文化的變遷〔J〕，華夏考古，2013，（2）。

45. 龍文玲，西漢昭宣時期文人生活狀況研究〔J〕，勵耘學刊（文學卷），2013，（2）。

46. 王煥然，鄉土意識對漢代文學的影響〔J〕，南都學壇（人文社會科學學報），2014，（1）。

47. 楊允，論漢代文學主體身份的社會屬性〔J〕，中南民族大學學報（人文社會科學版），2014，（4）。

48. 楊英，「封禪」溯源及戰國、漢初封禪說考〔J〕，世界宗教研究，2015，（3）。

49. 楊允、許志剛，身份、知識與文學創作——基於漢代文學主體的思考〔J〕，北方論叢，2015，（3）。